Knaur.

Knaur.

Über den Autor:

Michael Terrey wurde 1964 in Hamburg geboren. Nach dem Studium der Volkswirtschaft trat er in den öffentlichen Dienst der Stadt Hamburg. Michael Terrey hat zahlreiche Reisen um die ganze Welt unternommen, doch seine besondere Liebe gilt China.

Michael Terrey lebt mit seiner Frau und seinen beiden Kindern in Bönnigstedt vor den Toren Hamburgs.

Für Kerstin,
meine Freundin und Frau,
die mir auch auf dieser Reise ein wichtiger Kompass war
und die schon immer Tee getrunken hat.

Man trinkt Tee,
damit man den Lärm der Welt vergisst.
T'ien Yi-heng

Prolog

Jeroen van Kampen und Sir Charles Elliot, der britische Handelssuperintendent in Kanton, saßen in zwei behaglichen Ohrensesseln, hatten die Beine übereinander geschlagen und bliesen zufrieden Zigarrenrauch in die Luft.

»Ich werde demnächst in ein angemesseneres Heim ziehen«, sagte van Kampen und verfolgte genüsslich das kleine Wölkchen, das er gerade ins Zimmer gehaucht hatte.

»Ich hab schon davon gehört, Herr van Kampen. Sie lassen doch diese prachtvolle weiße Villa bauen, nicht wahr? Mit den beiden dorischen Säulen vor dem Hauptportal.«

»Ganz recht.«

Der britische Beamte schüttelte den Kopf. »Das muss man euch Holländern schon lassen«, sagte er mit einem Lächeln, »ihr seid zwar ein kleines Volk, aber man trifft euch überall auf der Welt. Und ihr versteht es, eindrucksvolle Häuser zu bauen.«

Jeroen van Kampen legte seine Zigarre in den Aschenbecher zurück und verschränkte die Hände im Nacken. »Wir sind eben ein Volk tüchtiger Händler.«

»Tüchtig und gerissen«, ergänzte Elliot. »Und Sie sind einer der Gerissensten überhaupt. Oder soll ich sagen: der Skrupellosesten?«

In diesem Moment erschien eine zierliche Chinesin in der offenen Tür und blieb dort stehen. Sie trug ein rotes Seidenkleid, und ihre schwarzen Haare waren zu einem Knoten zusammengedreht, der durch zwei über Kreuz gesteckte Stäbchen gehalten wurde. Auf dem kleinen Tablett in ihren Händen befand sich eine Teekanne aus weißem Porzellan.

Als van Kampen die hochgezogenen Augenbrauen von Sir Elliot

bemerkte, drehte er sich kurz um und sagte, wieder an seinen Gast gewandt: »Das ist Mailin, meine Teeköchin.«
Sir Elliot lächelte anzüglich. »Teeköchin? Verstehe, van Kampen, verstehe.« Er sog an seiner Zigarre und betrachtete die junge Frau wie ein kostbares Sammlerstück. »Da haben Sie aber eine hübsche Blume gepflückt, mein Lieber. Sie hat überhaupt nicht diese schmalen Schlitzaugen, wie so viele dieser Chinesen. Eine bemerkenswerte Schönheit, wirklich.«
»Schmeicheln Sie ihr nicht zu viel, Sir. Mailin versteht jedes Wort.«
»Oh, tatsächlich?« Verwirrt, fast erschrocken, setzte sich der britische Beamte in seinen Sessel zurück.
Van Kampen schmunzelte. »Sie ist nämlich auch meine Dolmetscherin.« Dann wandte er sich der Chinesin zu und rief sie mit einem kurzen Wink zu sich. »Komm her, Mailin. Begrüße unseren Gast.«
Die zarte Frau trat bis an den kleinen Tisch zwischen den beiden Sesseln und stellte dort das Tablett ab. Dann kreuzte sie die Arme vor der Brust und verbeugte sich tief. »Guten Abend, Sir Elliot«, sagte sie mit sanfter Stimme.
Charles Elliot zog die Augenbrauen hoch, räusperte sich und antwortete streng: »Guten Abend.«
Mailin sah ihn kurz an, dann blickte sie wieder zu Boden. »Möchten Sie etwas Tee?«, fragte sie leise.
»Ja, sehr gern.«
Van Kampen hob abwehrend seine Hand. »Sie sollten lieber noch einen Augenblick warten. Nach der Zigarre wird Ihr Gaumen noch nicht bereit sein für Mailins Tee.«
Sir Elliot sah seinen Gastgeber verdutzt an. »Sie klingen ja fast wie meine Frau zu Hause in London. Bei ihr darf ich auch nicht rauchen, wenn es Tee gibt.«

»Dann scheint Ihre Gattin über einen sehr feinen Sinn für Tee zu verfügen.« Van Kampen beugte sich vor. »Ich muss Ihnen gestehen, mir selbst fehlt jedes Verständnis für diese Dinge. Ich bin Kaufmann! Und Tee ist für mich eine Ware wie jede andere. Wenn auch eine, mit der man viel Geld verdienen kann, sehr viel sogar.«
Bei dem Gedanken daran, dass er noch vor wenigen Jahren ein absolut unbedeutender Kaufmann gewesen war und jetzt mit dem höchsten britischen Beamten in ganz China eine Zigarre rauchte, zeigte sich ein Lächeln auf seinen Lippen, das manchen seiner Geschäftspartner an einen hungrigen Hai erinnerte. Van Kampen lehnte sich wieder zurück.
»Doch Mailin kann sogar mich in ihren Bann ziehen. Es ist vor allem die Art und Weise, mit der sie den Tee zubereitet! Sie sollten einmal dabei sein. Ich habe mich schon oft gefragt, was die Gelben für einen Aufwand betreiben. Seit ich Mailin zugesehen habe, habe ich zumindest eine Ahnung davon. Und alle meine Gäste, die mehr davon verstehen, bestätigen es: Mailin ist eine Meisterin ihres Fachs.«
Sir Elliot legte seine Zigarre in den Aschenbecher und sah van Kampen neugierig an. »Das klingt ja sehr interessant. Ich liebe nämlich Tee, müssen Sie wissen.«
»Dann bin ich auf Ihr Urteil gespannt«, sagte van Kampen selbstsicher und wandte sich an Mailin. »So, und du kannst jetzt gehen.«
Mailin nickte kurz, verbeugte sich dann vor Sir Elliot, und tippelte mit kleinen Schritten hinaus. Als sie hinter der Tür verschwunden war, sagte Sir Charles: »Eine bemerkenswerte Person. Sie scheint mir nicht dumm zu sein.«
Jeroen van Kampen nickte. »Sie ist in der Tat sehr nützlich. Sie kennt den Tee und die Verhandlungstricks der Ko-hongs. Wenn Sie so wollen, ist Mailin das eigentliche Geheimnis meines Erfolgs.«

Sir Elliot runzelte die Stirn und sagte nachdenklich: »Können Sie ihr denn vertrauen?«

»Kann man einem Schlitzauge überhaupt vertrauen?«

»Das ist nicht ungefährlich, van Kampen. Gerade in diesen Zeiten. Sie sollten vorsichtig sein.«

»Ich weiß schon, was ich tue.« Damit beugte er sich vor und goss den noch heißen Tee in die beiden bereitstehenden Tassen.

Sir Elliot nahm sich eine Tasse und lehnte sich, wie sein Gegenüber, in den Ohrensessel zurück. Er hielt sich die Tasse dicht vor die Brust und betrachtete den goldbraunen Tee, der in dem weißen Porzellan so gut zur Geltung kam. Er atmete den aufsteigenden Duft ein, wartete noch einen Augenblick und trank dann einen ersten, kleinen Schluck.

Einen Moment war alles ruhig, nur das gleichmäßige Ticken der Pendeluhr war zu hören. Versonnen betrachtete Sir Elliot den Türrahmen, wo noch vor wenigen Augenblicken Mailin gestanden hatte. Er versuchte, sich an den Ausdruck ihrer Augen zu erinnern, als sie ihn kurz angesehen hatte. Dann trank er einen weiteren Schluck, spürte dem Geschmack nach und sagte dann leise, fast flüsternd: »Famos, ganz famos.«

1

John lag lang ausgestreckt auf dem Rücken im Gras. Er hatte die Augen geschlossen und genoss die warme Augustsonne auf seinem Gesicht. Den engen Hemdkragen hatte er längst geöffnet und seinen blauen Gehrock neben das Buch auf den Rasen gelegt. Sein Körper war jetzt ganz entspannt. Arme, Beine und Schultern waren schwer wie Blei. Er versuchte, die rechte Hand ein kleines Stückchen zu bewegen, aber sie blieb am Boden liegen. John fühlte sich wie mit der Erde verwachsen und empfand ein tiefes Wohlbehagen.

Eine leichte Brise wehte von der Elbe herauf und strich über den weitläufigen Garten hinweg. Alles war still, nur das Summen der Bienen, die eine für einen Sonntag fast schon irritierende Betriebsamkeit verbreiteten, war zu hören. John atmete tief und ruhig.

Die Sonne auf meinem Gesicht, das Summen der Bienen um mich herum, mehr brauche ich nicht, dachte John und grinste mit geschlossenen Augen.

Er hörte eine helle Frauenstimme kichern. Johanna, dachte John und öffnete die Augen nicht. Schwesterchen kommt heraus in den Garten.

Dann hörte er eine zweite, etwas tiefere Frauenstimme, eine, die er nicht so recht einzuordnen vermochte. Sie unterhielten sich vergnügt und kamen näher. John rührte sich nicht. Er konzentrierte sich weiter auf die warme Sonne und die Schwere seiner Arme und Beine.

Bloß nicht die dicke Lydia, durchfuhr es ihn plötzlich. Lydia Willenbrink war eine von Johannas zahlreichen Freundinnen und häufiger bei ihnen zu Besuch.

Es war letztes Jahr gewesen, als sie ihm die Hochzeitsfeier seines besten Freundes Hans Meierhoff gründlich vermiest hatte. Hans hatte sein Studium drei Semester vor John beendet und sich mit einem für John nicht nachvollziehbaren Feuereifer in die Arbeit gestürzt. Als Justiziar bei der Südamerika Handelscompagnie Gersson war er mit seinem Fleiß schon bald dem alten Robert Hermann Gersson aufgefallen. Kurz darauf wurde die Hochzeit bekannt gegeben, und alle hatten sich gefreut: Hans, weil er Mitglied einer der ersten Familien der Stadt geworden war, der Vater der Braut, weil er einen tüchtigen jungen Mann an das Familienunternehmen gebunden hatte, und die Braut, weil es sie auch hätte schlimmer treffen können.

Und auch John hatte sich gefreut, weil er endlich einmal sein Studium mit einem auch für seinen Vater akzeptablen Grund unterbrechen konnte und weil er ein rauschendes Fest erwartet hatte, ständig volle Bowlegläser und amüsante Plaudereien mit den Töchtern der angesehensten Familien der Stadt.

Doch dann war Lydia Willenbrink den ganzen Abend nicht von seiner Seite gewichen. Ständig hatte sie ihn verfolgt, war in seiner Nähe gewesen, wenn er versucht hatte, mit anderen Damen ins Gespräch zu kommen, und hatte ihm mit ihren grell geschminkten Augen in ihrem tellerrunden Gesicht zugeblinzelt, was den übrigen Gästen kaum entgangen sein konnte. Und einmal, in einem unbeobachteten Augenblick, hatte sie ihm sogar mit ihren fleischigen Fingern in den Arm gezwickt. John hätte schreien können vor Wut. Statt in ausgelassener Heiterkeit verbrachte er den Rest der Feier auf der Flucht vor Lydia. Bei der Erinnerung an diesen schier endlosen Abend spannte John unwillkürlich die Muskeln seiner

Arme und Beine an. Und das herrliche Gefühl der Schwere war dahin.

Dann hörte er das Rascheln ihrer Kleider. Johanna und ihre Begleiterin waren jetzt bei ihm. Sie knieten sich nieder, ganz dicht neben ihn, so dass er rechts und links den Stoff ihrer Kleider an seinen Handrücken spüren konnte.

Wenn es Lydia ist, dachte er trotzig, mache ich die Augen niemals auf. Er presste die Lider so fest zusammen, dass sich zwei senkrechte Furchen zwischen seinen Brauen bildeten.

»Sieht er nicht süß aus?«, hörte er Johanna sagen.

John fühlte sich unwohl. Was, wenn die andere tatsächlich Lydia war? Und ihn wieder kneifen würde? Oder sich – natürlich nur zum Spaß – auf ihn werfen würde? Er sah sich bereits, wie er sich unter ihrem massigen Körper herauswand, um dann schnell ins Haus zu laufen und sich in seinem Zimmer einzuschließen.

»Ja, und er hat so schöne braune Locken«, sagte die tiefere Stimme ganz nah an seinem Ohr. Wer immer es war, Lydia war es nicht!

»Er sieht so zart aus, fast zerbrechlich«, sagte die Stimme nun so warm und zärtlich, dass es fast schon unanständig war. John hatte augenblicklich einen dicken Kloß im Hals.

»Isst er denn nicht genug?«

»O doch«, erwiderte Johanna. »Normalerweise so viel wie drei Waldarbeiter, manchmal wie vier.«

»Kaum zu glauben.«

Es entstand eine Pause, in der John das unangenehme Gefühl hatte, genauestens betrachtet zu werden. Er schluckte.

»Welche Augenfarbe hat er denn?«, schnurrte die Stimme.

»Grün«, antwortete Johanna.

»Wirklich?«
Einen Augenblick herrschte Stille. Dann spürte John, wie etwas über seine Augenlider strich und dann seine Nasenspitze kitzelte. Erschrocken riss er die Augen auf.
»Tatsächlich!«, hörte John die Stimme sagen. Über sich gebeugt sah er Johanna und neben ihr ein schelmisch schmunzelndes Gesicht mit freundlichen Lachfalten und einem Grashalm im Mundwinkel. Diese Frau kannte er, wenn auch nur aus der Ferne: Henriette Sternberg, die Tochter des einflussreichen Senators Wilhelm Sternberg und des größten Teehändlers in der Stadt. Für John und seine Freunde galt sie gemeinhin als unerreichbar, den wenigen Söhnen der wirklich Reichen und Mächtigen vorbehalten.
Sie war damals auch auf Hans' Hochzeit gewesen. John hatte sie, wenn Lydia einen Augenblick unachtsam war, beim Tanzen beobachtet oder sogar versucht, sich unauffällig in die Gruppen junger Männer zu mischen, die sich ständig um sie bemühten und sie umschwärmten wie Motten das Licht. Sobald Henriette den Wunsch nach etwas Essbarem äußerte, war ein Reedersohn zur Stelle und hielt ihr ein Tablett mit Häppchen hin, und wenn sie etwas trinken wollte, reichte ihr ein Bankierserbe eine Champagnerschale. John war sicher, dass jeder, der an diesem Abend mit ihr getanzt hatte, sich die ganze Nacht über schlaflos im Bett wälzen würde.
Und nun war sie so dicht über ihn gebeugt, dass er ihre Sommersprossen auf der schmalen, geraden Nase zählen konnte.
Sie lächelte ihn an. »Du bist bestimmt John, hab ich Recht?«
John war total konsterniert. Er fühlte sich, als hätte der Schöpfer persönlich das Wort an ihn gerichtet.

»Tja, ähm …« Er rappelte sich hoch und stützte sich auf seine Ellenbogen.
»Ich bin Henriette. Henriette Sternberg.« Sie streckte ihm die Hand hin.
John ergriff ihre Hand und wollte mit tiefer Stimme antworten, dass es ihm ein Vergnügen sei, sie nun endlich persönlich kennen zu lernen, und sich selbst umfassend vorstellen, heraus aber kam nur ein gekrächztes »Angenehm«.
Henriette stand auf, nahm ihren hellgrünen Hut ab und schüttelte ihre langen blonden Haare aus, die zu fröhlichen Locken aufgezwirbelt waren, und lächelte auf ihn herab.
»Johanna und ich besuchen uns in letzter Zeit häufiger«, sagte sie, »sie hat mir schon viel von dir erzählt.«
»Oje, hat sie das?«
John stand auf und war verblüfft, dass Henriette nur wenige Zentimeter kleiner war als er. Und dabei war er mit einem Meter achtzig der Größte in seiner Familie, größer sogar noch als sein Bruder Percy. Er warf Johanna einen unsicheren Blick zu.
»Was hast du denn gesagt?«
»Oh, nur das Beste«, antwortete Henriette schnell.
»Ja, wobei ich mich lediglich auf die wichtigsten deiner zahlreichen guten Eigenschaften beschränkt habe.« Johanna warf Henriette einen verschwörerischen Blick zu, dann wandte sie sich wieder an John. »Wie du dir denken kannst, hat das nur wenige Tage in Anspruch genommen.«
Johanna und Henriette kicherten vergnügt. John stand unbeholfen da. Er sah von der einen zur anderen. Dabei fiel sein Blick auf Henriettes langes hellgrünes Kleid, das sich eng um ihre Taille schloss und nach unten bauschte. Die Ärmel und der hochgeschlossene Kragen waren mit weißen Rüschen besetzt. Passend dazu trug sie einen hellgrünen Sonnen-

schirm und in der linken Hand den luftigen Sommerhut. Neben Henriette wirkte Johanna, die einen halben Kopf kleiner war, in ihrem dunklen Kleid und den glatten, braunen Haaren, die sie, wie immer, zu einem Zopf zusammengebunden hatte, wie ein schlichtes Entlein neben einem großen, stolzen Schwan.
John überlegte scharf. Habe ich in letzter Zeit irgendetwas verpasst? Seit wann hatte Johanna Kontakt zu Henriette Sternberg? Liefen Vaters Geschäfte in letzter Zeit so gut, dass Johanna in den Kreis ihrer Freundinnen aufgestiegen war? Es ist wohl das letzte Jahr, während ich in Heidelberg war, eine ganze Menge passiert.

»Was liest du denn da«, fragte Henriette und hob das Buch auf, das neben John auf dem Rasen lag.
»*Aus dem Leben eines Taugenichts*«, las sie laut vor und legte ihre Stirn in Falten. »Ist das die richtige Lektüre für den Sohn eines Hamburger Kaufmanns?«
»Ach, mein Bruder liest nur so komische Bücher«, sagte Johanna schnell, ehe John antworten konnte.
»Das ist kein komisches Buch«, protestierte er und nahm es Henriette aus der Hand. »Es ist sogar ein ganz wunderbares Buch. Es handelt von der Liebe zur Natur und davon, dass man das Leben genießen und sein Glück suchen soll. Und dass man dieses Glück nicht findet, indem man immer nur dem Geld nachjagt.«
»Soso.«
»Hör nicht auf ihn, Henriette«, warf Johanna ein. »Manchmal denke ich, er verträgt die Sonne nicht.«
»Tatsächlich?« Henriette neigte den Kopf zur Seite und fasste sich mit Daumen und Zeigefinger ans Kinn. Sie musterte John

mit der Miene eines interessierten Mediziners. »Das klingt in der Tat sehr merkwürdig. Hat er häufiger solche … Anwandlungen?«

»Bei John weiß man nie so genau, was in seinem Kopf vorgeht«, meinte Johanna. »Meistens ist es wohl nicht allzu viel. Und dann nur so komische Sachen.«

Sie hakte sich bei Henriette ein und versuchte, sie von John fort und auf den Kiesweg zu ziehen.

»Halt, warte«, sagte Henriette und drehte sich zu John um. »Vielleicht möchte dein Bruder uns begleiten?«

»Begleiten?«, fragte John überrascht. Er zögerte einen Moment. Aus den Augenwinkeln glaubte er, kurz zu erkennen, wie Johanna in Henriettes Rücken fast schon beschwörend den Kopf schüttelte. Damit war die Sache klar. Er räusperte sich und antwortete mit einer förmlichen Verbeugung: »Sehr gern.«

Er hob seinen Gehrock auf, klopfte die Grashalme ab und lief Henriette und Johanna, die schon vorausgegangen waren und dabei langsam ihre Sonnenschirmchen über den Schultern drehten, nach, bis er sie eingeholt hatte.

Mit Henriette in der Mitte schlenderten sie den Kiesweg entlang, der den sanften Hang hinab in Richtung Elbe und dann in einem weiten Bogen wieder hinauf bis zum Landhaus der Blanckendorffs führte.

John spürte, dass Johanna wütend auf ihn war. Er vermutete, dass sie Henriette etwas Vertrauliches mitteilen wollte. Von Frau zu Frau gewissermaßen. Dass er dabei störte und lästig war, war ihm klar und machte diesen Sommermorgen noch schöner. John genoss die Situation. Sie bereitete ihm fast schon so viel Vergnügen wie die Tatsache, dass er ganz unverhofft neben Henriette Sternberg spazieren ging. Die Jungs im Hammonia-Club würden staunen.

Auf der Elbe segelte eine Brigg stromabwärts. Vielleicht ein Getreidetransport nach London? John wusste es nicht und wollte es auch gar nicht wissen. Nach seiner ersten und gleichzeitig letzten Seereise, einer kurzen Überfahrt nach London, betrachtete er Segelschiffe und alles, was damit zusammenhing, als seine persönlichen Feinde.

Eine Zeit lang gingen sie schweigend nebeneinander her, bis Henriette schließlich fragte: »Wolltest du mir vorhin nicht etwas sagen, Johanna?«
Achtung, jetzt kommt's, dachte John und spitzte die Ohren. Aus den Augenwinkeln konnte er sehen, wie Johanna ihm einen zornigen Blick zuwarf.
»Eigentlich nicht«, sagte sie knapp.
Sie gingen ein paar Schritte weiter, ehe Henriette nachhalf. »Ist es wegen Friedrich?«
Entweder sie merkt nicht, dass es Johanna in meiner Gegenwart unangenehm ist, dachte John, oder sie macht es absichtlich.
Johanna seufzte. Und dann, wieder einige Schritte weiter, drehte sie plötzlich ihren Sonnenschirm ein paar Umdrehungen schneller und sagte: »Ach, Henriette, ich bin ja so aufgeregt. Friedrich ist so ein besonderer Mann, so … galant. Er ist ein richtiger Gentleman.«
John zog leicht die Augenbrauen hoch. In seiner Gegenwart hatte Johanna Friedrichs Vorzüge noch nicht näher beschrieben.
Und dann, nach einem weiteren Seufzer und so leise, dass er

es nur mit Mühe verstehen konnte, fügte sie hinzu: »Und er ist so schön.«
Dieser Spaziergang wird ja immer besser, stellte John fest.
»Und Geld hat er auch«, ergänzte Henriette.
»Ach, Geld ist nicht so wichtig.«
»Aber es tut auch nicht weh.«
»Kann schon sein. Aber wenn man genug hat, ist es nicht mehr so wichtig.«
»Hört, hört«, mischte sich John ins Gespräch ein, mit der erstaunten Stimme eines Oberstaatsanwalts, der eine überraschende Variante beim ewig gleichen Alibi eines altbekannten Kleinganoven hört. Henriette drehte sich kurz zu ihm um und sah ihn belustigt an.
Sie hat blaue Augen, stellte John fest, tiefblaue sogar.
»So hab ich das nicht gemeint«, entgegnete Johanna ärgerlich. »Natürlich ist es wichtig, Erfolg zu haben. Friedrichs Familie ist auch erfolgreich, sehr sogar. Aber wir haben doch schon alles. Wir haben dieses Landhaus, unser Stadthaus mit dem Speicher nebenan und so viele Teekisten darin, dass es im ganzen Haus danach duftet, und wir haben genug Geld. Deshalb kommt es nicht mehr so sehr darauf an. So meine ich das. Wenn man nichts hat, klar, dann muss man was tun. Aber Vater ist inzwischen so vermögend, dass er doch wirklich zufrieden sein und das alles einfach nur genießen könnte, was er hat. Doch stattdessen lässt er gerade zwei neue Schiffe bauen. Warum? Warum muss er immer noch so viel arbeiten?«
Henriette blickte kurz zu John. »Vielleicht, weil der jüngste Sohn lieber den *Taugenichts* liest, als sich ums Geschäft zu kümmern?«
»Sehr witzig«, sagte John knapp. Sein Vergnügen, diesem Gespräch zu lauschen, war mit einem Mal verflogen.

»Aber sag mal, Johanna« – Henriette bemühte sich um einen möglichst beiläufigen Ton –, »da du gerade davon redest: Wofür sind denn die beiden Schiffe gedacht, die dein Vater bauen lässt? Vielleicht, um noch mehr Tee aus China zu importieren?«

»Keine Ahnung.« Johanna klang jetzt, da es nicht mehr um Friedrich ging, schon viel entspannter. »Aber selbst wenn ich mehr wüsste, ich würde es dir nicht verraten.« Und dann fügte sie in freundschaftlichem Ton hinzu: »Schließlich bist du von der Konkurrenz.«

»Na gut, dann eben nicht.« Henriette blickte vergnügt zu John. »Dann werde ich wohl deinen Bruder becircen müssen.«

Jetzt musste sogar Johanna herzlich lachen. »John? Da gerätst du genau an den Richtigen. John soll wissen, wofür die Schiffe sind? Der weiß ja nicht einmal, ob Tee aus Bohnen oder Blättern gemacht wird.«

2

Stolz wie ein kleiner Feldherr, der im Begriff ist, die Kapitulation der feindlichen Truppen entgegenzunehmen, schritt Heinrich Blanckendorff auf die Balkontür zu. Er öffnete die weißen Flügeltüren und ging hinaus. Victoria folgte ihm. Die Daumen in die Taschen seiner goldgelben Weste eingehakt, die sich über seinem mächtigen Bauch spannte, atmete er die warme Sommerluft tief ein. Es war doch die richtige Entscheidung gewesen, dieses Landhaus in Nienstedten vor den Toren Hamburgs zu bauen, dachte er befriedigt, auch wenn der Neubau seine finanziellen Möglichkeiten auf eine ernste Probe gestellt hatte. Aber dafür hatte das Haus Nachbarn wie Geschäftspartner tief beeindruckt. Vor allem die großzügige Eingangshalle mit der elegant geschwungenen Treppe in den ersten Stock hinauf und dem glänzenden Marmorfußboden hatte den Ratsherrengattinnen »Ahs« und »Ohs« entlockt, als er sie letztes Jahr das erste Mal durch diese Räumlichkeiten geführt hatte.

Hier draußen war die Welt noch in Ordnung, dachte er, während sich in den engen Mauern der Stadt immer mehr Menschen drängten und ihren Dreck in die Fleete warfen. Wenn es wärmer wurde, und erst recht, wenn wie jetzt in den Sommermonaten die Fleete trocken fielen, wurde der Gestank oft unerträglich. So wie 1832, als die letzte Cholera-Epidemie in Hamburg gewütet hatte. Das war gerade mal acht Jahre her. Blanckendorff war sicher, dass die Ursache für jene Katastrophe in diesen stinkenden Gasen zu finden war. Hier draußen aber war die Luft frisch und klar, und für einen kurzen Augenblick waren alle Sorgen ganz weit weg.

Er blickte zufrieden in den Garten, in dem wochentags zwei Gärtner fleißig Unkraut zupften, Blumen pflanzten, Bäume stutzten und den Rasen mähten. Blanckendorff war stolz auf sich, er hatte wirklich viel erreicht.

»Sieh an«, sagte er nach einer Weile an Victoria gewandt, die sich neben ihn an die Brüstung gestellt hatte, »Fräulein Henriette Sternberg beehrt uns neuerdings öfter.«
Victoria trug ein elegantes Kleid aus blauer Seide. Da sie heute ihr langes, kräftiges Haar, das schon von einigen silbernen Streifen durchzogen war, wieder hochgesteckt trug und Blanckendorff nur noch einen schmalen Kranz grauer Haare am Hinterkopf kämmen musste, hatte er wieder einmal das Gefühl, dass sie ihn überragte. Blanckendorff registrierte dies mit einem kurzen Blick zur Seite und wippte augenblicklich auf die Zehenspitzen.

Er ist vierundfünfzig Jahre alt, und nach all unseren gemeinsamen Jahren hat er immer noch Probleme damit, dass er mich nicht deutlich überragt, dachte Victoria und verkniff sich ein Grinsen. Sie liebte ihn für diesen unermüdlichen Willen, gegen die kleinen und großen Widrigkeiten des Lebens anzukämpfen.
»Vielleicht gefällt ihr unser Garten so gut«, sagte sie und schmiegte sich an ihren Mann. Deutlich konnte sie spüren, wie hier draußen die Anspannung von ihm abfiel. Sie lebte zwar lieber in der Stadt mit den vielen Geschäften und Lokalitäten, doch da sich ihr Mann hier so gut erholen konnte, würde sie gern länger bleiben. Gerade jetzt hatte er es sehr nötig. Sie ließ ihren Blick über die zahlreichen Blumen schweifen, den kräftigen grünen Rasen mit dem gemauerten Pavillon im

Zentrum und die vier Kastanien, die das Grundstück zur Elbe hin begrenzten. Sie bedauerte schon jetzt, dass Heinrich morgen wieder zurück ins Kontor musste.

»Aber Sternbergs haben einen viel größeren Park. Ich glaube eher«, sagte Blanckendorff scherzhaft, »sie kommt wegen John.«

»Heinrich, sag so was nicht.« Der drohende Unterton in ihrer Stimme war selbst für ihn nicht zu überhören. In diesem Punkt verstand sie keinen Spaß.

»Warum nicht? Sie ist eine gute Partie. Wie alt ist sie eigentlich?«

»So alt wie Johanna.«

»Zweiundzwanzig also. Im besten Heiratsalter, würde ich sagen.«

»Sie … sie ist nicht gut für ihn«, erwiderte Victoria bestimmt. Sie sahen die drei den Kiesweg zum Haus heraufkommen. Henriette hatte sich bei John eingehakt, und Victoria kniff unwillkürlich die Lippen zusammen. Was erlaubte sich diese Frau eigentlich?

»Nicht gut für ihn, soso«, sagte Blanckendorff nach einer Pause. Am gepressten Klang seiner Stimme erkannte Victoria, dass er keineswegs so ruhig war, wie er vorgab. Innerlich begann er wohl wieder zu kochen. Und das Thema, das er fraglos gleich anschneiden würde, war ihr nur allzu vertraut.

»Weißt du, was gut für ihn wäre?« Sein Ton gewann bereits an Schärfe. »Gut für ihn wäre, wenn er endlich einmal anfangen würde zu arbeiten, statt hier im Garten zu flanieren.«

»Aber Heinrich. Es ist Sonntag.«

»Für John ist doch jeder Tag ein Sonntag. Seit er aus Heidelberg zurück ist, vor drei Wochen …«

»Vor zwei Wochen«, sagte Victoria ruhig, »du übertreibst.«
»Egal. Dann liegt er eben seit zwei Wochen hier nur madig im Gras herum und tut nichts.«
»Er liest Bücher.«
»Ha, Bücher lesen! Wie viel verdient er damit am Tag? Einen Schilling? Eine Mark Banco? Nichts, meine Liebe. Seit zwei Wochen ist er zu Hause, liegt in der Sonne und liest. Oder geht spazieren. Wie lange soll denn das noch so weitergehen? Bis der Herrgott Regen schickt?«
»Heinrich, sei nicht so streng mit ihm. Er ist gerade erst angekommen. Lass ihn sich erst mal ausruhen. Du wirst sehen, dann wird er seinen Weg machen.«
»Ja, den vom Garten in die Küche.« Blanckendorff umfasste die Brüstung des Balkons mit seinen Händen. Victoria sah, wie seine Fingerknöchel weiß wurden.
Sie drehte sich zu ihm und drückte ihm einen Kuss auf die Wange, um ihn von seinem Zorn auf John abzulenken.
»Er soll nicht Bücher lesen«, fuhr Blanckendorff fort, »er soll sich eine Arbeit suchen. Und Geld verdienen. Wie jeder andere junge Mann auch. Ist das zu viel verlangt?«
»Nein. Natürlich nicht.«
»Victoria«, sagte er lauter. Ihr war klar, dass er nur ihr zuliebe versuchte, sich zu beherrschen. »Ich weiß auch, dass John kein Kaufmann ist. Du hast es mir oft genug gesagt, und ich habe es irgendwann akzeptiert. Auch wenn es bitter für mich war. So.« Er holte tief Luft. »Deshalb habe ich ihn auch nach Göttingen und Heidelberg geschickt. Damit wenigstens ein vernünftiger Advokat aus ihm wird.«
»Was er auch geworden ist«, warf Victoria ein und strich ihm zart über seinen Haarkranz.
»Ja, ein schöner Advokat! Sieh ihn dir doch an.«

Beide blickten hinunter und beobachteten, wie John mit Johanna und Henriette an einem blühenden Rhododendronbusch stehen blieb.

»Weißt du, Victoria, dieser Anblick schmerzt mich. Hier« – er zeigte auf sein Herz – »und hier« – und auf sein Portmonnaie in der Hosentasche. »Das Studium war teuer, und seine monatlichen Schecks waren hoch. Weiß Gott, wofür er das ganze Geld ausgegeben hat. Und was stellt er mit seiner Ausbildung an?« Er wurde lauter. »Er geht spazieren! Er ist ein fertiger Jurist. Die anderen, die mit ihm ihr Studium beendet haben, haben sich längst eine Stelle in einer Anwaltskanzlei gesucht. Oder in einem anderen Handelskontor.«

An seinem Hals, der aus einem zu engen weißen Hemdkragen ragte, zeigten sich kleine rote Flecken. Kein gutes Zeichen, wie Victoria wusste.

»Was könnte John nicht alles anfangen mit seiner Ausbildung? Senatssyndicus werden, zum Beispiel. Und wenn er sich anstrengt und eine gute Partie machen kann, so wie sein Freund, dieser ...«

»Hans Meierhoff.«

»Genau, dieser Meierhoff. Dann wird er vielleicht sogar eines Tages Ratsherr. Stell dir das mal vor! Aber was macht er?« Blanckendorff schlug wütend auf die Balkonbrüstung. »Er geht spazieren und liest!«

Es entstand eine kleine Pause, in der beide schweigend auf die Elbe sahen. Dann fuhr Blanckendorff fort: »Weißt du, Victoria, John ist inzwischen vierundzwanzig. In diesem Alter bin ich bereits sechs Jahre zur See gefahren und habe an jedem einzelnen Tag dieses Geschäft aufgebaut. Ich hatte keine Zeit, mich wochenlang in einem Garten auszuruhen.

Ich musste es auch nicht. Der Erfolg war und ist meine Erholung.« Blanckendorff holte tief Luft, dann fuhr er fort: »Victoria, du weißt, meine Eltern waren nicht reich. Sie hatten keinen Garten. Und sie konnten nicht das Bürgergeld von dreitausend Mark Banco zahlen. Und nun haben wir das hier.«

Er streckte seine Arme aus und schien damit den gesamten nördlichen Elbstrand umfassen zu wollen.

»Ich habe das alles aufgebaut …«

»Das hast du wirklich«, sagte Victoria sanft und wollte ihm die Wange tätscheln. Doch Blanckendorff wandte sich ab und blickte mit zusammengekniffenen Augen auf den Garten hinunter. Victoria trat einen Schritt zur Seite und sah in den klaren, blauen Frühlingshimmel hinauf. Über ihren Köpfen kreischte eine Möwe und zog ruhig ihre Kreise.

»Ich fass es nicht«, rief Blanckendorff plötzlich und schlug sich mit der Hand an die Stirn.

»Ist was passiert?« Victoria warf einen besorgten Blick in Richtung Möwe.

»Jetzt schnuppert er an den Blumen.« Blanckendorff deutete auf John, der gerade eine Rosenblüte abgerupft hatte und sie kurz an seine Nase hielt, um sie dann an Johanna und Henriette weiterzugeben.

»Ich kann es fast vor mir sehen, wie er schwärmerisch die Augen verdreht über den ach so süßen Duft dieser Blüten.«

»Und ich dachte, es ist was Ernstes.«

»Was sollte ernster sein, Victoria?« Blanckendorff sah seine Frau so finster an, dass sie erschrocken einen Schritt zurückwich. »John ist ein Blanckendorff, verdammt noch mal! Mein Sohn. Und wenn er auch kein gescheiter Kaufmann wird wie Percy, so ist er noch lange kein Gemüseknecht, der auf Knien in der Erde wühlt und mit Frauen über blühendes Unkraut philosophiert.«

»Warum bist du so gereizt?« Victoria war ernsthaft beunruhigt. Wann hatte sie ihn jemals so wütend erlebt? Und vor allem so grundlos wütend?

»Ich bin nicht gereizt!«, zischte Blanckendorff und sah weiter starr geradeaus, den Blick weit über den Garten hinaus auf die träge fließende Elbe gerichtet.

Victoria spürte, dass etwas Schweres auf ihm lastete. Schon seit Tagen, wenn nicht seit Wochen. Und wenn sie sich recht erinnerte, hatte Johns Rückkehr diese Anspannung nicht ausgelöst, sie hatte sie höchstens verstärkt.

»Heinrich, dich bedrückt doch etwas«, sagte sie behutsam. Und als Blanckendorff nicht antwortete, fragte sie ganz leise: »Gibt es Probleme?«

Blanckendorff schwieg und sah weiterhin stur geradeaus. Victoria wartete eine Weile, dann präzisierte sie: »Im Geschäft?«

»Nein, zum Donnerwetter!«

Victoria blickte nun ebenfalls auf die Elbe hinaus. Mit einem Mal bekam sie große Angst, und ihr Herz schlug so heftig, dass sie kaum Luft holen konnte. Sie hatte Angst, sogar große Angst, die Frage zu stellen, die sie schon seit einiger Zeit quälte. Denn schließlich bekam sie auch einiges mit. Noch viel mehr Angst hatte sie jedoch vor der möglichen Antwort. Aber es nützt nichts, dachte sie, ich muss es wissen. Es nützt nichts, wenn ich die Augen weiterhin verschließe. Sie schluckte zweimal, dann fragte sie, ohne ihren Mann anzusehen, mit leiser, brüchiger Stimme:

»Heinrich …«

Blanckendorff drehte sich nicht zu ihr um.

»… ist was mit Percy?«

Blanckendorff schwieg. Und sah weiterhin geradeaus.
Nach einer Pause, die ihr wie eine Ewigkeit erschien, wandte sich Victoria zu ihm um, holte tief Luft und fragte nun fordernd: »Heinrich, antworte mir. Ist was mit Percy?«
»Nein«, gab er leise zurück. Und Victoria wusste sofort, dass dies nicht stimmt.

In diesem Moment klopfte es hinter ihnen. Blanckendorff und Victoria drehten sich um. Es war der alte Hansen, ihr Hausdiener, der sich nur noch mühsam aufrecht halten konnte, jedoch noch immer den allergrößten Wert auf eine korrekte Erscheinung legte. Er blieb im Türrahmen stehen, ein weißes Tuch über seinem linken Unterarm.
»Was gibt's, Hansen?«, fragte Blanckendorff knapp. Seine Stimme klang erschöpft.
»Herr Goldmann ist eingetroffen«, sagte Hansen und deutete eine Verbeugung an.
»Simon?« Victoria war überrascht und sah Blanckendorff fragend an. »Was kann er wollen? An einem Sonntag?«
»Woher soll ich das wissen.« Und dann an Hansen gewandt: »Sagen Sie ihm, ich komme gleich. Bringen Sie ihn in den Chinesischen Salon. Und sagen Sie Martha, dass sie uns Tee kochen soll.«
»Sehr wohl«, sagte Hansen, verbeugte sich andeutungsweise und verließ den Balkon.
Nachdem er im Flur verschwunden war, sagte Victoria, dankbar für diese Ablenkung: »Vielleicht ist es wegen Johannas Verlobung.«
»Vielleicht.«

3

Blanckendorff blieb vor der geschlossenen Tür des Chinesischen Salons stehen, straffte sich und atmete tief durch. Er wollte Simon Goldmann unbedingt ruhig und gelassen gegenübertreten.

Jetzt fühle ich mich schon in meinem eigenen Haus unsicher, dachte er und räusperte sich kräftig. Dann öffnete er die Tür und betrat gezwungen lächelnd den Raum.

»Mein lieber Simon«, sagte er und breitete die Arme aus, »wie schön, dich zu sehen.«

Der Bankier stand am Fenster, die Arme hinter dem Rücken verschränkt, und blickte hinaus in den Garten. In dieser Profilansicht sprangen sein kugelrunder Bauch und seine dünnen, fast dürren Beinchen besonders ins Auge. Mit den gespreizten Schwalbenschwänzen seines Fracks wirkte er auf Blanckendorff in diesem Moment wie der Kapellmeister eines hoffnungslosen Wanderzirkus. Sein penibel gepflegter Backenbart konnte diesen Eindruck kaum korrigieren. Und doch hütete sich Blanckendorff, diesen klein gewachsenen Bankier zu unterschätzen. Vor allem sein sicheres Gespür für gute Geschäfte hatte ihm den Respekt und das Ansehen selbst der mächtigsten Kaufmannsfamilien der Stadt eingetragen. Seine hellwachen, alles durchdringenden Adleraugen galten allgemein als der äußere Beweis für diese Fähigkeit. Blanckendorff hatte nicht selten das ungute Gefühl gehabt, dieser Goldmann könne ihm direkt in seine Seele und, was noch viel schlimmer war, direkt in den Gang seiner Geschäfte sehen.

»Guten Tag, Heinrich«, sagte er und schüttelte Blanckendorff

freundlich die Hand. »Wie geht es dir? Du wirkst etwas … gehetzt.«
»Es ist nichts Besonderes. Aber bitte, setz dich doch.«
Blanckendorff und Goldmann ließen sich in die beiden schweren Ohrensessel nieder, die direkt am Fenster standen.
»Bietest du mir eine deiner wundervollen Zigarren an?«, fragte Goldmann freundlich. Obwohl er nur Gast war und das Haus allgemein Respekt einflößte, wirkte Goldmann ausgesprochen selbstsicher.
»O ja, natürlich«, antwortete Blanckendorff leicht abwesend. »Entschuldige.«
Goldmann beobachtete, wie Blanckendorff aufstand und aus der Vitrine hinter ihm ein kleines, reich verziertes Zigarrenkästchen holte. Nachdem sich Goldmann eine Zigarre genommen hatte, klappte Blanckendorff das Kästchen wieder zu und stellte es auf das kleine Teetischchen zwischen ihnen.
»Du möchtest keine?«, fragte Goldmann überrascht.
»Nein, heute nicht. In letzter Zeit ist mein Magen etwas in Unruhe geraten.«
Goldmann sah ihn mit einem Blick an, als hätte er nichts anderes erwartet, und zuckte kurz mit den schmalen Schultern. Dann knipste er die Zigarrenspitze ab, zündete die Zigarre an und begann genüsslich zu paffen. Für einen Moment wurde es still. Der chinesische Teppich, der zusammen mit der kleinen Sammlung chinesischer Teekannen und Teetassen diesem Raum seinen Namen gab, auch wenn die übrigen Einrichtungsgegenstände aus allen Ecken der Welt zusammengetragen worden waren, und die schweren Brokatvorhänge am Fenster schluckten jedes Geräusch. Nur das gleichmäßige Ticken der großen Standuhr aus Mahagoni mit dem vergoldeten Pendel, einem Geschenk von Victorias

Eltern aus London, war zu hören. Die Ruhe und Behaglichkeit dieses Zimmers waren für Blanckendorff immer ein besonderer Genuss, eine Oase und Fluchtburg, vor allem in turbulenten Tagen. Hier konnte er sich entspannen und Kraft tanken. Aber jetzt empfand er diese Stille als bedrückend. Was wusste Goldmann? Was war so wichtig, dass es nicht bis morgen warten konnte, bis sie sich, wie jeden Mittag, in der Börse trafen? Die Ausrichtung der Verlobungsfeier wohl kaum.

Goldmann sah an Blanckendorff vorbei und betrachtete die Schrankwand mit den eingearbeiteten Regalen hinter ihm.

»Schöne Souvenirs hast du da. Die sind mir noch nie so richtig aufgefallen.«

Deswegen bist du doch nicht hergekommen, dachte Blanckendorff, um dann freundlich zu antworten: »Das sind alles Mitbringsel aus der Zeit, als ich noch selbst um die Welt gereist bin. Wie du weißt, habe ich mir von jeder Handelsfahrt etwas mitgebracht.«

»Ja, richtig, richtig.« Goldmann nickte langsam, als würde er sich an längst vergangene Zeiten erinnern. Er stieß genüsslich eine dichte Wolke Zigarrenrauch aus.

»Du bist damals viel herumgekommen.« Und dann, nach einer kleinen Pause: »Wo hast du eigentlich diese zwei Speere her?« Er deutete auf zwei lange Speere, die die beiden Seiten des reich verzierten Bücherbords einrahmten. »Ich glaube, du hast es mir schon mal erzählt, aber ich hab's wieder vergessen.«

»Die habe ich einem Zulu-Krieger abgehandelt. Auf meiner ersten Afrika-Reise.«

»Ja, stimmt. Was hast du ihm damals noch dafür gegeben?«

»Eine alte, angerostete Pistole.«

»Nicht schlecht.« Goldmann grinste und blies eine weitere Zigarrenwolke ins Zimmer. Er hegte große Sympathien für gute Geschäfte. »Und diese beiden grünen Figuren?«
»Die beiden Buddhas aus Jade? Ich hab sie einem Fürsten aus Siam abgekauft.«
»Abgekauft?«, fragte Goldmann überrascht. »Du hast einem Wilden Geld gegeben?«
»Erstens war der Fürst kein Wilder, und zweitens waren es auch nur ein paar Schillinge. – Er fand sie wohl sehr schön.«
»Schillinge und sehr schön« – Goldmann musste unwillkürlich lachen –, »da gefallen mir aber Mark Banco und Pfund Sterling viel besser.«

In diesem Moment kam Victoria herein, hinter ihr Martha, die ein Tablett mit einem Teeservice aus einem feinen, mit goldenen Streifen verzierten Porzellan trug.
Die beiden Männer erhoben sich. Goldmann begrüßte Victoria mit einem Handkuss. Dann setzten sie sich wieder.
»Ihr unterhaltet euch über die Verlobung?«, erkundigte sich Victoria.
»Nein, meine Liebe«, antwortete Goldmann mit einem Seitenblick auf Blanckendorff, »wir reden über ... vergangene Zeiten, nicht wahr, Heinrich?«
»Ganz recht, über vergangene Zeiten.«
»Wie schön«, sagte Victoria. Dann drehte sie sich zu Martha und gab ihr mit einen kurzen Wink zu verstehen, dass sie einen Schritt näher treten sollte. Victoria hob die beiden Tassen vom Tablett und stellte sie den Männern hin. Dann nahm sie die Teekanne und schenkte Goldmann zuerst ein.
»Hm, wie das duftet«, schwärmte er.
»Das ist Jasmintee. Aus China. Ich habe ihn selbst aufgesetzt«,

erklärte Victoria, während sie sich ihrem Mann zuwandte und auch ihm einschenkte.
Blanckendorff beobachtete, wie sich die Teetasse langsam füllte. Normalerweise liebte er diesen Augenblick, dieses Geräusch, wenn der heiße, in mildem Goldton schimmernde Tee in seine Tasse gegossen wurde und der zarte Duft von Jasmin ihm in die Nase stieg. Doch jetzt konnte er dem nichts abgewinnen.
»Ich frage mich, wie es diese Chinesen fertig bringen, solche Tees herzustellen«, sagte Goldmann und nippte vorsichtig an dem heißen Tee.
»Ganz einfach«, erläuterte Victoria mit einem gewinnenden Lächeln, »sie geben eine Schicht fertige Teeblätter in eine Kiste, darüber legen sie Jasminblüten, nicht zu viele und nicht zu wenige. Darauf kommt dann wieder eine Schicht Teeblätter und dann wieder Jasminblüten. Bis die Kiste voll ist.«
»Wie gut du dich auskennst«, sagte Goldmann staunend.
Victoria stellte Milch und Kandis auf den kleinen Tisch. »Als Frau eines erfolgreichen Teehändlers bekommt man eben einiges mit«, fuhr sie fort und blickte zu Blanckendorff, der auf sie so verkniffen wirkte, als säße er mit nacktem Hintern auf einem Nagelbrett.
»Ist sonst alles in Ordnung, oder haben die Herren noch einen Wunsch?« Sie blickte von einem zum anderen.
»Nein danke, Victoria«, sagte Blanckendorff, »es ist alles bestens.«
Besorgt registrierte sie das nervöse Zucken seiner Kiefermuskeln.
»Na gut, dann lasse ich euch jetzt allein. Komm, Martha.« Victoria verabschiedete sich von Goldmann und verließ das Zimmer.

Kaum hatte Victoria die Tür geschlossen, herrschte wieder diese angespannte Stille. Goldmann stellte seine Teetasse ab, lehnte sich in den Sessel zurück und faltete seine Hände vor dem kugelrunden Bauch.
»Ich mache mir Sorgen, Heinrich. Große Sorgen sogar.« Seine Stimme klang dabei ganz ruhig, wie die eines interessierten Zuschauers. Er strich sich langsam mit der rechten Hand über seinen dichten, grauen Backenbart. Weil Blanckendorff nichts erwiderte, fuhr er fort: »Ich habe gestern Thomas Stuart gesprochen, du weißt, diesen Engländer, der hier regelmäßig mit seinen Tüchern vor Anker geht.«
Blanckendorff nickte, natürlich kannte er ihn.
»Thomas sagte mir, dass ein Geschäftsfreund zwei Wochen nach Percy aus Kanton abgefahren ist.«
Goldmann beugte sich vor, um einen weiteren Schluck Tee zu trinken, dann lehnte er sich wieder zurück. »Und Percy ist immer noch nicht da. Hast du inzwischen Nachricht von ihm?«
Blanckendorff richtete sich auf und schlug mit der flachen Hand auf die Armlehne seines Sessels, so dass Goldmann überrascht die Augenbrauen hochzog. »Nein, verdammt noch mal. Was meinst du, wie ich darauf warte, dass er endlich zurückkommt? Jeden Morgen stehe ich auf und hoffe, sein Schiff im Hafen zu sehen.«
Blanckendorff lehnte sich zurück. Nun war ihm endgültig klar, dass Goldmann über seine Situation Bescheid wusste. Alles andere hätte ihn auch sehr gewundert. Erschöpft sprach er weiter: »Weißt du, was? Ich mag schon gar nicht mehr in die Börse gehen, aus Angst vor schlechten Nachrichten.«
»Ich verstehe das sehr gut. Auch ich wünsche mir jeden Tag, dass er kommt. Schließlich gehört ein Gutteil der Ladung mir.«

Blanckendorff lachte höhnisch. »Die Ladung! Natürlich! Aber du vergisst eines: Percy ist auch mein Sohn!«
»Und er ist deine geschäftliche Basis. Ohne Percy und den Tee …«
»Percy wird kommen und den Tee bringen …«
»Ich wünsche es dir. Und mir.« Mit diesen Worten erhob sich der Bankier und ging, die Zigarre in der Hand, zum Fenster. Blanckendorff blieb sitzen und sah ihm nach. Goldmann blickte eine Zeit lang schweigend hinaus und verbreitete Zigarrenrauch im Zimmer. Normalerweise mochte Blanckendorff diesen intensiven Geruch von Tabak, jetzt aber verstärkte er nur sein Unwohlsein. Am liebsten hätte er Goldmann gebeten, die Zigarre in den Aschenbecher zurückzulegen.
»Wenn Percy nicht bald kommt«, sagte Goldmann nach einer Weile, »geraten wir in Schwierigkeiten. Vor allem aber du, Heinrich. Ich könnte dieses Geschäft noch überstehen, aber für dich wird es dann eng. Sogar sehr eng, wie ich befürchte.« Er drehte sich um und blickte Blanckendorff ernst ins Gesicht. »Ich war gestern im Ruder-Club.«
Blanckendorff zog die Augenbrauen hoch. Der Hamburger Ruder-Club war eine Institution, für die sein Vermögen noch nicht ausreichte.
»Voss baut für dich doch die beiden neuen Schiffe.«
Blanckendorff nickte kurz.
»Nun, er sagte mir, dass er immer noch auf die letzte Rate wartet. Und die Nächste wäre auch bald fällig …«
Blanckendorff war aufgesprungen. »Er soll sich nicht so anstellen«, sagte er laut. »Er wird sein Geld bekommen. Sobald Percy zurück ist.«
»Nun beruhige dich, Heinrich.« Goldmann hob beschwichtigend die rechte Hand. »Du weißt, ich bin dein Freund. Das

Silber für deine erste China-Reise hast du von mir bekommen. Du warst damals der Sohn eines Detaillisten, eines unbedeutenden Kleinhändlers. Aber ich habe an dich geglaubt.« Er breitete die Arme aus, um dieses Zimmer mit seiner Ausstattung zu loben, und sagte: »Und es hat sich doch gelohnt, oder?«

»Ja«, sagte Blanckendorff müde. »Auch für dich.«

»Genau. Für uns beide. Und ich finanziere immer noch deine Geschäfte. Und ich bin stolz darauf. Aber ...«

»Aber was?«, fragte Blanckendorff misstrauisch.

»Die Zeiten ändern sich, Heinrich. Und du hast dich geändert.«

»Was soll das heißen?«

»Sieh dich doch um. Dieses prachtvolle Landhaus. War bestimmt nicht billig.«

»Du weißt, wie viel es gekostet hat.«

»Eben. Früher hättest du dich mit einem kleineren zufrieden gegeben. Oder zumindest auf die herrlichen Säulen vor dem Haupteingang verzichtet. Und dann die beiden Schiffe. Früher hätte dir eines zurzeit gereicht.«

Blanckendorff tat, als hätte er dies nicht gehört. Stattdessen wiederholte er mit zusammengepressten Lippen: »Wenn Percy mit dem Tee nach Hamburg kommt, werden alle Rechnungen bezahlt.«

»Gewiss, Heinrich. Wenn Percy kommt. – Aber er wird bald zurückkommen müssen, sehr bald.«

Beide schwiegen einen Moment. Blanckendorff starrte in seine leere Teetasse, während Goldmann ihn aufmerksam beobachtete, als wolle er sich ein Urteil über ihn bilden. Als Goldmann genug gesehen hatte, wanderte er hinter die Lehne des

Ohrensessels, blieb dort stehen und räusperte sich kurz: »Da ist noch etwas«, begann er vorsichtig. Seine Stimme hatte einen vertraulicheren Tonfall angenommen. »Versteh mich bitte nicht falsch, Heinrich, aber ich muss auch an Friedrichs Interessen denken.«

Blanckendorff hob den Kopf und sah ihn überrascht an: »Was hat Friedrich mit Percy zu tun? Das ist ein ganz anderes Thema.«

»Nun«, Goldmann tat sich sichtlich schwer, »wenn sich Percys Rückkehr noch weiter verzögert … du weißt, die Reise von China hierher birgt vielerlei Gefahren … und du in finanzielle Engpässe gerätst …«

»Ja?«

»Nun, es könnte sich auch auf Friedrich auswirken, meine ich. Wenn der Status von Johannas Familie nicht mehr …«

»Aber sie lieben sich!«

»Heinrich! Was ist Liebe? Die Liebe kommt und geht. Bei dieser Heirat geht es auch um uns und unsere Familien. Das brauche ich dir nicht zu erklären. Achtung und Ansehen sind das Fundament meines Geschäfts.«

Blanckendorff drehte sich um und ging zum Fenster.

»Percy wird kommen«, sagte Blanckendorff tonlos. »Rechtzeitig.«

»Gewiss wird er das«, antwortete Goldmann. Der Bankier legte die Zigarre in den Aschenbecher zurück.

»Und nun, Simon«, sagte Blanckendorff, ohne sich zu seinem Gast umzudrehen, »verlass bitte mein Haus.«

4

John schreckte hoch. Er war tatsächlich eingeschlafen. Am späten Vormittag hatte er sich am Ufer der Großen Alster ein stilles Plätzchen gesucht, um sich ins Gras zu legen, die warme Sonne zu genießen und den Vögeln in den Bäumen zu lauschen. Vor allem aber wollte er sich in aller Ruhe noch einmal den gestrigen Nachmittag in Erinnerung rufen, als Henriette Sternberg im Garten des Landhauses aufgetaucht war und sich so dicht über ihn gebeugt hatte, dass er die ganze Nacht schlaflos im Bett gelegen hatte. Er brauchte nur die Augen zu schließen, und schon war sie wieder da – jene Szene, als ihn Henriette, einen Grashalm im Mund, angelächelt hatte. Das spitzbübische Funkeln ihrer blauen Augen und vor allem diese seltsam vertraute Nähe irritierten John und bereiteten ihm gleichzeitig ein ungewohnt behagliches Gefühl.
Um zu sehen, wie das wohl war, einen Grashalm im Mund zu haben, hatte John einen langen kräftigen Halm aus der Uferböschung gerupft und darauf herumgekaut. So hatte er lange Zeit auf dem Rücken gelegen, die Beine übereinander geschlagen, die Arme unter dem Kopf verschränkt und den würzigen Saft geschmeckt. Nach einiger Zeit hatte er die Augen geschlossen und immer wieder den gestrigen Nachmittag vor seinem geistigen Auge vorüberziehen lassen, bis ihn die Sonne so müde werden ließ, dass er mit einem Lächeln auf den Lippen eingeschlafen war.
Er zog, noch leicht benommen, seine Uhr aus der Westentasche, klappte den silbernen Deckel hoch und war mit einem Mal hellwach.

»Verdammt«, sagte er halblaut, »schon halb fünf. Jetzt wird's aber Zeit.«
John stand auf und klopfte seine graue, eng geschnittene Hose ab. Um fünf Uhr hatte ihn seine Mutter zum Tee bestellt. Das war ein Termin, den man besser nicht verpasste. Er setzte seinen Zylinder auf und griff sich seinen Spazierstock.
Knapp zehn Meter weiter hockte ein einfach gekleideter Mann im Gras und hielt gleichmütig seine Angel ins Wasser. John beineidete ihn und wäre gern länger geblieben. Das Bild der ruhigen Alster, auf der die Nachmittagssonne glitzerte, hätte er schon noch genießen wollen, zumal der Nachdruck, mit dem ihn seine Mutter heute Morgen gebeten hatte, pünktlich zum Fünf-Uhr-Tee zu erscheinen, nichts Gutes erwarten ließ.
John stieg die kleine Böschung hinauf und schlenderte am St.-Georgen-Hospital vorbei in Richtung Steintor. Dort überquerte er die Brücke über den Wallgraben und ging auf die beiden verdrießlich blickenden Wachsoldaten zu. Zu ihren Aufgaben zählten sie offenbar nicht, Fremde mit einem freundlichen Hallo willkommen zu heißen. John war sich ziemlich sicher, dass sie ihn aufgrund seiner Kleidung nicht behelligen würden. Andererseits blickten sie so überzeugend finster, dass er dann doch erleichtert war, als sie ihn ohne Inspektion passieren ließen.
Gleich hinter dem Steintor überquerte er den um diese Zeit schon nicht mehr so lebhaften Schweinemarkt und wandte sich der Steinstraße zu.
Für den Hauch eines Augenblicks kam John die Idee, Zeit zu sparen und den Weg zur Großen Reichenstraße durch das Labyrinth um die Fuhlentwiete abzukürzen. Er verwarf diesen Gedanken aber gleich wieder. John war, mit Ausnahme seiner

Studentenzeit, sein Leben lang in Hamburg gewesen und kannte jeden Winkel, bis auf das Gängeviertel um die Fuhlentwiete. Dort waren die Gassen so eng und standen die Häuser so dicht und schief beieinander, dass es dort auch an sonnigen Tagen nicht richtig hell wurde. Als kleiner Junge hatte er diese Gegend gemieden, weil er dort Hexen, Zauberer und borstige Ungeheuer mit blutverschmierten Reißzähnen vermutet hatte. Jetzt, als erwachsener Mann, sah er die Dinge natürlich sachlicher. Heute hatte er schlicht Angst, verprügelt und sorgsam entkleidet in den Straßenmatsch geworfen zu werden.
So fiel es ihm leicht, den kleinen Umweg über die gut ausgebaute Steinstraße in Kauf zu nehmen.
Dann werde ich eben ein bisschen schneller laufen, sagte er sich und beschleunigte seinen Schritt. Doch selbst bei diesem Tempo gelang es ihm kaum, die zahlreichen Dienstboten und Mägde, die die Einkäufe ihrer Herrschaften vom Markt nach Hause schleppten, zu überholen.

John erreichte das Haus seiner Eltern in der Großen Reichenstraße hinter einem einfachen, mit diversen Holzkisten beladenen Karren, dessen eisenbeschlagene Holzräder laut auf dem Kopfsteinpflaster der Straße rumpelten. John ertappte sich dabei, wie er hoffte, der Karren möge vor dem Kontor seines Vaters halten und seine Waren dort abladen. Aber er wurde weitergezogen bis in die Kleine Reichenstraße.

Im Flur begegnete er dem alten Hansen, der gestern Abend mit der Familie von Nienstedten nach Hamburg zurückgekehrt war.
»Ihre Frau Mutter erwartet Sie bereits, Herr Blanckendorff«, rief er John nach, der bereits die Treppenstufen zum ersten

Stock hinaufgeeilt war. John öffnete die Tür zum Salon seiner Mutter und trat ein.
»Bin ich zu spät, Mutter?«, fragte er atemlos.
»Nicht so spät, dass du nicht noch hättest anklopfen können«, sagte sie streng. »Im Übrigen ist es zwei Minuten nach fünf«, sagte sie mit einem Blick auf die Standuhr ihr gegenüber. »Wie du weißt, schätze ich es überhaupt nicht, wenn man zu spät zum Tee erscheint.«
John fühlte sich schuldig. Das war kein guter Anfang. An ihrer betont ruhigen Stimme erkannte er, dass ihre Gemütslage nicht gerade heiter war.
»Noch viel weniger mag ich es allerdings, wenn man abgehetzt erscheint. Der Fünf-Uhr-Tee ist ein kostbarer Moment am Tag, dem man mit Muße und Respekt begegnet.« Sie faltete ihre Hände im Schoß und sagte dann schon etwas freundlicher: »Und außerdem gehört es sich nicht, wenn man einer Dame gegenüber den Hut aufbehält.«
»Ja, Mutter.« John gab seinen Zylinder und seinen Spazierstock an den alten Hansen weiter, der an der Tür erschienen war, und setzte sich dann in den roten Sessel seiner Mutter gegenüber.
Auf dem Tisch zwischen ihnen befand sich ein Korb mit Weißbrot und einer mit Scones, jenen kleinen Brötchen aus Rührteig, die seine Mutter zum Tee so liebte. Daneben standen Butter, Marmelade und Honig. Und nur drei Gedecke.
»Kann Vater heute nicht zum Tee kommen?« In John keimte die zarte Hoffnung, sein Vater könnte verhindert sein. Ein Umstand, der die Atmosphäre regelmäßig deutlich entspannte.
»Doch. Er wird später kommen.«
John schluckte. »Und Johanna?«
»Ich habe sie gebeten, ein paar Besorgungen zu machen.«

»Während des Fünf-Uhr-Tees?«
»Es schien mir besser so.«
John wurde heiß. Er versuchte mit zwei Fingern seinen Hemdkragen zu weiten, um sich etwas Kühlung zu verschaffen. In ihm wuchs das Gefühl, Angeklagter der heiligen Inquisition zu sein. Keine Frage, dachte er, Vater wird die Rolle des Großinquisitors übernehmen. Und Mutter?

Victoria sah John kurz an, dann zog sie an dem Klingelband, das von der Zimmerdecke herabhing, um so das Serviermädchen zu rufen. Einen Augenblick später öffnete sich die Tür, und Christine erschien, wie immer adrett gekleidet mit einer gestärkten weißen Schürze und einem weißen Häubchen auf dem Kopf. Ihr langes, braunes Haar, das so herrlich duftete, wie John seit einiger Zeit wusste, hatte sie züchtig zu einem Dutt zusammengesteckt.
John beobachtete Christine, wie sie ein silbernes Tablett trug, auf dem eine Teekanne aus weißem, hauchdünnem Porzellan glänzte. Sie trat neben John und stellte die Teekanne mit einer erfreulich tiefen Verbeugung auf den Tisch. John musste noch einmal seinen Hemdkragen weiten.
»Danke, Christine«, sagte Victoria, »du kannst jetzt gehen.«
»Sehr wohl, gnädige Frau.« Christine machte einen Knicks und verließ den Salon.
Nachdem die Tür geschlossen war, sagte Victoria: »Du lässt Christine in Ruhe, John. Hörst du?«
»Aber Mutter, ich weiß gar nicht …«
Victoria schnitt ihm das Wort ab, indem sie einfach die Hand hob. »Es ist mir egal, was geschehen ist und was nicht. Sie ist ein Dienstmädchen, und sie bleibt ein Dienstmädchen. Und damit ist sie nichts für dich. Hast du verstanden?«

»Ja, Mutter. Aber …«
»Aber was?«
»Nun«, sagte John mit einem leichten Grinsen, »ich habe ihr nur … etwas vorgelesen.«
John erwiderte dies ohne einen Hauch von Unsicherheit. Schließlich entsprach es durchaus der Wahrheit, dass er ihr auch schon mal was vorgelesen hatte.
»John, ich bin deine Mutter. Du kannst mir nichts vormachen. Mit diesem … Vorlesen ist jetzt Schluss. Du hast gehört, was ich gesagt habe.«
»Ja, Mutter.«
Victoria nickte zufrieden. Dann beugte sie sich vor und nahm die schwere Teekanne in die Hand. Während sie zunächst John und dann sich selbst einschenkte, bemerkte sie beiläufig: »Und diese Henriette Sternberg ist auch nichts für dich.«
Für einen kurzen Moment riss John die Augen auf, ohne dass Victoria dies mitbekam. Dann hatte er sich wieder im Griff und fragte scherzhaft: »Obwohl sie kein Dienstmädchen ist?«
»Ich meine es ernst, John.«
Victoria hatte sich wieder zurückgesetzt und sah ihn fest an. »Ich habe euch gestern vom Balkon aus im Garten gesehen.«
»Sie ist Johannas Freundin, nicht meine.«
»Und dabei soll es auch bleiben. Hast du mich verstanden?«
»Ja, Mutter.«
»Gut. Ich wusste, dass du ein gescheiter Junge bist.«

Victoria nahm sich eines der kleinen Brötchen, um es mit Butter und Marmelade zu bestreichen.
»Möchtest du nicht auch was essen?«

»Nein danke, ich habe keinen Hunger.«
Victoria lehnte sich in ihrem Sessel zurück und aß das Brötchen. John hatte den Eindruck, dass die Augen seiner Mutter müde und erschöpft wirkten, und dass die Kraft und Energie, die sie immer ausgestrahlt hatte, zu schwinden begannen. Sie wird alt, dachte er und spürte Zärtlichkeit und Sorge.
Ich muss sie schonen, sagte er sich und nahm sich selbst das Versprechen ab, ihr möglichst keinen Anlass mehr zu geben, sich über ihn aufzuregen. Gleich als Erstes wollte er mit Christine einen anderen Ort und eine neue Zeit vereinbaren …
»Es gibt da noch etwas, das ich mit dir besprechen möchte«, sagte Victoria, nachdem sie das Brötchen gegessen hatte.
John setzte sich in seinem Sessel zurecht und bereitete sich darauf vor, ihr zuliebe ein kleineres Übel zu akzeptieren.
»Wie du vielleicht gemerkt hast, ist dein Vater in letzter Zeit sehr angespannt.«
John deutete ein leichtes Kopfnicken an und setzte eine mitfühlende Miene auf.
»Nun, es ist wohl so, dass zum einen die Geschäfte nicht so gut laufen, wie es sich dein Vater wünscht. Und zum anderen ärgert es ihn, dass du nach dem Ende deines Studiums noch immer nicht in eine Kanzlei eingetreten oder in einem Kontor angefangen hast.«
Aha, dachte John, das ist also das eigentliche Thema. Er ließ sich einen Moment Zeit und spürte dabei deutlich den Blick seiner Mutter auf sich ruhen.
»Ich werde arbeiten«, sagte er schließlich, wobei er den Zeitpunkt ganz bewusst noch nicht näher präzisieren wollte.
Victoria trank einen Schluck Tee.

»Ich weiß, mein Junge. Aber versuche bitte auch, deinen Vater zu verstehen. Er braucht Hilfe. Er würde sich sehr freuen, wenn du dich etwas mehr für das Teegeschäft interessieren würdest.«
»Aber das Teegeschäft interessiert mich nicht, Mutter.«
Die Antwort war schnell wie ein Reflex gekommen. Als er jetzt die enttäuschte Miene seiner Mutter sah, tat es ihm Leid. Aber er hatte nur die Wahrheit gesagt, ganz so, wie sie es immer von ihm gefordert hatte.
»Mutter, ich bin kein Kaufmann«, versuchte er sich zu rechtfertigen. »Vom Teegeschäft habe ich keine Ahnung, und die Seefahrt schreckt mich ab. Ich wäre Vater keine große Hilfe.«
»Aber du könntest es lernen.«
John schwieg und starrte beharrlich auf den Teppich, als könnte er sich in seine Schlingen verkriechen. Ohne aufzusehen, hörte er, wie seine Mutter erneut Tee in ihre Tasse füllte.
»John«, sagte sie leise, fast bittend, »ich weiß, dass es dir nicht leicht fällt, aber du würdest mir und deinem Vater einen großen Gefallen tun, wenn du dich in unserem Unternehmen ernsthaft engagieren würdest.«
John presste die Lippen fest zusammen, sagte aber nichts. Er wollte seine Mutter nicht enttäuschen. Andererseits erschien ihm die Aussicht, auf Jahre im Kontor seines Vaters und unter der Aufsicht von Percy über Zahlen zu brüten, so verlockend wie langjährige Festungshaft. Wann hätte er dann noch Zeit, unter Bäumen Bücher zu lesen und sonnige Vormittage zu genießen?
Victoria trank einen Schluck, stieß einen kaum hörbaren Seufzer aus und stellte ihre Tasse zurück auf den Tisch. Dann sagte

sie, um einen vermittelnden Ton bemüht: »Ich habe einen Vorschlag: Wie wäre es, wenn du zunächst für ein paar Wochen zu meinem Bruder nach London fährst? Du könntest dich in der Stadt ein wenig umsehen und über deine weitere Zukunft in unserer Firma nachdenken. Und du würdest deinem Vater nicht ständig vor den Augen herumlaufen.«

»Ich kann nicht nach London, Mutter.«

»Aber natürlich kannst du.«

»Nein! Weil ich, wie du dich bestimmt erinnerst, vor fünf Jahren, als ich das erste Mal nach London fuhr, bereits auf der Elbe krank über der Reling hing und die Fische gefüttert habe. Alle an Bord haben mich damals, den Sohn des Chefs, ausgelacht.«

»Haben sie nicht.«

»Doch, Mutter, du weißt es.«

»Und wenn schon. Das ist fünf Jahre her. Du bist jetzt ein erwachsener Mann.«

»Dann werde ich eben als erwachsener Mann krank über der Reling hängen und die Fische füttern.«

Plötzlich wurde die Tür aufgerissen, und Heinrich Blanckendorff stürmte ins Zimmer. Er atmete schwer und wischte sich mit einem Taschentuch den Schweiß von der Stirn.

»Heinrich!« Victoria war sofort aufgesprungen und zu ihrem Mann geeilt. »Ist was passiert?« Besorgt legte sie eine Hand auf die Stirn.

»Schon gut«, grummelte er und machte sich von ihr los. Er ließ sich in Victorias Sessel fallen und streckte seine kurzen Beine aus. Als er zu John sah, zogen sich seine Augen zu schmalen Schlitzen zusammen.

»Sieh an«, sagte er grimmig, »ein Unglück kommt also doch

selten allein: Mein Herr Sohn hat inzwischen ausgeschlafen und beehrt mich mit seiner Anwesenheit. Bleibt mir denn heute gar nichts erspart?«
»Heinrich!« Victoria setzte sich den beiden Männern gegenüber an den Teetisch. »Sei nicht ungerecht. Trink deinen grünen Jasmintee, er wird dich entspannen und dir wieder Kraft geben.«
Sie nahm die Kanne vom Stövchen, schenkte ihrem Mann eine Tasse ein und gab zwei kleinere Kandisstückchen hinzu, ganz so, wie er es am liebsten mochte.
»Ich kann ja gehen, Mutter«, sagte John und wollte sich schon erheben.
»Du bleibst hier«, bestimmte sein Vater knapp.
Ein kurzer Blick zu seiner Mutter zeigte John, dass sie ihn nicht gegen seinen Vater unterstützen würde. John ließ sich in den Sessel zurückfallen.
Heinrich Blanckendorff rührte seinen Tee um und schlürfte die ersten, noch heißen Schlucke. Er trank sehr schnell. Üblicherweise gelang es ihm auch in Zeiten großer Anspannung, sich auf seine Tasse Tee zu konzentrieren. Dann trank er bewusst langsam, schloss die Augen, um so dem Geschmack besser nachspüren und sich entspannen zu können. Dies war heute offenbar nicht der Fall. Seine Stirn war nach wie vor in tiefe Falten gelegt. Victoria schenkte ihm eine zweite Tasse ein, doch auch die stürzte er hinunter.
Victoria wartete noch einen Moment ab, ehe sie nachfragte: »Heinrich, willst du mir nicht erzählen, was passiert ist?«
Blanckendorff stellte seine Tasse auf den Tisch und lehnte sich langsam zurück. Er strich sich müde mit der Hand über das Gesicht und atmete tief durch.
»Ich habe heute Voss in der Börse getroffen, und ihn daraufhin

angesprochen, was Simon gestern angedeutet hatte: Du weißt schon, dass er auf unsere Zahlung wartet.«
Victoria nickte vorsichtig. »Und was hat er gesagt?«
»Er hat gesagt« – Blanckendorff atmete tief durch und fuhr in lautem, zornigem Ton fort –, »er hat gesagt, dass, wenn ich die fällige Rate nicht in den nächsten Tagen bezahle, er die Schiffe nicht zu Ende bauen wird.«
Augenblicklich war alles still, als hätte die Welt beschlossen, sich nicht weiterzudrehen. Kein Geräusch war zu hören, selbst von der Straße drang kein Lärm ins Haus. John wäre am liebsten unbemerkt aus dem Zimmer geschlichen.
Victoria musste kurz schlucken, um sich zu sammeln. »Und?«, fragte sie, »kannst du die Rate bezahlen?«
John blickte zu seinem Vater, aus dessen Gesicht nun alle Farbe gewichen war. Er konnte sich nicht erinnern, seinen Vater jemals in einem ähnlichen Zustand gesehen zu haben.
»Natürlich könnte ich es«, sagte er leise. »Aber dann hätte ich kein Geld mehr, um neue Ware zu kaufen. Oder unsere Arbeiter zu bezahlen und unser Hauspersonal. Und …«
»Und das Gartenfest?«, fragte Victoria.
Blanckendorff schwieg. Sein Blick schien in die Ferne zu schweifen. Träumte er?
»Heinrich, was ist mit dem Gartenfest?«
Als Blanckendorff immer noch nicht antwortete, beugte sich Victoria vor und fragte eindringlich: »Heinrich! Antworte! Müssen wir das Fest absagen?«
Ihr Mann schwieg weiter. Ist er überhaupt noch in diesem Raum, fragte sich John und bekam es mit der Angst zu tun. Wird Vater wahnsinnig? Bricht er jetzt zusammen?
Doch dann ging ein Ruck durch Blanckendorffs Körper. Er richtete sich auf, streckte seine Brust vor und verkündete:

»Nein! Wir werden dieses Gartenfest ausrichten. Und Johannas Verlobung bekannt geben. Und auch Voss wird meine Schiffe bauen. Wenn Percy kommt, sind wir alle Sorgen los.«

»Aber Percy ist noch nicht da, Heinrich …« Victoria kämpfte mit den Tränen und nahm schnell eine Serviette zur Hand.

»Ich weiß. Bis er kommt, werden wir eben kämpfen und hart arbeiten. Ich werde mit Hansen sprechen, er soll sich die tüchtigsten drei, vier Leute aussuchen und die anderen so lange nach Hause schicken, bis Percy zurück ist. Und mit Vogt werde ich über das Kontorpersonal reden. Wir müssen jetzt alle mit anpacken.«

Beim letzten Satz seines Vaters hatte John den Eindruck, dass dieser ihn direkt angeschaut hatte. Die Frage, wen er denn mit »alle« meinte, verkniff er sich lieber.

Als hätte Blanckendorff seine Gedanken gelesen, fuhr er fort: »Und wenn ich ›alle‹ sage, dann meine ich auch meinen Herrn Sohn.«

Victoria sah ihren Mann forschend an. »An was denkst du?«

Blanckendorff grinste höhnisch: »John wird sich bei Vogt melden.«

»Bei Vogt? Der wird ihn doch nicht in den Speicher schicken? Heinrich!«

»Damit ist zu rechnen«, bestätigte Blanckendorff.

»Aber John ist so eine Arbeit nicht gewohnt.«

John sah das ganz genauso.

»Dann wird er sich eben daran gewöhnen, verdammt noch mal«, donnerte Blanckendorff. »Ich habe die Nase voll von seinem ständigen Faulenzen. Wir sind in einer schwierigen Lage. John hat als Mitglied der Familie bisher ein gutes Leben gehabt, dafür wird er jetzt seiner Familie helfen. Er wird hart arbeiten, wie alle anderen auch. Und das ab sofort. Solange er keine vernünftige Arbeit gefunden hat, mit der er gutes Geld verdient, wird er seiner Familie helfen. Und wenn es im Lager ist.«

»Vater …«

»Schweig. Du hattest genug Zeit, dich auszuruhen.«

5

Am Nachmittag waren alle Plätze mit Blick auf die Alster besetzt. John bewegte sich vorsichtig durch die Reihen und fand schließlich einen Tisch auf der dem Jungfernstieg zugewandten Seite. Seit der Alsterpavillon vor fünf Jahren renoviert worden war, hatte er sich zu einem sehr beliebten Ausflugslokal entwickelt. Es gab schmackhafte Torten, heißen Mokka oder Tee, die neuesten Zeitungen und vor allem einen herrlichen Blick entweder auf die Alster mit den vielen Segel- und Ruderbooten oder aber auf den Jungfernstieg, wo die jungen Damen bei schönem Wetter die Wirkung ihrer neuesten Kleider ausprobierten.

John hatte sich eine Tasse Mokka bestellt und blätterte betont langsam in der neuesten Ausgabe des *Hamburger Correspondenten*. Er achtete sehr darauf, keine unvorsichtige Bewegung zu machen. Jeder Muskel tat ihm weh. Ohne Ausnahme. So etwas hatte er noch nicht erlebt. Er schlürfte seinen heißen Mokka und stellte die Tasse mit leicht verzerrter Miene ab.

Am besten wäre es, wenn ich mich die nächsten Tage überhaupt nicht mehr bewege, dachte er und war froh, dass er hier in Ruhe und Frieden die Sonne auf sich scheinen lassen konnte. Die Wärme wird meinen Muskeln gut tun.

Nach einer Weile hob er langsam den Kopf, um dann mit den Fingerspitzen vorsichtig seinen Nacken zu massieren, als er unter den vielen auf dem Jungfernstieg flanierenden Damen Henriette Sternberg zu sehen glaubte. In Begleitung von zwei anderen jungen Frauen. Oder hatte er sich getäuscht? Im nächsten Moment waren sie jedenfalls schon hinter einer der Linden, die sich in einer Zweierreihe über den gesamten Jungfernstieg erstreckten, verschwunden. John musste einen Augenblick warten. Er spürte, wie sein Herz schneller schlug. Dann tauchten sie wieder auf, und alle Zweifel waren verflogen. Ja, es war Henriette. Sie plauderte vergnügt mit ihren Begleiterinnen.

John hätte ihr gern zugewinkt und sie auf sich aufmerksam gemacht, wenn er nur seinen Arm hätte schmerzfrei bewegen können. Vor allem aber traute er sich nicht.

Schließlich haben wir uns erst ein Mal gesehen. Und das nur für kurze Zeit. Vielleicht hat sie mich auch schon längst wieder vergessen. Das wäre dann doch zu peinlich: Wenn ich ihr ausgelassen zuwinke, und sie würde mich, in Gegenwart ihrer Freundinnen, behandeln wie einen unbekannten Dienstboten.

John seufzte kurz und schlug die Zeitung auf. Vielleicht war es tatsächlich besser, den Nachmittag im Garten zu vergessen. Er sah ein letztes Mal kurz auf und hatte das Gefühl, dass Henriette gerade in diesem Augenblick in seine Richtung gesehen hatte.

Hat sie mich entdeckt?, fragte er sich.

Er ließ die Zeitung ein wenig sinken und beobachtete, wie Henriette und ihre Begleiterinnen in Richtung des Alsterpavillons abbogen. Er bekam einen heftigen Schreck.

Sie kommt tatsächlich auf mich zu, dachte er, mit ihren Freundinnen.

Er nahm den *Hamburger Correspondenten* wieder hoch und wartete gespannt darauf, dass Henriette vor seinem Tisch erscheinen würde.

Sie hat mich also doch nicht vergessen. John grinste vor Freude seine Zeitung an. Oder habe ich mich geirrt, und sie hat jemand anderen gesehen? Einen dieser reichen Bankierssöhne, der vielleicht direkt hinter mir sitzt?

John ließ die Zeitung langsam sinken, um über den oberen Rand zu blinzeln, als Henriette auch schon vor ihm stand.
»Guten Tag, Herr Blanckendorff«, sagte sie mit einem strahlenden Lächeln. Ihre beiden Freundinnen standen links und rechts neben ihr und deuteten einen Knicks an. John kannte sie: die kleinere, runde Person rechts war Charlotte von Bönningheim mit ihren bekannten roten Apfelbäckchen, und die größere und kräftigere Dame war Katharina Halstenbek, wie Charlotte und Henriette eine Senatorentochter.
John erhob sich prompt und begrüßte die Damen mit einem so lauten »Aaaah!«, dass sich einzelne Gäste an den Nachbartischen erschrocken umdrehten. Katharina und Charlotte rissen vor Schreck die Augen auf. Aus ihren Gesichtern sprach die Sorge, ob es reichen würde, sich hinter Henriettes Rücken in Sicherheit zu bringen, oder ob es besser war, die Röcke zu heben und rasch davonzulaufen. Allein Henriette stand ruhig da und sah ihn verblüfft an.
»Geht es Ihnen nicht gut, Herr Blanckendorff?«
John stützte sich mit der linken Hand vorsichtig auf die Stuhllehne.
»Sie müssen entschuldigen, meine Damen«, sagte er mit schmerzverzerrtem Gesicht, »es tut mir Leid, wenn ich Ihnen Angst gemacht habe. Aber ich habe schreckliche Schmerzen im Rücken. Und in den Beinen. Und Armen. Und … eigentlich überall. Aber bitte, setzen sie sich doch.«
John deutete auf die drei noch freien Plätze an seinem Tisch. Henriette blickte sich zu ihren Freundinnen um, in deren Gesichtern deutlich der Wunsch nach einem Ortswechsel zu erkennen war. Sie wandte sich wieder an John und sagte mit einem Lächeln: »Sehr gern.« Dann forderte sie ihre Freundinnen mit einem kurzen Wink auf, sich ebenfalls zu setzen.

John stützte sich mit beiden Händen auf die Stuhllehnen und ließ sich vorsichtig auf den Stuhl sinken. Misstrauisch verfolgten die beiden Freundinnen dieses Schauspiel, vor allem, als John seine Lippen fest zusammenpresste und die Augen schloss, um sie nicht mit einem weiteren Schrei zu erschrecken. Charlotte atmete deutlich hörbar aus, als er endlich auf der Sitzfläche angekommen war.

John wünschte sich ein tiefes Erdloch herbei, in das er versinken konnte. Ihm war klar, dass die Szene von vorhin innerhalb der nächsten Stunden Einzug in die Hamburger Damenwelt halten würde. Wie würden sie ihn schildern? Als schreckliches Ungeheuer? Katharina Halstenbek saß ihm stocksteif gegenüber. Ihre Lippen waren schmale, blasse Linien. Ihr Wunsch, so schnell wie möglich zu verschwinden, war fast mit Händen zu greifen. Bei Charlotte dagegen glaubte er, eine Spur von Mitleid erkennen zu können. Und Henriette? Ihr Gesicht zeigte ein freundliches und vor allem spöttisches Grinsen.

»Ein schöner Tag, nicht wahr?«, begann John verlegen das Gespräch. Er wollte die Beine übereinander schlagen, musste diesen Versuch aber nach einem stechenden Schmerz im Oberschenkel abbrechen. Er atmete langsam aus. Noch ein Schrei, und Katharina wäre hochgeschossen und davongerannt.

»Für Sie scheint der Tag ja nicht so schön zu sein«, antwortete Henriette.

Sie siezt mich, dachte John enttäuscht. Andererseits, kann ich in der Öffentlichkeit etwas anderes erwarten? Würde sie mich hier und jetzt duzen, hätten Katharina und Charlotte eine noch viel aufregendere Neuigkeit für die Hamburger Damenwelt.

John musste an den Nachmittag im Garten seiner Eltern den-

ken. Wie würde Henriette reagieren, wenn wir jetzt dort allein wären und ich ihr in aller Ausführlichkeit meine augenblicklichen Schmerzen schildern würde?
»Ich habe zwei Tage im Lager meines Vaters Kisten geschleppt, geschoben und gehoben«, sagte er laut. »Danach ist jeder Tag ohne Kisten ein schöner Tag. Und wenn mir dann noch drei so attraktive Damen in so entzückenden Kleidern gegenübersitzen, sind sowieso alle Schmerzen verschwunden.«
»Sie Schmeichler«, entfuhr es Charlotte.
Henriette und Katharina drehten sich gleichzeitig zu ihr um und sahen sie erstaunt an, so dass Charlottes kleine, volle Bäckchen hellrot zu leuchten begannen. Verschämt ließ sie den Kopf sinken.
»Darf ich den Damen etwas bestellen«, fragte John, um die Aufmerksamkeit auf sich zu ziehen. »Vielleicht eine Tasse Kakao?«
»Oh, Kakao wäre wunderbar«, antwortete Henriette und wandte sich an ihre Freundinnen: »Was meint ihr?«
»Ja, Kakao wäre nett«, gluckste Charlotte und knetete ihre kleinen Finger.
John winkte ein Serviermädchen heran und bestellte vier Tassen.
»Sie plagt also Muskelkater«, stellte Henriette fest. »Haben Sie im Lager ihres Vaters etwa tatsächlich« – hier machte sie eine kleine Kunstpause, um es dann betont deutlich auszusprechen – »körperlich gearbeitet?«
John setzte sich in seinem Stuhl zurecht und legte seine Hände auf den Tisch.
»Was meinen Sie?«
Die jungen Damen neigten sich vor und betrachteten seine Hände, die voller aufgeplatzter Blasen waren.

»Sie Ärmster«, äußerte Charlotte ihr Mitleid. »Tut das sehr weh?«
»Es geht so.« John fühlte sich plötzlich so tapfer wie ein verwundet zurückgekehrter Frontsoldat.
Charlotte sah sich seine Hände genauer an. John fürchtete schon, sie würde gleich mit ihrem Zeigefinger in die offenen Stellen pieksen, um zu sehen, ob dies besonders schmerzhaft sei. Doch dann sagte sie voller Wärme: »Sie Ärmster. Sie haben so zarte Finger. Ihre Hände sind nicht dafür geschaffen, Kisten zu schleppen.«
»Sehen Sie, Fräulein von Bönningheim, dass ist auch mein Eindruck.«
»Und warum haben Sie dann so hart gearbeitet?«, fragte Henriette mit der distanzierten Anteilnahme eines Gendarmeriechefs.
»Bestimmt, weil Sie das Geschäft ihres Vaters von Grund auf kennen lernen wollen, nicht wahr«, vermutete Charlotte und legte eine Hand auf seinen Unterarm. Sie sah ihn erwartungsvoll an.
»Nun ja …« John zögerte mit der Antwort. Ein kurzer Blick in Henriettes amüsiertes Gesicht zeigte, dass er von ihr keine tiefere Anteilnahme erwarten konnte. Er wandte sich deshalb Charlotte zu: »Zumindest habe ich jetzt einen umfassenden Eindruck gewonnen.«
»Das dachte ich mir«, erwiderte Charlotte seufzend und lehnte sich zufrieden zurück.

Inzwischen brachte das Serviermädchen den Kakao und stellte die vier Tassen auf den Tisch. John bezahlte großzügig, und das Mädchen bedankte sich mit einem freundlichen Lächeln und denkbar tiefen Knicks.

Als sie gegangen war, fragte Henriette: »Haben Sie denn noch so viele Kisten im Lager, dass Sie sie zwei Tage lang herumschleppen mussten?«
»Also, Henriette«, empörte sich Charlotte, »du bist aber indiskret. Das ist doch bestimmt ein Geschäftsgeheimnis, nicht wahr, Herr Blanckendorff?«
John war sich nicht sicher, vermutete aber, dass sie Recht hatte.
»So viel kann ich immerhin sagen, ohne ein Geschäftsgeheimnis zu verraten: Mir haben die Kisten schon nach der ersten halben Stunde gereicht.«
»Dennoch sind jetzt alle Kisten an ihrem Platz?«, erkundigte sich Henriette. »Ich meine, weil Sie jetzt hier sitzen und uns Gesellschaft leisten können und nicht länger im Lager …«
»Mein Vater hat mich rausgeschmissen.«
»Ach was«, sagte Katharina Halstenbek so trocken, als wäre dies wirklich keine verbreitenswerte Nachricht.
»Es wird bestimmt keine schlimme Verfehlung von Ihnen gewesen sein, nicht wahr, Herr Blanckendorff?«, meinte Charlotte.
»Ich fand es nicht so schlimm, aber für meinen Vater hat es gereicht, mich aus dem Speicher zu verbannen.«
»Nun spannen Sie uns nicht länger auf die Folter, Herr Blanckendorff, und beichten Sie uns Ihr Vergehen«, sagte Henriette.
John registrierte leicht irritiert, dass er ab jetzt auch die ungeteilte Aufmerksamkeit Katharina Halstenbeks genoss.
»Meine Aufgabe war es, die Kisten im Lager zu sortieren und neu zu stapeln. Dabei habe ich die Teekisten, wegen ihrer vergleichbaren Größe, neben die Kisten mit Gewürzen gestellt …«

»Oje«, entfuhr es Henriette.
Charlotte sah sie überrascht an. »Wieso sagst du oje?«
Henriette grinste: »Frag Herrn Blanckendorff, jetzt wird er's wohl wissen.«
Charlotte blickte fragend zu John, und auch Katharina lauschte aufmerksam.
»Es ist so«, erläuterte er, »dass man Tee nicht neben anderen stark duftenden Waren lagern darf.«
»Ach, das ist ja interessant«, sagte Charlotte staunend. »Und das hast du gewusst, Henriette?«
»Jeder, der mit Tee zu tun hat, weiß das.«

Es entstand eine kleine Pause, in der John und die Damen an ihren Kakaotassen nippten.
»Sie interessieren sich also nicht so sehr für das Geschäft ihres Vaters?«, fragte Katharina kühl.
John räusperte sich. »Also, offen gestanden, ich mache mir nicht so viel aus Kisten. Ich ziehe Bücher vor. Die sind nicht so schwer, und man kann sie überallhin mitnehmen.«
»Er liest den *Taugenichts*«, ergänzte Henriette.
Katharina Halstenbek zog die Augenbrauen hoch. »Den *Taugenichts*«, wiederholte sie in einem Ton, als handelte es sich dabei um eine ansteckende Krankheit. Sie reckte kurz die Nase in die Luft und sagte: »Na, das passt ja.«
In diesem Moment rief eine Frauenstimme von der Straße her: »John!« Und dann noch mal: »John!«
John drehte sich um und sah seine Mutter. Sie ließ den zweispännigen Wagen unmittelbar vor dem Alsterpavillon halten und winkte.
»John, komm her. Ich such dich schon überall.«
Er nickte kurz zu ihr hinüber, dann wandte er sich an Henriet-

te und ihre Freundinnen: »Verehrte Damen, meine Mutter ruft. Ich muss Sie jetzt leider verlassen.«
Er stützte sich mit den Händen auf die Armlehnen seines Stuhls und erhob sich unter leisem Stöhnen. Dann nahm er seinen Spazierstock und den Zylinder in die Hand und verbeugte sich andeutungsweise: »Es war mir ein Vergnügen.«
Danach ging er stocksteif, als hätte er einen Besenstiel im Kreuz, an Tischen und Stühlen vorbei und stakste der Kutsche entgegen.

»Ach«, seufzte Charlotte und sah ihm verträumt nach, »er ist ein so netter Mann.« Ihre Bäckchen begannen wieder zu leuchten.
»Und er hört auf seine Mutter«, ergänzte Henriette.
»Du meinst also«, sagte Katharina im Ton sachlicher Abwägung, »dann würde er auch auf seine Frau hören?«
Henriette antwortete betont ernst: »Das will ich doch sehr hoffen.«
Die jungen Frauen brachen in heiteres Gekicher aus, griffen sich ihre Sonnenschirme und verließen ebenfalls den Alsterpavillon. Sie schlenderten unter dem Blätterdach der Linden den Jungfernstieg entlang in Richtung Petri-Kirche.
Nachdem sie ein paar Schritte gegangen waren, fragte Katharina in unverfänglichem Plauderton und so, als würde sie es nicht wirklich interessieren: »Stimmt es eigentlich, was so gemunkelt wird, dass nämlich die Familie Blanckendorff, wie soll ich sagen, na, also, dass sie finanzielle Probleme hat?«
»So, munkelt man das?«, fragte Henriette.
Sie gingen einige Schritte weiter.
»Ist ihre Lage denn so ernst?« Charlottes Stimme klang aufrichtig besorgt.

»Man hört ja so verschiedene Sachen«, meinte Katharina.
»Was denn?«, hakte Charlotte nach.
»So Sachen eben. Genaues weiß ich auch nicht«, gab Katharina zu.
Nach ein paar weiteren Schritten sagte Charlotte so leise, als redete sie zu sich selbst: »Wenn das wirklich so wäre, würde ich meinen Vater bitten, Johns Familie zu helfen. Mein Vater hat genug Geld. Und außerdem«, verkündete sie wieder in normaler Lautstärke, »ist Geld überhaupt nicht so wichtig.«
»Wer sagt denn so ein dummes Zeug?«, fragte Katharina und äffte Charlotte nach: »Geld ist nicht so wichtig!«
»John«, antworteten Henriette und Charlotte gleichzeitig.
Katharina blieb abrupt stehen und sah Charlotte und Henriette ins Gesicht: »Nanu, habe ich da etwas verpasst?«
»Ach was«, sagte Henriette schnell, und Charlotte ergänzte: »John ist nicht dumm! Er soll sogar ein besseres Examen gemacht haben als Gustav.«
»Vielleicht, weil er die Prüfungskommission mit seinem Lockenköpfchen und seinem Literaturgefasel eingewickelt hat«, spekulierte Katharina.
»Meinst du, das funktioniert bei Männern?«, erkundigte sich Henriette.
»Vielleicht war auch eine Frau dabei.«
»Du meinst eine … Professorin?«, fragte Charlotte ungläubig und lachte dann herzlich über diesen gelungenen Scherz. »Seit wann gibt's denn so was?«

Vergnügt verließen sie den Jungfernstieg in Richtung des St.-Johannis-Klosters. Hier in den engen Gassen wurde die Luft bald stickig, weil die Brise, die eben noch über die Alster wehte, diese Winkel der Stadt nicht mehr erreichte.

Während Henriette und Katharina die Nase rümpften, war Charlotte bester Dinge. Ihr schien es nichts auszumachen, dass die in die Fleete geworfenen Abfälle dank der klaren Sonne und des jetzt herrschenden Niedrigwassers ihren vollen Gestank entfalteten.

»Findet ihr nicht auch, dass John Blanckendorff ganz anders ist als die anderen Männer? Er beachtet unsere Kleider, interessiert sich für Bücher, und bestimmt mag er auch Musik. Auch ist er kein so grober, schwerer Klotz, der einen unter sich zermalmen würde.«

Henriette und Katharina sahen Charlotte erstaunt an. Sie hatten ihr nicht zugetraut, dass sie Johns körperliche Vorzüge so konsequent durchdenken würde.

»Übrigens hat Klara Homberg vor kurzem gesagt, John Blanckendorff erinnere sie an einen Schmetterling. Ist das nicht poetisch? Weil er so schön ist und so zart ...«

»... und so flatterhaft«, ergänzte Katharina.

»Ich finde, diese Bezeichnung passt zu ihm«, stellte Charlotte fest. »Und sie ist durchaus ein Kompliment.«

Genau, dachte Henriette. Und ich werde diesen Schmetterling fangen!

6

»Komm, mein Junge, setz dich.« Victoria deutete auf die Bank ihr gegenüber. Und dann an den Kutscher gewandt, der vorn auf dem Kutschbock des offenen Wagens hockte, sagte sie laut: »Nach Hause, Mertins.«

»Sehr wohl«, brummelte dieser und lenkte den Wagen an den Passanten auf dem Jungfernstieg vorbei in Richtung Große Reichenstraße. Die klappernden Hufe auf dem Straßenpflaster übertönten sogar die Rufe der Obst- und Gemüsefrauen. Sie kamen jeden Tag aus den südlich der Elbe gelegenen Vier- und Marschlanden, um lauthals die speziellen Vorzüge der von ihnen angebotenen Waren anzupreisen.

John genoss den Anblick der Frauen und Mädchen in ihren bunten Trachten. Vor allem aber genoss er es, sich nicht bewegen zu müssen. Es war ihm schlicht ein Rätsel, wie die Arbeiter in Vaters Lager Jahr um Jahr eine Arbeit verrichten konnten, die ihn schon nach nur zwei Tagen so vollständig in die Knie zwang. Arbeiten ist nichts für mich, war die Erkenntnis, die er aus dieser Episode gewann. Charlotte hatte ja so Recht. Bei ihr würde ich es gut haben, schoss es ihm durch den Kopf.

»Du hast schon wieder mit dieser Sternberg zusammengesessen«, stellte Victoria fest. Ihre aufrechte Haltung und ihre Stimme verrieten John, dass ihre gewohnte Tatkraft und Entschlossenheit zurückgekehrt waren.

»Habe ich dir nicht gesagt, dass du dich von ihr fern halten sollst?«, zischelte sie leise, während sie gleichzeitig die Frau des Gendarmeriekommandanten mit einem freundlichen Kopfnicken grüßte.

»Aber Mutter«, wehrte sich John, »ich konnte doch nichts dafür. Ich habe vor ihr dort gesessen. Das Fräulein Sternberg kam später an meinen Tisch und hat sich mit ihren Freundinnen zu mir gesetzt. Hätte ich aufstehen und weglaufen sollen?«
»Ja«, antwortete Victoria knapp.
John beobachtete seine Mutter. Sie hatte doch wohl gescherzt, oder? In ihrem Gesicht zeigte sich jedoch nicht der Hauch eines Grinsens, kein kurzes Blitzen ihrer Augen, nicht mal ein leichtes Zucken ihrer Mundwinkel. Ihre Züge blieben unbewegt und starr wie die einer in Stein gehauenen Skulptur.
»Ich habe einen Termin mit Monsieur de Bonville vereinbart. Du weißt, er ist der Küchenchef vom Hotel Streits.«
Victoria nahm ihre Uhr in die Hand, die an einer feinen goldenen Kette um ihren Hals hing, und warf einen kurzen Blick darauf.
»Er dürfte bereits in der Bibliothek auf uns warten.«
»Auf … uns?«
»Ja, um die Organisation des Gartenfestes zu besprechen. Und du wirst mir dabei helfen. Dein Vater will während der Feier Johannas Verlobung bekannt geben. Das Fest muss also ein voller Erfolg werden.«
»Und ich soll dabei helfen?«
John fühlte sich für diese Aufgabe überhaupt nicht qualifiziert. Im Lager schwere Kisten zu schleppen war auch nicht die Tätigkeit, die ihm entsprach, sie hatte jedoch etwas Männliches, Heldenhaftes, und der daraus resultierende Muskelkater war außerdem geeignet, das Mitleid der Damenwelt zu erregen. Die Organisation einer Feier taugte dazu jedoch in keiner Weise und war eines Mannes irgendwie … unwürdig.
»Ich habe mit deinem Vater darüber gesprochen. Es hat mich

große Überredungskunst gekostet, dass er dich nicht länger im Lager einsetzt. Du hast nun mal nicht die Kraft von Percy.«

»Aber …«

»Ich sehe doch, wie erschöpft du bist, mein Junge. Ich habe deinem Vater versprochen, dich bei mir zu beschäftigen, so lange, bis ich eine Anstellung für dich gefunden habe, die deinen Fähigkeiten entspricht. Hier in Hamburg. Damit du nicht ein Schiff besteigen musst.«

Victoria strahlte ihn an. »Vertrau mir.«

Die Kutsche rumpelte an der Petri-Kirche vorbei, die Pelzerstraße entlang und erreichte schließlich die Große Reichenstraße, die entgegen ihrem Namen so schmal war, dass zwei Kutschen nur knapp aneinander vorbeifahren konnten.

Ein Mann mit spärlichem weißem Haar, in einem zerrissenen, vormals wohl weißen Hemd, mühte sich mit einem groben Holzkarren ab, der mit schweren Kartoffelsäcken beladen war. Weil er mit seinem Karren den Weg zur Eingangstür des Blanckendorffschen Stadthauses versperrte, herrschte ihn Mertins an: »Hey, Alter, sieh zu, dass du deinen Karren da wegbringst. Die Herrschaften wollen aussteigen.«

Früher hatte John diesen Leuten mit ihren sehnigen, nur aus Haut und Knochen bestehenden Armen keine Beachtung geschenkt, jetzt aber empfand er tiefes Mitgefühl für diesen alten Mann und die Strapazen, die seine Arbeit mit sich brachte.

Er hatte wohl nie eine Mutter gehabt, die ihn mit der Kutsche abholte, wenn er sich vor Muskelkater nicht mehr bewegen konnte.

Victoria ließ sich von Mertins aus dem Wagen helfen und betätigte den schweren Türklopfer. Als hätte er nur auf dieses

Zeichen gewartet, öffnete Hansen die massive Eichentür und begrüßte die Herrschaften.

»Herr de Bonville wartet bereits in der Bibliothek, gnädige Frau«, sagte er und verbeugte sich so tief, wie es sein von Rheuma geplagtes Kreuz noch zuließ.

»Danke, Hansen.« Victoria nickte ihm zu. Nachdem John seinen Zylinder und seinen Spazierstock abgegeben hatte, gingen sie die schmale Marmortreppe hinauf in den ersten Stock.

De Bonville stand vor einem der Bücherregale, die linke Hand auf den Rücken gelegt, und studierte die zahlreichen englischen Buchtitel.

Kaum hatte Victoria die Tür geöffnet, hob er die Hände und rief: »Oh, Madame Blanckendorff!«

Dann ging er ihr entgegen, nahm mit einer eleganten Bewegung ihre rechte Hand, verbeugte sich tief und deutete formvollendet einen Handkuss an.

»Gnädige Frau Blanckendorff! Welsche Ehre!«, sagte er huldvoll und mit dem französischen Akzent, von dem er wusste, dass er bei den Hamburger Damen so gut ankam.

»Sie sehen heute wieder bezaubernd aus, ganz bezaubernd. Wirklisch.«

»Danke, Monsieur de Bonville.« Victoria lächelte dankbar, denn ihre Männer waren im Umgang mit Komplimenten extrem sparsam. Sie machte eine halbe Drehung und sagte: »Darf ich vorstellen: Mein Sohn John Blanckendorff.«

»Sehr angenehm«, antwortete der Küchenchef und gab John die Hand.

Herr de Bonville trug eine enge, schwarze Hose, dazu ein weißes Hemd mit buntem Halstuch und einen, wie John fand, mittlerweile zu eng gewordenen Frack. Das rosige Gesicht des

Küchenchefs wurde dominiert von einem verwegen gezwirbelten Schnauzbart.
»Setzen Sie sich bitte«, sagte Victoria.
»Merci.« Bonville nickte und ließ sich in Johns Lieblingssessel fallen.
Johns Augenbrauen zogen sich ärgerlich zusammen. Er hatte die aufgeblasene Art des Herrn de Bonville noch nie gemocht und war schon bei früheren Anlässen immer froh gewesen, dass er nichts mit ihm zu tun hatte. Als seine Mutter begann, verschiedene Menüvarianten zu diskutieren, beschloss John, sich auf eine passive Rolle zu beschränken. Es war ihm bewusst, dass es ihm kaum gelingen würde, sachlich mit Herrn de Bonville über Soßen und Gemüse zu disputieren, zumal sich dieser Snob auch noch in seinen Lieblingssessel gesetzt hatte.
Die Bibliothek und vor allem dieser Sessel waren schon immer Johns Lieblingsplatz gewesen. Sein Zufluchtsort. Wenn er als kleines Kind etwas angestellt hatte und man seine Altersgenossen auf Bäumen, in Schränken oder unter Tischen suchen musste, war er immer in der Bibliothek und in diesem Sessel zu finden gewesen. Er liebte den Zauber und die Würde, die von den schweren und zum Teil sehr alten Büchern ausgingen. Und er hatte entdeckt, dass sich bei Erwachsenen, wenn sie wütend ins Zimmer stürzten, um ihn zur Rechenschaft zu ziehen, ihr Zorn milderte, sobald sie ihn mit einem Buch auf dem Schoß entdeckten. Das funktionierte im Allgemeinen ganz gut, allein sein Vater zeigte sich für diesen Zauber unempfänglich.
Im Grunde war es ja auch die Bibliothek seiner Mutter. Sie hatte fast alle Bücher aus London mitgebracht oder später hier in Hamburg gekauft: Werke von Shakespeare, Edmond Burke,

aber auch von Jean-Jacques Rousseau sowie Goethe, Schiller, Lessing und natürlich Friedrich Gottlieb Kloppstock, jenem großen Hamburger Dichter, bei dessen Begräbnisfeier vor knapp vierzig Jahren fast die ganze Stadt auf den Beinen gewesen sein soll.

John liebte es schon als kleines Kind, in Büchern zu blättern, das Rascheln und Knistern der Seiten beim Umblättern zu hören und an den Einbänden zu schnuppern. Als er eines Tages seinen Vater fragte, welche der vielen Bücher denn seine wären, führte ihn dieser stolz zu einem kleinen Bord, in dem knapp ein Dutzend abgegriffener Folianten lag.

»Hier, da kannst du dir mal ein Bild von der großen weiten Welt machen. Für einen Fernkaufmann ist es unentbehrlich, dass er sich in der Welt auskennt.«

Sein Vater zog das größte und schwerste Buch heraus und hielt es John hin: »Hier, das ist mein Lieblingsbuch. Es hat wunderbare Bilder.«

John war neugierig und aufgeregt gewesen. Das Lieblingsbuch seines Vaters! Es hatte einen weinroten Ledereinband, auf dem in dicken, erhabenen Buchstaben der Titel »Reisebeschreibungen« zu lesen war. John klappte das Buch auf und fand darin Zeichnungen von eigentümlichen Wesen mit riesigen Mäulern und schuppigen Flügeln, von Menschengestalten mit Echsenköpfen, aus denen lange, gespaltene Zungen hingen, und viele andere Scheußlichkeiten. Damals klappte John das Buch sofort wieder zu und fasste den Entschluss, niemals die große weite Welt zu betreten.

Jetzt saß er hier in seinem Refugium und sah diesen Franzosen an. Aber nur kurz, denn schon bald wanderten seine Gedanken zurück in den Alsterpavillon.

Wie sie mich angelächelt hat, erinnerte er sich. Nein, sie hat mich nicht angelächelt, sie hat über mich gelächelt. Vermutlich kennen die Männer aus ihrem Bekanntenkreis keinen Muskelkater, zumindest nicht vom Schleppen einiger Kisten. Aber das ist egal. Sie hatte wieder ihre Lachfältchen um die Mundwinkel, und die sind jeden Muskelkater wert.

John blickte verträumt zum Fenster hinaus, als er plötzlich hochschreckte.

»Was sagen Sie da?«, hörte er seine Mutter empört fragen. Sie saß vorgebeugt am Tisch, während der Küchenchef einen peinlich berührten Eindruck machte.

»Sehr verehrte Frau Blanckendorff, verstehen Sie misch nischt falsch ...«

»Dann wiederholen Sie bitte, was Sie gerade gesagt haben.«

Offenbar ist dieser Wichtigtuer bei Mutter in Ungnade gefallen, freute sich John. Geschieht ihm recht. Warum muss er sich auch in meinen Sessel setzen?

»Isch möschte Sie nur fragen«, sagte de Bonville und knetete nervös seine Finger, »ob es Ihnen vielleischt möglisch wäre, dass Sie ...«

»Ja?« Victorias Stimme klang wie ein kleiner Donner. Und John genoss es, sich außerhalb der Schusslinie zu befinden.

»... einen Vorschuss auf meine Auslagen gewähren.«

Am Spiel ihrer Lippen konnte John erkennen, wie aufgebracht seine Mutter war. Nur mit äußerster Mühe schien es ihr zu gelingen, ihren Ärger zu unterdrücken. Sie atmete tief durch, dann sagte sie mit scheinbar ruhiger Stimme: »Mein lieber Herr de Bonville ...«

John registrierte zufrieden, dass seine Mutter zum förmlicheren »Herr« übergegangen war.

»… ist es bei Ihnen nicht mehr üblich, wie unter anderen Kaufleuten auch, dass die Rechnungen erst nach Erhalt der Ware bezahlt werden?«
»Doch, schon …«
»Und darf ich Sie daran erinnern, dass mein Mann vor drei Jahren seinen fünfzigsten Geburtstag bei Ihnen gefeiert hat?«
»Natürlisch, Madame. Es war ein rauschendes Fest. Alle Gäste waren sehr zufrieden.«
»Und wann haben wir Ihre Auslagen bezahlt?«
»Unverzüglisch, gnädige Frau.«
»Und war es auskömmlich für Sie?«
»Sehr auskömmlisch, gnädige Frau.«
»Und warum wollen Sie dieses Mal davon abweichen?«, fragte Victoria scheinbar teilnahmslos.
John beobachtete, wie der Küchenchef ein Taschentuch aus seiner Jackentasche fingerte und sich die Stirn abtupfte.
»Eine reine Vorsischtsmaßnahme, gnädige Frau. Es hat weiter keine Bedeutung.«
»Eine reine Vorsichtsmaßnahme, soso«, sagte Victoria langsam und legte die Fingerspitzen bedächtig an ihr Kinn. »Mein lieber Herr de Bonville«, fuhr sie so leise fort, dass John schon ganz genau hinhören musste, »wir sitzen hier seit einer ganzen Weile zusammen. Wir haben besprochen, dass wir eine Feier mit über hundert Gästen planen, mit fünf Gängen, üppigen Dekorationen, Musik und Tanz. Ein auch für Sie nicht ganz gewöhnliches Geschäft.«
»Auf keinen Fall ein gewöhnlisches Geschäft«, bestätigte de Bonville.
»Gewiss. Und weil Sie schon einige schöne Feiern für uns ausgerichtet haben, bin ich bereit, das eben von Ihnen Gesagte zu

vergessen und Ihnen den Auftrag trotzdem zu erteilen. John ist mein Zeuge.«

Sie warf einen kurzen Blick zu John, um dann wieder de Bonville fest ins Visier zu nehmen. »Wenn Sie aber weiterhin auf eine Vorauszahlung bestehen, werde ich mich mit anderen Herren unterhalten, die einen solchen Auftrag angemessen zu schätzen wissen. Habe ich mich klar ausgedrückt.«

»Vollkommen klar, gnädige Frau. Isch möchte nischt, dass hier ein Missverständnis aufkommt, aber …«

»Das möchte ich auch nicht«, sagte Victoria knapp und erhob sich von ihrem Platz. Sofort sprangen auch John und de Bonville aus ihren Sesseln.

»Wenn ich bis morgen nichts von Ihnen höre, gehe ich davon aus, dass unsere Abmachung wie besprochen gilt. So, und nun entschuldigen Sie mich. Ich habe noch zu tun.«

John sah seiner Mutter nach, wie sie sich mit einem kurzen Händedruck von de Bonville verabschiedete und dann im angrenzenden Zimmer verschwand.

Mutter geht in die Räucherkammer, wunderte sich John. Räucherkammer war Victorias Bezeichnung für das Billardzimmer, die sie diesem wegen des von vielen Herrenabenden darin haftenden Tabakgeruchs verliehen hatte und die längst in den Sprachschatz der Familie aufgenommen worden war.

Das irritierte John und erschütterte gleichzeitig die Souveränität, mit der seine Mutter diesen de Bonville abgefertigt hatte. Offenbar hatte sie diesen Disput doch nicht auf die leichte Schulter nehmen können.

John blickte wieder zum Küchenchef, der unbeholfen dastand und auch nicht so recht zu wissen schien, wie es nun weitergehen sollte.

»Tja«, sagte John und trat von einem Bein auf das andere.

»Es ist wohl besser, wenn ich jetzt gehe«, vermutete de Bonville und verzichtete dabei auf seinen französischen Akzent. »Ich wünsche noch einen angenehmen Tag.«
Er schüttelte John die Hand und öffnete schnell die Tür zum Flur.

7

Das Billardzimmer war der bevorzugte Aufenthaltsort seines Vaters, wenn er nicht gerade im Kontor war, und hier hielten sich die Herren Gäste auf, wenn seine Eltern eine ihrer Abendveranstaltungen gaben. Es war dann gute Sitte, dass sich die Damen nach dem Essen bei einer Tasse Tee in den Salon über Literatur und die aktuelle Theatersaison unterhielten. Die Herren verschwanden üblicherweise im Billardzimmer, um Portwein zu trinken, Zigarren zu rauchen und über die Chancen und Risiken der Wirtschaft im Allgemeinen und die eigenen Geschäftsmöglichkeiten im Besonderen zu debattieren. John langweilte sich dann immer. Die Gäste seines Vaters konnten ausdauernd diskutieren über Brasilien und Südafrika, über Indien und China und über Porzellan und Tee, über Zucker und Kaffee, kurz, über Orte und Dinge, die John einfach nicht interessierten. Und den Damen konnte er sich nicht anschließen.

Wenn Mutter, ohne dass vorher ausgiebig gelüftet wurde, freiwillig in die Räucherkammer geht, hat das nichts Gutes zu bedeuten, folgerte John. Und wenn sie gleich wieder herauskommt, ist es bestimmt besser, ihr nicht im Weg zu stehen.

Leise wie ein Einbrecherkönig schlich er sich zur Tür, die auf den Flur führte, drückte die Klinke langsam hinunter und schlüpfte hinaus.

»John!«, rief jemand in seinem Rücken.

Erschrocken, als hätte man ihn mit einem Finger im Honigtopf ertappt, fuhr John herum.

»Schwesterchen«, sagte er erleichtert, »du bist's.«

»Komm mit. Ich muss dir was zeigen.« Johanna strahlte über

das ganze Gesicht. Sie fasste John an der Hand und führte ihn den Flur entlang zur Treppe und dann in den zweiten Stock hinauf in ihr Zimmer. Sie schloss die Tür, bedeutete John, sich auf ihr Bett zu setzen, und ging zu der kleinen Kommode unter dem Fenster, um aus der obersten Schublade mehrere Papierzettel herauszukramen. Dann ging sie zu John und ließ sich neben ihm auf dem Bett nieder.

»Hier«, sagte sie und hielt ihm die Zettel hin.

»Was ist das?«

»Lies selbst.«

John überflog die säuberlich aufgeschriebenen Zeilen und murmelte: »Hellwege, Abendroth, Godeffroy, Amsinck, Jenisch. Die Gästeliste für das Gartenfest?«

»Erraten«, sagte Johanna.

»Und was ist das? Julius Campe, der Verleger, und Georg Ernst Harzen, der Kunsthändler? Die lässt Vater ins Haus?«

»Ich wollte es. Und Mutter auch, also?«

»Na, dann hast du ja keinen der großen Hamburger Namen ausgelassen, was?«

»Nein«, strahlte Johanna. »Und das Beste ist: Es haben schon fast alle zugesagt.« Dann fiel sie John um den Hals und seufzte: »Ach John, ich bin ja so glücklich.«

»Das ist nicht zu übersehen, Schwesterchen.«

Johannas Freude war so überschäumend und ungetrübt von den Nachrichten der letzten Tage, dass es John fast die Kehle zuschnürte. Er wusste in diesem Moment, dass er alles für seine kleine Schwester tun würde, damit sie eine wundervolle Feier erleben würde.

»Ach, meine Johanna«, sagte er nur und drückte sie ganz fest an sich. Dann ließ er sie langsam wieder los.

»So viele Gäste.« Er setzte die strenge Miene eines Lademeisters auf, der eine Packliste daraufhin überprüft, ob auch alle Kisten an Bord sind. »Dann wird das Fräulein Willenbrink gewiss nicht fehlen, was?«

»Natürlich nicht«, sagte Johanna, ohne mit der Wimper zu zucken.

John seufzte. »Na ja, vielleicht wird die Feier trotzdem ganz nett.«

»Du Ekel.« Johanna gab ihm einen Klaps auf die Schulter. »Lydia ist nett. Und sie mag dich.«

»Wie so viele Frauen.«

»Du bist echt widerlich, John Blanckendorff! Aber weißt du, wer noch kommt?« Sie sah ihn herausfordernd an.

»Vielleicht der preußische König?«

»Quatsch. Vater ist ein überzeugter Republikaner. Für ihn ist der blaublütige Adel der geborene Feind eines jeden Hamburgers.«

»Ich vergaß.«

»Wie so vieles«, bestätigte Johanna. »Obwohl«, sagte sie schelmisch, »der König würde kommen, wenn er wüsste, wer noch zugesagt hat.«

»Nun sag schon. Mach's nicht so spannend.«

»Henriette Sternberg.«

John musste tief durchatmen. Das war allerdings eine gute Nachricht. Johanna grinste ihn an.

»Du hast Henriette eingeladen?«, fragte er scheinbar desinteressiert, obwohl er wusste, dass er Johanna nichts vormachen konnte. »Weiß Mutter davon?«

»Natürlich. Sie war sogar entschieden dagegen. Aber Friedrichs Vater hat darauf bestanden, Senator Sternberg und seine Tochter einzuladen. Sie sind gute Geschäftsfreunde. Ist doch irgendwie komisch, findest du nicht? Mit allen Leuten kommen unsere Eltern aus, nur nicht mit Henriette und ihrem Vater.«

»Ja, in der Tat.«

»Dafür muss es doch einen Grund geben.«

»Vermutlich.«

»Ist mir aber egal. So, jetzt gib sie mir wieder«, sagte Johanna und wollte John die Gästeliste aus der Hand nehmen. Doch John hielt die Liste hinter seinem Rücken versteckt.

»Tut mir Leid«, sagte er und grinste.

»Gib schon, John. Das ist meine Liste.«

»Das geht leider nicht.«

»Na warte, die krieg ich noch.« Johanna vergaß jede damenhafte Zurückhaltung und warf sich mit solcher Vehemenz auf John, dass er auf das Bett zurückfiel.

»Ah!«, schrie er, »mein Muskelkater.«

»Geschieht dir gerade recht. Gib die Zettel her.«

»Nein. Das geht nicht.«

Sie rangelten wie früher, als Johanna noch Zöpfe trug und John im Matrosenanzug herumlief. Als Johanna schließlich erschöpft aufgeben musste, richtete sich John auf und stellte sich auf das Bett.

»Das wird dich bestimmt interessieren.«

Johanna, noch außer Atem, sah vergnügt zu, als sich John wie ein Gockel auf dem höchsten Punkt des Misthaufens aufplusterte und verkündete: »Aufgrund meiner außerordentlichen Verdienste um die Teekisten in unserem Speicher hat mich Mutter mit der Organisation des Gartenfestes und der Verlobungsfeier meiner Schwester beauftragt.«

»O nein«, rief Johanna und schlug bestürzt die Hände vor den Mund. Alle Freude und Ausgelassenheit schienen aus ihrem Gesicht gewichen zu sein.

»Ist das wahr?«
»Allerdings.«
»Warum tut Mutter mir das an?« Sie blickte John entgeistert an.
John stieg vom Bett herunter und kniete vor ihr nieder. Er nahm ihre Hände und sagte: »He, Schwesterchen, Kopf hoch. Ich verspreche dir, ich werde mich zurückhalten, wo ich nur kann, damit möglichst wenig schief geht.«
»John.« Johanna sah ihm ernst in die Augen. »Das ist doch nur wieder einer deiner eigenwilligen Scherze, nicht wahr? Du kümmerst dich doch nicht wirklich um das Gartenfest?«
John sah sie an und schwieg.
»Nun rede schon«, forderte Johanna und knuffte ihn leicht in den Oberarm.
»Au!« John sank auf das Bett wie ein Schwerverletzter. »Mein Muskelkater.«
Jetzt konnte sich Johanna nicht länger zurüchalten. Sie lachte wie ein kleines Kind und drückte John ganz fest an sich.
»Ach John«, seufzte sie, »ich bin so glücklich, dass ich platzen könnte. Es ist alles wie ein Traum.«
Und nachdem sie sich beruhigt hatte, strich sie John die Haare aus dem Gesicht und sagte: »Ich liebe dich, John. Ich bin ja so froh, dass es dich gibt.«
John nahm Johanna fest in den Arm und erwiderte: »Ich liebe dich auch, Schwesterchen.«

8

Heinrich Blanckendorff stieg langsam zum Dachboden seines Speichers hinauf. Früher war er die fünf Stockwerke hinaufgelaufen wie eine junge Katze. Inzwischen kostete ihn das erhebliche Mühe. Er war schwerer geworden. Und älter. Und dennoch ging er immer noch gern hier hinauf.

Während andere Kaufleute sich in ihre Büros oder Salons zurückzogen, um über den Gang der Geschäfte nachzudenken und neue Strategien auszutüfteln, kletterte Blanckendorff oft hinauf zum Dachboden seines Speichers. Er liebte diesen Ort unter den alten dicken Holzbalken, unter denen er sich so geborgen fühlte wie sonst nirgendwo. Und an denen er sich schon sooft den Kopf gestoßen hatte.

Hier oben roch es immer so herrlich nach Tee. Es war dieser Geruch, der ihn jedes Mal zurück in die Zeit seiner Anfänge versetzte, als er als junger Kaufmann noch selbst nach China gereist war und persönlich die Verladung der Teekisten in Kanton überwacht hatte.

Blanckendorff liebte diesen Dachboden und überhaupt dieses Haus. Er liebte es mehr, als das Stadthaus nebenan, das er gekauft hatte, nachdem er Victoria geheiratet hatte und die Kinder gekommen waren. Und natürlich liebte er es viel mehr als das neue Landhaus, das zwar groß war und repräsentativ, dem aber die Seele dieses alten Kontorhauses fehlte. Schon als kleiner Junge war er hier oben gewesen und zwischen der Ladeluke, die auf die Große Reichenstraße zeigte und von wo aus die Fuhrwerke be- und entladen wurden, zur gegenüberliegenden Luke gelaufen, die sich zum Fleet hin öffnete und durch die die Säcke von den Schuten nach oben gehievt wurden.

Vogt hockte in dieser Luke über dem Fleet und ließ seine Beine hinausbaumeln. Vogt war immer ein loyaler und fleißiger Mitarbeiter gewesen. Er konnte einfach nicht still sitzen und nichts tun. Ganz im Gegensatz zu John, dachte Blanckendorff ärgerlich. Vogt musste immer beschäftigt sein. Und wenn Blanckendorff mal nichts für ihn zu tun hatte, schnappte er sich einfach einen Reisigbesen und fegte den Speicherboden. Auch jetzt noch, da sein Gesicht schon von tiefen Falten durchzogen war und er seinen Rücken bereits seit Jahren nicht mehr richtig durchstrecken konnte.

Umso mehr erschreckte es Blanckendorff, Vogt so müßig aus der Luke starren zu sehen. Seine Haltung verriet eine Melancholie, der sich auch Blanckendorff seit einigen Tagen nicht mehr entziehen konnte, gegen die er einfach nicht mehr ankam.

Es ist Samstagnachmittag, sagte sich Blanckendorff, normalerweise beschimpfen sich jetzt die Lagerarbeiter, wenn ihre Kollegen nicht schnell genug die letzten Kisten und Säcke nach oben wuchteten, um endlich Feierabend zu haben und in die Kneipe gehen zu können. Aber heute ist alles still. Wie schon in den Tagen zuvor. Es gab keine Lagerarbeiter mehr, weil es nichts mehr zu wuchten gab.

»Na, Vogt«, sagte Blanckendorff und stellte sich hinter seinen Lagerverwalter an die offene Luke, »nicht viel los, was?«

»Sie sehen's ja selbst, Chef«, antwortete Vogt und deutete mit einem müden Kopfnicken auf den leeren Speicherboden in seinem Rücken.

»Ja, ich sehe es.«

Blanckendorff setzte sich neben Vogt und blickte auf das Fleet hinunter. Hier vorn wehte ein frisches, angenehmes Lüftchen, aber Linderung brachte es nicht. Schon lange war keine Schute mehr von einem Seeschiff hierher durch das Fleet gestakt worden, um unter seinem Kontor entladen zu werden. Beide schwiegen eine Weile und blickten auf das langsam ablaufende Wasser hinunter.

»Haben sie schon jemanden gefunden, der anstelle von diesem Franzosen das Gartenfest ausrichtet?«, fragte Vogt.

»Du hast davon gehört?«

»Schlechte Nachrichten haben die schnellsten Beine.«

»Wir werden es selbst machen. Meine Frau hat Elsbeth damit beauftragt, eine Einkaufsliste zusammenzustellen. Und Hansen wird sie unterstützen.«

»Die beiden Alten?«

»Du bist auch nicht viel jünger.«

Wieder sahen sie auf das trübe Wasser des Fleets hinunter und schwiegen. Gleichgültig beobachteten sie, wie eine Dienstmagd von gegenüber zwei volle Eimer mit Küchenabfällen aus dem Fenster kippte.

»Und wie geht es John?«, fragte Vogt schließlich, ohne seinen Chef anzusehen.

»Er leckt seine Wunden.«

»Habe ich ihn letzte Woche zu hart angepackt? Sie sagten doch, ich soll ihn so einsetzen wie jeden anderen Arbeiter auch.«

»Das war auch ganz richtig so, Vogt. Es wird höchste Zeit, dass er begreift, was Arbeiten bedeutet. Andererseits« – Blanckendorff seufzte –, »was sollen wir ihm das Arbeiten beibringen, wenn es hier keine Arbeit gibt?«

Weil auch Vogt keine Antwort wusste, schwiegen sie wieder. Langsam verschwand die Sonne hinter den Firsten der auf der anderen Fleetseite gelegenen Kontorhäuser.

»Es ist ein Jammer«, sagte Vogt schließlich, »wir könnten so viel Tee verkaufen. Jedes Jahr wollen immer mehr Menschen Tee trinken. Sogar die einfacheren Leute kaufen ihn schon. Auch sie haben entdeckt, dass er nicht nur Medizin für die Reichen ist.«

»Du hast Recht, Vogt. Ich bin auch fest davon überzeugt, dass immer mehr Menschen Tee trinken werden. Deshalb habe ich Percy ja auch gesagt, dass er vor allem *Chun Mee* kaufen soll.«

»Eine einfache Sorte?«

»Einfache Menschen kaufen einfachen Tee. Glaub mir, Vogt, die Menge macht das Geschäft. Aber wir können keinen Tee verkaufen, wenn wir keinen mehr haben. Da nützt uns auch die größte Nachfrage nichts.«

»Uns nicht. Aber Sternberg. Der hat sich für seine letzte Ladung sogar noch Speicherraum dazumieten müssen, weil bei ihm schon alles voll ist. Der ist gut gerüstet.«

»Das wären wir auch, wenn Percy endlich kommen würde. Ich habe ihm so viel Geld mitgegeben, dass er damit die größte Menge kaufen kann, die wir je nach Hamburg gebracht haben. Damit sind wir groß im Geschäft.«

Wieder entstand eine Pause. Heinrich Blanckendorff war nur noch müde.

»Zweihundert Tage braucht ein Schiff normalerweise von Kanton nach Hamburg«, sagte er leise, »bei ungünstigen Winden vielleicht etwas länger. Aber so lange darf es doch nicht dauern, was, Vogt?«

»Nein, Chef.«

»Wie lange ist er denn schon überfällig?«

»Schwer zu sagen. Nach dem, was ich von Thomas Stuart gehört habe, müsste er gut sechs Wochen über die Zeit sein.«

»Sechs Wochen …«
»Aber die Situation in Kanton ist unklar. Die Chinesen führen Krieg gegen die Engländer, weil sie deren Opium aus dem Land haben wollen. Die Chinesen verkaufen deshalb keinen Tee mehr an die Engländer, und die Engländer riegeln alles ab. Da muss Percy schlau manövrieren, wenn er nicht in schwere See geraten will.«
»Aber Thomas Stuart ist schon in Hamburg.«
»Thomas Stuart ist Engländer, Chef.«

Blanckendorff stand auf und ging in die Ecke, wo sich früher die Teekisten bis unter das Dach gestapelt haben.
»Ist das die Letzte?«, fragte er leise.
»Ja, Chef.«
»Welche Sorte?«
»Gunpowder.«
Blanckendorff hob den Deckel hoch und sah in die halb leere Kiste. »Viel ist das nicht.« Er setzte sich neben die Kiste auf den Boden.
Vogt erhob sich von seinem Platz an der Luke und kam zu Blanckendorff hinüber. Mit einem leisen Stöhnen ließ er sich auf der anderen Seite der Kiste nieder.
Blanckendorff nahm eine Hand voll Tee heraus und hielt ihn sich unter die Nase. Tief atmete er den kräftigen Geruch der zu kleinen Kügelchen zusammengerollten Teeblätter ein und schloss die Augen. Wie er diesen Geruch liebte!
»Er soll Gunpowder heißen, weil ein Engländer einmal gesagt haben soll, diese Kügelchen würden wie Gewehrkugeln klingen, wenn sie mit heißem Wasser übergossen werden. Hast du das schon mal gehört, Vogt?«
»Nein, Chef.«

Blanckendorff warf den Tee in die Kiste zurück und klappte den Deckel zu.
»Weißt du noch, Vogt, wie wir beide damals angefangen haben?«
»Klar.« Der alte Mann musste schlucken und sich kurz die Augen mit dem Ärmel abwischen. »Sie hatten damals noch kein eigenes Schiff.«
»Wir haben uns damals auf einer Bark von Klaas Behn eingemietet. Wie hieß sie noch?«
»Das war die … *Grote Deern*«
»Genau.« Blanckendorffs Augen leuchteten für einen kurzen Moment. »Was haben wir uns seitdem nicht alles aufgebaut? Auch du, Vogt. Ohne unseren Tee hättest du dir doch nie das kleine Haus für deine Marie kaufen können, was?«
»Bestimmt nicht«, sagte Vogt leise.
»Und das soll jetzt alles vorbei sein?«

Blanckendorff fühlte sich so schwer und schlapp wie noch nie. Schon so lange wartete er auf Percys Rückkehr. Manchmal fragte er sich, ob Percy überhaupt zurückkehren würde. Was würde passieren, wenn nicht? Diese Frage war ihm oft durch den Kopf gegangen in den letzten Tagen und vor allem in den Nächten. Er hatte nach Lösungen und Alternativen gesucht, und keine gefunden. Sollte er jetzt alles aufgeben?

Vogt sah, wie niedergeschlagen Heinrich Blanckendorff war. Ihn schmerzte dieser Anblick. Er war dabei gewesen, als Blanckendorff in den Teehandel eingestiegen war, wie er sich schnell und mit Leidenschaft eingearbeitet hatte und durch Eifer und Beharrlichkeit zu einem angesehenen und vermögenden Kaufmann aufgestiegen war. Und dabei war er trotz aller Erfolge der Alte geblieben. Blanckendorff war einer der wenigen Fernkaufleute überhaupt, der noch auf den Speicher kam und sich mit seinen feinen Kleidern zu den Arbeitern setzte.

Vogt fühlte das tiefe Bedürfnis, seinem Chef zu helfen, ihn aufzumuntern.

»Vielleicht«, sagte er vorsichtig, »vielleicht kommt Percy gerade rechtzeitig zur Verlobung von Fräulein Johanna. Vielleicht wartet er absichtlich so lange, um die Spannung zu erhöhen und den Jubel auszukosten, wenn er mit dem voll beladenen Schiff im Hafen anlegt.«

Blanckendorff hob ungläubig den Kopf. Auf diese Idee war er noch nicht gekommen.

»Meinst du wirklich?«

»Ich weiß nicht. Sicher bin ich mir natürlich nicht. Aber es wäre doch eine tolle Überraschung.«

Blanckendorffs Augen wurden lebhafter, er richtete sich auf.

»Das wäre in der Tat eine tolle Überraschung.«

Vogt freute sich, dass Blanckendorff wieder Hoffnung schöpfte. Er wollte ihn noch weiter aufbauen.

»Es wäre ja nicht die erste große Überraschung, für die Percy sorgen würde. Wissen sie noch, wie er vor drei Jahren von seiner ersten Afrika-Reise zurückkam? Eine Woche war er überfällig. Wir dachten schon das Schlimmste. Dabei lag er die ganze Zeit in Bremen vor Anker. Und als er dann hier anlegte, hatte er das Schiff voll geladen mit ...«

»Du hast Recht, Vogt. Bestimmt wartet Percy ab, um dann als strahlender Held gefeiert zu werden.« Er schlug sich mit der Hand auf den Oberschenkel. »Das sieht ihm ähnlich.«

Später stieg Heinrich Blanckendorff die Stufen des Kontorhauses hinab. Er fühlte sich leicht, alle Sorgen waren von ihm abgefallen. Plötzlich war er sich sicher, dass Percy genau am Tag des Gartenfestes zurückkehren würde. Wahrscheinlich kurz bevor ich die Verlobung von Johanna und Friedrich bekannt gebe, dachte Blanckendorff und grinste.
Und dann wären alle Nöte endgültig verpufft.

9

Kurz bevor sich die ersten Sonnenstrahlen am Horizont gezeigt hatten, waren Hansen und Elsbeth mit den Dienstmägden auf einem Pferdewagen zum Landsitz nach Nienstedten gefahren. Kaum von der Pritsche geklettert, machten sie sich gleich daran, den Marmorfußboden zu schrubben, Fensterbänke abzuwischen und Spiegel zu polieren.

Vogt und seine Leute waren mit zwei Fuhrwerken zur Mittagszeit eingetroffen und hatten zusätzliche Tische und Stühle gebracht.

Jeder, der laufen konnte, stand unter dem Kommando von Victoria. Sie lenkte das Personal mit knappen und präzisen Anweisungen. Unermüdlich eilte sie zwischen den Zimmern hin und her, zeigte mit ausgestreckten Armen den Lagerarbeitern im Grünen Salon den Platz, wo sie Tische und Stühle zu zwei langen Tafeln arrangieren, wo sie im angrenzenden Gartensaal das Podest für die Musiker aufstellen und wo die Mägde im Haus sonst noch nach Staubresten suchen sollten.

Trotz dieser Geschäftigkeit entging ihr nicht, dass John in einem Stuhl auf der Terrasse saß und sich darauf beschränkte, niemanden bei der Arbeit zu stören. Zusammen mit einem von Vogts Männern rief sie ihn zu sich, überzeugte sich persönlich von der Reinlichkeit ihrer Hände und übertrug ihnen dann die Aufgabe, weiße Tischtücher über die beiden Tafeln auszubreiten.

Gemeinsam mit den Hausmädchen trug John später Teller und Tassen, Gläser und Besteck heran, holte Blumen für die Tischdekoration und polierte Messer und Gabeln. Die Gärtner harkten am Nachmittag bei strahlendem Sonnenschein

die Auffahrt und rupften das spärliche Unkraut aus den Kieswegen.
Als die Musiker dann kamen und ihre Instrumente zu stimmen begannen und Elsbeth in der Küche laut aufschrie, weil sie nicht wusste, wohin mit all dem angelieferten Fleisch, den Kartoffeln und dem Gemüse, waren selbst Victorias Nerven zum Zerreißen gespannt.
Während dieser Zeit, als sich auch John für seine Verhältnisse förmlich zerriss, um seiner Schwester eine schöne Verlobungsfeier zu bereiten, als er sich der präzisen Platzierung der Gläser annahm und auch schon mal ein Löffelchen zurechtrückte, schritt Heinrich Blanckendorff seltsam unbeteiligt durch den Garten. John hatte während des Nachmittags ein paarmal beobachtet, wie sich sein Vater immer wieder, die Hände auf dem Rücken verschränkt, auf Zehenspitzen gestellt und in Richtung Elbe geblickt hatte.
Er hatte sich jedoch nicht weiter darum gekümmert. Auch als sich seine Mutter schon längst zurückgezogen hatte, um sich für den Abend fertig zu machen, hatte er noch einmal jeden Platz und jedes Gedeck penibel kontrolliert, bis er sich sicher war, nichts übersehen und alles getan zu haben.

Und dann war es so weit. Als die Sonne hinter den obersten Baumwipfeln verschwand und die spätsommerlichen Temperaturen einer der Jahreszeit angemessenen Kühle zu weichen begannen, trafen der zukünftige Bräutigam und seine Eltern ein.
Familie Blanckendorff hatte in der großen Empfangshalle Aufstellung genommen: Victoria, in einem blauen Samtkleid mit rotem Seidenschal über den Schultern und einer Perlenkette um den Hals, strahlte die Würde einer imperialen Herrscherin

aus. Mit einem dezenten Kopfnicken gab sie den Musikern im Gartensaal das Zeichen, zu beginnen, und begrüßte dann Simon Goldmann und seine Frau Isolde mit ausgesuchter Herzlichkeit. Heinrich neben ihr, elegant in einen schwarzen Frack und mit einer roten Schärpe darüber gekleidet, gab zunächst Isolde einen Handkuss und drückte dann Simon Goldmann kräftig die Hand.

»Guten Abend, Heinrich. Heute ist ein großer Tag, nicht wahr?«

»Ganz recht, Simon, heute ist ganz gewiss ein großer Tag. Und es wird ein noch viel größerer Abend werden«, antwortete Heinrich mit einem Augenzwinkern, ehe er sich dann seinem zukünftigen Schwiegersohn zuwandte. »Willkommen, Friedrich, mein Junge.«

»Guten Abend, Herr Blanckendorff«, antwortete Friedrich brav, linste aber schon an ihm vorbei zu Johanna.

Obwohl John direkt neben Johanna stand, nahm ihn kaum jemand wahr, weder Friedrich und seine Eltern, noch später all die übrigen Gäste. Alle gaben ihm zwar die Hand, doch sie waren mit ihren Blicken schon lange vorher bei Johanna. Sie überstrahlte alle. Ihr zartrotes Seidenkleid mit weißen Spitzen betonte auf fast schon unanständige Weise den zarten Hals und ihre Schultern. Die hochgesteckten und zu herrlichen Locken drapierten Haare, an denen ein Friseur mit seinem Gehilfen den halben Nachmittag konzentriert gearbeitet hatte, hüpften auf und ab, wenn sie den Kopf bewegte. Doch all dies verblasste hinter ihrem strahlenden Lächeln. Ihre Augen versprühten eine Lebensfreude, der sich keiner entziehen konnte und die selbst den Trübsinnigsten von der Brücke geholt hätte.

John freute sich für seine Schwester und war froh, alles in seiner Macht Stehende zum Gelingen dieser Feier beigetragen zu haben. Ihr zuliebe hatte er sich sogar vorgenommen, nicht wie üblich vor den unvermeidlichen Männerrunden zu fliehen, sondern sich an ihren öden Gesprächen über Handel und Politik zu beteiligen. Zumindest für kurze Zeit.

Von allen Gästen war es allein Henriette Sternberg gewesen, die, als einzige Begleitung ihres Vaters, John wirklich begrüßte und ihm, während sie einen kleinen Knicks andeutete, für einen kurzen Moment in die Augen gesehen hatte.

Und natürlich Lydia Willenbrink.

»Guten Abend, John«, hatte sie gehaucht. Und dann spontan seine Hände ergriffen und mit einem so hörbaren Seufzer an ihren Busen gedrückt, dass die umstehenden Damen und Herren für einen Augenblick den Atem anhielten.

John hatte seine Hände so hastig zurückgezogen, als hätte er auf eine heiße Herdplatte gefasst, und dann nach den nächsten Gästen Ausschau gehalten.

Dieser Abend wird lang werden, dachte er. Und eine wahre Prüfung.

Nach und nach wanderten die Gäste nach hinten in den Gartensaal und hinaus auf die Terrasse. Sie nahmen sich Champagnergläser von den Tabletts der Hausmädchen, die in gestärkten weißen Schürzen und Häubchen umhergingen und lobten den gepflegten Garten und die elegant dekorierten Räumlichkeiten.

John hatte bei der Begrüßung ein Glas Champagner getrunken und fühlte nach der Anspannung des Tages bereits einen leichten und durchaus angenehmen Schwindel. In dieser Verfassung war er bereit, sich einer Gruppe älterer Herren zu nähern, die sich auf der Terrasse unterhielten. Als er bei den Herren auch den Verleger Julius Campe entdeckte, stellte er sich zu ihm, in der Hoffnung, dass vielleicht ein Gespräch jenseits von Geld und Zinsen möglich war.

»Ah, der junge Herr Blanckendorff«, begrüßte ihn auch gleich der Herr, der bisher mit dem Rücken zu ihm stand und sich nun umdrehte: Senator Sternberg, Henriettes Vater. Noch ehe John sich empfehlen konnte, fühlte er, wie der schwere Arm des Senators auf seinen Schultern landete und ihn in den Kreis der Männer zog. John, der sich diesem Griff nicht ohne Aufsehen zu erregen entziehen konnte, fügte sich und lächelte so fröhlich in die Runde wie jemand, den gerade ein Vogel aus der Luft getroffen hatte.

Bis auf Campe, der ihm freundlich zulächelte, schienen sich die übrigen Herren, Senator August Abendroth und Johann Cäsar VI. Godeffroy, einer der größten Reeder der Stadt, sowie Stadtbaumeister Karl Ludwig Wimmel über seine Anwesenheit eher zu amüsieren.

»Halten Sie es nicht auch für einen Frevel, Herr Blanckendorff«, fragte Sternberg mit seinem tiefen Bass und ohne seine Hand von Johns Schulter zu nehmen, »dass im letzten Mai die Konzession zum Bau einer Eisenbahn von Hamburg nach Bergedorf und sogar nach Lübeck vergeben wurde?«

»Der Bau einer Eisenbahn? Ein Frevel?«, wiederholte John, um Zeit zu gewinnen. Er hatte schon davon gehört, dass irgendwo eine Eisenbahn gebaut worden war. Aber wo war das gewesen? Und warum? Und dass eine Konzession für Hamburg erteilt wurde, war ihm auch völlig neu.

»Ganz recht«, bestätigte Sternberg und grinste breit in die Runde.

John wollte weg, sehr schnell. Doch vorher sag irgendwas

Kluges, ermahnte er sich und meinte mit kräftiger Stimme: »Nun ja …«
Die umstehenden Herren zogen die Brauen hoch und schwiegen belustigt. Offenbar erlebten sie gerade einen ersten Höhepunkt des Abends.
John blickte kurz zu Sternberg, der ihn mit seinen scharfen Augen unter den weißen, buschigen Brauen hervor musterte. Von fern hörte er die Musik spielen, aber das half ihm auch nicht weiter. Dagegen war die Stille in dieser Runde umso quälender.
»Immerhin bedeutet eine Eisenbahn doch technischen Fortschritt, nicht wahr?«, half ihm Campe und lächelte ihm freundlich zu wie ein wohlmeinender Professor, der seinem Prüfling auf die Sprünge helfen will.
»Gewiss«, sagte John schnell. »Und den technischen Fortschritt sollte man fördern«, ergänzte er. Das hatte sein Vater irgendwann mal beim Fünf-Uhr-Tee gesagt.
»Aber bedenken Sie die ungeheuren Investitionen«, bemerkte Abendroth mit ernster Miene. »Glauben Sie, dass sich das rechnen wird?«
»Rechnen?«
Bis auf Campe machten jetzt alle Herren eine sehr besorgte Miene.
John fühlte sich zunehmend unwohl. Woher soll ich denn wissen, ob sich eine Eisenbahn rechnet?
»Ist nicht auch der Betrieb auf der Strecke zwischen Nürnberg und Fürth ein großer wirtschaftlicher Unfug?«, fragte Sternberg.
John fiel auf, dass er bei dieser Frage wieder nicht ihn ansah, sondern den anderen Herren zunickte. Woraufhin diese noch besorgter guckten.
Was soll ich nur antworten?

»Verzeihen Sie, Herr Senator«, meldete sich wieder Campe, »aber erzielt die Eisenbahngesellschaft in Nürnberg nicht Gewinne? Ganz vorzügliche sogar?«
John atmete aus. Sternberg hat mir eine Falle gestellt.
Er versuchte sich aus Sternbergs Griff zu befreien, aber der packte nur noch fester zu. Dabei lächelte er, als kostete ihn dies alles überhaupt keine Anstrengung, und antwortete an den Verleger gewandt freundlich: »Sie haben Recht, verehrter Freund. Und wir erwarten auch, dass auf den beiden Hamburger Strecken Gewinne erzielt werden.«
»Bedenken Sie nur«, ergänzte Godeffroy, »wie viele Güter mit der Eisenbahn transportiert werden können. Das kann für unsere Importe und Exporte in das Umland nur von Vorteil sein.«
»Genau so wird es sein«, erklärte Sternberg und wandte sich wieder direkt an John: »Haben Sie auch schon davon gehört, dass in Lübeck gerade ein Dampfschiff gebaut wird?«
»Ein Dampfschiff?« John schluckte. War das schon wieder eine Falle? Er überlegte so schnell, wie es sein vom Champagner schon leicht umnebelter Geist noch zuließ: Für Dampf braucht man Feuer. Und Feuer auf einem Holzschiff ist nicht frei von Gefahren. Geht jemand so ein Risiko ein? John war voller Zweifel.
Wenn ich jetzt ja sage und es gibt so ein Schiff gar nicht, wälzen sich die Herren auf dem Rasen und halten sich die Bäuche vor Lachen. Wenn ich aber nein sage, halten sie mich endgültig für dumm.
John blickte zu Campe, aber der zuckte nur unmerklich mit den Schultern. Die übrigen Herren schienen dagegen wie Geier darauf zu warten, dass er endlich die falsche Antwort gab.
»Liebe Gäste …«, ertönte es plötzlich, und alle drehten sich

um. John entdeckte seinen Vater, der im Gartensaal zu den versammelten Damen und Herren sprach: »... liebe Freunde«, fuhr er fort, »ich möchte Sie alle, auch im Namen meiner Gemahlin, noch einmal auf das Herzlichste willkommen heißen zu unserem kleinen, bescheidenen Gartenfest. Ich möchte Sie nun bitten, in unseren Salon zu kommen und dort Platz zu nehmen.«

Die Gäste applaudierten kräftig, als Hansen die große Tür zum Grünen Salon öffnete und den Blick freigab auf die beiden reich geschmückten Tafeln.

Während sich Senator Sternberg mit einem breiten Grinsen umdrehte und zusammen mit den anderen Herren durch den Saal schritt, blieb John noch einen Moment zurück.

Dieser Tag ist schon so lang gewesen, dachte er erschöpft, und der ganze Abend liegt noch vor mir. Aber ich werde tapfer sein. Und wer hätte gedacht, dass Vater mich einmal rettet? Vor einem Dampfschiff.

John holte tief Luft und suchte seinen Platz an der Tafel.

Die Kristallgläser funkelten im Schein der Gaslaternen, und die Augen der Gäste leuchteten beim Anblick des blauweißen Porzellans und der bunten Blumen. Unter dem strengen Blick von Hansen schwärmten die Serviermädchen aus, um die Suppe zu verteilen, während die beiden geschicktesten Männer von Vogt, in einer feinen Livree, roten und weißen Wein ausschenkten.

Als alle versorgt waren, prostete man sich fröhlich zu und widmete sich der Suppe. Die Familien Blanckendorff und Goldmann saßen sich am Tisch direkt gegenüber. Doch während sich Heinrich und Victoria auf der einen und Simon und Isolde auf der anderen Seite später beherzt Schweinebraten, Kartoffeln und junge, zarte Erbsen auf die Teller häufen ließen, um so auch die übrigen Gäste zu ermuntern, hatten sich Johanna und Friedrich nur kleine, eher symbolische Portionen geben lassen. Und auch diese rührten sie kaum an.

»Schwesterchen«, raunte ihr John leise zu und stieß Johanna leicht in die Seite, »du solltest was essen. Ich hab's nicht gekocht, du brauchst also keine Angst zu haben.«

»Pst!«, sagte sie nur und sah ihn dabei mit einem so verklärten Lächeln an, als hätte sie vor kurzem an himmlische Pforten geklopft und erwartete nun, dass sie endlich geöffnet wurden.

John war zufrieden. Johanna strahlte, allem Irdischen scheinbar entrückt, die Gäste klapperten mit Messern und Gabeln, prosteten sich zu und unterhielten sich so laut, dass die Musikanten kaum zu hören waren.

Gerade ließ er sich wieder einschenken, als er am linken Ende der Tafel eine Frauenstimme kichern hörte. Er blickte hinüber und sah Henriette. Sollte sie nicht an der anderen Tafel sitzen?

John konnte sich nicht vorstellen, dass seine Eltern mit Henriette ein Mitglied der Familie Sternberg am gleichen Tisch akzeptiert hätten. Sie musste mit jemandem getauscht haben, dachte John und lächelte.

Sie fragt wohl nur nach Grenzen, um sich über sie hinwegzusetzen, vermutete er. Aber warum hat sie das getan? Um näher bei mir zu sein?

Dieser Gedanke war so unglaublich und vor allem so großartig, dass er kurz durchatmen musste.

Aber mit wem unterhält sie sich so ausgelassen? Oder hat sie sich nur wegen ihres Gegenübers an diesen Tisch gesetzt?

John schluckte. Er suchte seine Stuhlreihe ab. Da neben ihm

jedoch Frau Senator Rehberg saß, eine Dame mit so ausladender Figur, dass er nicht erkennen konnte, wer alles links von ihr saß, blieb diese Person außer Sichtweite.
John legte Messer und Gabel auf den Tisch und tupfte sich mit der weißen Stoffserviette den Mund ab. Ihm war schlagartig der Appetit vergangen.

Als das Essen beendet war und sein Vater die Gesellschaft nach nebenan zur Tanzfläche gebeten hatte, war es John schon nicht mehr leicht gefallen, ohne zu schwanken aufzustehen. Je länger das Essen gedauert hatte, desto stärker war seine Überzeugung gewachsen, dass Henriette sich die ganze Zeit mit einem Verehrer unterhalten hatte. Während er wieder und wieder zu ihr hinübergesehen hatte, hatte sie sich, soweit er es beurteilen konnte, nicht ein einziges Mal zu ihm umgedreht.
John war als Letzter in den Gartensaal gegangen und hatte sich dort gleich an die geöffnete Terrassentür gelehnt. Er hatte trotz aller Vorsätze keine Lust mehr, sich an irgendwelchen Gesprächen zu beteiligen und sich um die Gäste zu kümmern.
Inzwischen waren auch die Musiker an ihm vorbeigelaufen, hatte Notenständer und Hocker mitgeschleppt und sich an ihrem Platz vor der Tanzfläche niedergelassen. Während sie am Anfang noch gelächelt hatten, wirkten ihre Gesichter jetzt schon angestrengter. John musste kurz grinsen. Noch ein paar arme Seelen, die sich an diesem Abend nicht amüsierten.
Die Damen und Herren begannen zu tanzen. John hatte daran kein Interesse. Mit einem weiteren Glas Wein ging er hinaus in den Garten. Er wollte allein sein und schlenderte den Kiesweg hinunter, genoss die frische Luft und lauschte dem Zirpen der Grillen.

Soll sich doch Henriette mit irgend so einem Kerl amüsieren. Ich habe vorher ohne sie gelebt, ich werde auch jetzt ohne sie leben können, dachte er und trank das Glas aus. Mutter hatte Recht, ich sollte sie mir besser aus dem Kopf schlagen.
Dann brach die Musik ab, und sein Vater begann einige Worte an die versammelten Gäste zu richten.
Jetzt gibt er bestimmt Johannas Verlobung bekannt, vermutete John.
Und tatsächlich kam im nächsten Augenblick lauter Jubel auf, und die Musik spielte einen Tusch. John stellte sich betont gerade hin wie ein Offizier bei der Ordensverleihung, hob sein leeres Glas in die Luft und sagte: »Auf dein Wohl, Schwesterchen. Mögest du immer glücklich sein. Prost!«
Weil das Glas schon leer war, beschloss John, zurück in den Gartensaal zu gehen. Mit äußerster Konzentration schritt er über den Weg, der überraschend schmal und uneben geworden war. Auf der Terrasse suchten bereits einige Gäste Abkühlung. John ging an ihnen vorbei in den Saal und hinein in den Dunst von Bowle, Rauch und Schweiß. In einer Gruppe Gratulanten entdeckte er Johanna und Friedrich. Er wollte gerade auf sie zugehen, als eine helle Stimme rief: »Johhon, ju-hu!«
John drehte sich um und fuhr zusammen. Lydia kam mit weit ausholenden Schritten auf ihn zu und stand schon im nächsten Augenblick direkt vor seiner Nase.
»John, wo warst du nur die ganze Zeit?«, fragte sie und griff nach seinem linken Arm. »Ich habe dich überall gesucht.«
»Tatsächlich«, sagte er knapp und betrachtete ihre glänzende Stirn. In ihrem Kleid hing der Geruch von Zwiebeln. John wollte sich von ihr befreien, aber sie klammerte sich an seinen Arm wie eine Ertrinkende. Lydia stellte sich auf Zehenspitzen

und flüsterte ihm ins Ohr: »Ich weiß, es gehört sich nicht, dass ich das sage, aber ich möchte mit dir tanzen.«
John stieß einen tiefen Seufzer aus. Dann entdeckte er über Lydias Kopf hinweg Hansen.
»Hansen«, rief er dem alten Hausdiener zu, der gerade vorbeikam, »haben sie noch etwas Whiskey für mich?«
Der alte Mann blieb stehen, sah sich John genau an und rümpfte die Nase. Soweit er sich erinnern konnte, hatte John noch nie Whiskey getrunken. Dann blickte er zu Lydia und antwortete: »Ich werde sehen, was ich tun kann.«
John versuchte noch einmal, sich mit einem kurzen Ruck zu lösen, aber Lydia hatte ihn zu fest im Griff.
»Los, John, lass uns tanzen, ja?«
John seufzte. Gewiss wird sie sich an mich drücken, dachte er, so dass ich keine Luft bekomme. Und was sollen die Gäste denken, wenn sie uns so tanzen sehen? Dass wir das nächste Verlobungspaar sind? Herr im Himmel!
Da war es doch besser, den ganzen Abend wie festgenagelt im Türrahmen zu stehen. Andererseits wollte er nicht so unhöflich sein und Lydia wegschicken, er wollte lieber warten, bis sie sich so sehr langweilte, dass sie von selbst ging.
Aber sie ging nicht. Im Gegenteil, sie schien es sogar zu genießen, dass die Leute jedes Mal, wenn sie die Terrassentür passierten, sie interessiert betrachteten. Für John waren diese Blicke eine Qual. Während er anfangs auf Lydias Fragen noch mit einem knappen Ja oder Nein geantwortet hatte, verzichtete er irgendwann ganz darauf.
Dann brachte Hansen den Whiskey. John betrachtete ausgiebig die goldbraune Flüssigkeit in seinem Glas und fand, nachdem er ein, zwei Schlucke getrunken hatte, dass dieses Zeug viel besser aussah, als es schmeckte. Während er noch über

diesen Unterschied nachdachte, spürte er, wie sich Lydia plötzlich versteifte. Er sah kurz von seinem Glas auf und bekam einen Schreck.

»Hallo, Lydia«, hörte er ihre Stimme. John musste ein paarmal blinzeln, um seinen Blick scharf zu stellen.

»Herr Senator Jenisch möchte John sprechen. Er hat mich gebeten, John zu ihm zu bringen«, sagte Henriette.

John spürte, wie sein Herz plötzlich heftig zu klopfen begann. Sie ist allein, dachte er sofort, ohne Begleitung.

»Das glaube ich dir nicht«, sagte Lydia mit schriller Stimme. Gleichzeitig drückte sie Johns Arm so fest, dass er fast aufschrie.

»Nein, Lydia?«, fragte Henriette ruhig. Sie trat einen Schritt näher heran und warf John einen kurzen Blick zu. John sah in ihre blauen, blitzenden Augen und hatte das Gefühl, als wäre es die natürlichste und selbstverständlichste Sache der Welt, dass Henriette jetzt hier stand und ihn abholte. Schnell trank er sein Glas aus und schüttelte sich heftig.

Henriette wandte sich wieder an Lydia: »Möchtest du den Senator vielleicht fragen?«

Es war höchst unwahrscheinlich, dass jemand wie Senator Jenisch daran interessiert war, ausgerechnet mit John zu reden. Lydia wusste das ebenso wie jeder andere. Und doch konnte sie nicht das Gegenteil beweisen, weil sie nicht zu jenen gehörte, die Zugang zum Kreis der Senatoren hatten.

Lydia zog die Augenbrauen so fest zusammen, dass sich eine tiefe senkrechte Furche auf ihrer glänzenden Stirn zeigte, sagte aber nichts.

»Dann ist ja alles in Ordnung«, meinte Henriette knapp und wandte sich an John. »Würden Sie mir ihren Arm reichen, Herr Blanckendorff?«

»Sehr gern.«

Henriette hakte sich bei John ein und führte ihn in den Gartensaal. Er drehte sich noch einmal um und sah, wie Lydia, die Arme ärgerlich vor der Brust verschränkt, wütend auf die Terrasse hinausstapfte. Für einen kurzen Moment tat sie ihm Leid. Doch dieser Gedanke reichte nur für die nächsten zwei Schritte neben Henriette. Mit einem leichten Ruck zog sie ihn so nah an sich heran, dass er ihr Parfüm riechen konnte.

»Ich habe dich den ganzen Abend beobachtet«, raunte sie ihm zu. »Besonders glücklich siehst du ja nicht aus.«

John spürte einen Kloß im Hals. Sie hat mich beobachtet? Den ganzen Abend? Ihm war, als würden Engel ihre Harfen zupfen.

Doch dann schoss ihm ein anderer Gedanke durch den Kopf. Er beugte sich ein kleines Stückchen näher zu Henriette.

»Ich muss doch nicht wirklich zu Jenisch, oder?«, fragte er leise und mit schwerer Zunge.

Henriette blieb stehen und sah ihm direkt in die Augen. Sie war ihm jetzt so nah, dass er fast ihre Nasenspitze anstupsen könnte, wenn die Welt um ihn herum nicht schwanken würde.

»Ach was, du dummer Junge«, sagte sie und grinste. »Wie hätte ich sie sonst von dir wegkriegen sollen? Ich kann doch nicht mit ihr kämpfen.«

John hörte Trompeten und Fanfaren. Sie hat für mich geschwindelt. Henriette Sternberg hat für mich geflunkert, damit sie mit mir zusammen sein kann.

John grinste breit.

»Ich habe dich gerettet, was?« Henriette freute sich und sah ihn verschwörerisch an.

»Allerdings.«

Er musste sich kurz an Henriette festhalten und registrierte, dass sie nicht zurückwich. Alles war wie im Traum. Wie durch einen Nebel nahm er wahr, wie sie ihn an der Hand nahm und in Richtung Tanzfläche führte. Er sah, wie sich die Menge vor ihnen teilte und sich einige Gäste nach ihnen umdrehten, aber das war ihm egal. Im Gegenteil, er genoss diese Aufmerksamkeit dieses Mal.

Als sie vor den Musikanten angekommen waren, drehte sich Henriette um, nahm seine Hände und zog ihn ganz nah an sich heran.

»Du darfst mich jetzt fragen, ob ich mit dir tanzen möchte.«

John zog die Stirn kraus. »Nichts würde ich lieber tun«, sagte er und zog sie sachte von der Musik weg, »aber ich fürchte, ich bin dazu nicht mehr in der Lage.«

»Das kommt auf den Versuch an.«

»Nein, ich würde beim ersten Schritt stürzen und dich unter mir begraben?«

»Wirklich?« Henriette lächelte John an, so dass er verunsichert zu Boden blickte. Weil das Parkett aber augenblicklich auf und ab zu wogen begann, hob er gleich wieder den Kopf.

»Ich glaube, ich falle auch so gleich hin.«

Henriette musterte ihn eindringlich, dann zogen sich ihre Mundwinkel nach unten. »Schade«, sagte sie leise und drehte sich weg.

John war erschrocken. Er konnte wirklich nicht mehr tanzen, und eine erbarmungswürdige Darbietung war ganz sicher nicht in ihrem Interesse. Andererseits wollte er sie nicht so gehen lassen.

»Henriette«, sagte er leise und berührte sie vorsichtig an der Schulter.

Wenn sie jetzt weggeht, ist alles aus, dachte er.

Henriette zögerte einen Moment. Dann drehte sie sich zu ihm um. Ihr Gesichtsausdruck war jetzt ein anderer. Sie schien enttäuscht zu sein, maßlos enttäuscht.

»Henriette, es tut mir Leid«, sagte er schnell. »Ich wollte dich nicht verletzen. Es ist nicht so, dass ich nicht mit dir tanzen möchte, nichts würde ich lieber tun. Aber es geht nicht. Du brauchst mich doch nur anzusehen.«

Henriette trat nah an ihn heran. John versuchte einen Hundeblick.

»Weißt du eigentlich, wie viele Männer heute Abend mit mir tanzen wollen?«

»Alle?«

»Mindestens.«

Seine Mundwinkel zogen sich nach unten.

»Und was meinst du, wie viele Männer ich frage, ob sie mit mir tanzen möchten?«

John presste die Lippen zusammen und blickte kurz zu Boden. Doch weil das so unbekömmlich war, hob er schnell den Kopf und sagte leise: »Ich möchte es wieder gutmachen.«

Henriette verschränkte die Arme vor der Brust. »Da bin ich aber gespannt.«

John registrierte, wie Henriette ihn beobachtete.

»Ich könnte dich ins …«

»Ja?«

»… nun ja, ins Theater an der Dammtorstraße einladen.«

»Ins Theater?«, fragte Henriette, als hätte sie nicht richtig gehört. Sie sah ihn ernst an und konnte sich dann ein Schmunzeln doch nicht verkneifen.

»Aus dir wird wohl nie ein richtiger Kaufmann, was, John Blanckendorff? Hamburger Männer interessieren sich nicht fürs Theater.«

»Ich weiß«, sagte er glücklich. »Und? Kommst du mit?«
»Sehr gern.«

»Herr Blanckendorff!«, rief jemand aufgeregt. John drehte sich um und spürte, dass Henriette ihn an der Hand festhielt. Vogt drängte sich hastig durch die Menge, ohne Rücksicht darauf zu nehmen, ob er jemanden anrempelte.
»Herr Blanckendorff«, sagte er abgekämpft, »wo ist Ihr Vater?«
»Er wird hier irgendwo sein. Was ist denn so wichtig?«
»Es geht um Percy.«

Kurz darauf hatte Victoria Vogt und John möglichst unauffällig beiseite genommen und war mit ihnen hinauf in den ersten Stock gegangen. Vorher hatte sie noch Hansen beauftragt, so diskret wie möglich weiter nach Herrn Blanckendorff zu suchen.
Hier oben, hinter den verschlossenen Türen des Chinesischen Salons, waren die Musik und das Gelächter der Gäste nur noch sehr gedämpft zu hören. Vogt, der sich offenbar noch nie in diesen Räumen aufgehalten hatte, betrachtete unruhig die exotische Ausstattung des Zimmers, während seine Hände nervös die alte Schiffermütze vor seinem Bauch kneteten.
»Nun sagen Sie schon, Vogt«, drängte Victoria, die in einem Sessel Platz genommen hatte, »was wissen sie von Percy?«
Ihr Gesicht war blass, und ihre Hände packten die gepolsterten Armlehnen, so als suchte sie dort Halt vor einem tiefen Sturz.
»Ich muss warten, bis Herr Blanckendorff da ist. Ich habe es ihm versprochen.«
»Wie Sie wollen«, sagte Victoria und wandte sich beleidigt ab.

John sah Vogt an, dass er so schnell wie möglich wieder gehen wollte. Er selbst wollte auch so schnell wie möglich nach unten. Zu Henriette.

Victoria hielt es nicht mehr länger aus, stillzusitzen. Sie stand auf und wanderte um den kleinen Teetisch herum.
»Ihr Loyalität meinem Mann gegenüber ehrt Sie, Vogt, aber mir können Sie es doch sagen. Wenigstens einen kleinen Hinweis. Percy ist schließlich auch mein Sohn.«
»Tut mir Leid, gnädige Frau.«
John ließ sich erschöpft in einen Sessel sinken. Ihm fielen die Augen zu, doch weil sich sofort alles zu drehen begann, riss er sie gleich wieder auf.
Dann flog plötzlich die Tür auf, und Heinrich Blanckendorff kam hereingepoltert. Den obersten Hemdkragen hatte er geöffnet, seine Wangen waren gerötet von Tanz und Alkohol. Blanckendorff drückte John sein noch halb volles Champagnerglas in die Hand und eilte direkt auf Vogt zu.
»Ist das nicht ein herrlicher Tag«, rief er und umarmte Vogt. »Mein Glückstag! Und nun gibt es endlich Nachrichten von Percy. Ich hab's immer gewusst. Immer!«
Vogt schluckte, ihm war dieser Gefühlsüberschwang sichtlich unangenehm. Blanckendorff kümmerte das nicht. Er packte ihn mit beiden Händen an den Schultern und hielt ihn auf Armeslänge von sich weg. Mit einem schon leicht eingetrübten Blick fixierte er Vogt.
»Nun sag schon: Was hast du für Nachrichten? Wann kommt er?«
»Also, Chef …«
Blanckendorff drehte sich, ohne Vogt loszulassen, zu Victoria um und verkündete: »Vogt hat es schon vor Tagen gesagt:

Heute kommt Percy! Ach Victoria, ich bin der glücklichste Mann der Welt!«
Mein sonst so strenger und beherrschter Vater freut sich wie ein kleines Kind, stellte John verwundert fest und war tief gerührt. In diesem Moment empfand er so eine Wärme und Zuneigung für ihn, dass ihm die Augen feucht wurden.
Blanckendorff drehte sich zurück zu Vogt und sah ihm erwartungsvoll in die Augen. »Nun mal raus mit der Sprache: Hat er schon im Hafen angelegt?«
Vogt hatte einen Kloß im Hals.
»Jetzt aber raus damit, wir sind hier unter uns.«
»Percy ...« Er musste sich räuspern, um weitersprechen zu können.
»Ja?«
»Percys Schiff wurde von Piraten überfallen. In der Nähe von Batavia. Die gesamte Ladung ist verloren.«

10

Zwei Vögel zwitscherten vor dem geöffneten Fenster. Die Sonne wanderte am wolkenlosen Himmel entlang, schickte anfangs nur einige wenige warme Strahlen ins Zimmer, um schließlich mit aller Kraft direkt in Johns Gesicht zu scheinen. Brummend wälzte er sich auf die andere Seite.

Warum habe ich die Fenstervorhänge nicht zugezogen, dachte er ärgerlich. Wenn die Sonne ins Zimmer scheint, muss es mindestens elf Uhr sein.

John fühlte sich wie gerädert. Der Alkohol gestern und die kurze, nahezu schlaflose Nacht hatten ihm sehr zugesetzt. Als er sich im Bett aufrichtete, fuhr ihm ein stechender Schmerz durch den Kopf. Er kniff die Augen zusammen und presste die Hand an die Stirn, um die pochenden Schmerzen zu lindern.

Ist das alles tatsächlich geschehen? Er fuhr sich mit der Hand durch die Haare und über die geschlossenen Augen, als könnte er damit die Bilder vertreiben, die ihn die ganze Nacht kaum hatten schlafen lassen.

Vater ist zusammengebrochen, erinnerte er sich. Mit vor Schmerz verzerrtem Gesicht hatte er sich an die Brust gegriffen und war bühnenreif auf den Teppich gesunken, nachdem er erfahren hatte, dass Percy von Piraten gefangen genommen worden war. Ist das möglich? Oder ist es möglich, dass ich das alles nur geträumt habe?

John starrte wie betäubt auf seinen Frack und die anderen Kleidungsstücke, die er auf den Fußboden fallen lassen hatte und in denen noch der Geruch von Zigarren, Schweiß und Alkohol hing.

Und habe ich auch geträumt, dass Hansen losgeschickt wurde, um Medicus Weber zu holen, so diskret, dass keiner der Gäste etwas bemerkte, weil die Feier nicht gestört werden sollte?
John wusste es nicht. Nicht selten träumte er so deutlich, dass er am nächsten Morgen Mühe hatte, sich von der Wirklichkeit zu überzeugen. Manchmal musste er seine Zähne befühlen, um zu prüfen, ob sie auch wirklich nicht wackelten.
Wahrscheinlich habe ich auch dieses Mal nur geträumt, hoffte er. Vater hat eine robuste Natur, er hat schon andere schlechte Nachrichten weggesteckt. Und Percy ist auch nicht gefangen genommen worden. Genau!
»Das kommt davon, wenn man zu viele Bücher liest, würde Vater jetzt sagen«, murmelte John und stand von seinem Bett auf. Er ging langsam zum Fenster hinüber, wo eben noch das Vogelpärchen gehockt hatte, und sah hinaus auf einen strahlenden Sonntagvormittag. Er atmete tief die frische Luft ein. Im Garten huschte das Personal hin und her wie immer, wenn es galt, die Überreste vergangener Feierlichkeiten aufzuräumen. John war erleichtert. Alles war so, wie es immer war. Und Vater sitzt jetzt unten und wartet darauf, mir Vorhaltungen über meinen Lebenswandel machen zu können.
»Alles nur geträumt«, wiederholte John nun schon überzeugter und suchte sich ein frisches Hemd und eine Hose aus dem Schrank. Allerdings, dachte er und band sich ein Tuch um den Hals, wäre das mit Henriette dann ja auch nur geträumt.

Draußen im Flur stutzte John einen Moment.
Es ist so sonderbar still. Normalerweise hört man immer jemanden unten in der Küche mit Geschirr klappern, dachte er. Oder Vaters alle Räume durchdringende Stimme, wenn er sich darüber beschwert, dass ich immer noch im Bett liege. Aber

heute nicht. Vermutlich muss auch Vater seinen Rausch ausschlafen, folgerte John und ging in Richtung Esszimmer.

Er aß üblicherweise allein. Die übrigen Familienmitglieder starteten früh in den Tag wie fleißige Kaufleute. Auch sonntags.
John drückte die große Messingklinke hinunter und öffnete die schwere Tür. Zu seiner großen Überraschung saßen dort seine Mutter, Johanna und, in gebührendem Abstand am unteren Ende des Tisches, Vogt, und sahen ihn an. Mit fahlen, ausdruckslosen Gesichtern.
Er wusste es sofort: Er hatte das alles nicht geträumt! Es war tatsächlich geschehen. Und wie zum Beweis nahm er die verweinten Augen seiner Mutter wahr, und die von Johanna.
Johns Hals war wie zugeschnürt. Im Gesicht seiner Schwester sah er nicht das Unwohlsein einer ungeübten Alkoholsünderin, sondern nackte Angst.
John schluckte schwer. Langsam, als hätte er einen schweren Sack Kartoffeln auf dem Rücken, ging er zu seinem Platz am Tisch, Johanna direkt gegenüber. Den Korb mit Brötchen, die Erdbeermarmelade und den Honig hatte noch keiner angerührt. Selbst Vogt, der sonst ganz gern mal zugriff, hatte nicht einen Krümel auf dem Teller.
Victoria schniefte kurz und wischte sich dann mit einem weißen Spitzentaschentuch über das Gesicht. Als sie das Tuch in den Händen zusammenknüllte, sah John, dass ihre Hände zittern.
Sie hat wahrscheinlich die ganze Nacht nicht geschlafen, vermutete er. Sie trägt ja auch noch das blaue Samtkleid von gestern Abend. Und die Perlenkette. Immerhin hatte sich Johanna ein frisches Kleid angezogen.

Johanna stand auf und ging wie in Trance um den Tisch herum und setzte sich John auf den Schoß.

»Oh John«, schluchzte sie, »es ist alles so schrecklich.« Sie legte einen Arm um seinen Hals und vergrub ihr Gesicht an seiner Schulter.

Danach sagte keiner mehr ein Wort. Alles war still. Das Esszimmer, das John wegen der Behaglichkeit seiner dunklen, belgischen Möbel so sehr liebte und in dem immer so viel gescherzt wurde, wirkte auf ihn wie ein abweisender, feindseliger Ort. Am liebsten wäre er aufgestanden und weggelaufen, hinaus in die Sonne und in den Garten.

Plötzlich wurde die Tür ruckartig aufgerissen, und alle wandten sich um. Im Türrahmen stand Simon Goldmann. Und hinter ihm Friedrich. Kaum dass sie ihn gesehen hatte, war Johanna aufgesprungen und ihm in die Arme gelaufen. Gemeinsam setzten sie sich neben John auf einen Stuhl.

Der Bankier grüßte, indem er kurz in die Runde nickte, und ging dann direkt auf Victoria zu. Auch er hatte dunkle Schatten unter den Augen. Er nahm ihre Hand in seine und fragte leise: »Wie geht es Heinrich?«

Victoria seufzte, sagte aber nichts.

»Nicht gut?«, hakte er vorsichtig nach.

»Ich weiß es nicht. Weber ist bei ihm.« Victoria musste schlucken. »Schon lange.«

Goldmann nickte, ging langsam zum hinteren Ende des Tisches und setzte sich neben Vogt.

Wieder schwiegen alle. Und warteten. Es war so still, dass sie das Zwölf-Uhr-Schlagen der Standuhr aus dem Chinesischen Salon hören konnten.

Kurz darauf öffnete sich erneut die Tür des Esszimmers, und Medicus Weber betrat, seine kleine Ledertasche in der rechten Hand, den Raum. Er war ein wohlgenährter, zur Lebenslust neigender Mann mit einem Monokel vor dem rechten Auge. Dank seiner mitunter zotigen Witze zu vorgerückter Stunde und einem schier unerschöpflichen Reservoir an Anekdoten über seine Patienten war er ein gern gesehener Gast bei Hamburger Soireen. Und ein alter Freund von Heinrich Blanckendorff. Sein ungewohnt ernster Gesichtsausdruck musste jeden erschrecken, der ihn länger kannte, und traf Victoria so unvorbereitet, dass sie entsetzt beide Hände vor den Mund schlug.
Es kostete sie sichtlich Mühe, zu sprechen.
»Karl«, sagte sie schließlich, »wie geht es Heinrich?«
Medicus Weber stellte seine Tasche auf einen Stuhl und wischte sich kurz über die hohe Stirn. Er wirkte erschöpft. Nachdem sein Blick längere Zeit auf Simon und Friedrich Goldmann geruht hatte, fragte er Victoria: »Kann ich frei sprechen?«
»Natürlich, Karl. Simon, Heinrich und du, ihr kennt euch schon so lange. Wir sind alle eine Familie.« Ihre Stimme klang jetzt fester, so als wollte sie sich der Unterstützung aller Anwesenden versichern. Sie hob den Kopf und sah Weber direkt an. »Es sieht nicht gut aus, nicht wahr?«
Weber seufzte hörbar und setzte sich. »Nein!«, sagte er endlich und ergänzte: »Es tut mir so Leid, Victoria.«
»Oh, nein. Papa!«, rief Johanna und verbarg ihr Gesicht an Friedrichs Brust. »Du darfst nicht sterben. Du darfst nicht.« Danach weinte sie hemmungslos. John fühlte sich elend bei ihrem Anblick.
»Gibt es noch Hoffnung?«, fragte Victoria.
Ihre Finger verkrampften sich um das Taschentuch.

»Es ist das Herz«, sagte Weber und putzte müde sein Monokel. »Es ist sehr schwach und schlägt unregelmäßig. Die Anstrengungen der letzten Zeit haben ihm sehr zugesetzt. Und dann die Nachricht der letzten Nacht: Das war einfach zu viel für ihn.«

»Wird er es schaffen?«, fragte Goldmann leise.

Medicus Weber zuckte ratlos mit den Schultern. »Ich kann nichts mehr für ihn tun. Manche schaffen es.«

Und dann, nach einer kurzen Pause, fügte er hinzu: »Er ist jetzt in Gottes Hand. Alles, was wir für ihn tun können, ist, ihm absolute Ruhe zu gewähren. Und beten.«

Damit klemmte er sein Monokel vor das Auge und nahm sein Ledertäschchen vom Stuhl.

»Ich werde heute Abend wieder nach ihm sehen.«

Medicus Weber verabschiedete sich von Victoria mit einem Händedruck, ging hinaus und schloss leise die Tür.

Während Victoria mit ihren Gedanken in eine andere Welt hinüberzugleiten schien und Johanna schniefte und Halt an Friedrichs Schulter suchte, fühlte John sich seltsam unbeteiligt.

Der Kummer von Mutter und Johanna trifft mich mehr als Vaters Schicksal und das von Percy. Es war immer leichter für mich gewesen, wenn Percy nicht da war.

»Victoria«, begann Goldmann vorsichtig, »ich weiß, du hast jetzt ganz andere Sorgen und du musst mir glauben, dass mir Heinrichs Genesung sehr am Herzen liegt ...«

John beobachtete genau, wie seine Mutter langsam den Kopf hob und Goldmann ansah.

»Aber ...«, sagte sie langsam.

»Ihr müsst auch an das Geschäft denken.«

»Jetzt ist keine Zeit, um an das Geschäft zu denken, Simon!«, sagte sie scharf. »Das Einzige, was jetzt zählt, ist, dass Heinrich wieder gesund wird!«

»Victoria«, entgegnete Goldmann sanft, »ich verstehe deine Sorgen. Heinrich ist mein Freund. Ich kenne ihn länger als du. Deshalb fällt es mir auch schwer, dieses Thema gerade jetzt anzusprechen.«

Er wartete einen Augenblick, um ihr eine kurze Verschnaufpause zu geben, dann fuhr er fort: »Auch wenn es jetzt vielleicht nicht zu verstehen ist, Victoria, aber es gibt nicht nur die Sorge, ob Heinrich diese Herzattacke überlebt. Es geht auch um die Frage, ob eure Firma überleben kann und damit eure ganze Familie. Es geht um eure Existenz.«

Victoria sah ihn verständnislos an, Johanna hob den Kopf von Friedrichs Schulter, Vogt knetete seine Mütze noch heftiger, und John setzte sich auf seinem Stuhl zurecht.

»Was soll das heißen, Simon?«

»Nun, ich kenne eure Bücher nicht genau. Und doch, als Freund von Heinrich, als Freund von dir, Victoria und als zukünftiges Familienmitglied sozusagen, fühle ich mich verantwortlich. Und nach dem, was ich von Heinrich weiß, und nach dem, was ich als euer Hausbankier weiß, steht es schlecht um das Teekontor Blanckendorff. Sehr schlecht sogar.«

John war überzeugt, dass Goldmann sich aufrichtige Sorgen machte und ihm diese Situation unangenehm war. Er selbst dagegen fühlte sich, nachdem das Thema von der Gesundheit seines Vaters zu der wirtschaftlichen Lage des Kontors gewechselt war, nicht mehr angesprochen. Er dachte bereits daran, sich eine Tasse Tee einzugießen und an ein Brötchen mit Marmelade.

»Was willst du mir sagen, Simon?«, fragte Victoria laut. »Das wir die zwei Schiffe nicht mehr bezahlen können, die Heinrich beauftragt hat? Ist es das? Willst du, dass wir einen neuen Kredit bei dir aufnehmen? Gut«, sagte sie noch lauter, »dann werden wir das machen. Und wenn du uns keinen neuen Kredit mehr geben willst? Auch gut, dann werden wir die Schiffe eben wieder abbestellen.«

»Das ist es nicht, Victoria.«

»Was ist es dann?« Jetzt schrie sie fast.

»Es sind nicht nur die Schiffe, Victoria.« Goldmann versuchte, so behutsam wie möglich vorzugehen. »Es sind auch die Raten für das Haus hier. Und die Zinsen für die Kredite. Und der Aufwand für das laufende Geschäft. Für das Personal. Hier und in der Stadt, im Kontor.«

Er musste kurz durchatmen, dann fuhr er sich müde mit der Hand über das Gesicht.

»Victoria«, sagte er ebenso leise wie eindringlich, »glaub mir: Ihr könnt das alles nicht mehr bezahlen. Gar nichts mehr.«

Victoria sah Goldmann mit einem Ausdruck an, als hätte er ihr gerade erzählt, in London sei Big Ben umgefallen. Und John fragte sich, ob es in Ordnung wäre, wenn er sich schon mal ein Brötchen schnappen würde.

»Was du sagst, Simon«, sagte Victoria überzeugt, »kann nicht stimmen. Wir haben bisher immer alle Rechnungen und Zinsen bezahlt. Wir sind ein Teehandelshaus. Wir haben immer Tee gekauft und Tee verkauft, und wir werden das auch weiterhin tun. Und von dem verdienten Geld werden wir unsere Rechnungen bezahlen. So wie wir es immer getan haben.«

»Ihr habt es immer getan, Victoria. Aber jetzt habt ihr kein Geld mehr. Und keinen Tee.«

Victoria sah schnell zum anderen Ende des Tisches. »Vogt! Sagen sie mir, dass das nicht stimmt.«

Der alte Mann zuckte zusammen. Vogt war eine brave Seele,

keiner konnte sich erinnern, dass er jemals gelogen hätte. Jetzt hob er hilflos seine knochigen Schultern und murmelte leise: »Tut mir Leid, gnädige Frau.«
»Das gibt's doch nicht«, sagte Victoria laut. »Unser Speicher ist immer voll Tee.«
»Nicht mehr, Victoria. Euer Speicher ist leer. Deshalb war Heinrich auch so angespannt. Und deshalb hat er so dringlich auf Percy gewartet. Percys Schiffsladung war eure letzte Rettung. Und als gestern die Nachricht kam, dass er von Piraten gefangen genommen wurde, ist auch der letzte Tee verloren gegangen.«
»O Gott«, schluchzte Johanna.
Victoria blickte starr geradeaus und schwieg. Dann, nach einer langen Zeit, sagte sie tonlos: »Es kann nicht alles verloren sein. Nicht all das, was Heinrich in all den Jahren aufgebaut hat. Das darf nicht sein!«
Sie blickte dem Bankier fest in die Augen. John beobachtete, wie Goldmann den obersten Knopf seines Hemdkragens öffnete, und fragte sich, ob er zuerst Honig auf das Brötchen streichen sollte.
»Tut mir Leid, Victoria, aber im Grunde heißt es das.«
Und dann waren alle wieder still.

»Simon«, sagte Victoria mit brüchiger Stimme, »bist du nur gekommen, um mir das zu sagen? An diesem Morgen? Musste das sein?«
Zuerst begannen ihre Lippen zu zittern, und dann konnte sie sich nicht mehr beherrschen. Sie begann zu weinen. Alle Spannungen, alle Sorgen der letzten Tage ließen sich nicht länger zurückhalten, brachen aus ihr heraus und entluden sich in so heftigem Weinen, dass ihr ganzer Körper bebte.

John spürte einen Stich. Seine Mutter, die gestern noch das Hauspersonal voller Energie durch Haus und Garten gescheucht hatte und die immer so viel Souveränität und Optimismus ausstrahlte! Jetzt war sie nur noch eine alte, kraftlose Frau. Er hatte plötzlich Angst um sie.
»Tut mir Leid, Victoria«, sagte Goldmann niedergeschlagen, »ich wollte nur nicht, dass du es morgen in der Stadt von anderen erfährst. Als Freund fühle ich mich in der Pflicht, es dir als Erster zu sagen.«
»Nun ist also alles aus?«, schluchzte sie.
John sah, wie seine Mutter langsam zusammensackte. Verschwunden war die große, stolze Frau, die er immer so bewundert hatte.
»Ich fürchte, ja. Tut mir Leid, Victoria.«
Damit stand er auf und ging langsam zur Tür.
»Halt, Vater!« Friedrichs Stimme war so kräftig und laut, dass alle ihn überrascht ansahen. »Was ist mit König Friedrich Wilhelm IV.?«
Goldmann hatte schon die Klinke in der Hand und sagte, ohne sich umzusehen: »Das hat keinen Sinn, Friedrich.«
»Was hat keinen Sinn, Simon?« Victoria hob den Kopf und sah ihn an.
Goldmann blieb in der Tür stehen und drehte sich um. »Friedrich meint, dass Sternberg den König von Preußen mit Tee beliefern will. Mit seinem besten Tee zu besonders günstigen Preisen. Er hofft, dadurch eines Tages vielleicht ›Königlicher Teelieferant‹ zu werden. Sternberg hat mir gestern Abend davon erzählt.«
»Ich denke, Hamburger Kaufleute nehmen als gute Republikaner keine Orden von Königen an«, meinte Victoria.
»Das ist richtig. Aber erstens wäre dies kein Orden, sondern

ein Titel, und zweitens hat noch kein Hamburger Kaufmann ein gutes Geschäft abgelehnt.«

Goldmann machte eine kurze Pause, dann fügte er leiser hinzu: »Vor allem will er mit diesem Titel eurem Handelshaus endgültig das Wasser abgraben.«

»Und?«, fragte Victoria scharf, »das sollen wir einfach so hinnehmen? Heinrich würde sich auflehnen. Er würde kämpfen!«

»Heinrich kann jetzt nicht mehr kämpfen.« In Goldmanns Stimme lag die Resignation eines Lehrers, der erkennen muss, dass sein Schüler absolut nicht begreifen will, dass zwei und zwei vier ergibt. Müde ergänzte er: »Weil ihr keinen Tee mehr habt.«

»Zumindest keinen frischen«, sagte Vogt leise. Und dann lauter: »Aber Sternberg hat welchen. Seit die *Swatte Katt* aus Kanton zurück ist, hat er den besten und frischesten Tee.«

Vogt machte eine Pause, dann fuhr er fort: »Ich wollte, ich wäre zehn Jahre jünger, dann würde ich sofort in See stechen und versuchen, so schnell wie möglich wieder in Kanton zu sein.« Er seufzte. »Aber jetzt kann ich nicht mehr. Und wenn es stimmt, was ich über diesen Kommissar des Kaisers höre, diesen Lin Zexu, der gegen die Engländer zu Felde zieht, wo er nur kann, brauche ich auch gar nicht länger darüber nachzudenken.«

Goldmann nickte zustimmend. »Außerdem seid ihr viel zu spät dran. Sternberg wird in den nächsten Tagen nach Berlin reisen, um König Friedrich persönlich von seinem Tee zu überzeugen. Ihr aber müsst erst nach Kanton und wieder zurück. Das dauert gut und gerne zwei Jahre.« Er seufzte. »Es tut mir Leid, Victoria. Deshalb hab ich dir nichts davon erzählt. Eine Chance, die man nicht nutzen kann, ist keine Chance.«

»Doch, Simon. Wir haben eine Chance.« Victorias Stimme klang so überzeugend und optimistisch, dass Goldmann unweigerlich die weißen Augenbrauen hochzog.
»Ich sehe keine. Und selbst wenn, wer sollte sich auf den Weg machen?« Er blickte in die Runde. John war gerade dabei, seine rechte Hand auszustrecken, um sich ein Brötchen aus dem Korb zu nehmen.
»Ich sehe niemanden.«
Victoria setzte sich aufrecht hin und verkündete: »Ich aber: John!«
»Mutter!« John zog erschrocken seinen Arm zurück, als wäre eine Mausefalle zugeschnappt.
»Soll das ein Witz sein?« Goldmann sah sie ungläubig an.
»John ist ein Blanckendorff«, stellte Victoria fest.
»Ich weiß«, sagte Goldmann zerknirscht.
Dann sammelte er sich kurz und fuhr fort: »Victoria, wir wollen sachlich bleiben. Er ist dein Sohn, und deswegen will ich behutsam mit dir sein. Aber: Er weiß nichts! Nichts vom Handel, nichts vom Tee. Soll ich es dir beweisen?«
Ohne ihre Antwort abzuwarten, fuhr er herum und schritt so energisch auf John zu, dass seine Schuhe laut klackten. Unmittelbar vor ihm blieb er stehen und fragte im Ton eines Chefanklägers vor dem höchsten Gericht: »John, ist dir jemals aufgefallen, worin sich Teekannen von Kaffeekannen unterscheiden?«
John starrte Goldmann mit großen Augen an. Ihm wurde heiß. Mein Gott, dachte er, Kannen! Wer interessiert sich schon für Kannen?
»Ich will dir helfen«, fuhr Goldmann fort, »die einen sind eher niedrig und bauchig und die anderen hoch und schlank. Na?«
»Simon, lass ihn«, hörte John seine Mutter sagen.

»Nein, er soll mir jetzt antworten.«
John warf einen hastigen Blick auf den Tisch. Dort stand eine Teekanne. Er starrte sie an, als könnte er sie so zwingen, ihr Geheimnis preiszugeben, und sagte schließlich: »Teekannen sind ... bauchig.«
»Na, bravo. Und kannst du mir auch sagen, warum?«
Johns Augen wanderten zur Decke. Woher soll ich das denn wissen?
»Rede schon«, forderte Goldmann. »Aus welchem Grund sind sie so?«
»Zufall?«
Simon Goldmann blieb fassungslos stehen, dann setzte er sich ganz langsam an den Tisch und sagte, an Victoria gewandt: »Er hat Zufall gesagt.«
»Simon, er wird es lernen«, antwortete sie.
»Vielleicht.«
»Siehst du denn eine Alternative?«
Goldmann schien kurz zu überlegen, doch dann schüttelte er den Kopf. »Im Moment sehe ich keine. Aber ihr habt ja auch gar kein Geld, um Tee zu kaufen.«
John atmete tief durch. Zum ersten Mal schien es ein Vorteil zu sein, kein Geld zu haben. Ohne Geld kann ich nicht nach China, dachte er.
Victoria faltete ihre Hände, legte sie auf den Tisch und verkündete: »Am Geld soll es nicht scheitern, Simon.«
»Wird es aber, Victoria.« Goldmann zog gereizt die Augenbrauen hoch. »Ihr habt nichts mehr. Ich glaube, wir sollten die Diskussion jetzt lieber beenden. Das führt doch zu nichts.«
»Simon, noch habe ich das hier.«
Victoria hob ihre Hände in den Nacken und nahm ihre Perlenkette vom Hals. »Meine Brosche überlasse ich dir auch

noch. Und so viel von meinen Ringen, Armreifen und Ketten, wie du brauchst, damit du John genug Geld auf den Weg geben kannst.«

»John! John! John!«, ereiferte sich Goldmann und nahm seinen Hut. »Wenn du deinen gesamten Schmuck opfern willst, kannst du ihn auch gleich in die Elbe werfen.«

Damit stürmte er, ohne sich zu verabschieden, aus dem Esszimmer und warf die Tür krachend zu.

11

Johanna wusste, wo sie John finden würde. Nachdem ihnen Medicus Weber gestern Abend versichert hatte, dass Heinrich Blanckendorffs Zustand stabil sei und keine unmittelbare Lebensgefahr mehr drohe, waren John, Johanna und Vogt mit der Kutsche nach Hamburg zurückgefahren.

Weil das Millerntor, wie alle übrigen Stadttore, bei Sonnenuntergang geschlossen wurde und danach nur diejenigen in die Stadt gelassen wurden, die das Wegegeld in Höhe von mindestens vier Schillingen an die Stadtwache entrichtet hatten, waren Hansen und sein Personal bereits am Nachmittag in die Kleine Reichenstraße gefahren. Victoria war allein mit einem Dienstmädchen in Nienstedten geblieben.

Den ganzen Tag über hatte sich John nicht gezeigt. Nicht zum Frühstück und auch nicht zum Mittagessen oder zum Abendessen. Johanna wollte nicht länger warten. Sie drückte die Klinke zur Bibliothek hinunter und öffnete zögernd die Tür.

John saß, wie sie erwartet hatte, in seinem Lieblingssessel. Allerdings hatte er kein Buch in der Hand, sondern die Handflächen vor dem Gesicht aneinander gelegt und schien zu grübeln. Während Johanna langsam auf John zuging, sah er nicht ein Mal zu ihr auf. Das war ungewöhnlich und verunsicherte sie. Normalerweise, auch wenn es ihm noch so schlecht ging, hatte er für sie immer ein kurzes Lächeln übrig. Heute jedoch nicht.

Johanna hockte sich vor John hin und stützte ihre Arme auf seine Oberschenkel. Sie suchte in seinen Augen nach einer Reaktion, einem Zwinkern, irgendetwas, das ihr sagte: »Hey, alles halb so schlimm.« Aber weder seine Augen noch ein Zucken seiner Mundwinkel deuteten an, dass er sie überhaupt wahrgenommen hatte.

»Wie geht es dir?«, fragte sie leise und suchte in seinem Gesicht nach einer Antwort. Aber sie sah nur seinen Adamsapfel auf und ab hüpfen.

Dann regte er sich doch und sagte müde: »Machst du Witze?«

Als sie nicht antwortete, blickte er wieder an ihr vorbei und fuhr fort: »Mutter verlangt, dass ich nach China fahre. Nach China! Herrgott noch mal! Das ist doch nicht ihr Ernst. Ich kann ja nicht mal schwimmen.«

Johanna sah ihn forschend an und erwiderte nichts.

»Und außerdem hat dein zukünftiger Herr Schwiegervater ja ganz Recht, wenn er sagt, ich habe keine Ahnung vom Tee. Ich weiß ja nicht mal, warum eine Teekanne bauchig ist und eine für Kaffee nicht.«

»Teeblätter brauchen viel Oberfläche, um ihr Aroma voll entfalten zu können«, erklärte Johanna beiläufig, als wäre diese Erkenntnis nun wirklich allgemein bekannt und kaum der Rede wert. »Kaffeebohnen dagegen werden zu feinem Pulver gemahlen. Und das kann sich in einer hohen Kanne besser auf dem Boden absetzen.«

John sah sie überrascht an und zog die Augenbrauen hoch. »Tatsächlich? Ist aber auch egal. Die Chinesen können mir glatt gestampfte Pferdeäpfel als Tee verkaufen, und ich würde nichts merken. Ganz zu schweigen von diesem chinesischen Kommissar. Ach ja, und dann gibt's ja noch die Piraten, bestimmt auch ganz nette Leute. Und du fragst, wie es mir geht? Ich würde sagen: Es könnte besser sein.«

Johanna nickte ihm kurz zu. »Ich kann ja verstehen, dass du Angst hast.«

»Angst? Du meinst ich habe Angst? Mann, ich habe so eine

Panik, dass ich den ganzen Tag auf der Toilette verbracht habe. Angst ist gar nichts dagegen.«

Johanna grinste kurz. »Nur weil du nach China fahren sollst?«

»Nur mal eben nach China fahren und Tee besorgen? Mehr nicht? Stimmt, dann geht's ja eigentlich noch«, sagte John höhnisch. »Schade nur, dass so ein erfahrener Geschäftsmann wie dein Herr Schwiegervater mir nicht mal zutraut, heil die Elbe herunterzukommen.«

»Ich traue dir alles zu, John.«

»Na prima. Da bist du aber ziemlich allein.«

»Mutter auch.«

»Das wird die Weltmeere und Piraten aber gewaltig beeindrucken.«

Johanna musste wieder grinsen. Aber sie wollte sich nicht lustig machen. Sie wusste, dass er wirklich Angst hatte. Sehr große Angst sogar.

John sah Johanna an. »Warum wollt ihr, Mutter und du, eigentlich so sehr, dass ich nach China fahre? Wenn der Kahn vor Altona sinkt, ist die Reise für mich sowieso zu Ende.« Und resigniert fügte er hinzu: »Das ist doch alles so aussichtslos.«

»Nein, John«, sagte Johanna leise und ruhig. »Es ist nicht aussichtslos. Aussichtslos ist es nur, wenn wir nichts tun. Wenn du hier bleibst. Das bedeutet unseren sicheren Ruin. Das hat auch Friedrich gesagt. Du bist die einzige Chance, die wir haben.«

John schwieg. Johanna hatte das Gefühl, dass er über eine folgenreiche Entscheidung brütete, eine, die ihn große Überwindung kostete. Nach einer Weile räusperte er sich und verkündete: »Ich könnte ja als Anwalt arbeiten.«

»John«, sagte Johanna eindringlich, »dein Talent in Ehren,

aber das wird nicht reichen. Nicht in den ersten Jahren. Und vor allem nicht für die ganze Familie. Und erst recht nicht für die Firma.«
»Die Firma? Der bin ich nichts schuldig.«
»Ach ja? Und was ist mit den Menschen, die Jahre und Jahrzehnte für uns gearbeitet haben?«
»Die werden was Neues finden.«
»Auch der alte Hansen? Und Vogt? Gerade Vogt! Er war immer so gut zu uns. Weißt du noch, wie wir als Kinder auf dem Speicher zwischen den Teekisten Verstecken gespielt haben? Und Vogt uns immer suchen musste?«
John erinnerte sich. Es waren wunderbaren Nachmittage gewesen. Vor langer Zeit. Ein Lächeln huschte über sein Gesicht.
»Er hat immer so getan, als könnte er uns nicht finden.«
»Er hat nur so getan?«, fragte John enttäuscht.
»Natürlich«, lachte Johanna. »Vogt kannte schon immer jeden Winkel auf unserem Speicher. Er hat mit uns gespielt. Er wollte uns zum Lachen bringen und unsere Freude sehen, wenn wir ihm unsere ach so geheimen Verstecke gezeigt haben. Ihn willst du jetzt seinem Schicksal überlassen?«
»Nein, natürlich nicht«, sagte John fest. »Ich werde eben viel arbeiten.«
»Nur der Fortbestand des Kontors kann für uns alle sorgen, John.«
John verschränkte die Arme vor der Brust, seine Augenbrauen zogen sich zusammen. »Ich kann mich nicht um die ganze Welt kümmern. Und wenn mein Einkommen nicht reichen sollte, dann reicht es eben nicht. Dann muss jeder selbst sehen, wo er bleibt.«
»Ach ja?«, fragte Johanna ruhig. »Ist das dein letztes Wort?«

»Absolut.«
Johanna atmete tief durch. Sie wusste, dass sie John nur erreichen konnte, wenn sie ruhig blieb.
»John«, begann sie erneut, »du könntest uns gar nicht uns selbst überlassen. Du bist kein Egoist.«
»Ach nein? Vielleicht werde ich ja noch einer«, sagte er schnippisch.
»Das wirst du nie.«
»Ich kann ja üben. Und mir Mühe geben.« John ließ die Arme sinken und setzte sich etwas entspannter in seinem Sessel zurecht. »Das wolltet ihr doch immer.«
Johanna überhörte seine Antwort. Sie stellte sich vor ihn hin und fragte neugierig: »Erinnerst du dich an die Geschichte mit Georg Meesterkamp?«
John zuckte ahnungslos mit den Schultern.
»Ich war, glaube ich, zehn Jahre alt. Wir beide spielten draußen vor der Sechslingspforte, als Georg Meesterkamp mit seiner Bande auftauchte. Er hatte mich geärgert. Und da hast du ihm vor seiner Bande gegen das Schienbein getreten.«
Jetzt erinnerte er sich. »Weil er dich an den Zöpfen gezogen hatte.«
»Genau.« Johannas Augen leuchteten vor Stolz. »Und dabei war er fast einen Kopf größer als du.«
»Richtig. Und deshalb hat er mich auch locker in den Graben geschubst. Und was lerne ich daraus? Dass ich mich besser nur um meine Sachen kümmern sollte.« John verschränkte wieder die Arme vor der Brust und starrte zum Fenster hinaus. Die Abendsonne strahlte bereits feuerrot über den Dächern der Stadt.
»John!« Johannas Stimme klang ungehalten. »Sieh mich an!«

Und als er weiterhin hinausstarrte, wiederholte sie, diesmal eindringlicher: »John! Sieh mich bitte an!«

Langsam drehte er ihr den Kopf zu, und als sie sicher war, dass sie seine volle Aufmerksamkeit hatte, sagte sie: »Hör zu! Ich kann verstehen, dass du diese Reise, diese wahrscheinlich gefährliche Reise, nicht unternehmen willst, nur um Vaters Geschäft zu retten, das eigentlich nie dein Geschäft war und es vielleicht auch nie werden wird. Oder für Percy! Wir beide sind froh, wenn er nicht in unserer Nähe ist. Ich kann vielleicht auch verstehen, dass du es nicht für unsere Angestellten tun willst, auch wenn es mir schwer fällt. Aber, John, dann tu es für Mutter – und für mich!«

Ohne seine Antwort abzuwarten, war Johanna aufgestanden und zum Fenster gegangen. Unten auf der Straße sah sie zwei Dienstboten, die mit flinken Schritten in Richtung Hafen unterwegs waren. Dann drehte sie sich wieder um und sagte betont langsam: »Weiß du, was Friedrich mir heute Nachmittag gesagt hat?«

John guckte Johanna an, schien mit seinen Gedanken aber ganz woanders zu sein.

»Er hat gesagt, dass sein Vater die Verlobung annulliert, wenn unser Teehandelshaus nicht mehr besteht. Hast du gehört?«

»Tut mir Leid«, sagte John knapp.

Johanna drehte den Kopf, als hätte sie nicht richtig gehört. Sie atmete ärgerlich aus, ging energisch zwei Schritte auf John zu und schimpfte: »Ist das alles, was du dazu zu sagen hast: Tut mir Leid?!«

John sah zum Fenster hinaus und antwortete: »Flieh doch mit Friedrich bei Nacht. Oder lass dich von ihm entführen.«

Das war zu viel. Johanna ging auf John los, packte ihn an den Schultern und schüttelte ihn so lange, bis er sie ansah.

»John!«, rief sie laut, »wir sind hier nicht in deiner romantischen Traumwelt. Das hier ist die Wirklichkeit.«
»Tolle Wirklichkeit. Auf die kann ich verzichten.«
»Ich aber nicht. Ich habe keine andere.«
Weil John nichts erwiderte, ließ sie ihn los und sank neben dem Sessel auf die Knie.
»John«, sagte sie, »ich flehe dich an! Mein Glück hängt von dir ab! Ich darf Friedrich nur heiraten, wenn du mit Tee aus China zurückkehrst!«
Sie schniefte und putzte sich die Nase. Dann sagte sie erschöpft: »John, ich will dich nicht verlieren. Aber ich will auch Friedrich nicht verlieren. Ich werde jeden Tag für deine Rückkehr beten.«
John starrte geradeaus und schwieg. Johanna forschte in seinem Gesicht nach irgendeinem Zeichen des Einverständnisses. Aber da war nichts.
Dann kam ihr ein Gedanke: »Friedrich hat gesagt, dass Senator Sternberg die *Swatte Katt* wieder ausrüsten lässt, damit sie neuen Tee aus Kanton holen kann. Vielleicht könntest du dort mitfahren. Das würde immerhin die Gefahren deiner Seereise in Grenzen halten.«
John hob verdutzt den Kopf. »Auf dem Schiff von Vaters größtem Rivalen soll ich nach China reisen, um Tee zu kaufen?« Nach einer kleinen Pause fügte er hinzu: »Als Konkurrent?«
Johanna wiegelte ab: »Keine Sorge, als Konkurrent nimmt dich doch sowieso keiner ernst.«
»Niemand kann mir so Mut machen wie du, Schwesterchen.«
»Sag ich doch!« Johanna war aufgesprungen. »Ich werde gleich mit Henriette reden. Vielleicht kannst du tatsächlich auf dem

Schiff ihres Vaters mitfahren. Und wenn du nicht fährst, dann werde ich es eben tun.«

John fuhr erschrocken aus seinem Sessel hoch und rief: »Das tust du nicht!«

Doch da war sie schon weg.

12

Henriette hörte schallendes Gelächter aus dem Arbeitszimmer, was sie irritierte, denn normalerweise ging es dort ruhig und ernsthaft zu. Sie ging durch die halb geöffnete Flügeltür, die mit ihren aufwändig gearbeiteten Kassetten den Eingang bildete zu einem der elegantesten Büros der Stadt. Dicke Teppiche, einer hing sogar an der Wand, der wuchtige Eichenschreibtisch und voll gestopfte Bücherregale dämpften jedes Geräusch. Vom zentralen Deckenbalken hing ein schmiedeeiserner Kronleuchter herab, und gegenüber den drei bleiverglasten Fenstern befand sich eine Vitrine mit exklusiven Kristallgläsern, aus denen sich ihr Vater und seine Geschäftsfreunde gern einen Port genehmigten. Dieses Büro spiegelte einen über Generationen zusammengetragenen Reichtum wider. Und hier residierte Wilhelm Sternberg, dass sogar langjährige Mitarbeiter und manche Senatorenkollegen ehrfürchtig im Türrahmen stehen blieben, bis der Senator sie rief.

Henriette marschierte direkt in das Zimmer. Sie war sich bewusst, dass sie mit ihrem zitronengelben Kleid und den hochgesteckten Locken die Aufmerksamkeit der anwesenden Herren wie ein Magnet auf sich ziehen würde. Mitten im Büro blieb sie stehen.

Gerd Andresen, der Prokurist der Firma und Vorgesetzter aller Hamburger Angestellten, stand neben ihrem Vater am Stehpult und sah sie an. Beide Männer wischten sich Tränen aus den Augen.

»Was gibt es denn so Heiteres?«, fragte Henriette. »Darf ich mitlachen?«

»Ach, nur ein kleiner Scherz, Fräulein Henriette«, antworte

Andresen, verbeugte sich tief und steckte das Taschentuch in seine Rocktasche.
»Tatsächlich«, sagte sie kühl, während ihr Vater noch heftig nach Atem rang. »Das muss gleichwohl ein besonderer kleiner Scherz gewesen sein.«
»In der Tat, Fräulein Henriette«, bestätigte Andresen und musste schon wieder lachen. Keinen Augenblick später krümmte sich auch Sternberg und klammerte sich an das Pult, als hätte er eine Kolik.
»Andresen!«, sagte Henriette knapp, »Sie haben bestimmt noch anderes zu tun, nicht wahr?«
»Gewiss, Fräulein Henriette, gewiss.« Andresen wischte sich erneut eine Träne aus dem Auge und zog sich mit einer weiteren Verbeugung zurück. Diskret schloss er die Tür hinter sich.

Henriette trat an das Stehpult heran. »Vater, was ist hier los?«
Senator Sternberg zog sich hinter seinen Schreibtisch zurück, ließ sich erschöpft in den Lehnstuhl fallen und knöpfte seine Weste und den weißen Stehkragen auf. Er musste sich erst einmal Luft verschaffen.
»Verzeih, Henriette. Wir wollten nicht unhöflich sein.«
Er deutete auf sein Zwerchfell: »Oh, es tut so weh.«
»Was ist denn?«, fragte Henriette gereizt.
»Stell dir vor: Dieser Nichtsnutz von Blanckendorff will auf unsere *Swatte Katt*. Und nach Kanton. Huhuhu …«
Er musste wieder so heftig lachen, dass sein massiger Körper heftig durchgeschüttelt wurde.
»Ich weiß«, sagte Henriette betont sachlich. »Ich habe veranlasst, dass man ihm einen Platz gibt.«

»Wie bitte?« Sternberg riss die Augen auf. »Also hör mal. Das ist doch absurd! Dieser Trottel findet ja nicht mal den Weg zum Hafen. Huhuhu.«

Der Senator fummelte mühsam ein Taschentuch aus seinem Gehrock, um seine Augen zu trocknen, und tupfte sich dann die Stirn ab.

»John ist kein Trottel«, stellte Henriette fest.

Jetzt war der Spaß zu Ende. Mit einem Mal war der Senator ernst geworden.

»Ich habe mich wohl verhört«, knurrte er. »Oder gibt es einen Blanckendorff, den ich noch nicht kenne?«

Wenn sich der Senator in vergleichbaren Gemütslagen befand, zogen sich die erfahrenen Angestellten üblicherweise zurück, um ihre Anliegen zu einem späteren Zeitpunkt vorzutragen.

»John Blanckendorff ist kein Trottel«, wiederholte Henriette fest.

Sternberg neigte den Kopf leicht zur Seite, als vermutete er, aus einer leicht veränderten Perspektive seine Tochter doch noch verstehen zu können.

Um auch die letzten Zweifel aus dem Weg zu räumen, wiederholte sie langsam: »John … Blanckendorff … ist … kein … Trottel!«

Der Senator zog die Augenbrauen zusammen, stand auf und beugte sich über seinen Schreibtisch. »Was ist er dann?«, bellte er. Der Zorn in seiner dröhnenden Stimme war so gewaltig, dass unerfahrene Angestellte entsetzt auf die Straße gestürmt wären wie aus einem brennenden Haus.

»Er ist charmant, sieht gut aus …«

»Das sind ja ganz hervorragende Eigenschaften. Womöglich interessiert er sich auch für das Theater und für« – Sternberg machte ein angewidertes Gesicht, als würde ihm gerade jetzt eine haarige Spinne über die Hand laufen – »für Literatur!«

»Natürlich tut es das«, erwiderte Henriette mit aufreizender Freundlichkeit. »Außerdem geht er gerne spazieren und liegt in der Sonne. Und trotz allem, gewissermaßen so nebenbei, hat er sein Studium der Rechtswissenschaften mit einem Prädikatsexamen abgeschlossen.«

»Und?«, fauchte Sternberg.

»Was meinst du, was aus ihm werden könnte, wenn er eine Frau hätte, die ihm seine Flausen austreibt und es versteht, seine Talente zielgerichtet einzusetzen?«

»Was willst du damit sagen?«, brummte Sternberg und runzelte argwöhnisch die Stirn.

»Nichts.« Henriette sah ihren Vater direkt an. »Wirst du es erlauben, dass er fährt?«

»Natürlich nicht«, polterte Sternberg und schlug mit der flachen Hand so fest auf den Schreibtisch, dass die Feder im Tintenfass hüpfte.

»Ich will aber, dass er mitfährt.«

»Wie bitte?« Offener Widerstand begegnete dem Senator ausgesprochen selten und in seinem Büro schon gar nicht.

Henriette trat einen Schritt vor und stellte sich aufrecht hin, so wie sie es früher getan hatte, wenn sie als Kind ein Gedicht auswendig gelernt hatte: »Ich möchte, dass du John Blanckendorff nach Kanton fahren lässt.«

»Warum sollte ich?« Sternberg setzte sich wieder in seinen Lehnstuhl und atmete tief durch. »Dieser Tagedieb ist von der Konkurrenz. Auch wenn es diese Konkurrenz schon fast nicht mehr gibt«, ergänzte er.

»Wer wollte an deinem Urteil zweifeln?« Henriette lächelte und wickelte verspielt eine Locke um ihren Finger. »Damit stellt dann doch gerade John keine Konkurrenz für dich dar. Nicht wahr, Papa?«

»Hm.«

»Und wenn er uns nicht schadet, kann er doch auch mitfahren.«

»Warum sollte ich ihn mitfahren lassen?« Sternberg sah sie misstrauisch an.

»Du könntest dich als großherziger Kaufmann beweisen. Das würde an der Börse und im Senat gewiss gut ankommen. Stell dir vor«, sagte Henriette und verkündete mit weit ausgestreckten Armen: »Senator Wilhelm Sternberg, der erfolgreiche Fernkaufmann und generöse Unterstützer eines Konkurrenten in der Not.«

Sternberg schüttelte mit einem kurzen Lächeln den Kopf. »Schade, dass du kein Junge geworden bist. Du hättest große Chancen in der Politik.«

»Du lässt ihn also mitfahren?«

Sternberg ging zum Fenster, verschränkte die Hände auf dem Rücken und schwieg. Henriette ließ die Schultern sinken. Sie wusste, wenn er ihr so den Rücken zudrehte, war das seine Art, ihr eine direkte Absage zu ersparen.

Aber statt aufzugeben, ging sie um den Schreibtisch herum, am Lehnstuhl vorbei und stellte sich hinter ihren Vater, legte ihre Hände auf seine massigen Schultern und flüsterte ganz leise in sein Ohr: »Bitte, Papa.«

Der Senator sah weiter regungslos aus dem Fenster auf einen schönen Spätsommertag hinaus. Und schwieg.

Es war eine Frage von grundsätzlicher Bedeutung, das wusste Henriette sehr wohl. Seit sie sich erinnern konnte, hatte ihr Vater Heinrich Blanckendorff bekämpft, wo und wann er nur konnte. Seine glücklichsten Momente waren immer jene gewesen, in denen er seinem Konkurrenten ein Schnippchen geschlagen hatte. Und nun sollte er ihm und seinem Sohn aus einer Notlage helfen? Das war nicht wenig verlangt. Henriette begann, den Nacken ihres Vaters zu massieren.

»Bitte, Papa«, säuselte sie ihm ins Ohr, »lass ihn mitfahren, ja?«

Lange Zeit reagierte ihr Vater nicht. Schließlich drehte er sich zu ihr um und verkündete: »Nein!«

Henriette fuhr zurück.

»Was hast du eigentlich gegen John? Er hat dir doch nichts getan.«

»Ich habe nichts gegen John. Der ist mir so was von egal.«

»Dann ist es Johns Vater, stimmt's?«

Sternberg kniff seine Lippen zusammen. »Das ist meine Sache.«

Henriette stemmte die Hände in die Hüften. »Ich denke, wir haben keine Geheimnisse, Vater!«

»Das gilt für die Gegenwart«, antwortete Sternberg. Er setzte sich wieder an seinen Schreibtisch und kramte irgendwelche Papiere hervor. Offenbar wollte er damit das Gespräch beenden und weiterarbeiten.

Henriette sah an den entschlossenen Bewegungen, mit denen ihr Vater das Messer zur Hand nahm und den Federkiel zu reinigen begann, dass er sich nur mühsam beherrschen konnte. Sie wusste, dass es ihn immer besonders viel Kraft kostete, ihr einen Wunsch zu versagen.

»Dies ist eine Sache der Vergangenheit«, fuhr er fort. »Und die geht dich nichts an, Henriette.«

»Wie du meinst, Vater. Dafür sollte dich die Gegenwart umso mehr interessieren: Ich werde nämlich mitfahren.«

Sternberg sah auf. »Wohin?«

»Du verstehst sehr gut, was ich meine.«
Ihr Vater schnellte aus dem Lehnstuhl hoch und donnerte: »Das wirst du nicht!«
Aus dem Vorzimmer war zu hören, dass eine Tür zuschlug und Schritte sich rasch entfernten.
Henriette setzte ihr liebenswürdigstes Lächeln auf und sagte aufreizend ruhig: »Doch, Vater!«
»Kommt überhaupt nicht in Frage. Das ist viel zu gefährlich.«
»Vater, wenn du möchtest, dass ich dein Teekontor eines Tages übernehme, muss ich das Teegeschäft von allen Seiten kennen lernen. Das wird dir doch einleuchten.«
Sternberg ließ sich müde in seinen Sessel zurücksinken und stöhnte: »Mädchen, du machst mir zu schaffen.«
»Ich weiß, Vater. Und?« Henriettes Augen verrieten die Anspannung eines kleinen Mädchens, das fragt, ob die Zeit endlich reif ist, die Geschenke auszupacken: »Darf ich mit? Ich komme auch auf jeden Fall zurück. Ich verspreche es dir.«
Sternberg grinste müde – und besiegt.
»Möchtest du nicht mit zum preußischen König? Ich werde in den nächsten Tagen aufbrechen. Das wird ein Meilenstein in unserer Firmengeschichte.«
»Nein, Vater, ich möchte nach Kanton.«
Sternberg seufzte tief. »Was soll ich es dir verbieten?«, sagte er resigniert. »Du würdest dich doch sowieso nachts an Bord schleichen und mitsegeln.«
Henriette strahlte ihren Vater an.
»Vielleicht hast du ja Recht, und es ist tatsächlich sinnvoll, dass du nach Kanton fährst. Kein Teehändler kann erfolgreich arbeiten, ohne in China gewesen zu sein.«
Sternbergs Mundwinkel verzogen sich andeutungsweise zu einem kleinen Lächeln. Henriette hatte für einen kurzen Augen-

blick das Gefühl, ihr Vater sei sogar stolz auf ihren Mut. Doch schon im nächsten Moment wurde sein Gesicht wieder ernst. Sehr ernst sogar.

»Aber ich muss dich warnen, Henriette. Diese Reise ist kein Kindergeburtstag.«

Der Senator zögerte einen Augenblick, so als wollte er noch etwas sagen, doch dann setzte er sich hinter seinem Schreibtisch zurecht und öffnete eine Schublade. Er zog ein altes Lederetui hervor und öffnete es. Zum Vorschein kam ein langes, dünnes, glänzendes Stilett.

»Was ist das?«, fragte Henriette unsicher.

»Ich habe es auf früheren Reisen immer bei mir getragen. Es hat mich stets vor Unglück bewahrt.« Er hob den Kopf und sah Henriette fest an. »An eines musst du immer denken, Henriette: Auf See und unter Kaufleuten gibt es nicht nur Gentlemen.«

»Und? Hast du es auch benutzt?«

Der Senator starrte das Messer an.

»Vater?«

»Ein Mal«, sagte er knapp, und Henriette verstand, dass jetzt nicht die Zeit war, nach weiteren Details zu fragen.

»Ich lasse dich nur gehen«, sagte Sternberg ernst, »wenn du mir versprichst, dieses Messer immer bei dir zu tragen. Ich möchte, dass dich das Messer heil zurückbringt. Und ich möchte, dass du dieses Messer auch heil zurückbringst. Hast du verstanden?«

»Ja, Vater.«

»Versprichst du es mir?«

»Ich verspreche es dir.«

»Gut.« Sternberg ließ sich in seinen Stuhl zurücksinken. Wirklich erleichtert schien er jedoch nicht zu sein.

»Danke, Papa«, sagte Henriette überschwänglich. Sie setzte sich auf seinen Schoß, schlang ihre Arme um seinen Hals und drückte ihm einen Kuss auf dic Stirn. Dann sprang sie auf, wirbelte zur Tür und rief ihrem Vater noch zu: »Und John wird auch auf mich aufpassen.«

13

John hatte schlecht geschlafen, natürlich, denn es war seine letzte Nacht in Hamburg gewesen. Wie in den Nächten zuvor hatten ihn schreckliche Traumbilder heimgesucht. Während der ganzen letzten Woche, als klar war, dass Henriette ihn auf dem Schiff ihres Vaters untergebracht hatte, hatte John versucht, die vor ihm liegende Reise zu verdrängen, nicht an sie zu denken. Und das war ihm während der schönen, frühherbstlichen Tage ganz gut gelungen. Er hatte gelesen und war viel spazieren gegangen, vornehmlich weit weg von jedem Wasser. Wenn er dann aber abends zu Bett ging, jagten ihn seine Ängste und Sorgen wie ein von der Kette gelassener Bluthund. Um sich abzulenken, versuchte er, sich die positiven Aspekte dieser Reise auszumalen. Am besten gelang ihm dies, wenn er sich vorstellte, wie er Henriette aus den Kleidern half und mit ihr nackt in einer einsamen Bucht badete, oder dass sie sich auf dem Schiffsdeck so über ihn beugte, dass ihre nackten Brüste zum Greifen nah vor seinem Gesicht waren.

Diese Bilder wurden jedoch früher oder später kraftvoll beiseite geschoben von jenen Szenen, in denen Sternbergs *Swatte Katt* von meterhohen Wellen hin und her geworfen wurde, bis die Masten brachen und die Mannschaft vollzählig über Bord gespült wurde. In den harmloseren Varianten, wenn John nicht wie ein Stein auf den von gefräßigen Ungeheuern wimmelnden Meeresboden gesunken war, konnte er sich an eine Schiffsplanke klammern, um dann nach Tagen von Piraten an Bord genommen zu werden. Wenn sie ihn nicht zu Tode prügelten, boten sie ihn einem Menschenfresserhäuptling an, der gerade für eine ausschweifende Hochzeitsfeier

einkaufte. Dort landete John dann unweigerlich im Kochtopf.
In Gedanken versuchte er immer wieder, zu fliehen und zu entkommen, nur um dann in ein weiteres Unglück zu stolpern. Bis nach Kanton hatte er es in seinen Träumen noch nicht geschafft. Von der Rückreise ganz zu schweigen.

John gähnte und streckte sich. Er war hundemüde. Langsam erhob er sich und schlurfte zum Fenster. Über den Dächern der Stadt breitete sich das erste Morgenlicht aus. Es versprach ein schöner Tag zu werden. Aber das war jetzt auch egal.
Er rieb sich die Augen. Von seinem Vater hatte er sich bereits gestern früh verabschiedet. Über eine Stunde hatte er an seinem Bett gesessen und darauf gewartet, dass er aufwachte. John hatte sich nicht getraut, ihn zu wecken. Zu groß war seine Sorge, die Nachricht, dass er die Kastanien aus dem Feuer holen würde, könnte seinen Vater vollends ins Grab bringen. Schließlich hatte er ihm schweigend die schlaffe Hand gedrückt und war auf Zehenspitzen hinausgeschlichen.
Danach war er allein nach Hamburg gefahren und durch die Straßen gewandert. Es war ein klarer Sonntag gewesen. Er sah Familien mit ihren Kindern aus der Jakobi-Kirche kommen. Während die Kleinen in unbändiger Lebensfreude auf die Straße liefen, um streunende Hunde und Katzen mit Steinen zu bewerfen, grüßten ihn die stolzen Eltern mit gewohnter Freundlichkeit. Die Männer hoben brav ihre Zylinder, und die Frauen nickten gefällig, aber ohne jedes Zeichen besonderer Anerkennung oder Bewunderung.
Weiß denn keiner, dass ich unmittelbar vor einer gefährlichen Reise stehe?, fragte er sich enttäuscht. Hat sich denn nicht herumgesprochen, dass ich morgen ins Ungewisse star-

te und mich in größte Gefahr begebe, um meine Familie zu retten?
Offenbar nicht. Hamburg und der Welt war dies allem Anschein nach egal.

John war zum Alsterufer hinuntergegangen. Männer ruderten in kleinen Booten ihre Liebsten, die ihre bunten Schirmchen über den Schultern drehten, auf den Fluss hinaus. Er konnte förmlich spüren, wie sorglos und unbeschwert sie den Augenblick genossen und sich den warmen Sonnenstrahlen und dem Plätschern des Wassers beim Rudern hingaben.
Er erinnerte sich an den letzten Sommer, als er mit Betty Blohm auf die Alster hinausgerudert war. Es war ein ähnlicher Sonntag gewesen. Im letzten Moment war ihre Mutter mit ins Boot gestiegen und hatte es fast zum Kentern gebracht. Der Reiz dieser Fahrt war damit im Keim erstickt. Und doch, im Nachhinein betrachtet, war es schön gewesen.
Ob ich jemals wieder auf der Alster rudern werde?, hatte sich John gefragt und war dann schwermütig nach Hause gegangen.

Er wandte sich vom Fenster ab und trat zu dem großen Seesack seines Vaters, der noch leer neben seinem Bett lag. Andere hätten ihn schon vor Tagen gepackt. Für John aber war diese Arbeit eine Zumutung, fast so, als müsste ein zum Tode Verurteilter seinen Galgen selbst zusammennageln.
John stand lange ratlos vor seinem geöffneten Kleiderschrank. Was soll ich mitnehmen? Anzüge? Seidenschals? Weiße Oberhemden mit Stehkragen? Bunte Halstücher? Eine Schärpe für feierliche Anlässe? Was ist die passende Garderobe für eine Reise ans andere Ende der Welt? Oder in den Kochtopf?

Er wusste es nicht. Und wie ist das Wetter in China? Und auf hoher See? Bei dem Gedanken an die hohe See machte er sich unverzüglich auf den Weg zur Toilette.

Schließlich hatte er sich für einen hellen Anzug mit dazu passender Weste und einen leichten Sommerrock entschieden. Das mochte zwar arg feierlich sein, vor allem im Vergleich zur Kleidung einer Schiffsbesatzung, die sich mehrheitlich aus entlaufenen Schwerkriminellen zusammensetzen dürfte, aber schließlich würde auch Henriette mit an Bord sein. Im Übrigen versuchte er, sich für alle ihm bekannten Klimazonen und Wetterlagen zu wappnen, mit der Folge, dass er den Leinensack nur mit großer Mühe zuschnüren konnte.

Als John das Esszimmer betrat, frühstückte seine Mutter bereits. Johanna saß neben ihr und nippte an ihrem Tee. Sie sah ihn nur kurz an und schaute dann weg. Im Hintergrund stand Christine mit einem weißen Tuch über dem linken Unterarm und wartete auf Anweisungen. Sie betrachtete John mit einem langen, traurigen Blick.

Endlich einmal jemand, der meine Situation begreift, dachte John und nickte Christine mit einem bemühten Lächeln zu.

»Komm, mein Junge«, sagte Victoria und bestrich sich ein weiteres Brötchen mit Honig. »Du musst dich stärken.«

John setzte sich.

»Ich habe aber keinen Hunger.«

»Möchtest du etwas Tee?«, fragte Johanna leise und traute sich offenbar kaum, ihn anzusehen. Irgendetwas lastete auf ihr.

»Eine Tasse, danke«, sagte er knapp. Er hatte einen Kloß im Hals. Das letzte Frühstück …

Lange Zeit war nur das Klappern von Victorias Messer zu hö-

ren und wenn Johanna hin und wieder ihren heißen Tee schlürfte.
John rührte seine Tasse nicht an.
»John?«, begann Johanna, blickte ihn kurz an und brach wieder ab.
»John«, sagte Victoria, »du solltest wirklich deinen Tee trinken. Er wird dich entspannen und dir Kraft geben. Dann bekommst du auch wieder Appetit.«
»Deine Tees wirken bei mir nicht.«
»Du musst ihnen nur eine Chance geben.« Sie wandte sich an Christine. »Etwas mehr Tee, bitte.«
»Sehr wohl.« Christine machte einen Knicks und verschwand, um eine neue Kanne zu holen.
»John«, begann Johanna erneut, »es tut mir Leid, wenn ich dich unter Druck gesetzt habe. Du weißt schon, als wir in der Bibliothek waren.« Sie seufzte. »Es war so egoistisch von mir. Ich möchte dich nicht verlieren, John. Ich werde mir ewig Vorwürfe machen, wenn dir etwas passiert.«
Ihm stiegen Tränen in die Augen. Er konnte sie nur mit Mühe zurückhalten, indem er zum Stuck an der Decke hinaufsah.
»Ihm wird schon nichts passieren«, entgegnete Victoria und nahm ein weiteres Brötchen zur Hand. »Dein Vater ist unzählige Male nach China gefahren und immer wieder zurückgekommen.«
»Und Percy, Mutter?«, fragte Johanna und beugte sich angriffslustig vor. »Was ist mit Percy?«
Ihre Mutter gab darauf keine Antwort.

Nach dem Essen forderte sie John und Johanna auf, ihr zu folgen. Sie ging mit ihnen hinüber ins Kontorhaus und dort die Treppe hinauf in Heinrich Blanckendorffs Büro.

»Johanna, schließ bitte die Tür.«
Victoria trat hinter Blanckendorffs Schreibtisch. Aus einer kleinen Schatulle in der Schublade kramte sie einen Schlüssel hervor und schloss die linke Tür des Schreibtisches auf. John und Johanna staunten. Dieser Schreibtisch war seit jeher für sie verboten gewesen. Noch mehr staunten sie, mit welcher Selbstverständlichkeit sich ihre Mutter im Allerheiligsten ihres Vaters zurechtfand.
Victoria holte eine größere Kassette heraus und stellte sie auf den Schreibtisch. Mit einem weiteren Schlüssel, den sie, an einer Kette hängend, aus dem Ausschnitt ihres Kleides hervorzog, öffnete sie die Kassette. Für einen Moment sah sie schweigend hinein, dann sagte sie: »Komm her, John.«
John trat langsam näher und entdeckte Ringe und Ketten, alles aus Silber. Er hielt den Atem an.
»Das ist alles, was wir haben.«
Er starrte in die Schatulle, sein Herz pochte heftig.
»Vogt hat mir gesagt, dass die Chinesen nur Silberbarren und Münzen als Zahlungsmittel akzeptieren. Deshalb habe ich Simon gebeten, meinen Schmuck einzulösen.«
John und Johanna sahen ihre Mutter ungläubig an.
»Was starrt ihr mich so an?«, sagte sie schnell. »Wie ihr seht, hat er sich geweigert. Deshalb musst du den Schmuck so mitnehmen, John, und versuchen, ihn anderswo einzutauschen.«
Johanna streckte langsam ihre Hand aus und nahm die größte Kette heraus, an der ein silbernes Herz hing. Sie wusste, dass sich das Herz aufklappen ließ und darin Kinderbilder von ihr und ihren beiden Brüdern waren. Sie strich mit ihrem Zeigefinger über das geschlossene Herz. »Großmutters Kette«, flüsterte sie. »Du wolltest sie mir … zur Hochzeit …« Johanna stiegen die Tränen in die Augen.

»Ich weiß, Liebes, ich weiß.«
Kaum hatte sie das ausgesprochen, sah John auch in ihren Augen Tränen. Victoria blinzelte und versuchte, tapfer zu lächeln. »Wie ich schon sagte, John: Das ist alles, was wir haben.« Sie musste sich schnäuzen. »Es wird nicht reichen, um eine Schiffsladung zu kaufen.«
Ohne sich die Tränen aus dem Gesicht zu wischen, steckte Victoria den Schmuck in einen Lederbeutel und band ihn fest zu. »Hier, mein Junge«, sagte sie und gab ihn an John weiter. »Pass gut darauf auf.«

Und dann war es so weit. Das komplette Personal war im Hausflur angetreten, um John zu verabschieden. Die Stimmung war gedrückt, einer Beerdigung angemessen. Es gab keine Pauken und Trompeten, keine lauten Hurra-Rufe und aufmunterndes Schulterklopfen für den Helden, der auszieht, um dem Feuer speienden Ungeheuer die Köpfe abzuschlagen.
John hielt auch keine Abschiedsrede, zu dick war der Kloß in seinem Hals. Stattdessen gab er jedem Einzelnen schweigend die Hand: den Küchenmädchen, die, in ihren gestärkten Schürzen und den weißen Häubchen auf dem Kopf, einen braven Knicks machten, Christine, die ihm unter Tränen ein kaum hörbares »Kommen Sie wieder« zuflüsterte, Hansen mit der versteinerten Miene eines überarbeiteten Totengräbers und schließlich den Männern vom Speicher. Vogt, der John noch in den Hafen fahren würde, wartete an der Eingangstür. John warf einen letzten Blick in die Runde und seufzte hörbar. Dann setzte er seinen Zylinder auf, nahm den Spazierstock und war bereit zu gehen.
Victoria, mit einem dunkelgrünen Hut auf dem Kopf, schritt zur Tür hinaus auf die Straße, wo bereits der Landauer wartete.

John und Johanna folgten ihr. Vogt ließ den Seesack hinten auf die kleine Pritsche verladen und half dann Victoria und Johanna auf die Sitzbank. John schaffte es allein hinauf, auch wenn seine Knie zitterten. Er versuchte, so aufrecht zu sitzen wie seine Mutter, die Stolz und Erhabenheit gegenüber jedem weiteren Schicksalsschlag ausdrückte. Doch schon als Vogt vorn auf den Kutschbock den beiden Pferden mit einem kräftigen Schnalzen das Kommando zum Start gab, sackte John in sich zusammen und fühlte sich elend und klein.
Er saß mit dem Rücken in Fahrtrichtung und konnte sehen, wie das Personal inzwischen auf die Straße herausgetreten war und ihm mit weißen Taschentüchern zuwinkte, bis der Wagen hinter der ersten Kurve verschwunden war.

Vogt fuhr langsam. Der Regen der letzten Nacht hatte die nicht gepflasterten Straßen in Hamburg, und das waren die meisten, aufgeweicht und in schlammige Pfützenlandschaften verwandelt. Fuhrwerke und Kutschen konnten zwar durch diese zum Teil tiefen Lachen fahren, die Dienstmädchen mussten jedoch ihre Röcke hochheben und um diese Seen herumlaufen. John sah sich alles so genau an, als würde er im nächsten Moment für alle Zeiten blind werden. Er staunte über das bunte Leben in den Straßen der Stadt. Alle waren in Eile und gingen ihren Geschäften nach, als wäre dies ein Tag wie jeder andere. Da war keiner, der stehen blieb und ihn ehrfürchtig anstaunte. Keiner stupste seinen Nebenmann an und raunte ihm zu: »Sieh mal, ist das nicht John Blanckendorff? Man sagt, er ist auf dem Weg nach China!«

Vogt lenkte die Kutsche an St. Nikolai und dem Hopfenmarkt vorbei und die Deichstraße entlang und fuhr weiter in Rich-

tung Binnenschiffshafen. Dort sollte Sternbergs *Swatte Katt* liegen.
Als sie über die Brooksbrücke fuhren, deutete Vogt auf eine Bark am Ende der Kehrwiederstraße. »Da liegt sie«, rief er nach hinten. Victoria und Johanna reckten unwillkürlich ihre Hälse, um das Schiff besser sehen zu können.
John drehte sich nicht um.

Die Sonne schien herrlich, und die Möwen kreischten, als sie den Liegeplatz der *Swatte Katt* erreichten. Victoria beugte sich vor und fasste John unters Kinn.
»Kopf hoch, mein Junge. Du wirst das schon schaffen.« In ihrer Stimme lag nicht der Hauch eines Zweifels.
Kaum waren sie von der Kutsche herabgestiegen, kam Henriette angelaufen. Sie trug ein schlichtes, graues Baumwollkleid und schien John damit deutlich reisetauglicher gekleidet zu sein als er.
»Johanna!«, rief sie und rauschte an ihm vorbei, »wie schön, dass du gekommen bist.« Henriette umarmte sie überschwänglich. Dann wandte sie sich an Victoria und machte einen tiefen Knicks. »Guten Tag, Frau Blanckendorff.«
Victoria antwortete mit einem reservierten »Guten Tag«, hob das Kinn und sah dann schnell zu einem unbedeutenden Lagerarbeiter in der Ferne. Henriette ignorierte ihren Blick und wandte sich an John: »Guten Tag, Herr Blanckendorff«, sagte sie überschwänglich, »ist das nicht ein wunderbarer Tag, um die Welt zu erobern?«
In ihren Augen leuchtete eine Begeisterung, die John vollkommen unverständlich war.
»Nun ja«, antwortete er, »gibt es dafür überhaupt gute Tage?«

»Aber ja!«
John blickte zu dem Schiff, das ruhig und friedlich im Hafenbecken lag. Es erinnerte ihn an einen großen Wal, der gelassen abwartete, weil er wusste, dass seine Zeit kommen wird.
»Was ist? Wollen wir unsere Sachen nicht an Bord bringen?« Henriette zerrte an seinem Arm.
»Jetzt schon?«
»Wir wollen doch keine Zeit verlieren, oder?« Und so leise, dass nur sie beide es hören konnten, fügte sie hinzu: »Komm, zuerst musst du noch meinen Vater begrüßen.«

Vor der Rampe zum Schiff stand Senator Sternberg und unterhielt sich mit einem großen, bärtigen Mann, der mit dem blauen Rock eines Kapitäns bekleidet war. Sternberg redete auf ihn ein, und der Mann nickte.
»Vater«, platzte Henriette in das Gespräch, »Familie Blanckendorff ist eingetroffen.«
Der Senator brummelte etwas zum Kapitän und wandte sich dann an die Neuankömmlinge.
»Guten Tag, Frau Blanckendorff«, sagte er und gab Victoria einen Handkuss.
»Herr Senator Sternberg«, antwortete Victoria und neigte leicht den Kopf, wobei sie ihm in die Augen sah.
John hatte den Eindruck, als würden sie sich einen Moment zu lange ansehen.
Sternberg wandte sich dann Johanna zu und begrüßte auch sie zuvorkommend.
Als John an der Reihe war, sagte er zunächst gar nichts. Erst als Henriette ihm einen leichten Stoß mit dem Ellenbogen gab, räusperte er sich und überwand sich zu einem Gruß.
Gerade wollte er sich wieder an seinen Kapitän wenden, als

Henriette dazwischenfuhr: »Herr Lüders, wären Sie so nett und würden meine Koffer an Bord bringen lassen?«
Lüders warf einen kurzen Blick zu Sternberg, und als dieser nickte, knurrte er: »Sehr gern, Fräulein Sternberg.«
Henriette hakte sich bei Victoria und Johanna ein.
»Kommen Sie, Frau Blanckendorff, ich zeige Ihnen unsere schwarze Katze.«
John, Sternberg und der Kapitän sahen den drei Damen nach, die ihre Röcke lupften und vorsichtig über die Rampe zum Schiff hinaufgingen.
Zwischen den Männern herrschte eisiges Schweigen. Der Senator machte ein verkniffenes Gesicht. John fühlte sich unwohl. Um nicht länger wie ein schweigender Idiot dastehen zu müssen, sagte er: »Herr Senator, ich verspreche Ihnen, dass ich auf Ihre Tochter aufpassen werde.«
Der Senator drehte sich zu John um, kniff die Augenbrauen zusammen und zischelte: »Mach dich nicht lächerlich.«
Dann wandte er sich an den Kapitän und sagte laut: »Lüders!«
»Ja, Sir!«
»Sie werden auf meine Tochter Acht geben. Ich will, dass ihr nicht ein Haar gekrümmt wird. Ist das klar?«
»Vollkommen klar, Sir.«
»Und ich möchte, dass sie in Ihrer Kapitänskajüte untergebracht wird.«
Lüders zögerte einen kurzen Moment, dann antwortete er: »Aye, Sir.«
Und bevor er die Rampe zum Schiff hinaufstieg, fragte er Sternberg: »Und dieser Herr?« Er deutete mit einem Kopfnicken auf John.
»Sie werden schon was für ihn finden.«

14

John stand hinter der Bordwand der *Swatte Katt* und klammerte sich mit beiden Händen an der Reling fest. Er beobachtete die beiden Männer, die Henriettes letzte Koffer an Bord brachten. Der Erste war fast ein Greis mit strähnigen Haaren, weißen Bartstoppeln und eingefallenen Wangen. Er lief barfuß und hatte den kleineren der beiden Koffer zu tragen, doch schien ihn dieser bereits über Gebühr zu belasten. John fragte sich nicht lange, warum gerade dieser Alte so schwer tragen musste, denn plötzlich sah er den anderen Mann. Während er selbst seinen Seesack nur mit großer Anstrengung die Rampe hinaufgeschleppt hatte, hatte sich der zweite Mann Henriettes größten Koffer, durchaus einem kleinen Schränkchen vergleichbar, ganz allein auf den Rücken gewuchtet und ging nun mit gesenktem Kopf wie ein Stier im Angesicht des Toreros und mit weit ausholenden Schritten die Rampe hinauf. Er trug nur eine knielange Hose, die von einem breiten Gürtel gehalten wurde, und ein dunkles Kopftuch. Ansonsten war er nackt und gab den Blick frei auf einen so gewaltigen Oberkörper, wie John ihn noch bei keinem der Lagerarbeiter seines Vaters gesehen hatte. Wie er ihn überhaupt noch nicht gesehen hatte.

Das ist wahrhaftig ein Stier, schoss es ihm durch den Kopf. Ein kaum zu beherrschender Stier. Der Blick dieses Mannes huschte hin und her, schien ständig wachsam und vor allem auf der Suche zu sein. Nach Beute? Nach Opfern?

Wie gebannt verfolgte John, wie der Stier an Bord kam und alle Matrosen sorgsam darauf achteten, ihm nicht im Weg zu stehen. Ohne sich darum zu kümmern, ob er jemanden umrempelte, brachte er den großen Koffer dorthin, wo John die Kapitänskajüte vermutete.

Hoffentlich gehört er nicht zur Mannschaft und geht gleich wieder von Bord, dachte John, als er von heftigem Lärm erschreckt wurde. Zwei Hafenarbeiter hatten die Rampe von der Bordwand gezogen. John beugte sich über die Reling und sah, wie der schmale Wasserstreifen zwischen Kaimauer und Schiff langsam immer breiter wurde.

O Gott, dachte er entsetzt, es geht los.

Immer mehr Wasser schob sich zwischen die *Swatte Katt* und die Kaimauer.

Unten neben der Kutsche standen Victoria und Johanna und winkten ihm zu. Vogt war hinter ihnen. Wie üblich verhielt er sich regungslos, doch dann nahm er überraschend seine Mütze ab und schwenkte sie leicht. Johanna und nun auch Victoria wischten sich mit ihren Taschentüchern die Augen ab. Plötzlich knickte seine Mutter ein, und Johanna konnte sie gerade noch rechtzeitig auffangen. Vogt eilte sofort um die Kutsche herum und half ihr, sie zu stützen.

John krampfte sich das Herz zusammen.

Mutter! Muss das alles sein?, fragte er sich verzweifelt. Gibt es denn wirklich keinen anderen Weg?

»Komm wieder!«, rief Johanna aus vollem Hals, als sie erneut zum Schiff hinaufsah.

John konnte nicht antworten. Seine Lippen zitterten. Mit der rechten Hand nahm er seinen Zylinder vom Kopf und schwenkte ihn langsam in der Luft. Mit der linken Hand hielt er sich so kräftig an der Reling fest, als wollte er sie zerquetschen. Der Abstand zwischen dem Schiff und der Hafenmauer war jetzt bereits auf über fünf Meter angewachsen.

Schon zu viel für mich, um noch ins Wasser springen und an

Land schwimmen zu können, dachte John. Und wäre das überhaupt in Mutters Sinn?
Eine Träne lief ihm über die Wangen. Er wischte sie schnell mit dem Handrücken weg.
Nur am Rande nahm er wahr, dass Senator Sternberg auf seine Mutter zuging und Vogt ablöste.

Langsam segelte die *Swatte Katt* aus dem Hafen hinaus auf die Elbe. Für John war das kein Grund, sich zu entspannen. Immer noch stand er mit durchgedrückten Beinen an der Reling und sah zur nördlichen Uferlinie, die sachte auf und ab schwankte und für ihn mittlerweile unerreichbar fern war. Er sah die Vorstadt Altona vorbeiziehen und dann Nienstedten. Unwillkürlich stellte er sich auf die Zehenspitzen und reckte den Hals. Da war sie tatsächlich: die weiße Villa seiner Eltern. Johns Augen wurden wieder feucht, er musste blinzeln. Die Fahne mit dem Familienwappen flatterte munter am Mast.
Dort liegt jetzt Vater in seinem Bett, dachte er. Vermutlich kann er nicht mal aufstehen und sehen, dass ich hier unten bin. Auf einem Schiff nach Kanton.
John erinnerte sich, wie er vor wenigen Wochen dort im Garten gelegen und die Schiffe auf ihrem Weg zur Nordsee beobachtet hatte.
»Und nun bin ich selbst auf einem dieser Schiffe«, murmelte er leise. »Und muss noch viel weiter.«
Der Schiffsbug teilte das Elbwasser und schob es zur Seite. John versuchte sich vorzustellen, wie viel Wasser sich zwischen dem Schiffsrumpf und dem dunklen Grund der Elbe befinden mochte, und ließ es lieber gleich wieder bleiben.
»Wie geht es dir?« Henriette stand plötzlich neben ihm. Viel näher, als nötig. Ihre Unterarme berührten sich fast.

Macht sie das absichtlich? John bekam Herzklopfen. Aber das war schon in Ordnung. »Geht so«, sagte er. Tatsächlich fühlte er sich plötzlich großartig.
Was passiert, wenn ich näher an sie heranrücke? Wird sie sich dann zurückziehen?
John schob seinen Arm probeweise so nah an ihren heran, dass er sie berührte. Henriette zog ihren Arm nicht weg.
Wahnsinn, dachte John.
»Machst du dir Sorgen?«, fragte sie, ohne ihn anzusehen. Ihre Haare wehten im Wind, der hier auf der Elbe deutlich stärker und kühler war als in der Stadt.
Sorgen? Ach ja, natürlich. Sorgen, klar! Viel mehr als nötig. Aber wo soll ich da anfangen?
John wollte gerade ansetzen zu einer detaillierten und umfassenden Beschreibung, als Henriette plötzlich zur Seite gerissen wurde.
»Oh, Verzeihung, Lady«, sagte eine raue Stimme. John wandte sich um und erschrak. Es war der Stier.
Henriette flüchtete sich schnell an Johns Arm.
»Sie sind doch 'ne richtige Lady, oder?« Der Stier grinste Johanna breit und mit kräftigen, makellos weißen Zähnen an.
Dieser Mann ist brutal, dachte John. Er bekam Angst, denn er spürte, dass dieser Kerl seine unglaublichen Kräfte kannte und sie einsetzte, ganz wie es ihm gefiel und Spaß machte.
Die anderen Matrosen unterbrachen ihre Arbeit und beobachteten die Szene. Schritt für Schritt und sehr vorsichtig kamen sie näher. Sie waren neugierig, wollten aber vor allem selbst nicht in Gefahr geraten. Und der Stier genoss diese Situation. Sein breiter Mund verzog sich zu einem überlegenen Grinsen. Zur Mannschaft gewandt, sagte er laut: »Frauen hatten wir schon oft an Bord, was, Jungs?«

Die Matrosen nickten eifrig, einer wischte sich mit der Hand über den Mund. Der Stier drehte sich wieder zu Henriette, umfasste ihr Kinn mit Daumen und Zeigefinger und betrachtete ihr Gesicht eingehend wie eine Skulptur, deren Wert nicht auf den ersten Blick erkennbar ist.

»Aber eine echte Dame noch nie.«

Die Männer johlten und schlugen sich auf die Schenkel.

Ich muss ihr helfen, dachte John verzweifelt. Aber was soll ich tun? Sein Herz schlug ihm bis zum Hals. Wenn ich ihm jetzt auf den Rücken springe, wirft er mich ab und schlägt mich tot.

»Beek!«

Alle drehten sich um. Wie aus heiterem Himmel war der Kapitän aufgetaucht, und augenblicklich zogen sich die Matrosen zurück. Kapitän Lüders hatte sich zwischen Henriette und den Stier gedrängt und zischte: »Du gehst jetzt besser an deine Arbeit, Beek.«

Es herrschte vollkommene Stille. John hörte ein schlaffes Segel über sich flattern. Was passiert, wenn der Stier den Kapitän über Bord wirft? Nicht auszudenken!

Doch Beek gehorchte und ging leichtfüßig davon.

Henriette atmete hörbar aus.

John aber war nicht wirklich erleichtert. Denn in dem Moment, als Beek den Kapitän neben sich spürte, glaubte John, etwas in seinem Blick gesehen zu haben. Und das war Furcht. Was aber muss das für ein Kapitän sein, fragte er sich, den einer wie Beek fürchtet? Eigentlich, folgerte John, ist es jetzt höchste Zeit, ein Rettungsboot zu schnappen und an Land zu rudern.

»Vielen Dank, Kapitän Lüders«, sagte Henriette und zupfte ihr Kleid zurecht. »Haben Sie mein Zimmer schon herrichten lassen?«

»Selbstverständlich, Fräulein Sternberg.«
Der Kapitän sprach ruhig und freundlich, so als hätte er nicht mehr getan, als einem kleinen Jungen seine Steinschleuder abzunehmen. Der Umgang mit Grobianen und Unholden schien ihm eine Selbstverständlichkeit zu sein.
»Im Übrigen nennen wir die Räumlichkeiten an Bord eines Schiffes Kajüte.«
Lüders schien der erste Mann zu sein, der sich in Henriettes Gegenwart unwohl fühlte. Vermutlich stammt er nicht aus einer alteingesessenen Kapitänsfamilie, sondern hat sich über die Jahre hochgearbeitet, auf welche Art und Weise auch immer. John schätzte ihn auf etwa vierzig Jahre, auch wenn ihn die tiefen Furchen im Gesicht älter aussehen ließen. Und sosehr John in dessen Gesicht auch suchte, er fand dort nichts von einem gutmütigen Seebären, der sich väterlich um seine unerfahrenen Passagiere kümmern würde.
»Und wo haben Sie Herrn Blanckendorff untergebracht?«, fragte Henriette.
Bloß nicht mit Lüders in einer Kajüte, hoffte John inständig.
»Er wird eine Hängematte im Mannschaftsraum erhalten.«
»Das ist nicht Ihr Ernst«, protestierte Henriette. »Geben sie ihm die Kabine des Ersten Steuermanns.«
»Fräulein Sternberg«, antwortete Lüders mit kaum verhohlenem Unwillen, »das geht nicht. Dort schlafe ich.«
John schluckte. Nicht jetzt schon Ärger, sonst entwickelt sich der Rest der Reise zu einem noch größeren Albtraum, als sie es bereits ist.
»Dann möchte ich Sie bitten, sich ein anderes Quartier zu suchen.«
Der Kapitän straffte sich: »Fräulein Sternberg …«

»Ist schon gut, Henriette«, unterbrach John, »es macht mir nichts aus, bei der Mannschaft zu schlafen.«
Henriette zog die Augenbrauen hoch. »Wirklich?«
»Aber ja«, log er.
Der Kapitän grinste breit. »Dann ist ja wohl alles in Ordnung, Fräulein Sternberg.« Er tippte kurz an seine Kapitänsmütze und wollte nach achtern gehen.
»Eine Frage noch, Kapitän Lüders«, sagte Henriette.
»Ja?«
»Ich habe von einem chinesischen Kommissar gehört …«
»Lin Zexu?«
»Ja, genau. Gibt es den wirklich?«
»Natürlich, Fräulein Sternberg.«
»Und?«, fragte John, »ist der gefährlich?«
Der Kapitän musterte ihn eindringlich, dann lachte er herablassend. »Gefährlich? Mein lieber Herr: Jeder, egal, ob Chinese, Neger, Weißer oder sonst wer, sollte sich gut überlegen, ob er mich bei meinen Geschäften stören will.« Er sah von John zu Henriette. »Habe ich mich klar genug ausgedrückt?«
In diesem Moment kam Beek von hinten angerannt und riss den Zylinder von Johns Kopf. Ehe John reagieren konnte, war er mit dem Zylinder auf seinem Kopf und für seinen gewaltigen Körper unglaublich flink den Mast hinaufgeklettert. Die Mannschaft johlte, und der Kapitän lachte.
Beek hockte in Schwindel erregender Höhe, hielt sich nur mit einem Arm fest und rief: »Hol ihn dir doch.«
John starrte wie gebannt nach oben. Allein schon die Vorstellung, dort hinaufzuklettern, verursachte ihm ein Kribbeln im Magen, das sich bis in seine Fußspitzen fortsetzte. Seine Handflächen wurden feucht.

»Herr Kapitän Lüders«, sagte Henriette langsam, »befehlen Sie diesem Primitiven, dass er den Zylinder sofort zurückgeben soll.«
Lüders überhörte Henriette und wandte sich amüsiert an John. »Na? Da trauen Sie sich nicht hoch, was? Aber Beek hat schon Recht: Hier an Bord brauchen Sie ihren Zylinder nicht.«
Lüders machte zwei Schritte, dann drehte er sich noch einmal um: »Und wenn doch, können Sie ihn sich ja holen.«

Die Mannschaft hatte gejohlt und getobt. Sein Zylinder wanderte von Beek zum nächsten Matrosen und dann immer weiter, bis ihn einer der Männer in die Elbe fallen ließ. Danach beruhigten sich die Gemüter, und John war nicht länger Ziel ihres Spotts.
Als Lüders längst außer Hörweite war, beugte sich John zu Henriette. »Musste es unbedingt dieser Kapitän sein?«
Henriette zuckte mit den Schultern. »Lüders kennt das Geschäft. Er fährt seit Jahren für meinen Vater.«
»Er gefällt mir nicht.«
»Er ist ein Seemann. Die lange Zeit auf See macht die Männer wohl ein bisschen seltsam.«
»Hat dir dein Vater was über ihn erzählt?«
»Eigentlich nicht.«
John sah zu dem sich immer weiter entfernenden Ufer hinüber. Er hatte das Gefühl, als würde das Schiff etwas stärker schaukeln.
»Henriette?«
»Ja?« Ihr Blick war trotz seiner Schmach von vorhin freundlich.
»Kann ich dir einen Lederbeutel anvertrauen.«

»Natürlich«, sagte sie und nahm seine Hand.
John war froh, dass sie da war, und er versuchte, nicht mehr daran zu denken, wie viel Wasser sich zwischen ihm und dem Grund der Elbe befinden mochte.

15

Die ersten drei Tage waren die Hölle. Der Bug der *Swatte Katt* ging rauf und runter und kippte dann wieder von der linken auf die rechte Seite. John wusste nicht mehr, ob er im Stehen, Sitzen oder Liegen kotzen sollte. Seine Arme und Beine zitterten vor Erschöpfung und Anstrengung. Und wenn er halb ohnmächtig die Matrosen beobachtete, wie sie flink in die schwindelnden Höhen der Masten hinaufkletterten, um Segel einzuholen, schloss er schnell die Augen, nur um sie sofort wieder aufzureißen, weil die Übelkeit sonst unerträglich wurde. Henriette hatte sich bereits nach dem ersten Tag erholt. Von da an kümmerte sie sich um John, stützte ihn auf dem Weg zur Reling und verabreichte ihm ein Gebräu aus gewärmtem Portwein, Zucker und Gewürzen, das ihn tatsächlich langsam wieder auf die Beine brachte.

John fiel es nicht leicht, sich an das Leben auf einem Schiff zu gewöhnen. Der Ausblick vom Deck der *Swatte Katt* auf die graue, schier endlose Wasserwüste war deprimierend. Unter Deck ließ ihn das unentwegte Ächzen und Knirschen der Schiffsplanken fast wahnsinnig werden vor Sorge, dass das Schiff jeden Moment auseinander brechen könnte. Vom Gestank in der fensterlosen Mannschaftsunterkunft ganz zu schweigen. Wenn er dann hundemüde von der salzigen Luft in seine Hängematte plumpste, brach er fast bis auf den Schiffsboden durch und hing hilflos wie ein Rollmops im Netz. Seine Rückenmuskulatur verspannte sich, und er tat nächtelang kein Auge zu. Und wenn die Matrosen nach getaner Arbeit auch noch hemmungslos und mit offenen Mündern schnarchten, hätte John heulen können vor Wut. Im Vergleich zu dieser Seereise war das Kistenschleppen auf dem Speicher seines Vaters wie ein heiter, unbeschwerter Sanatoriumsaufenthalt gewesen.

Am zehnten Tag der Reise wankte John völlig übermüdet auf das Achterdeck. Er hatte den ganzen Vormittag in seiner Hängematte unter Deck verbracht, bis er es vor Rückenschmerzen nicht mehr aushalten konnte. Jetzt war er auf der Suche nach Henriette. Er wollte einfach nur bei ihr sein, sich von ihr aufmuntern und etwas frische Luft um die Nase wehen lassen.
Noch bevor er sie sah, hörte er sie lachen. Sogar überaus vergnügt lachen. Irritiert blieb John einen Moment stehen.
Kann das sein?, fragte er sich besorgt. Mit wem ist sie dort?
Dann hörte er sie wieder lachen. Das war sehr beunruhigend.
Langsam, Schritt für Schritt, ging er nach hinten. Und dann sah er sie: Ihre Locken wurden vom Wind zerzaust, und ihr Gesicht strahlte vor Vergnügen. Mit beiden Händen hielt sie das Steuerruder fest in der Hand. Und dicht hinter ihr, die Arme um ihre Hüften geschlungen, um das Steuerruder besser festhalten zu können, stand der Stier. Sachte wiegte er sie hin und her, um einen Wellengang nachzuahmen, den es gar nicht gab. Und Henriette machte mit. Sie strahlte, als könnte es nichts Schöneres auf der Welt geben.
John blieb stehen und starrte sie ungläubig an. Plötzlich fühlte er sich allein. Allein auf diesem Schiff. Allein auf der ganzen Welt. Seine letzte und wichtigste Verbündete schien ihn verlassen zu haben.
»Henriette?«, sagte er leise. Natürlich hörte sie ihn nicht. Er trat noch ein paar Schritte näher.
Henriette sah ihn immer noch nicht. Sie schaute geradeaus

und schien es zu genießen, von diesen kräftigen Armen gehalten zu werden. Immer wieder lachte sie, und jedes Lachen traf John wie ein Stich mit einer spitzen Nadel.
Das kann doch alles nicht wahr sein, dachte John. Henriette und dieser Stier?
Er presste die Lippen zusammen und stellte sich neben das Ruder.
»John?« Henriette sah ihn an, als hätte er sie gerade aus einem Traum gerissen. »Was machst du denn hier?« In seinen Ohren klang das wie ein Vorwurf. Er fühlte sich plötzlich abgrundtief müde und kraftlos.
»Ich denke, du ruhst dich aus?«, sagte sie und schien sich fast absichtlich an Beeks breite Brust zu lehnen.
»Ich kann nicht nur unter Deck sein«, erwiderte John niedergeschlagen.
»Solltest du aber, mein Kleiner.« Beek strahlte ihn an wie der überlegene Sieger im Bäumewettfällen. Dann wandte er sich wieder an Henriette: »So, jetzt gehen wir beide erneut auf große Fahrt«, und legte seine Hand auf ihre Hüfte.
John stand da und wusste nicht weiter. Was kann ich jetzt noch tun?, fragte er sich. Diesem Untier bin ich doch überhaupt nicht gewachsen. Und außerdem scheint es Henriette ja auch zu gefallen. Soll ich mich unter Deck verkriechen? Nein! Henriette und dieser Kerl müssen wissen, dass ich auch noch da bin.
John beschloss, einfach dazubleiben und sie zu beobachten. Irgendwann mussten sie auf ihn reagieren.
Lange Zeit gaben sich Henriette und Beek unbeeindruckt. Geschwächt, wie er war, wollte John schon aufgeben und sich zurückziehen, als Beek sich zu ihm umdrehte und zischte: »He, Kleiner, du störst hier. Verpiss dich.«

John grinste innerlich. Er hatte angebissen. Und Henriette? John hatte nicht den Eindruck, dass auch sie ihn unbedingt loswerden wollte.

Er holte tief Luft. »Das ist nicht Ihr Schiff, Herr Beek. Ich kann mich aufhalten, wo ich will.«

Der Stier schnaufte und sah mit verkniffener Miene über den Bugspriet auf die See hinaus.

Wenigstens habe ich ihm die Laune verdorben, dachte John zufrieden.

Es dauerte keine zwei Minuten, bis Beek das Ruder losließ und sich vor John aufbaute: »Hör mal zu, du Wurm. Wenn du meinst, du kannst dich hier aufspielen, irrst du dich gewaltig.«

John warf einen kurzen Blick zu Henriette, um sich zu vergewissern, dass sie diese Szene auch verfolgte. Dann stellte er sich aufrecht hin, drückte die Brust raus und verkündete: »Herr Beek, ich bin Passagier, und Sie sind nicht der Käpt'n. Sie haben mir gar nichts zu sagen.«

»Du willst wohl frech werden, was?«, dröhnte Beek und stieß John einen Schritt zurück.

John war erschrocken von der rohen Kraft, die sich hinter dieser Attacke verbarg. Aus dem Augenwinkel erkannte er, dass Henriette das Ruder verlassen hatte und nun näher kam.

In ihrer Gegenwart wird er mir ja wohl nichts antun, spekulierte John. Er straffte sich und sagte: »Nur weil Sie so dicke Arme haben, müssen Sie sich nicht aufspielen wie ein liebestoller Affe.«

Im nächsten Augenblick schlug John auf dem Deck auf. Beek hatte ihm einen so mächtigen Haken verpasst, dass er schon halb bewusstlos war, bevor seine Knie zusammenklappten.

»Sie Unmensch«, hörte er Henriette aus großer Entfernung schreien, wusste aber nicht mehr, ob das überhaupt noch Realität war.

Als John am Abend aufwachte, lag er in einem richtigen Bett. Henriette beugte sich über ihn und lächelte ihn an.
»Hallo, mein schöner Schmetterling«, sagte sie zart und strich ihm sanft über die Stirn.
John sah sich kurz um.
»Du bist in meinem Zimmer.«
Johns Kopf dröhnte, als hätte ihm jemand einen Blecheimer übergestülpt und dann kräftig zugehauen. Er grinste mit geschlossenen Augen. Es hatte sich gelohnt. »An Bord heißt das Kajüte«, sagte er leise.
»Egal. Ist das wichtig?«
»Nein«, flüsterte er, »das nicht.«
Er spürte, wie ihre Hand langsam über sein Gesicht strich. Erst über die Stirn, dann über die Augenbrauen, die Wangen entlang und dann um sein Kinn. Sie war so nah bei ihm, dass er ihr Kleid riechen konnte. Wie lange war das her seit dem letzten Mal!
»Kapitän Lüders hat gesagt«, flüsterte ihm Henriette ins Ohr, »dass wir in ein, zwei Tagen Madeira erreichen.«
John nickte mit geschlossenen Augen. Ihre Stimme war zart und süß, und er fühlte sich bleischwer, wohlig und geborgen.
Endlich, dachte er, endlich festen Boden unter den Füßen. Und endlich runter von diesem Schiff.
Henriette zog ihm die Decke bis ans Kinn.
»John, hörst du mich?«, flüsterte sie wieder ganz nah an seinem Ohr.
Er nickt nur schwach.

»Warum sollen wir länger Konkurrenten sein? Gemeinsam können wir unser Ziel doch viel besser erreichen.«

»Ernsthaft?«, murmelte er.

»Aber ja«, antwortete Henriette und strich ihm eine Locke aus der Stirn.

John lächelte und schlief ein.

16

Nach den langen Tagen und den schier endlosen Nächten auf See mit dem ewigen Auf und Ab war John dankbar, dass Madeira nicht unter seinen Füßen schwankte. Nach über zwei Wochen auf der *Swatte Katt* hätte sich John auch mit einem spitzen, steinigen Eiland als Ankerplatz zufrieden gegeben. Madeira aber bot ihm Sonne, Wärme, Palmen, Obstbäume und grüne Wiesen im Übermaß. Und überall dort, wo es die Berghänge erlaubten, wurde Wein angebaut. Während sich in Hamburg der Sommer allmählich dem Ende zuneigte, schien es John, als herrschte hier permanenter Frühling. Nach den überstandenen Qualen empfand er Madeira als eine großzügige Belohnung für seine Tapferkeit auf See.

Während Kapitän Lüders den Aufenthalt nutzte, um frisches Wasser und neuen Proviant an Bord zu nehmen, ging John mit Henriette durch die engen Straßen Funchals spazieren, am ersten Tag noch wie ein alter, rheumakranker Mann, an den folgenden Tagen schon kräftiger und dynamischer.

Das Leben in Funchal verlief völlig anders als in Hamburg. Hier rannte keiner zur Börse oder ins Kontor. Die Menschen schlenderten umher, oder sie saßen auf einer Bank, unterhielten sich und ließen sich die Sonne ins Gesicht scheinen. Und nachmittags erhoben sie sich, gingen in ihre Gärten und pflückten Obst. Nach Weizengraupen und Hafermehl, das sie an Bord gegessen hatten, erwarteten John und Henriette an jeder Ecke Pfirsiche, Äpfel, Birnen, Quitten, Walnüsse und Kastanien.

John schlief lange, und nachmittags legte er sich erneut hin, um dann nach dem Fünf-Uhr-Tee mit Henriette die Stadt zu erkunden und die angrenzenden Berge hinaufzuwandern. Nach vier Tagen fühlte sich John erstmals nach langer Zeit wieder richtig ausgeruht und kräftig.

Am Vorabend ihrer Weiterfahrt saß er mit Henriette an einem Berghang oberhalb von Funchal. Unterhalb von ihnen im Hafenbecken lag friedlich die *Swatte Katt*. Er vergewisserte sich kurz, dass keiner in der Nähe war, und nahm ihre Hand.

»Ist das nicht herrlich hier?«, fragte er.

»Ja.« Henriette sah ihn an und lächelte.

»Es ist so anders als in Hamburg. Die Natur, das Klima, die Menschen. Ich glaube, Henriette, ich könnte für immer hier bleiben.« Er drehte sich zu ihr: »Und du?«

»Ach John«, seufzte sie und legte den Kopf an seine Schulter.

Ohne dass er sie ansah, spürte er, dass Henriette in diesem Augenblick glücklich war. John fühlte sich wie der König von Madeira.

Als Kapitän Lüders am nächsten Morgen den Anker lichten ließ und die *Swatte Katt* auf den Atlantischen Ozean hinaussegelte, stand John am Heck und betrachtete Madeira, bis die Insel am Horizont verschwunden war. In seine Trauer, diesen Ort verlassen zu müssen, mischte sich allerdings auch eine gewisse Neugier.

Wer weiß, sagte er sich, vielleicht gibt es noch weitere Flecken, die genauso schön sind wie Madeira. Oder noch schöner!

Der Atlantik meinte es jetzt gut mit John. Der Wind blies schwach, die Wellen waren sanft, und die Sonne spendete so reichlich Wärme, dass die Matrosen nur noch mit nacktem Oberkörper zu Werke gingen. Allein Henriette trug nach wie vor ihre langen, hochgeschlossenen Kleider. Es tat John Leid, wenn er sah, dass sich kleine Schweißperlen auf ihrer Nasenspitze bildeten und sie sich nur Erleichterung verschaffen konnte, indem sie sich in die Kapitänskajüte flüchtete, um so der heißen Sonne zu entgehen. Meistens kam sie erst abends an Deck und berichtete ihm dann von den Büchern, die sie tagsüber gelesen hatte.

»Was denn so für Bücher«, fragte John einmal.

»Über China. Und den Teeanbau. Aus Vaters Bibliothek.«

»Ach so.«

»Das ist sehr interessant«, behauptete Henriette. »Es würde dir bestimmt nicht schaden, wenn du auch mal einen Blick hineinwerfen würdest.«

»Oh, das schadet mir ganz bestimmt«, sagte John überzeugt. »Ich glaube, es reicht völlig, wenn du dich auskennst.«

»Aha, meinst du«, sagte sie und nahm John schnell das Buch aus der Hand, in dem er bereits seit der Abreise las.

»Novalis, Hymnen an die Nacht.« Henriette blätterte darin herum. Die Seiten waren schon ganz abgegriffen. »Gedichte«, sagte sie und schüttelte lächelnd den Kopf. »Ob das das Richtige für einen Hamburger Kaufmann ist?«

John gelang es im Laufe der Wochen immer besser, sich an das Leben an Bord zu gewöhnen. Der hagere Greis, den alle nur *Den Alten* nannten, hatte ihm gezeigt, dass man einigermaßen bequem in einer Hängematte schlafen kann, wenn man sich schräg hineinlegt. Bald konnte John auch den Kopf in den Nacken legen und die Matrosen bis in die obersten Mastspitzen verfolgen, ohne dass ihm schwindelte oder seine Hände feucht wurden.

Obwohl John von den täglichen Arbeiten der Mannschaft

ausgenommen war und im Grunde nichts zu tun hatte, konnte ihm die Monotonie an Bord nichts anhaben. Er suchte sich dann ein schattiges Plätzchen an Deck, und wenn er nicht gerade las, malte er sich aus, wie es wäre, mit Henriette in Hamburg im Gras zu liegen, ihr aus seinen Lieblingsbüchern vorzulesen oder ihr einfach nur in den Ausschnitt zu gucken.
Und dann eines Nachmittags, als er mal wieder entspannt und mit geschlossenen Augen auf dem Rücken lag, die Hände unter dem Kopf verschränkt, stellte er sich vor, wie es wäre, zu schreiben. Klar und deutlich wie nie sah er sich zu Hause am Schreibtisch sitzen und über einer Formulierung brüten. Henriette blickte ihm dabei über die Schulter und lächelte, sichtlich stolz auf John, den Schriftsteller.
Schriftsteller sein! Das ist es, sagte er sich. Mein größter Wunsch! Und mein größtes Geheimnis!
Schon früher hatte er hin und wieder den Wunsch gehabt, seiner Fantasie freien Lauf zu lassen und alles aufzuschreiben. Aber er hatte noch nie jemandem davon erzählt. Selbst Johanna nicht. Zu absurd war die Vorstellung von einem Hamburger Kaufmannssohn, der lieber Bücher schreibt, anstatt Ruhm und Reichtum der Familie zu mehren. Außerdem wusste er nicht einmal, was er schreiben wollte: Romane? Gedichte? Bisher waren es nicht mehr als kleine, flüchtige Hirngespinste gewesen, die, kaum bemerkt, schnell wieder verschwanden. Doch dieses Mal war es anders. Für den Hauch eines Augenblicks hatte er das deutliche Gefühl, dieser Wunschtraum könnte Wirklichkeit werden. Und das Gefühl war so süß und schön, dass er mit geschlossenen Augen zu grinsen begann.

Die Matrosen trieben inzwischen Affen über das Deck. Sie hatten ein gutes Dutzend auf Madeira gekauft, denen sie zum

Zeitvertreib allerlei Kunststückchen beibrachten, oder sie jagten sie wie jetzt über das ganze Schiff. John interessierte das nicht, er wartete geduldig darauf, dass Henriette abends erschien und sich mit ihm unterhielt. Oft redeten sie stundenlang. Henriette erzählte vom Tod ihrer Mutter und dass sie schon früh von ihrem Vater die Verantwortung für den Haushalt und das Personal übertragen bekommen hatte. John schilderte, wie ihn als kleiner Junge ein Hund verfolgt und ein Loch in seine Hose gebissen hatte. Wenn Henriette dann lachte und sich die kleinen Fältchen um ihre Mundwinkel zeigten, war es für John wieder ein guter Tag gewesen. Von seinem Traum, ein Buch zu schreiben, erzählte er ihr nichts.

Als die *Swatte Katt* die Kapverdischen Inseln passierte, wurde viermal in der Woche Sauerkraut auf den Speiseplan gesetzt, das, nachdem das Obst aufgegessen war, nur noch von einer gallertartigen Fleischbrühe mit harten Erbsen ergänzt wurde. Aber auch diese eintönige Kost konnte John nichts anhaben. Manchmal dachte er daran, wie sich die hoffungsvollen Söhne reicher Hamburger Kaufleute darum bemüht hatten, einen Sonntagnachmittag mit Henriette zu verbringen, und er hatte sie den ganzen Tag in seiner Nähe. Schon acht Wochen lang. Als sie eines Tages einen Walfisch sahen, der majestätisch träge neben der *Swatte Katt* herschwamm und Henriette am helllichten Tag, aber doch so, dass es keiner sehen konnte, seine Hand ergriff und mit Blick auf den Wal sagte: »Ist das nicht wunderbar?«, konnte John sich das Leben nicht schöner vorstellen.

Sorgen bereiteten John allein Beek und der Kapitän. Die Langeweile und vor allem Henriettes Anwesenheit an Bord schienen sie zunehmend nervös zu machen. John beobachtete genau, wie sie in immer engeren Kreisen um Henriette herumschlichen. Obwohl es sich John eigentlich anders wünschte, richtete er es von nun an so ein, dass er mit Henriette nicht allein war, sondern dass sie sich immer in unmittelbarer Nähe von anderen Matrosen aufhielten.

Nach zehn Wochen auf See wurde Lüders immer gereizter, und der Stier verprügelte schon mal einen Kameraden, der ihm nicht rechtzeitig Platz machte. John bekam jedes Mal Angst, wenn er einen der beiden an Deck sah. Allmählich wurden auch ihm die Tage lang.
Dann kam so schweres Wetter auf, dass die gesamte Mannschaft im Einsatz war. Hohe Wellen warfen die *Swatte Katt* so heftig hin und her, dass Johns Freude über diese Ablenkung schnell in die panische Angst der ersten Tage umschlug. Stoßwinde zerrten wütend an den Segeln, und harter Regen peitschte über das Deck. Kapitän Lüders schrie Befehle, die die Matrosen im Sturmgeheul kaum noch verstehen konnten. Und als dann immer wieder Wasser über Bord schwappte und in die unteren Decks lief, schien es John nicht mehr selbstverständlich zu sein, dass diese Fahrt ein gutes Ende nehmen würde. Kurz entschlossen schnappte er sich einen Eimer aus der Kombüse und schöpfte Wasser, bis ihm die Lunge brannte und die Arme schmerzten.

Nach vier Tagen legte sich der Sturm. Selbst Beek schien am Ende seiner Kräfte und froh darüber zu sein, alles überstanden zu haben. Erste Albatrosse begleiteten die *Swatte Katt* und zogen majestätisch ihre Kreise. Sie hatten das südliche Ende Afrikas erreicht. Am folgenden Tag segelten sie in die Tafelbucht hinein. John und Henriette standen vorn am Bug und

staunten über die Vielzahl der Handelsschiffe, die im Hafen von Kapstadt vor Anker lagen.
»Die meisten sind Engländer. Und Holländer, natürlich. In der Regel sind sie alle auf dem Weg nach Indien. Oder kommen von dort zurück«, erklärte Kapitän Lüders. »Manche fahren aber auch noch weiter. Bis nach China. So wie wir.«
»Sieh mal dort, John«, rief Henriette und deutete auf den hohen Berg, der sich über der Stadt erhob und ganz ohne einen Gipfel auskam.
»Der Tafelberg, Fräulein Sternberg«, sagte Lüders.
»Da müssen wir rauf, John!«

Die Berge um Kapstadt waren schwarz und nur spärlich bewachsen. Nach den grünen Hängen Madeiras fand John diesen Anblick zunächst enttäuschend. Umso mehr gefiel ihm dann die kleine Stadt, die die Holländer hier am südlichen Ende der Welt und fern ihrer Heimat errichtet hatten. Regelmäßige, großzügige Straßen wurden von zahlreichen Kanälen durchzogen, Eichenbäume standen am Wegesrand und spendeten Schatten. Hotels und eine Vielzahl von Händlern versorgten die Reisenden mit allem Notwendigen und machten Kapstadt zu einem Ort, an dem es sich angenehm leben ließ.
John staunte über diese kleine Kolonie. Und er staunte darüber, dass jetzt, Anfang November, wenn in Hamburg die Zeit der Mäntel und Regenschirme anbrach, hier Frühling, ja fast Sommer herrschte. Und über die Sonne, die in diesen Breiten seltsamerweise von rechts nach links wanderte.
Diese Welt ist ein wundersamer Ort, resümierte er.

Während Lüders das Tauwerk erneuern und einige Schafe zur Bereicherung der Speisekarte an Bord bringen ließ, kletterte

Henriette mit John den Tafelberg hinauf. Der Anstieg war wegen der vielen losen Steine schwierig und eine Strapaze. John hatte auf halber Höhe vorgeschlagen, den Aufstieg abzubrechen und die Aussicht von dort zu genießen, aber Henriette hatte dies strikt abgelehnt.

»Wer weiß, ob wir jemals wieder hierher kommen«, meinte sie. »Wir müssen die Gelegenheit nutzen.«

Schwer atmend waren sie schließlich oben angekommen. Die Ebene selbst war lediglich mit Gras bewachsen und wenig spektakulär. Einige Geier kreisten über ihren Köpfen. Als John aber auf die Bucht hinuntersah, musste auch er zugeben, dass der Ausblick von hier oben einfach grandios war. Die Bucht lag wie ein kleiner Teich unter ihnen, und das Wasser glitzerte wie ein polierter Spiegel. Kapstadt, am Fuße des Berges, mit seinen Häusern und Gärten erinnerte an Kinderspielzeug. Und auf der Südseite des Berges erstreckten sich Plantagen, Kornfelder und Gärten.

Einen Augenblick blieben John und Henriette schweigend nebeneinander stehen.

»Ach John«, seufzte sie, »ist das nicht wunderbar?«

John drehte sich zu ihr um und sah ihre Begeisterung.

In der Tat, dachte er, hier ist es wunderbar. Die ganze Reise ist wunderbar. Und Henriette ist wunderbar.

»Allerdings«, sagte er laut und betrachtete Henriette, wie sie über die Bucht hinunterblickte. Egal, was noch passieren wird, er dachte, dies ist ein Anblick, den ich nie vergessen werde.

Dann drehte sie sich zu ihm um, nahm seine Hände und trat so nah heran, dass sich ihre Nasenspitzen fast berührten. John kribbelte es bis in die Haarspitzen.

»John?«, flüsterte sie.

»Ja?« Er musste schlucken, sein Herz pochte heftig.

»Ich liebe dich.«
Ihm war, als würde der Tafelberg wanken. Er hielt ihr seine Wange hin. »Hier, zwick mich mal, damit ich weiß, dass ich nicht träume.«
Henriette lachte fröhlich wie ein kleines Mädchen. Doch statt ihn zu kneifen, hauchte sie ihm einen zarten Kuss auf die Wange.
»Puh«, stöhnte John, »ich glaube, das reicht als Beweis. Fürs Erste.«
»Und?«, fragte Henriette leise und sah ihm tief in die Augen, »liebst du mich auch?«
John runzelte die Stirn, als hätte er die Frage nicht ganz verstanden. Er sah sie skeptisch an und rieb sich mit Daumen und Zeigefinger das Kinn, als müsste er über ein Problem nachdenken.
»John Blanckendorff, du Ekel«, rief sie und trommelte mit den Fäusten auf seine Brust, »nun sag schon!«
Er bemühte sich zunächst um einen ausgesprochen ernsten Blick, doch dann musste er breit grinsen. Er nahm Henriette in den Arm, hob sie hoch, wirbelte sie herum und rief, so laut er konnte: »Ich liebe dich!«

Später, als sie sich auf den Grasboden gesetzt hatten, Henriettes Kopf an Johns Schulter gelehnt, und auf die Tafelbucht hinunterblickten, sagte sie: »Stell dir vor, wir heiraten.«
»Wahnsinn!«, sagte John. In Gedanken war er schon dabei, ihr aus dem Hochzeitskleid zu helfen.
»Dann könnten sich auch unsere Handelshäuser vereinigen.«
Bei dem Wort »vereinigen« sah John Henriette bereits nackt in seinem Bett liegen.
»Wir hätten Macht in der Stadt. Wir würden Einladungen be-

kommen, auf große Empfänge gehen. Wir wären der Mittelpunkt der Hamburger Gesellschaft. John, wäre das nicht wunderbar?«

»Wunderbar, natürlich«, sagte John, hörte ihr aber gar nicht richtig zu. Seine Gedanken waren weit, weit weg in einem abgedunkelten Zimmer in Hamburg.

»Oh, ich liebe dich, John.« Sie fiel ihm um den Hals. »Die Frauen in Hamburg werden staunen, wen ich mir geangelt habe.«

»Und die Männer werden staunen, wen ich mir geangelt habe.« Während er das sagte, versuchte er, langsam Henriettes Kleid aufzuknöpfen.

»Lass das, John«, sagte sie mit gespielter Empörung. »Noch sind wir nicht verheiratet.«

»Ich finde, das kann man nicht früh genug üben«, meinte er ernst. »Stell dir vor, wir sind in unserer Hochzeitsnacht und ich kriege das dann nicht hin.«

Henriette lachte. »Dass wirst du schon hinkriegen. Da mache ich mir überhaupt keine Sorgen.«

17

Eine Woche später ließ Lüders die Anker lichten. Kaum hatten sie die geschützte Tafelbucht verlassen, geriet das Schiff in einen so heftigen Sturm, dass Lüders nur ein Segel setzen lassen konnte. Die *Swatte Katt* stampfte schwer in den hohen Wellen. John hatte sich inzwischen schon so weit an das Reisen auf einem Schiff gewöhnt, dass er ruhigen, gleichmäßigen Seegang nicht mehr fürchtete. Als jedoch die ersten Teller und Tassen aus den Regalen fielen, der Wind wie ein Ungeheuer in der Takelage heulte und erneut Wasser von allen Seiten eindrang, verkroch er sich unter Deck und besann sich auf seine christlichen Wurzeln.

Je weiter die *Swatte Katt* Richtung Norden in den Indischen Ozean segelte, desto ruhiger wurde die See. Weihnachten lag bereits über vier Wochen zurück, als John und Henriette eines Abends auf dem Boden des Achterdecks saßen und den klaren Sternenhimmel über sich betrachteten. Er legte einen Arm um Henriettes Schulter und drückte sie an sich.

»Ist diese Welt nicht faszinierend?« Er sah auf den ruhigen Ozean hinaus, auf dem sich das Mondlicht spiegelte wie auf einer blauschwarzen Glasscheibe. »Wir haben Januar, und es ist so warm wie bei uns im Sommer.«

»Ja«, hauchte Henriette und kuschelte sich eng an ihn. Ein weiterer perfekter Augenblick auf dieser Reise.

Lange saßen sie so da, sahen auf das Meer hinaus und sagten nichts. Ist es nicht unglaublich, dachte John, wie sich alles entwickelt hat, seit sich Henriette vor einem halben Jahr im Garten meiner Eltern über mich gebeugt hatte? Jetzt liegt sie in meinem Arm auf einem Schiff auf dem Indischen Ozean! Und was haben wir nicht schon alles gesehen! Madeira, diese paradiesische Insel, Wale, Haifische, Kapstadt, den Tafelberg, wir haben Stürme überstanden … und nun sind wir auf dem Weg nach Kanton.

John drückte Henriette fester an sich und küsste ihr Haar. Ich bin zum Platzen glücklich, dachte er. Nicht nur, weil sich Henriette an mich schmiegt, das ist für mich nach wie vor kaum zu glauben. Aber endlich habe ich eine Vision, habe ich ein Ziel gefunden, das ich anstreben kann. Nicht die Dinge, die von mir erwartet werden: eine Karriere in der Juristerei oder als emsiger Kaufmann, sondern etwas Sinnvolles, etwas, das mich ausfüllt: Schreiben! Und seit ich mit Henriette auf dem Tafelberg war, weiß ich auch, worüber: über diese Reise!

John war klar, dass man ihn in Hamburg belächeln würde. Und doch spürte er ganz deutlich, dass er es versuchen wollte. Am besten gleich morgen. Schon bei dem Gedanken daran wurde er unruhig.

Ich muss es Henriette erzählen, sagte er sich. Sie ist meine Vertraute. Aber wie wird sie reagieren?

John biss sich auf die Lippe, während Henriette entspannt auf den schwarzen Ozean hinausblickte.

Oder soll ich warten, bis ich sie besser kenne? Große Begeisterung für Literatur hat sie bisher nicht gezeigt. Ganz im Gegenteil. Andererseits hat sie gesagt, dass sie mich liebt. Da wird sie sich doch bestimmt für meinen größten Wunsch interessieren. Und mich vielleicht sogar unterstützen. Das wäre geradezu ideal, bei ihrem Einfluss.

John richtete sich auf. Mit einem Mal klopfte ihm sein Herz bis zum Hals.

»Henriette«, sagte er leicht atemlos, »ich muss dir etwas sagen.«
»Ja?« Henriette blieb regungslos in seinem Arm liegen. John nahm das als ein gutes Zeichen. Sie ist entspannt und wird mir wohlwollend zuhören, folgerte er.
»Es ist etwas, das mir sehr wichtig ist.«
»Nun sag schon, John. Mach es nicht so spannend.«
»Es geht darum, was ich tun möchte, wenn wir wieder in Hamburg sind.« Er atmete tief durch. Ich trau mich einfach nicht, stellte er fest.
»Und das wäre?« Henriette blickte zum Sternenhimmel hinauf, der so klar über ihnen leuchtete, wie es wohl nur ganz selten geschieht.
»Wie du bestimmt gemerkt hast, lese ich gerne Bücher.«
»Ja, allerdings die Falschen.«
John schluckte, dann fuhr er fort: »Wir haben auf unserer Reise doch schon so viel gesehen. Und wir werden bestimmt noch viel mehr sehen …«
»Ja?«
»Nun, da habe ich mir überlegt …«
»Was denn, John? Sei doch nicht so umständlich.«
Der Klang ihrer Stimme ließ John zögern. Ist sie doch nicht in der richtigen Stimmung? Andererseits kann ich jetzt nicht mehr zurück. Henriette würde sowieso bohren, bis ich mit der Sprache herausgerückt bin. Es muss jetzt raus.
John holte tief Luft, als müsse er einen Löffel bitterer Medizin schlucken, und sagte: »Wenn wir in Hamburg sind, möchte ich einen Reisebericht schreiben. Und ihn veröffentlichen!«
»Aha.« Ihr Tonfall ließ keinen Zweifel daran, dass sie etwas völlig anderes erwartet hatte.
John sackte zusammen. Wie sehr hatte er sich eine Ermutigung von ihr gewünscht.

»Was meinst du mit ›Aha‹?«, hakte er nach.
»Nun, das ist doch sicher nur eine Spielerei. Schreiben? Was ist das? Du hast doch ganz andere Talente.«
»Welche denn?«, fragte John langsam und ohne dass es ihn wirklich interessierte.
Henriette drehte sich zu ihm und grinste schelmisch. »Zum Beispiel kannst du Frauen umgarnen.«
»Tolle Sache.« John wandte sich ab. Nun war er es, der auf das offene Meer hinaussah.
Henriette lachte und drehte seinen Kopf zu ihr her. »Du solltest dich nicht unterschätzen. Mich hast du schließlich auch um den Finger gewickelt.«
»Tatsächlich? Aber vielleicht bin ich auch ein guter Reiseschriftsteller?«
Henriette überhörte seinen Einwurf. »Bei anderen Frauen funktioniert das auch«, sagte sie stattdessen.
»Ach ja?« Sein Interesse war nur noch sehr begrenzt.
»Das ist enorm wichtig«, erklärte sie. »Frauen beeinflussen nämlich viel öfter die Entscheidungen ihrer Männer, als du dir das überhaupt vorstellen kannst.«
Als John sie ungläubig ansah, fuhr sie fort: »Charlotte von Bönningheim, zum Beispiel. Wusstest du, dass sie bereit war, bei ihrem Vater um eine Unterstützung für euer Kontor nachzufragen, als sie von euren Problemen erfuhr?«
»Nein.«
»Und weißt du auch, warum sie das gemacht hätte? Weil du sie mit deinem unendlichen Charme becirct hast.«
»Ich?« John kratzte sich erstaunt am Kopf.
Henriette grinste breit. »Ihr Männer merkt aber auch gar nichts.« Dann beugte sie sich zu ihm vor und gab ihm einen langen Kuss.

»Das heißt«, folgerte John, »wenn ich Charlotte um Unterstützung für unser Kontor gebeten hätte, hätte ich diese Reise gar nicht anzutreten brauchen?«

»Möglicherweise. Und?« Henriette setzte eine strenge Miene auf. »Bereust du es etwa?«

John zögerte kurz. Charlotte hätte mich bestimmt unterstützt bei meinem Wunsch, Schriftsteller zu werden, schoss es ihm durch den Kopf.

»Na?«, fragte sie mit gespielter Ungeduld, »musst du etwa überlegen?«

John schaute sie an.

Henriette sieht hinreißend aus, wenn sie ihre Stirn runzelt, dachte er, beugte sich zu ihr und gab ihr als Antwort einen langen Kuss auf die Stirn.

Doch dann wanderten seine Gedanken zurück nach Hamburg, und er versuchte, sich Charlottes rundes Gesicht in Erinnerung zu rufen. Er sah sie wieder im Alsterpavillon sitzen, vor unendlich langer Zeit, als er vor Muskelkater nahezu bewegungsunfähig war. Damals hatte Charlotte echte Anteilnahme gezeigt. Und Henriette?

Während er noch darüber nachdachte, spürte er, wie Henriette langsam seine Hand nahm und sie auf ihre Brust legte.

Urplötzlich war er wieder im Hier und Jetzt.

Das ist ja unglaublich, dachte er, als er realisierte, was geschehen war. Meine Hand auf ihrer Brust! Er schluckte und atmete schwer. Gleich darauf regte sich sein kleines Männchen in der Hose.

Weiß sie eigentlich, was sie da tut?

Eine kleine Ewigkeit saßen sie da und rührten sich nicht. Keiner sagte einen Ton. John konzentrierte sich auf seine Hand und versuchte, durch den Stoff hindurch ihre Brust zu erspüren.

Später in dieser sternenklaren Nacht malte Henriette in epischer Breite das Bild ihrer gemeinsamen Zukunft, während Johns Hand sich keinen Millimeter vom Fleck rührte. Sie erzählte überschwänglich und in allen Details, wie sie nach ihrer Rückkehr nach Hamburg vorgehen würde, angefangen bei der Verkündung der Verlobungsfeier bis hin zu ersten gemeinsamen Geschäftsessen. John begriff kaum, was sie sagte, er lauschte ihrer hellen, klaren Stimme und drückte hin und wieder vorsichtig ihre Brust, was sie – zu seinem wachsenden Vergnügen – kommentarlos geschehen ließ. Doch dann riss ihn ein Wort aus seinen Träumereien: »Senator wirst du als mein Mann sowieso.«

»Was hast du gesagt?« John setzte sich auf.

»Dafür werde ich schon sorgen.«

»Senator?«, fragte er erschrocken. »Aber das will ich nicht!«

»Du wirst dich schon daran gewöhnen. Und wenn du dich nicht weiter in deinen Romanen versteckst, kannst du sogar Bürgermeister werden.« Ihre Augen leuchteten vor Begeisterung.

»Bürgermeister?« John schluckte. »Das ist nicht dein Ernst!«

»Der Appetit kommt beim Essen«, meinte Henriette. »Wenn du erst im Senat sitzt, wirst du auch Bürgermeister werden wollen. Und ich werde dir dabei helfen.«

»Und wirst du mir auch helfen, meinen Reisebericht zu veröffentlichen?«

»John, das sind doch Kindereien. Wenn du dich in Hamburg als Kaufmann und Senator etablieren willst, wirst du zum Schreiben keine Zeit haben. Beides wird nicht gehen.«

»Und wenn ich den Reisebericht unbedingt schreiben will?« Henriette drehte sich zu John, nahm seinen Kopf in beide Hände und gab ihm einen langen Kuss auf die Lippen. »Erst einmal müssen wir wieder in Hamburg sein. Dann sehen wir weiter.«

18

Die *Swatte Katt* überquerte den Äquator zum zweiten Mal, jetzt von Süden nach Norden, und erreichte schließlich den Golf von Bengalen. Die Luft wurde immer wärmer und feuchter, je weiter sie nach Norden fuhren, und es tauchten erste fremde Schiffe auf. Zunächst arabische Daus mit ihren dreieckigen Lateinsegeln, die an der ostafrikanischen Küste entlangfuhren. Und später noch seltsamere Schiffe mit viereckigen Rümpfen und geflochtenen Mattensegeln: Hochseedschunken, die ersten Vorboten des nicht mehr ganz so fernen China.
Diese ungewöhnlichen Schiffe, die so völlig anders aussahen als die bekannten europäischen Handelsschiffe und trotzdem nicht in den Fluten des Indischen Ozeans versanken, faszinierten John. Sie waren die ersten konkreten Anzeichen einer fremden, geheimnisvollen Welt. Er konnte nicht widerstehen und musste sich erste Notizen in ein kleines Heftchen machen. Zunächst tat er es heimlich, vor allem, weil er Henriette nicht provozieren wollte. Als sie jedoch den Hugli-Fluss hinaufsegelten und später durch die Straßen von Kalkutta gingen, gab er nach und nach sein Versteckspiel auf und begann auch in Henriettes Gegenwart kleine Zettel zu beschreiben. John entgingen nicht ihre missbilligenden Blicke. Manchmal hatte er den Eindruck, sein Verhalten wäre ihr peinlich. Insgeheim hoffte er jedoch, sie immer noch von seinem Vorhaben überzeugen zu können, spätestens dann, wenn er ihr eine erste gelungene Textpassage vorlesen würde.

Sie hatten Kalkutta bereits seit einigen Tagen hinter sich gelassen und durchquerten die Andamanensee, als John die ersten Abschnitte beendet hatte und mit seinem Text in der Hand an Deck kam.

Henriette stand am Großmast und unterhielt sich mit Kapitän Lüders. Ihre langen Haare wehten im kräftigen Wind. Als er auf sie zuging, begrüßte sie ihn mit einem freundlichen Lächeln. Doch als ihr Blick auf die beschriebenen Seiten fiel, verfinsterte sich ihr Gesichtsausdruck so schnell, wie eine Katze um die Ecke huscht. Rasch kehrte sie ihm den Rücken zu.

John fühlte einen Stich in seiner Brust. Im ersten Moment wollte er umdrehen und unter Deck verschwinden. Doch dann beschloss er, geduldig zu warten, bis Henriette ihre Unterhaltung mit dem Kapitän beendet hatte.

Ich muss versuchen, ihr zumindest die ersten Seiten vorzulesen, nahm er sich fest vor.

»Das, was Sie in diesen Kisten an Bord bringen ließen, Kapitän Lüders, das ist doch Opium gewesen, nicht wahr?«, hörte er Henriette fragen.

Lüders äußerte sich nicht dazu, sondern warf einen ernsten Blick zum Großsegel hinauf, dass sich hoch über ihnen im Wind blähte.

»Mir können Sie es doch sagen, Kapitän.«

Lüders schnaufte ärgerlich.

»Weiß mein Vater davon?«, hakte Henriette nach.

»Hören Sie, Fräulein Sternberg, Ihr Vater muss nicht alles wissen.«

»Weil der Handel mit Opium illegal ist?«, vermutete Henriette und sah Lüders herausfordernd an.

»Wenn man es in Kalkutta auf regulären Auktionen erwerben kann, dürfte das wohl kaum der Fall sein«, antwortete Lüders.

»Und in China?«

Der Kapitän drehte sich zu Henriette um und sah ihr direkt ins Gesicht.

»Fräulein Sternberg«, sagte er langsam, »Ihr Vater muss nicht alles wissen. Und Sie auch nicht.« Er tippte kurz an seine Kapitänsmütze, drehte sich um und ging in Richtung Achterdeck davon.

John wartete noch einen Augenblick. Er hatte kaum verstanden, was Henriette und der Kapitän besprochen hatten, zu sehr beschäftigte ihn die Frage, wie Henriette wohl seine ersten schriftstellerischen Versuche aufnehmen würde. Gut, hoffte er.

»Henriette«, sagte John und stellte sich dicht neben sie, »ich möchte dir etwas vorlesen.«

»Muss das sein?« Henriette strich sich eine Haarsträhne aus dem Gesicht und umklammerte dann ihre Ellenbogen, als würde sie frieren.

»Es ist auch nur ganz kurz«, beeilte sich John zu sagen, weil er fürchtete, sie könnte ihm erneut den Rücken zudrehen und gehen. Und noch ehe sie ein weiteres Wort verlieren konnte, sagte er: »Ich habe unseren Aufenthalt in Kalkutta beschrieben. Also: Weil die *Swatte Katt* aufgrund ihres Gewichts zu tief im Wasser liegt, können wir den seichten Hugli-Fluss, welcher ein Nebenfluss des Ganges ist, nicht bis Kalkutta hinauffahren. Aus diesem Grunde sind wir gezwungen, im englischen Diamond Harbour vor Anker zu gehen und das Schiff zu verlassen. Die restlichen gut dreißig Seemeilen legen wir mittels eines Flussbootes zurück. Zu Beginn säumen ausgedehnte Mangrovenwälder das Ufer.«

John machte eine Pause und sah Henriette erwartungsvoll an. Sie blickte regungslos auf das Meer. John schluckte und fuhr fort: »Auch die Passagiere und die mannigfaltigsten Waren der anderen großen Ostindienfahrer aus England, Holland und Amerika werden auf Flussboote und Lastkähne umgeladen. Das ist sehr mühsam und anstrengend für die Besatzungen. Der Hugli-Fluss selbst wimmelt von arabischen Daus, chinesischen Dschunken und kleineren, englischen und amerikanischen Handelsschiffen, welche den seichten Fluss befahren können. Als erste Vorboten Kalkuttas kommen die eleganten Villen der höheren Beamten im indischen Staatsdienst zum Vorschein mit ihren nicht eben kleinen Gärten und den vielen, köstlichen Schatten spendenden Banjan-Bäumen, die teilweise bis ans Ufer reichen. Je näher wir Kalkutta kommen, desto zahlreicher werden auch die Kanus der Flussbettler und die Vergnügungsboote der mächtigen Babus …«

Wieder hob er den Kopf und sah Henriette fragend an. Sie aber regte sich immer noch nicht, vielmehr schienen ihm ihre Lippen sogar noch schmaler als vorhin. John überblätterte schnell ein paar Seiten.

»Vielleicht gefällt dir das hier besser: Die Männer und Frauen Kalkuttas sind von außergewöhnlich schöner Gestalt. Sie verfügen über zarte Gliedmaßen. Arme und Beine, wie auch ihr gesamter Körperbau, sind rank und schlank. Ihre Haut ist von dunkler Farbe, was wohl auf die intensive Sonneneinstrahlung zurückgeführt werden kann. Die Haare sind schwarz wie Ebenholz, die Gesichter zart geschnitten. Desgleichen ihre Nasen, welche nicht so breit sind wie die der Neger, die wir in und um Kapstadt antrafen. Des Weiteren haben sie wunderbare große, dunkle Augen …«

John hob den Kopf und fragte vorsichtig: »Wie findest du das?«

Einen Augenblick blieb Henriette regungslos stehen, dann drehte sie sich langsam um und sah John mit zusammengekniffenen Augen an. Ihre Brust hob und senkte sich deutlich.

»Diese Frauen findest du schön?«, keifte sie. »Deutsche Frauen gefallen dir also nicht so sehr?« Sie sah ihn wütend an.
»Aber Hen…«, versuchte er, sich zu rechtfertigen.
»John! Wir machen diese Reise, um Tee zu kaufen«, zischte sie und musste sich offenbar sehr beherrschen, um nicht lauter zu werden. »Es geht um viel. Es geht um Geld. Und für deine Familie steht sogar die Existenz auf dem Spiel. Muss ausgerechnet ich dich daran erinnern? Und da denkst du anscheinend nur ans Schreiben!«
Sie sah ihn herausfordernd an und wartete offenbar auf eine Antwort. So wie seine Mutter früher, wenn sie nachhakte, warum er seine Schularbeiten nicht erledigt hatte. John sah sie schweigend an.
Sie ist schön, stellte er fest, gerade jetzt, wo sich eine tiefe Furche über ihrer Nasenwurzel eingegraben hat. Aber ihre Augen blicken zornig, als hätte ich sie in aller Öffentlichkeit eine dumme Kuh genannt.
Henriette wartete auf eine Erklärung, doch als John nicht antwortete, stemmte sie die Hände in die Hüften und sagte scharf: »John, ich … ich verstehe dich nicht.«
Damit drehte sie sich um und lief eilig unter Deck.

Die nächsten Tage ging sie ihm aus dem Weg, wo und wann immer es ihr möglich war. Wenn sie John sah, drehte sie sich auf dem Absatz um und ging in die entgegengesetzte Richtung. John wollte mit ihr reden, aber sie mied ihn, als würde sein Atem Pest und Cholera verbreiten.

John kletterte nach vorn zum Bugspriet. Er hatte beobachtet, dass Lüders hin und wieder einen Matrosen aufgescheucht hatte, der hier vor seinen Pflichten in Deckung gegangen war.

Hier vorn, direkt über dem Wasser, konnte man wunderbar allein sein, und das war genau das, was er brauchte. Hier wehte immer eine frische Brise und pustete einem den Kopf frei. Er legte sich bäuchlings auf den Bugspriet und klammerte sich mit Armen und Beinen fest. Er sah hinunter ins Wasser, auf dessen Oberfläche sich weiße Schaumkronen zeigten. Langsam fühlte er sich eins mit dem schweren Schiff, das im sanften Auf und Ab in die See eintauchte. Hin und wieder spritzte ihm Meerwasser ins Gesicht, dann schmeckte er kurz das Salz auf seinen Lippen und wischte sich mit der Hand über den Mund. Das tat gut.

Meile um Meile legt die *Swatte Katt* zurück, dachte er. Und Meile um Meile kommen wir unserem Ziel näher. Bald sind wir in China. Und zwischen Henriette und mir herrscht eisiges Schweigen. Wir sind am Tiefpunkt unserer Beziehung angekommen. Aber warum? Nur weil ich ihr ein bisschen vorgelesen habe? Das kann es doch nicht sein.

Wehmütig wanderten seine Gedanken zum Tafelberg zurück. Dort haben wir uns geküsst, rief er sich in Erinnerung. Und dann diese wunderbare Nacht an Deck. Meine Hand lag auf ihrer Brust. Und nun geht sie mir aus dem Weg. Seit ich ihr von meinem Wunsch, einen Reisebericht zu schreiben, erzählt habe, ist plötzlich alles anders. Alles scheint kaputt zu sein. Dabei habe ich ihr nur von meinem Wunschtraum erzählt. Ist das ein Verbrechen? Habe ich ihr geschadet? Meiner Familie? Nein! Wenn es in Kanton um Tee gehen wird, werde ich da sein. Dann werde ich alles tun für meine Familie. Das muss Henriette doch wissen.

John blickte zum Horizont, an dem sich kleine, weiße Wölkchen zeigten.

Es muss einen anderen Grund geben, und ich will ihn wissen.

Entschlossen stand er auf und kroch zurück auf das Hauptdeck. Ich werde jetzt zu ihr gehen und so lange warten, bis ich eine Antwort habe.

Er ging direkt zu ihrer Kajüte. Die Tür war verschlossen, wie in den Tagen zuvor. Die Mahlzeiten nahm Henriette inzwischen nicht mehr gemeinsam mit Lüders und ihm ein, sondern ließ sie sich von einem Matrosen in die Kapitänskajüte tragen. John klopfte an.

»Henriette?«, rief er, »bist du da?«

Keine Antwort.

»Henriette, mach auf! Ich will mit dir reden.«

Wieder keine Reaktion.

»Ich werde nicht eher gehen, bis du mir gesagt hast, was los ist«, rief er laut. »Ich werde mich vor deine Tür setzen und so lange bleiben, bis ich weiß, warum du nicht mehr mit mir sprichst.«

John machte eine kurze Pause und lauschte. Nichts. Dann sagte er in ruhigerem Ton: »Wie wollen wir denn unser gemeinsames Unternehmen leiten, wenn du dich in deiner Kajüte versteckt hältst? Soll ich Brieftauben schicken?«

»Es wird kein gemeinsames Unternehmen geben«, hörte er von drinnen.

»Immerhin, du lebst.« John lächelte kurz über diesen ersten Etappensieg. »Und sprechen kannst du auch noch.«

Schon etwas erleichtert rutschte er an der Holzwand hinunter und setzte sich auf den Boden. Wir werden uns wieder vertragen, da war er sich sicher und fühlte sich augenblicklich besser.

»Und warum gibt es kein gemeinsames Unternehmen mehr? Das klang vor ein paar Wochen noch ganz anders.«

»Das war damals«, war Henriette zu hören.

»Und das wird es nie wieder geben?«

»Nur unter einer Bedingung.« Ihre Stimme klang einen Hauch freundlicher, und sie schien auch nicht mehr so weit weg zu sein. Vielleicht stand sie sogar unmittelbar hinter der Tür.
»Und die wäre?« John ließ den Kopf an die Wand sinken und lächelte leicht. Die Versöhnung war zum Greifen nah.
»Du musst mir versprechen, dass du deine Zeit nicht länger mit nutzlosen Träumereien vergeudest.«
John fuhr hoch. »Nutzlose Träumereien?«, rief er laut. »Du meinst meinen Reisebericht.«
»Ja.«
John stemmte seine Hände in die Hüften. »Du willst, dass ich ihn aufgebe, stimmt's? Ist es das?«
Es entstand eine kurze Pause. Für den Hauch eines Augenblicks hatte John gehofft, Henriette würde die Tür öffnen und sagen: »He, dass war nur ein Scherz. Natürlich darfst du schreiben. Es ist ja nur ein Reisebericht.«
Doch dann kam ihre Antwort. Ein kurzes, knappes »Ja«.
Ohne ein weiteres Wort stampfte John mit schweren Schritten davon. Er drehte sich nicht mehr um. So konnte er auch nicht sehen, dass Henriette die Tür einen Spalt weit geöffnet hatte und ihm mit geröteten Augen nachsah.

19

Ende Juli, nachdem sich die *Swatte Katt* und ihre Besatzung durch die Südchinesische See gekämpft und John erneut lange Stunden über der Reling zugebracht hatte, passierten sie die portugiesische Kolonie Macao und erreichten schließlich eine kleine Insel vor der Mündung des Perl-Flusses an der chinesischen Küste.

»Ist das Kanton?«, fragte John den Alten, der gerade neben ihm stand. »Das habe ich mir immer als große Stadt vorgestellt.«

»Kanton ist auch eine große Stadt. Das hier ist Lintin.«

»Und was wollen wir hier?«

»Frag den Käpt'n«, sagte der Alte und ging davon.

Während Kapitän Lüders die Häfen fremder Länder gewöhnlich mit großem Hurra ansteuerte, ging er dieses Mal deutlich außerhalb des Hafenbeckens vor Anker. Auf dem offenen Wasser, meinte er, sei man eben weniger leicht zu überraschen.

Im Hafen von Lintin lagen zwei größere Dschunken mit jeweils drei Masten und eine Hand voll kleinerer Sampans. Europäische oder amerikanische Handelsschiffe konnte John nicht sehen.

Lüders gab den Befehl, das Beiboot zu Wasser zu lassen. Die Stimmung unter der Mannschaft war angespannt. Anders als sonst schien sich keiner so richtig auf den Landgang zu freuen.

»Beek«, rief Lüders, »du kommst mit an Land. Und nimm eine Muskete mit.«

»Aye, Käpt'n.«
»Schröder und Schmidt, ihr übernehmt die Ruder.«
Schröder und Schmidt gehörten zu den größten und kräftigsten Mitgliedern der Besatzung. Während sie flink die Strickleiter hinunterkletterten und ins Boot sprangen, wandte Lüders sich an den Alten: »Und du sorgst dafür, dass ständig Wache gehalten wird. Immer und in jede Richtung. Ist das klar?«
»Ist klar, Käpt'n.«
»Ich möchte auch mit, Herr Kapitän.« Henriette hatte sich resolut an John vorbei zu Lüders gedrängelt. Sie trug ein langes, beigefarbenes Kleid und einen Hut mit Tüllschleier. Die versammelte Mannschaft staunte. Erwartete Henriette auf der Insel einen Diplomatenempfang?
Lüders räusperte sich. »Tut mir Leid, gnädiges Fräulein, aber das wird keine Vergnügungsfahrt. Bei diesen Leuten auf der Insel kann ich nicht für Ihre Sicherheit garantieren. Sie müssen an Bord bleiben.«
»Kapitän Lüders, ich mache diese Reise nicht zum Vergnügen. Ich bin hier, um das Teegeschäft kennen zu lernen. Und ich vermute ganz stark, dass dieser Landgang auch etwas mit Teehandel zu tun hat, nicht wahr?« Henriette sah Lüders herausfordernd an.
»Hier handelt es sich nicht um Tee«, antwortete er knapp.
»Im Übrigen hat schon mein Vater versucht, mir diese Reise zu verbieten. Und wie Sie sehen, ist es ihm nicht gelungen. Da wird es Ihnen kaum gelingen, mich vom Betreten dieser Insel abzuhalten. Nicht zuletzt dürfte es auch in Ihrem Interesse liegen, wenn ich meinem Vater nicht von jedem Detail dieser Reise berichte. Habe ich Recht?«
Lüders zog seine Augenbrauen ärgerlich zusammen, sagte aber nichts. Er beobachtete, wie Henriette, ohne seine Einwilligung

abzuwarten, an ihm vorbeiging und vorsichtig die Strickleiter hinunterzuklettern begann.
»Und was ist mit Ihnen, Herr Blanckendorff?«, fragte er gereizt. »Wollen Sie etwa auch mit?«
John hatte prinzipiell nichts dagegen, an Bord zu bleiben, zumal Henriette ihn nicht eines Blickes gewürdigt hatte. In Diamont Harbour hatte sie mich noch lebhaft überredet, mitzukommen. Aber das ist vorbei.
»Herr Blanckendorff?«, fragte Lüders scharf.
Andererseits, dachte er, was macht das für einen Eindruck, wenn sie geht und ich bleibe an Bord? Und außerdem ergeben sich vielleicht auch interessante Dinge für meinen Reisebericht ...
»Ich komme auch mit.«

Schröder und Schmidt ruderten das Beiboot an den Dschunken und Sampans vorbei zum Anleger. Es war auffällig ruhig, das Wasser war spiegelglatt, und die Nachmittagssonne schien von einem wolkenlosen Himmel herab. Nur das kräftige Schlagen der Ruderblätter war zu hören. Sie passierten zwei Fischerboote. Die Männer starrten sie unverhohlen an und spuckten dann ins Wasser. Henriette wandte den Kopf angewidert ab und sah stur nach vorn. Ein freundlicher, heiterer Empfang sah anders aus.
»Die Dschunke steuerbord«, erklärte Lüders, »die mit dem blauen Bug, stammt aus Kanton. Und die backbord« – er deutete auf die Dschunke mit einem kunstvoll bemalten, langhalsigen Vogel mit grotesk großen Augen –, »die kommt aus Amoy. Man kann es an ihrem grünen Heck erkennen.«
John nahm das mit einem kurzen Kopfnicken zur Kenntnis. Viel lieber wäre er jedoch wieder auf die *Swatte Katt* zurückge-

kehrt. Denn das, was er von Lintin erkennen konnte, sah wenig einladend aus. Die Holzhäuser waren ausnahmslos schäbig und baufällig, und überhaupt wirkte die ganze Insel auf ihn wie ein schlafendes Ungeheuer, das man besser nicht weckte.

Kaum hatte Schröder das Boot am Kai festgemacht, sprangen Lüders und Beek an Land. Beek, die Muskete nach vorn gerichtet, ging ein paar Schritte voraus und sah sich aufmerksam um wie ein Soldat, der einen eroberten Brückenkopf sichert. Die chinesischen Fischer und Lastenträger am Strand unterbrachen ihre Arbeit. Augenblicklich erstarben ihre Rufe und Unterhaltungen, alles wurde still, nur von fern waren noch leise Hammerschläge zu hören. Die Fischer beobachteten mit ihren schmalen Augen misstrauisch jede Bewegungen der Neuankömmlinge.
John fiel auf, dass die Männer so klein waren, dass selbst Henriette sie um einen halben Kopf überragte. Mit ihrem Hut und ihrer betont aufrechten Haltung wirkte sie wie ein alles überstrahlender Signalturm, der ihre Blicke magisch anzog.
Besorgt sah John, wie die Chinesen langsam näher und näher kamen. Ich verstehe ja, dass sie neugierig sind, dachte er. Einen Chinesen auf dem Jungfernstieg würde auch keiner ignorieren. Aber müssen sie uns so anstarren? Zugegeben: In ihren Augen sehen wir aus wie reiche Edelleute und sind bestimmt eine attraktive Beute. Es ist ein Leichtes für sie, über uns herzufallen. John spürte, wie sich Henriette an ihn drängte. Immerhin.
»Findest du diese Menschen auch so schön wie die in Kalkutta?«, zischte sie leise in sein Ohr.
»Wir sollten jetzt gehn«, schlug Lüders vor und bahnte sich mit Beek resolut einen Weg zwischen den Chinesen hindurch,

die nur widerwillig Platz machten. John und Henriette folgten, während Schröder und Schmidt die Nachhut bildeten. Die Straßen waren bedrückend eng und erfüllt vom Gestank verfaulender Abfälle. Drei Kinder in zerrissenen und viel zu großen Hosen liefen hinter ihnen her und riefen etwas, das sich anhörte wie »Gweilo, Gweilo«.
In einer Abflussrinne am Straßenrand hockte ein alter Mann mit verschmiertem Gesicht. Er zitterte und sah sie mit leeren Augen an. Er öffnete kurz seinen Mund, um etwas zu sagen, und zeigte dabei ein Gebiss, das nur noch aus drei bis vier braunen Zahnstummeln bestand. Doch im nächsten Moment wurde er von einem Bauern rüde zu Seite gestoßen, der einige an den Beinen zusammengebundene und verzweifelt mit den Flügeln schlagende, laut zeternde Gänse hinter sich herzog.
John bereute endgültig, dass er mitgekommen war. Dies sollte das hochentwickelte China sein? Das China, das so wunderbare Dinge wie Seide, Porzellan und Tee hervorbrachte? Das konnte es nicht sein. Es musste noch ein anderes China geben.

Kapitän Lüders führte seinen kleinen Trupp vor ein Haus, dessen Eingang von zwei feisten, speckigen Chinesen bewacht wurde. Im Gegensatz zu den Inselbewohnern, die sie bisher gesehen hatten, bekamen diese beiden offenbar gut zu essen. Sie hatten ihre Haare zu einem Zopf zusammengebunden und waren mit einem beeindruckenden Krummschwert bewaffnet.
»Ich bin Kapitän Lüders. Ich möchte zu Io Kingliang.«
Die Wachen blickten zunächst unbeeindruckt finster, doch dann entdeckten sie Henriette. Der Mund des rechten Mannes verzog sich zu einem schiefen Grinsen, wobei ihm ein zäher Speichelfaden von der Unterlippe tropfte. In seinem Gebiss fehlten mindestens zwei Schneidezähne, doch im Gegensatz zu

dem alten Mann in der Gosse führte John dies weniger auf mangelhafte Ernährung oder nachlässige Pflege zurück, als vielmehr auf brutale Schlägereien ohne feste Regeln. Das waren keine Polizisten oder Soldaten ohne Uniform, sondern Kriminelle, die mit Sicherheit auch schon Köpfe eingeschlagen haben.

»Müssen wir hier rein?«, fragte Henriette ängstlich, doch Lüders antwortete nicht.

Nach einer kurzen Musterung drehte sich der Mann mit der Zahnlücke um und verschwand im Haus. Es vergingen einige Augenblicke, in denen John inbrünstig hoffte, man würde ihnen den Zutritt verweigern. Wenn sie dann wieder zum Schiff zurückgingen, würde er sich sogar an die Spitze ihres kleinen Trupps setzen.

Einen Augenblick später kam der Mann wieder heraus und gab mit einem kurzen Kopfnicken das Zeichen, hereinzukommen. Er führte sie durch einen dunklen, muffigen Korridor, der vor einem größeren Raum endete. Dort saß auf einem thronähnlichen, mit Holzschnitzereien verzierten Stuhl der Bandenchef.

»Gweilo, komm rein«, sagte er mit hoher Stimme und nickte selbstgefällig. Er hatte eine Glatze und einen schwarzen Schnurrbart aus wenigen dicken, geradezu drahtigen Haaren, die fast senkrecht von seiner Oberlippe abstanden. Er war ein kleiner Mann, und John fragte sich besorgt, aufgrund welcher Eigenschaften er die Befehlsgewalt über offensichtlich gewaltbereite Wachen ausüben konnte. Wahrscheinlich ist er ausgesprochen gerissen, vermutete John. Oder skrupellos. Oder beides.

»Was bedeutet *Gweilo?*« John hörte Henriette flüstern.

»Das ist ihre Bezeichnung für uns. Es bedeutet wohl *Langnase*«, flüsterte Lüders zurück.

Der Bandenchef hatte die Fingerspitzen aneinander gelegt und musterte Lüders und jeden einzelnen seiner Mannschaft. Als sein Blick auf John fiel, hatte dieser plötzlich das Gefühl, als würde er durchleuchtet werden, als könnte dieser kleine Chinese direkt in sein Herz blicken und erkennen, ob sein Gegenüber Angst hatte. Dann, als hätte er genug gesehen, lächelte er tückisch. John drehte sich um. Inzwischen war auch die zweite Wache hereingekommen und versperrte zusammen mit seinem feisten Kollegen den Ausgang.

Io Kingliang musterte nun Henriette. Er fuhr sich mit der Zunge über die Lippen, rieb sich die Hände und grinste breit. »Willst du mir eine Frau verkaufen?«

Erschrocken fuhr Henriette zurück und hielt entsetzt die Luft an.

»Natürlich nicht«, sagte Lüders schnell.

»Ich könnte sie aber gut gebrauchen. Wie viel willst du für sie haben?«

»Kapitän!«, rief Henriette entsetzt. John wurde der Hals trocken.

»Ich habe dir etwas viel Besseres zu bieten«, sagte Lüders.

»Was denn?«, krächzte der kleine Mann.

»Bestes Behar-Opium.«

»Wie viel?«

»Zwanzig Kisten. Von allererster Qualität! So wie du es von mir kennst.«

»Mag sein, mag sein«, sagte der Chinese und strich sich mit der Hand über seine Schnurrbartborsten. »Aber die Zeiten sind schlecht, Gweilo. Hast du schon von Kommissar Lin Zexu gehört?«

»Nicht alles, was gesagt wird, entspricht der Wahrheit.«

»Er ließ meine Leute foltern und aufhängen.«

Mitleid und Anteilnahme konnte John in der Stimme des Bandenchefs nicht erkennen. Er benutzt die Menschen, wie es ihm gefällt, davon war John überzeugt, ohne Hemmungen, ohne moralische Schranken.

»Letztes Jahr hat Lin Zexu dreiundzwanzigtausend Kisten Opium verbrennen lassen«, ergänzte er. »Das hast du doch bestimmt gehört.«

»Dreiundzwanzigtausend«, murmelte Kapitän Lüders kaum hörbar, um dann lauter fortzufahren: »Und was macht dieser Lin Zexu jetzt?«

»Nichts mehr. Er wurde abgesetzt, weil er Krieg geführt hat. Gegen das Opium. Und gegen alle, die damit zu tun haben. Das ist nicht gut fürs Geschäft, *Gweilo*«, sagte er und grinste breit. Wirkliche Sorgen um sein Einkommen schien er sich nicht zu machen.

Lüders musterte den Chinesen kritisch. »Und wer sagt mir, dass das alles stimmt und du mich nicht an meiner langen Nase herumführst, Chinamann?«

»Du zweifelst an meinen Worten? Dann komm mit.« Der Chinese erhob sich flink und schritt auf die massigen Wachen zu, die eilig beiseite sprangen. Wieder staunte John. Worauf gründete sich diese Autorität?

Der kleine Chinese ging voran und führte sie durch einen schmalen Flur zu einem kleinen Verlies. Eine feuchte Holztür wurde geöffnet und gab den Blick frei auf einen halbnackten Mann, der geknebelt und gefesselt auf dem matschigen Lehmboden kauerte. Seine Wangen und Augenbrauen waren von zahllosen Hieben geschwollen, der Oberkörper von roten und blauen Striemen überzogen. Der Kopf des Mannes war auf seine Brust gesunken.

Entsetzt drehte sich Henriette weg und hielt sich die Hände

vors Gesicht. John beobachtete, wie der Bandenchef langsam auf den wehrlosen Gefangenen zuging und mit dem Zeigefinger dessen Kinn leicht anhob, fast wie ein fürsorglicher Arzt, der in einer weiteren Untersuchung den Fortgang des Heilungsprozesses beurteilen möchte. Doch dann, völlig überraschend für John und die anderen, schlug er dem Gefangenen mit der flachen Hand so heftig ins Gesicht, dass es wie ein Peitschenknall klang. Frisches Blut schoss aus einer kaum abgeheilten Wunde über der rechten Augenbraue. John bemerkte, dass selbst Lüders kurz wegsehen musste, und er spürte abgrundtiefe Wut in sich aufsteigen. Dieser Chinese ist ein Barbar, dachte er, ein Teufel.

Kingliang begann den Gefangenen anzuschreien, dass ihm die Halsadern hervortraten, aber der Mann war zu geschwächt, er konnte nicht mal mehr wimmern. Wieder schlug er mit der flachen Hand erbarmungslos zu: mit links und rechts und wieder links.

John hielt es nicht länger aus. »Hören Sie auf!«, brüllte er so laut, dass er sogar den lautesten Schlag übertönte. Sofort war es mucksmäuschenstill. John sah aus den Augenwinkeln, wie die Wachen ihre Krummschwerter zogen.

Der kleine Chinese drehte sich mit wutverzerrter Miene um und schrie: »Wer bist du, dass du mir Befehle erteilst?«

Die Wachen hoben ihre Schwerter und machten einen Schritt auf sie zu. Jetzt war auch Io Kingliang John so nah, dass er ihn fast umstoßen konnte. John spürte seinen Atem.

Er will, dass ich vor ihm zurückweiche, dachte John, aber das werde ich nicht tun.

John drückte seinen Rücken durch und schwieg. Das schien den Bandenchef noch mehr in Rage zu bringen. Er zeigte mit dem Finger auf den Gefangenen und schrie John ins Gesicht:

»Diese elende Kreatur da ist ein Spitzel von Kommissar Lin Zexu. Warum sollte es ihm besser ergehen als meinen Leuten?«
»Io Kingliang«, rief Lüders dazwischen und trat einen Schritt vor, »ich bin nicht gekommen, um zu sehen, wie du deine Landsleute behandelst. Lass uns das Geschäft abschließen.«
»Wie du willst, *Gweilo*«, zischte der kleine Mann. Er ging zum Gefangenen zurück und trat ihm noch einmal kräftig mit der Schuhspitze in die Seite. Von dem Gefesselten war nur noch ein leises Stöhnen zu hören.

Nachdem Kapitän Lüders den Preis für das Behar-Opium ausgehandelt hatte, fuhren sie in der Abenddämmerung zur *Swatte Katt* zurück, dicht gefolgt von einem Ruderboot der Chinesen.
John war erleichtert, als er endlich an Bord war. Hier fühlte er sich sicherer. Während sich Henriette schnell von Beek in ihre Kajüte begleiten ließ und darauf bestand, dass ein Matrose vor ihrer Tür stehen blieb, beobachtete John, wie Lüders Io Kingliang und seine beiden Wachen unter Deck führte. Die übrigen vier Mann mussten unten im Ruderboot bleiben. John ging den Chinesen nach und sah, wie Lüders im Schein einer Petroleumlampe die erste der zwanzig Kisten öffnen ließ.
Zuerst kam ein rundes Päckchen aus Juteleinwand zum Vorschein. Kingliang wickelte es mit geübten Griffen aus und befreite es auch von der zweiten Verpackungsschicht aus Tierfell. Dann hielt er einen dunkelbraunen Klumpen in der Hand, der aussah wie eine Kanonenkugel. Er gab dem Mann mit den fehlenden Schneidezähnen ein Zeichen, woraufhin dieser sein Schwert hoch in die Luft hob und dann mit routiniertem Schwung, als handelte es sich bei der Opiumkugel um den

Kopf eines Gefangenen, niedersausen ließ. Die Kugel zerfiel in zwei Hälften und gab den Blick frei auf eine dunkelbraune, klebrige Masse. Kingliang nickte zufrieden.

»Wie viel?«, fragte er.

»Das Übliche«, antwortete Lüders. »Vierzig Stück pro Kiste, je drei Pfund schwer.«

Kingliang ließ Stichproben aus allen Kisten nehmen und einzelne Opiumkugeln nachwiegen. Als alles zu seiner Zufriedenheit erledigt war, gab er seinen Leuten ein Zeichen und ließ nun seinerseits eine Kiste an Bord bringen. Lüders ließ unverzüglich den Deckel abnehmen, hielt eine Laterne über die geöffnete Kiste und blickte hinein. In seinem Gesicht zeigte sich ein selten breites, zufriedenes Grinsen.

Während die Chinesen die Opiumkisten im Schutze der hereinbrechenden Nacht zur Insel ruderten, gelang es John, einen Blick über Lüders Schulter zu werfen. Als er entdeckte, was der Kapitän eingetauscht hatte, krampfte sich seine Brust zusammen: In der Kiste türmten sich schwere, glänzende Silberbarren.

John wandte sich niedergeschlagen ab.

Im Vergleich zu diesem Silberschatz, den Lüders eben eingetauscht hat, ist unser Familiensilber, das Mutter und Johanna geopfert haben, nicht mehr wert als ein erbärmlicher Fliegenschiss.

20

Bei Sonnenaufgang ließ Lüders die Anker lichten. Es war offensichtlich, dass er Lintin möglichst schnell hinter sich lassen wollte.

John hatte die Nacht über kaum geschlafen. Er stand schon früh an Deck und sog die frische Morgenluft ein, die nach so langer Zeit endlich wieder milder wurde.

Kanton kommt näher und näher, dachte er. Wie wird es dort weitergehen? Mit Henriette? Und dem Sack voller Silber, den ich habe? Muss ich das wirklich tauschen? Und bei wem? Doch nicht bei Geschäftsfreunden von diesem Io Kingliang.

Er atmete tief ein und betrachtete das Ufer, das gemächlich an ihnen vorüberzog. Ein weißer Reiher stelzte durch das Wasser und erhob sich kurz darauf mit leisen Flügelschlägen. Sie hatten den Perl-Fluss erreicht, einen großen, schiffbaren Strom.

Wie die Elbe, dachte John. Nur dass die Elbe und Hamburg ein dreiviertel Jahr weit weg sind und dass hier keine schwarzbunten Kühe auf saftigen Marschwiesen grasen, sondern graue, fette Tiere mit gewaltigen Hörnern Pflüge durch knöcheltiefen Matsch ziehen.

Drei Felder stromaufwärts sah John einen Mann mit kegelförmigem Strohhut, der tief gebückt grüne Halme in den Schlamm steckte.

»Was macht der da?«, fragte er Lüders, der gerade vorbeikam.

»Ein Bauer. Er setzt Reisstecklinge.«

»Reis?« John runzelte die Stirn. »Was ist denn das?«

»Eine Art Getreide«, sagte Lüders. »Das essen die hier zu jeder Tag- und Nachtzeit. So wie wir Brot.«

»Aha.« John nickte und machte sich in Gedanken eine weitere Notiz für seinen Reisebericht.

Später am Vormittag erschien Henriette an Deck in einem strahlend hellblauen Kleid, das sie auf dieser Reise noch nicht getragen hatte, und sorgte damit für große Verblüffung unter der Besatzung. Dass jemand nach so langer Zeit noch saubere Kleidung im Gepäck hatte, war für sie eine neue Erfahrung. Henriette ließ sich davon nicht beirren. Sie ging nach vorn zum Bug, verschränkte ihre Arme vor der Brust und blieb dort stehen, unbeweglich wie eine Galionsfigur.
John ging ein Stück auf sie zu, doch dann blieb er stehen. Plötzlich sah er die Szene im Hamburger Hafen vor sich, damals, am Anfang ihrer Reise, als Henriette neben ihm stand und ihn wie zufällig am Arm berührt hatte. Was war das für ein berauschendes Kribbeln gewesen.
Und jetzt dreht sie mir den Rücken zu.
John betrachtete sie lange.
Henriette Sternberg! Da steht sie. Stolz und schön. Und sie will mich heiraten. Zumindest wollte sie das. Ich wäre ein gemachter Mann. Und ganz nebenbei wären alle Sorgen um das Kontor und meine Familie vergessen, selbst wenn es mir in Kanton nicht gelingen sollte, den richtigen Tee oder eine ausreichend große Menge zu kaufen. Ich bräuchte nur meinen Plan, zu schreiben, aufzugeben. Und Senator werden.
John lehnte sich über die Reling und starrte lange auf das sandigbraune Wasser des Perl-Flusses, das ihnen entgegenfloss und weit hinter ihnen in die Südchinesische See mündete. Er lauschte den leisen Bugwellen, die den Schiffsrumpf umspielten.

»Verdammt«, sagte er schließlich und schlug mit der Faust auf die Reling. »Es muss doch einen Weg geben.«
Er ging nach vorn und stellte sich zu Henriette. Obwohl sie ihn bemerkt haben musste, drehte sie sich nicht um. Auch das war zu Beginn der Reise anders gewesen.
»Henriette«, sagte er vorsichtig.
»Ja?« Ihre Stimme klang so kühl und distanziert, als sei er ein nachrangiger Hausangestellter, der mal wieder vergessen hatte, welche Aufträge sie ihm erteilt hatte. Sie sah weiter starr geradeaus.
»Ich muss mit dir reden. Sieh mich bitte an.«
Henriette drehte sich zu ihm um. Zu seiner Überraschung erinnerte ihn ihr Blick an Johanna, wenn sie ihm als kleines Mädchen gestehen musste, dass ihr zwei seiner Lieblingsmurmeln ins Fleet gefallen waren.
John konnte sich ein Grinsen nicht verkneifen. Hat sie vielleicht ein schlechtes Gewissen wegen ihrer Reaktion auf mein Manuskript? Sie ist mir also nicht länger böse, freute er sich. Alles wird sich wieder einrenken.
»Du warst mutig, gestern«, sagte sie.
Mutig? John zog die Augenbrauen hoch. Das fand er eigentlich gar nicht. Aber egal, sagte er sich, Bewunderung ist eine hervorragende Basis für Versöhnungen.
»Findest du?« Er gab sich ganz als bescheidener Held. »Das war keine Absicht gewesen. Es kam einfach so über mich.«
»Einfach so? Ja?« Ihr Tonfall wurde überraschend scharf.
»Ja«, antwortete John verwirrt.
»Ist dir eigentlich klar, in welche Gefahr du uns gebracht hast?«, fauchte sie plötzlich. »Dieser Verbrecher hätte uns ebenso gut gefangen nehmen können. Die Wachen hatten schon ihre Schwerter gezogen. Noch ein Wort von dir«, rief sie

und stemmte ihre Hände in die Hüften, »und er hätte auch uns eingesperrt. Wie konntest du das nur tun?«

John schnappte nach Luft.

»Ich habe uns in Gefahr gebracht? Ist dir nicht schon mal der Gedanke gekommen, dass du mit deiner eleganten Sonntagsausgehgarderobe zu dieser Spannung beigetragen haben könntest? Eine festlich herausgeputzte Dame auf einer Schmugglerinsel! Die setzen bekanntlich jeden Tag ihre zarten Füße in solche Räuberhöhlen. Weshalb ist denn den Wachen der Sabber aus dem Mund gelaufen? Doch nicht wegen mir!« John atmete schwer. Erst jetzt merkte er, wie laut er geworden war. Leiser fuhr er fort: »Du hast doch selbst gesehen, wie dieser Teufel den armen Kerl behandelt hat. Er hat ihn fast umgebracht!«

»Ja und?«

»Was ›Ja und‹?«, empörte sich John. »Das war ein Mensch, den diese Bestie da halb totgeschlagen hat.«

»Ein Mensch? Tatsächlich?«

»Wie bitte?« John zog die Augenbrauen zusammen und starrte Henriette verständnislos an. »Was sagst du da?«

»Es ist nicht unsere Sache, uns da einzumischen. Wir sind hier, um Tee zu kaufen. Hast du das immer noch nicht begriffen?«

John sah sie mit offenem Mund an.

»Was wissen wir denn schon von diesem Land?«, fuhr Henriette fort. »Gar nichts! Vielleicht … vielleicht empfinden Chinesen diese Schläge als gar nicht so schlimm.«

»Du hast dir die Hände vors Gesicht gehalten«, flüsterte John.

»Das ist doch egal. Wir sind Kaufleute, John. Ich möchte nicht, dass du dich zukünftig in Sachen einmischst, die uns nichts angehen.«

Henriette hob den Saum ihres Kleides und eilte unter Deck.

John sah ihr nach, als hätte sich gerade ein Spuk vor seinen Augen in Luft aufgelöst.

Die ersten Eindrücke von Kanton waren nicht weniger verwirrend. John hatte nicht erwartet, dass sich dort, wo die *Swatte Katt* festgemacht wurde, eine Zeile herrschaftlicher Kaufmannshäuser befinden würde, die ebenso gut in den besseren Vierteln von Hamburg, Amsterdam oder London hätten stehen können. Als Kontrast dazu waren im Hintergrund Häuser zu erkennen, deren rote Ziegeldächer an ihren Enden nach oben strebten, als hätte sie ein Riese mit spitzen Fingern nach oben gezupft. Vor allem aber hatte John keinen Trupp Chinesen erwartet, der, kaum dass die ersten Trosse festgemacht war, unverzüglich an Bord drängte.
»Die gibt's also immer noch«, grummelte Lüders. Er wischte sich mit der Hand über die Stirn, was John nicht nur auf die hochsommerlichen Temperaturen zurückführte.
»Was sind das für Leute?« Henriette beobachtete argwöhnisch den Anführer der Truppe, einen Mann in einem roten Seidenmantel und mit einem Hut auf dem Kopf, der mit Federn und Knöpfen geschmückt war. Er hatte einen schwarzen Bart und einen langen schwarzen Zopf, der ihm bis zum Hintern reichte. Seine Hände, die er vor dem Bauch verschränkte, blieben in langen, tief hängenden Ärmeln verborgen.
Wenn ich ein Stilett im Strumpf tragen kann, argwöhnte Henriette, kann er in seinen Ärmeln Schwerter verstecken.
Der Anführer, der stets darauf achtete, dass sein Diener ihm den Sonnenschirm korrekt über den Kopf hielt, wies seine Leute an, endlich das Brett herbeizuschaffen, damit er an Bord kommen konnte. Einige seiner Leute trugen Schwerter bei sich, die hell in der Sonne glänzten.

»Das ist der Hoppo. Einer der höchsten Beamten hier. Er kassiert die Steuern«, erklärte Lüders.
Henriette trat einen Schritt auf Lüders zu, als der Hoppo die *Swatte Katt* betrat, nach wie vor mit verschränkten Armen.
»Ist der gefährlich?«
»Nur wenn wir nicht zahlen.«
Lüders ging auf den Hoppo zu, der inzwischen das Deck erreicht hatte und sich auffallend vorsichtig bewegte, als fürchtete er, mit seinen seidenen Pantöffelchen in Vogeldreck zu treten.
Er ließ die Anzahl der Masten notieren und die Schritte, die er brauchte, um vom Bug der *Swatte Katt* zu ihrem Heck zu gelangen. Sein Gesicht spiegelte dabei die Verachtung einer Kulturnation wider, die der Welt nicht nur Schießpulver und Tee gegeben hat, sondern die sich nun auch noch mit aufdringlichen Händlern auseinander setzen musste, die im Vergleich dazu nicht mehr anzubieten hatten als Selbstgebasteltes.
Erst als der Hoppo das Schiff verlassen hatte, nicht, ohne noch zwei Wachposten vor dem Aufgang zurückzulassen, entspannte sich Henriette.
»Werden wir in der Stadt wohnen?«, fragte sie.
»Wenn sich nichts geändert hat, dürfen sich Ausländer nur auf dieser Insel aufhalten. Sie heißt Shamian«, erklärte Lüders. »Alle Handelsgesellschaften und ihre Repräsentanten leben auf diesem rund dreihundert mal sechshundert Meter großen Flecken.«
Als er Henriettes gerunzelte Stirn sah, ergänzte er: »Das ist kein Nachteil, Fräulein Sternberg. Man kennt sich und lebt wie in einer großen Familie.«

John sah vom Schiffsdeck auf die Uferstraße hinab. So viele Chinesen! Es war nicht nur sommerlich heiß, sondern auch

extrem schwül. Auf den Straßen waren noch Pfützen vom letzten kräftigen Regenguss zu sehen. Und dennoch liefen alle außer dem Hoppo, der sich in seine Sänfte begab und dann weggetragen wurde, mit kleinen, flinken Schritten umher. Viele Menschen trugen Bambusstangen quer über den Schultern, die sich unter dem Gewicht von Töpfen und Kannen, Körben und Kisten bogen.
Bei uns in Hamburg käme keiner auf die Idee, solche Lasten durch die Stadt zu tragen. John wischte sich den Schweiß von der Stirn. Haben die hier keine Fuhrwerke?
Plötzlich ertönte ein alles durchdringendes Quieken. John entdeckte vor dem Bug vier Männer, die ein störrisches Schwein in einen Bambuskorb zu pressen versuchten, der an eine große, kräftige Reuse erinnerte. Nachdem es ihnen gelungen war, das Schwein in den Bambuskorb zu sperren, packten sie ihn mit vereinten Kräften, holten Schwung und warfen ihn auf einen im Flusswasser dümpelnden Lastkahn, wo er von zwei anderen Männern auf einen anderen Korb gewuchtet wurde. John notierte: gestapelte Schweine!

Eine stattliche Sänfte, höher und breiter als die des Hoppo, aber in ebenso maßvollem Tempo von vier drahtigen Chinesen getragen, bahnte sich ihren Weg zum Pier und hielt direkt vor der *Swatte Katt*. Die Tür öffnete sich, und ein großer, blonder Herr mit einem üppigen Schnauzbart stieg heraus. Er trug einen eleganten, grauen Gehrock mit Zylinder und ein weißes Hemd mit gestärktem Kragen. Ihm folgte eine zierliche Chinesin in einem roten Seidenkleid. Sie hatte die schwarzen Haare zu einem Knoten zusammengedreht, der durch zwei über Kreuz gesteckte Stäbchen gehalten wurde.
Lüders, der die Szene ebenfalls und zunächst nur gleichgültig

verfolgt hatte, schwenkte plötzlich seine Mütze und rief laut hinunter: »Jeroen, alter Junge! Gibt's dich auch noch?«
Der Herr mit dem Zylinder blickte hinauf zum Schiff. Als er Lüders winken sah, schwenkte er seinen Zylinder und rief: »Hans, du Gauner! Komm sofort da runter und begrüß einen alten Freund!«
Lüders wandte sich an Henriette, die die Begrüßung ein paar Meter neben John verfolgt hatte, und bot ihr seinen Arm an. »Fräulein Sternberg, wollen Sie mich an Land begleiten?«
Henriette blickte kurz zu John, dann lächelte sie Kapitän Lüders zu: »Sehr gern.«
John folgte ihnen ungefragt.

Unten auf der Uferstraße umarmten sich Lüders und der elegante Herr wie Brüder. Die Chinesin stand still hinter dem Mann und rührte sich nicht.
»Darf ich vorstellen«, sagte Lüders feierlich und deutete auf Henriette, »das ist Fräulein Sternberg, die Tochter meines Chefs, Herrn Senator Wilhelm Sternberg. Und dieser vornehme Herr ist Fernkaufmann Jeroen van Kampen. Aus Amsterdam. Ein guter, alter Freund von mir. Er lebt seit fünf Jahren …«
»Sechs«, fiel van Kampen Lüders ins Wort und lächelte charmant.
»Gut, seit sechs Jahren in Kanton. Immer, wenn ich hier bin, wohne ich bei ihm.«
Van Kampen nahm Henriettes Hand und deutete einen Handkuss an. »Sie sind eine mutige Frau, wenn Sie sich auf eine so weite Reise begeben.« Er hatte eine angenehme, warme Stimme. John schätzte ihn auf Anfang vierzig.
»Und Sie müssen auch sehr mutig sein, wenn Sie schon so

lange in einem fremden Land leben.« Henriette lächelte ihm herzlich zu und machte einen Knicks.
Van Kampen nickte souverän wie ein Mann, der schon viele Komplimente, die meisten für Mut und Tapferkeit, erhalten hatte, und wandte sich an John: »Und wer ist dieser junge Mann?«
»John Blanckendorff«, erklärte Lüders. »Der Sohn eines Hamburger Teehändlers.«
»Herzlich willkommen in Kanton«, sagte van Kampen und drückte John kräftig die Hand. »Ich gestehe, ich bin ein wenig neidisch: Eine so lange Schiffsreise mit einer so bezaubernden Dame. Sie sind ein Glückspilz, Herr Blanckendorff.«
John nickte kurz, doch dann sah er an ihm vorbei zur Chinesin, die noch immer abseits und mit ernstem Blick hinter dem Holländer stand. Er räusperte sich: »Herr van Kampen, wollen Sie uns nicht auch mit dieser jungen Dame bekannt machen?«
Er bemerkte, wie Lüders van Kampen einen fragenden Blick zuwarf und Henriette empört den Atem anhielt. Erst dann antwortete van Kampen: »Sehr gern. Herr Blanckendorff, das ist Fräulein Wang Mailin. Die Chinesen nennen ihren Familiennamen immer zuerst. Mailin ist meine Dolmetscherin.«
Die Chinesin nickte verschreckt. Offenbar hatte sie nicht damit gerechnet, angesprochen zu werden.
»Sehr angenehm.« John trat einen Schritt vor und hielt ihr die Hand hin.
»Herzlich willkommen, ehrenwerter Herr«, antwortete sie leise, schlug die Augen nieder, überkreuzte die Arme vor der Brust und machte eine tiefe Verbeugung.
John zögerte einen kurzen Moment, dann zog er seine Hand zurück, überkreuzte ebenfalls seine Arme, machte eine etwas

steife und viel zu tiefe Verbeugung und sagte zu seinen Fußspitzen: »Es ist mir ein Vergnügen.«
Als er sich wieder aufgerichtet hatte, sah er gerade noch ihr kurz aufblitzendes Lächeln. Doch im nächsten Moment war sie bereits wieder still und ernst.
Henriettes Stirn hatte sich noch nicht geglättet, als van Kampen auf John zuging und ihm eine Hand auf die Schulter legte.
»Wie ich sehe«, sagte er mit einem bemühten Lächeln, »versuchen Sie, die hiesigen Landessitten nachzuahmen, Herr Blanckendorff. Das ehrt Sie, ist aber überhaupt nicht nötig. Die Chinesen verstehen uns auch so. Nicht wahr, Mailin?«
Es war eine Frage, und dennoch klang es in Johns Ohren wie ein Befehl. Mailin verneigte sich erneut.
Dann drehte sich van Kampen zu Lüders um und klopfte ihm mit der Hand auf die Schulter. »So, Hans, was machen wir jetzt? Natürlich bist du mein Gast. Und Fräulein Sternberg und Herr Blanckendorff ebenso. Aber leider« – er zuckte bedauernd mit den Schultern – »kann ich nicht alle gleichzeitig in meiner Sänfte mitnehmen. Sie ist nicht groß genug. Und außerdem«, fügte er vergnügt hinzu, »würden das meine Träger nicht schaffen. Sie sind eben keine Pferde. Leider.«
»Ich hab sowieso noch an Bord zu tun«, meinte Lüders. »Ich komme später nach. Und außerdem weiß ich ja, wo du wohnst.« Er tippte kurz an seine Mütze und machte sich auf den Weg zu seinem Schiff.
»Wie du willst«, rief ihm van Kampen nach und wandte sich an Henriette: »Dann darf ich Ihnen mein bescheidenes Heim zeigen, Fräulein Sternberg?«
»Sehr gern.«
»Wollen Sie so gut sein und in der Sänfte Platz nehmen?«

Henriette ließ sich von van Kampen bereitwillig an der Hand zur Sänfte führen.
»Mailin, wir müssen wohl beide zu Fuß gehen.«
Die Chinesin verbeugte sich tief und trat einen Schritt zurück.
»Und Sie, Herr Blanckendorff, wollen Sie bitte auch einsteigen?«
John betrachtete die Sänfte und die vier Träger. Sie trugen einheitliche hellbraune Hosen, und auf ihren knochigen Oberkörpern glänzte der Schweiß in der Sonne. Und er sah Henriette, die ihn bereits aus dem Inneren der Sänfte beobachtete. Ihr Blick schien ihn aufzufordern, sich keine weitere Peinlichkeit zu leisten und gefälligst einzusteigen.
»Was ist, Herr Blanckendorff?«
John räusperte sich. »Vielen Dank, Herr van Kampen. Lassen Sie sich tragen. Nach der langen Schiffsreise gehe ich gern zu Fuß.«

21

John hatte Hamburg immer für einen vom Regen begünstigten Ort gehalten. Doch im Vergleich zu dem, was die nächsten zwei Tage in Kanton an Regenmengen vom Himmel fiel, wirkte selbst ein verregneter Hamburger Sommer staubig und trocken. Mit ohrenbetäubendem Lärm trommelten die Regentropfen auf das Dach. John öffnete sein Zimmerfenster im ersten Stock von van Kampens weißer Villa und betrachtete fasziniert, wie Unrat über die Straßen schwamm und vor Hauseingänge gespült wurde. Als dann die Sonne durchbrach und Wege und Plätze so weit trocknete, dass man nicht länger im Schlamm stecken blieb, scheuchte van Kampen sein Personal auf den Markt, um die Zutaten für das Begrüßungsdinner einzukaufen.

Sein Speisezimmer im Erdgeschoss war ausgestattet mit einem großen Esstisch aus rotbraunem Kirschbaumholz und zehn dazu passenden Stühlen. Die Stuhllehnen waren mit filigran geschnitzten Vogelfiguren verziert. An den Wänden hingen in Gold gerahmte Bilder, auf denen mit schwarzer Tusche die hügeligen Berge von Guilin gepinselt waren. Extra für seine drei Gäste hatte van Kampen in allen Ecken Staub wischen, die Möbel polieren und frische Blumen auf den Tisch stellen lassen. Um den feierlichen Charakter zu unterstreichen, ließ er zusätzlich weiße und rosafarbene Lotosblüten verteilen und das hochwertige Silberbesteck aus dem Schrank holen.

Henriette erschien in einem eleganten weißen Abendkleid. John vermutete, dass dies trotz aller Kisten und Koffer, die sie als privates Reisegepäck mit sich führte, nun wirklich das letzte ihm unbekannte Kleid sein musste. Ihre Haare hatte sie zu einem kunstvoll geflochtenen Gebilde so nach oben gesteckt, dass an ihren Schläfen jeweils nur noch eine lockige Strähne herabfiel. Während Lüders in seine Ausgehuniform mit den goldenen Knöpfen geschlüpft war, hatte John seinen hellen Leinenanzug ausgesucht, der glücklicherweise von der Reise am wenigsten zerknittert war, und sich ein seidenes Halstuch umgebunden. Mailin trug ein grünes Seidenkleid mit goldenen Stickereien. Und van Kampen schließlich wirkte in seinem Frack und der roten Schärpe wie der ranghöchste Gesandte auf einem Diplomatenempfang.

Mit gebieterischer Geste winkte er Xiaofang herein, eine mürrisch blickende, gedrungene Person, der ihr schlichtes, beigefarbenes Kleid gerade so eben zu passen schien, solange sie nicht einatmete. Die plumpen Schritte und ihre massigen Arme weckten in John die Vermutung, dass sie vor ihrem Dienst als Hausangestellte vor allem dann gerufen worden war, wenn es darum ging, die größten und schwersten Steine vom Acker zu rollen.

Van Kampen beobachtete nicht ohne Sorge, wie sie den Tee in hauchdünnen, fast durchsichtigen Porzellantassen auf einem Silbertablett hereintrug. Nachdem alle eine Tasse vom Tablett genommen hatten, verließ Xiaofang das Speisezimmer, ohne etwas umzustoßen oder jemanden anzurempeln. Van Kampen atmete hörbar aus.

Henriette trank einen ersten Schluck. »Hm«, schwärmte sie, »der schmeckt ja köstlich. Jasmintee, nicht wahr?«

»Ganz recht, Fräulein Sternberg.« Van Kampen beugte sich zu ihr. »Aus der ersten Ernte in diesem Jahr. Bei allem Respekt für Ihren Tee in Hamburg, aber etwas so Feines dürften Sie noch nicht getrunken haben, oder täusche ich mich?«

»Absolut nicht.« Henriette nahm noch einen Schluck und

präzisierte: »Fantastisch. Den müssen wir in Hamburg verkaufen.«
»Das wird nicht leicht, gnädiges Fräulein«, meinte van Kampen. »Die vielen Monate auf See, dazu immer wieder Salzwasser, das über Deck gespült wird. Das alles setzt dem Tee zu. Und dann spielt natürlich eine Rolle, wie der Tee hergestellt wird, nicht wahr Mailin?«
Mailin verbeugte sich vor Henriette und ergänzte mit sanfter Stimme: »Für diesen Tee sind die Jasminblüten von großer Bedeutung. Sie werden an wenigen Tagen im März und April gepflückt, in den ersten Morgenstunden und auch nur, wenn der Himmel klar und nicht von Wolken verhangen ist. So hat es schon der große Meister Lu Yü in seinem Buch über den Tee, dem Cha-Ching, vor über tausend Jahren festgelegt.«
»Das ist ja interessant«, staunte Henriette. »Und wie genau stellen Sie diesen Tee her?«
»Tut mir Leid, ehrenwertes Fräulein Sternberg, das kann ich nicht sagen«, antwortete Mailin und verbeugte sich nochmals.
»Staatsgeheimnis«, ergänzte Lüders trocken und schlürfte seinen Tee.
»Ganz großes Staatsgeheimnis sogar«, präzisierte van Kampen. »So groß, dass eigentlich kein Chinese mit uns sprechen darf.«
Henriette nickte und wandte sich direkt an Mailin, die neben ihr stand und knapp einen halben Kopf kleiner war. »Darf ich Sie fragen, wie es kommt, dass Sie unsere Sprache so gut beherrschen? Oder ist das auch ein Staatsgeheimnis?«
Bevor Mailin antworten konnte, war van Kampen einen Schritt vorgetreten und sagte schnell: »Mailin, Fräulein Sternberg, ist ein wahres Sprachentalent. Sie spricht nicht nur

Mandarin und Deutsch, sondern auch Englisch. Auf einem Empfang ist sie mir aufgefallen. Kurz darauf ist es mir gelungen, sie in meine Dienste zu nehmen.«

Mailin nickte kurz.

»Und das Verbot der Chinesen, mit uns zu sprechen? Gibt das keinen Ärger?«

»Bisher nicht. Sie ist ja nur eine, und ich bitte wirklich, das nicht falsch zu verstehen, Fräulein Sternberg: Sie ist ja nur eine Frau. Ich meine, eine chinesische Frau.«

John erkannte unschwer Henriettes Ärger über diese Bemerkung. Er wusste inzwischen: In Frauenfragen verstand sie keinen Spaß.

Gleichwohl blieb sie beherrscht und fragte: »Kann sie unsere Schrift auch lesen und schreiben?«

»Selbstverständlich«, sagte van Kampen stolz, als wäre er ihr Lehrer gewesen.

»Ist es nicht ungewöhnlich, dass chinesische Frauen so gut ausgebildet werden?«, fragte Henriette.

»Ungewöhnlich, in der Tat«, bestätigte van Kampen. »Mailin ist in der Tat ungewöhnlich.«

Henriette nickte und betrachtete Mailin abschätzend.

»Sie sprechen so viele Sprachen und wissen wirklich nicht, wie Tee hergestellt wird?«

»Dieses Wissen wird vom Vater auf den Sohn weitergegeben«, antwortete sie ruhig. »Nicht auf Töchter.«

»Typisch«, meinte Henriette.

»Ist es den Engländern nicht gelungen, Teepflanzen außer Landes zu schmuggeln und sie in Indien anzupflanzen?«, mischte sich Lüders ins Gespräch. »Und haben sie nicht auch chinesische Teespezialisten mitgenommen?«

»Gerüchte, Hans, Gerüchte. Wie du weißt, hat es immer wieder Versuche gegeben, Teepflanzen aus den Geheimen Gärten zu stehlen und sie woanders zu kultivieren. Aber die Versuche sind immer gescheitert. Die Teepflanze ist eben zu anspruchsvoll.«

»Immerhin habe ich gehört, dass letztes Jahr die *Calcutta* in London angelegt hat«, sagte Lüders und trank einen Schluck. »Aus ihrer Ladung sollen die ersten zwölf Kisten mit Tee aus Assam versteigert worden sein.«

»Und wenn schon. Ich bezweifele dennoch, dass die Briten in Indien Erfolg haben werden. Tee kommt aus China und blickt auf eine fast fünftausendjährige Tradition zurück. Das werden die Briten niemals aufholen.«

Van Kampen trank seinen Tee, stellte die leere Tasse ab und klatschte kurz in die Hände: »So, wenn ich die Herrschaften nun zu Tisch bitten darf.«

Zielstrebig wie jemand, der seit jeher darauf bedacht war, dass es zuerst ihm gut geht, war van Kampen vorangegangen und hatte sich an der Stirnseite des Esstisches niedergelassen. Henriette und John hatten auf der linken und Lüders mit Mailin auf der rechten Seite Platz genommen.

Van Kampen wartete, bis die Aufmerksamkeit seiner Gäste auf ihn gerichtet war, dann klatschte er in die Hände und rief laut: »Xiaofang! Wo bleibst du?« Leiser und mit einem spöttischen Grinsen verriet er: »Mailin hat mir gesagt, Xiaofang heißt so viel wie *Gleich dem wilden Schwan*. Passend, nicht wahr?«

Mürrisch wie vorhin, erschien Xiaofang mit einem ausladenden Tablett, auf dem sich fünf kleine Teller befanden. Ihr folgte mit kleinen Trippelschritten Yu Ping, eine junge Frau in dem gleichen, wenn auch deutlich kleineren Kleid. Nahezu

lautlos nahm sie die Teller vom Tablett und servierte den ersten Gang.
»*Shao Mai*«, verkündete der Hausherr. »Das sind gedämpfte Teigtäschchen mit Schweinefleisch und Garnelen.«
Nachdem sie jedem noch einen ordentlichen Schluck Pflaumenwein eingeschenkt hatten, verließen Xiaofang und Yu Ping im Gänsemarsch das Speisezimmer.
Der zweite Gang brachte *Die Suppe der acht Kostbarkeiten*. John blickte bis auf den Grund seines Tellers und konnte nichts Bekanntes darin entdecken, von Kostbarkeiten ganz zu schweigen. Nach einigem Herumstochern war es ihm endlich gelungen, ein dunkles Etwas ans Licht zu befördern und es kurz zu betrachten, ehe es wieder in den Teller zurückflutschte.
»Das sind Shiitake-Pilze«, erklärte van Kampen. »Kann ich sehr empfehlen.«
Während er und Lüders die Pilze mit erstaunlicher Sorglosigkeit aßen, saß Henriette ebenfalls unentschlossen vor ihrer Suppe.
»Schade, dass Sie nicht in der kalten Jahreszeit angekommen sind, dann hätte ich Ihnen Schlangensuppe anbieten können. Eine Kantoner Spezialität.«
»Das macht gar nichts«, sagte John und bemühte sich, wenigstens die klare Brühe um die Kostbarkeiten herum auszulöffeln.
Als Xiaofang das dritte Mal ins Speisezimmer trat, verkündete van Kampen: »Nun, liebe Gäste, kommt das erste Hauptgericht: Gebratene und in Lapsang-Souchong-Tee gedünstete Ente mit Frühlingszwiebeln, gedünstetem Spargel, Brombeeren und Thymianzweigen.«
Henriette seufzte erleichtert. Ente! Endlich mal was Bekanntes.

»Weil alles so mundgerecht zerkleinert ist, kommen die Chinesen mit diesen Essstäbchen aus.« Van Kampen zog sie aus seiner Brusttasche und hielt sie wie eine kuriose Entdeckung in die Luft. »Ich habe es selbst einmal versucht und gleich wieder aufgegeben. Die europäische Art, mit Messer und Gabel zu essen, ist nicht nur viel zivilisierter, auf eine Gabel passt auch viel mehr drauf, haha.«

Aus Furcht vor den Speisen, die noch nach der Ente kommen mochten, hatte sich John eine Holzfällerportion aufhäufen lassen.

Schlau von mir, sagte er sich wenig später, als gedämpfter Wolfsbarsch in Ingwer hereingetragen wurde. Der Fisch wurde komplett serviert, mit Kopf, Augen, Zähnen, Rücken- und Bauchflossen. Auch wenn der Barsch reglos unter den Ingwerstreifen begraben lag, war John nicht sicher, ob er auch wirklich tot war.

»Essen Sie nur«, forderte ihn van Kampen auf. »Fisch ist in China ein Symbol für Reichtum.«

»Vielen Dank, ich bin bereits satt.« John tupfte sich den Mund mit der Stoffservierte ab und fragte: »Herr van Kampen, wer ist eigentlich dieser Lin Zexu? Ich habe schon in Hamburg von ihm gehört.«

»Lin Zexu?« Van Kampen kaute und schluckte. »Lin Zexu war der vom Kaiser eingesetzte Oberkommissar für diese Region.«

»Er wurde entlassen, soweit ich weiß«, warf Lüders gleichgültig ein.

»Im August letzten Jahres. Und das ist auch gut so. Dieser Lin hatte es sich zur Aufgabe gemacht, den Opiumhandel zu unterbinden. Er war ein konsequenter Mann und schloss keine Kompromisse. Mit diesen Eigenschaften wäre er sicher ein großartiger Geschäftsmann geworden, aber so …« Van

Kampen wischte sich den Mund ab und trank einen Schluck Pflaumenwein. »Er hat sich mit jedem angelegt. Kaum war er hier, ließ er rund dreihundertfünfzig Briten einsperren, darunter auch James Elliot, den britischen Handelssuperintendenten.«

»Da hat er sich ja den Richtigen ausgesucht«, meinte Lüders.

»Er schonte auch die eigenen Leute nicht. Opiumhändler ließ er zunächst in Kasernen einsperren und dann öffentlich aufhängen.«

»Wie entsetzlich!« Henriette schlug die Hand vor den Mund.

»Sie haben völlig Recht, Fräulein Sternberg. Aber in China zählt ein Menschenleben nicht viel.« Dann wandte er sich an John: »Dieser Lin ließ alles Opium zusammentragen und vernichten. Insgesamt zweieinhalb Millionen Pfund.«

Lüders pfiff durch die Zähne. »Ein Vermögen.«

»In der Tat. Er musste drei Gräben ausheben lassen, jeder Graben hundertfünfzig Fuß lang, fünfundsiebzig Fuß breit und sieben Fuß tief, um alles darin zu sammeln. Fünfhundert Arbeiter waren nötig. Und gleich der Erste, der versucht hat, Opium beiseite zu schaffen, wurde geköpft.«

»Und das haben die Engländer zugelassen?«, fragte Lüders und präzisierte: »Ich meine, das mit dem Opium.«

Van Kampen grinste. »Im Sommer letzten Jahres war Admiral George Elliot, der Vetter von James Elliot, mit seiner Flotte aus Singapur hier aufgekreuzt: sechzehn Schiffe, vier Dampfer, dazu Transportschiffe, insgesamt rund viertausend Mann und fünfhundertvierzig Kanonen.«

»Alle Wetter!« Jetzt grinste auch Lüders.

»Die haben mal so eben drei chinesische Kriegsdschunken versenkt. Als kleine Geste der Begrüßung.«

Lüders Augen glänzten.

»Elliot ließ vier Schiffe zurück und besetzte daraufhin Zhoushan und Amoy.«
»Und wie hat Lin Zexu reagiert?«, fragte John.
»Gar nicht. Er wurde entlassen. Der Kaiser hat seinen Großsekretär Qishan als neuen Generalgouverneur für diese Region eingesetzt. Er hat auch die Verhandlungen mit James Elliot geführt.«
»Welche Verhandlungen und mit welchem Ergebnis?«, fragte John.
»Die Engländer hatten Teile von Kanton und der nördlichen Region besetzt und wollten Wiedergutmachung für das vernichtete Opium. Die Gelben mussten sechs Millionen mexikanische Silberdollar als Entschädigung zahlen. Und« – hier hob van Kampen bedeutungsvoll den Finger – »die Engländer haben Hongkong bekommen.«
»Toller Handel«, meinte Lüders, ohne sein Missfallen zu verhehlen. »Diese kleine Insel? Da steht ja kaum ein Haus drauf.«
»Das ist ja alles schrecklich«, fasste Henriette die Diskussion zusammen. Sie schien ernsthaft besorgt zu sein. »Ist denn wenigstens jetzt Ruhe?«
Van Kampen setzte eine ernste Miene auf. »Ich glaube kaum. Ständig gibt es Überfälle. Die Chinesen wollen sich einfach nicht unterordnen. Erst letzte Woche wurde wieder ein englischer Soldat von Milizen getötet.«
»Aber warum das alles?«
»Sehen Sie: In England, aber auch in Holland und immer mehr in Deutschland gibt es eine steigende Nachfrage nach Tee. Wir können damit sehr viel Geld verdienen.« Er grinste breit. »Aber womit sollen wir bezahlen? Der Kaiser legt die Preise fest, und er akzeptiert nur Gold und Silber.«

»Gibt es keine anderen Waren, die wir gegen Tee eintauschen können?«, erkundigte sich John. Henriette nickte zustimmend.
Van Kampen zuckte mit den Schultern. »Was haben wir, das die Chinesen von uns kaufen könnten? Baumwollhosen? Was ist das im Vergleich zu chinesischer Seide? Und bei diesen Temperaturen? Oder unsere Keramik? Was ist das im Vergleich zu chinesischem Porzellan? Absoluter Dreck, sage ich Ihnen! Alles, was wir an Waren anbieten können, machen die Chinesen selbst viel besser.«
Van Kampen ließ auf einen Wink die Reste des Dinners von Xiaofang abräumen und von Yu Ping zum Abschluss warmen Reiswein in kleinen Porzellantässchen ausschenken.
»Und so müssen wir Tee weiterhin mit Silber bezahlen?«, nahm Henriette das Thema wieder auf.
»Ganz recht, Fräulein Sternberg. Aber Silber ist teuer und schmälert den Profit. Um den jetzigen Profit zu halten, müssen wir etwas anderes finden als Silber, etwas, das den Chinesen trotzdem lieb und teuer ist …«
»… Opium«, folgerte Henriette.
»So ist es.«
»Aber heißt das nicht, dass wir den Chinesen den Tee im Grunde … stehlen?«, fragte John.
Plötzlich wandten sich ihm alle Anwesenden zu. Er bemerkte, wie Mailin ihn mit großen Augen ansah.
»Wie meinst du das, John?« Henriette schien irritiert zu sein.
»Liegt das nicht auf der Hand? Das Silber, mit dem der Tee bezahlt wird, wird ihnen vorher für Opium abgenommen. Billiges Opium, das aus Bengalen in gewaltigen Schiffsladungen hierher verschifft wird. Und der Tee wird in London und Hamburg teuer verkauft.«

Van Kampen nickte John anerkennend zu.
»Sie begreifen schnell, Herr Blanckendorff. Wir wollen Tee. Die Chinesen wollen Opium. Auf diese Weise bekommt jeder, was er will. So sind die Gesetze des Marktes. Im Übrigen sehen Sie sich die Chinesen an: Das sind Arbeitstiere, geboren, um zu arbeiten und zu gehorchen. Nach einer ordentlichen Pfeife Opium können die Kulis sogar noch schwerere Lasten tragen.«
»Wenn die Chinesen so feine Seide und kostbares Porzellan herstellen können und Tee, den wir bereit sind, mit Silber aufzuwiegen«, sagte John, »dann können diese Chinesen doch keine Tiere sein, oder?«
Schweigen legte sich über den Raum. Henriette presste die Lippen aufeinander, während van Kampen seinen Zorn nur mühsam zurückhalten konnte.
»Herr Blanckendorff, ich bin Geschäftsmann. Und wenn ich mich nicht irre, sind auch Sie hier, um Geschäfte zu machen. Darum geht es doch in allererster Linie. Sehen Sie sich um: dieses Zimmer, dieses Haus. Und nicht zu vergessen: unser Essen heute Abend. Das alles ist aus den Profiten des Handels entstanden. Ist das etwa schlecht? Ist dieser Wohlstand nicht Beweis genug, dass wir auf dem richtigen Weg sind?«
»Das kann man wohl sagen«, brummelte Lüders mit tiefer Stimme.
Van Kampen musterte John streng, der jedoch nichts erwiderte.
»Das englische Parlament hat das Monopol der Britisch-Ostindischen Company aufgehoben«, fuhr er fort, »um mit der Öffnung der Märkte Wettbewerb und Freihandel und damit den Wohlstand für jeden zu ermöglichen. Um dies alles zu verteidigen, schicken sie sogar ein Marinekorps. Denn zu diesem

Freihandel, wie wir ihn verstehen, gehört nicht nur die freie Wahl des Handelsplatzes, sondern auch die freie Wahl der Handelswaren.«

»So ist es«, kommentierte Lüders.

»Darauf wollen wir trinken, bevor der Reiswein kalt wird.« Van Kampen stand auf, nahm sein Glas und hielt es hoch. »Auf den Wettbewerb!«, rief er voller Pathos. »Auf den Freihandel!«

22

»Pottinger ist da!«, rief van Kampen. Er stand in der großen Eingangshalle und beobachtete abwechselnd Henriette, die an der Seite von John die breite, geschwungene Treppe hinunterschritt, und durch die geöffnete Tür die Menschen draußen auf der Straße, die in Richtung Anlegestelle strömten.
Endlich einmal war es ein schöner Vormittag. Nachdem es tagelang wie aus Kübeln geschüttet hatte, wanderte die Sonne heute über einen nahezu wolkenlosen Himmel und sorgte für eine Schwüle, die das Atmen schwer machte.
»Willst du nicht mitkommen?«, fragte Henriette, als sie mit John die unterste Treppenstufe erreicht hatte. »Van Kampen sagte, Sir Henry Pottinger ist der neue Superintendent der Regierung Ihrer Majestät. Wir sollten ihn auf keinen Fall verpassen.«
»Warum? Es ist nur ein weiteres Schiff im Hafen und ein weiterer Engländer an Land.«
»Kommen Sie«, mahnte van Kampen ungeduldig. Wenn er schon nicht der Erste sein konnte, wollte er zumindest nicht der Letzte sein.
Henriette nickte ihm zu, dann sagte sie leise zu John: »Vielleicht kann er uns nützlich sein.«
»Wie denn?«
»Das kann man nie wissen.«
»Eben. Ich wünsche dir viel Vergnügen.« John wollte sich gerade umdrehen und wieder die Treppe hinaufgehen, als ihn Henriette am Ärmel festhielt.
»John«, sagte sie energischer, »versprich mir, dass du dich bei nächster Gelegenheit mit Sir Pottinger bekannt machst.«

John sah demonstrativ zu dem schweren Kristallleuchter hinauf, der von der hohen Decke der Eingangshalle herabhing.
»Versprich es mir«, forderte sie nachdrücklich.
»Wenn du mich noch länger festhältst, wird dein Pottinger schon wieder von seinem Nachfolger abgelöst sein.«
»Meine Herrschaften, bitte!«, brachte sich van Kampen in Erinnerung.
»Siehst du, er sieht das auch so.«
»John, versprich es mir.«
John verdrehte die Augen. »Also gut: Ich verspreche es.«
»Bei nächster Gelegenheit?«
»Bei nächster Gelegenheit.«
Henriette ließ ihn mit einem glücklichen Lächeln los und eilte van Kampen entgegen, der mit einem Bein schon draußen auf dem Treppenabsatz stand. Im nächsten Moment schlug die Tür zu.

John atmete erleichtert durch. Endlich Ruhe. Nach der endlos langen Zeit an Bord der *Swatte Katt* empfand er es als ein geradezu königliches Gefühl, allein zu sein, irgendwo hingehen zu können, ohne dass er auf Schritt und Tritt von jemandem beobachtet wurde.
Er bog den Kopf in den Nacken und bestaunte den schweren, prachtvollen Leuchter mit den großen Haltebolzen. Aus Sorge, sie könnten sich lösen und der schwere Leuchter könnte auf ihn herunterfallen, trat er einen Schritt zur Seite.
Hier bin ich mit Mailin angekommen, erinnerte er sich. Nachdem sie mich hinter der Sänfte die Uferstraße hierher begleitet hatte. Das ist jetzt knapp eine Woche her.
Während sich Mailin dezent zurückgezogen hatte, war van Kampen wie ein Feldherr vorangegangen, um John und Hen-

riette die Gästezimmer im ersten Stock zu zeigen. Nach wenigen Worten der Begrüßung war er gleich wieder in seine Sänfte gestiegen, um sich eilig zum Hafen zurücktragen zu lassen. Dringende Geschäfte, wie er gesagt hatte.
John sah sich um. Bis auf vier Stühle in den Ecken, fehlte jegliches Mobiliar. Die beiden hüfthohen, mit Blumenmustern bemalten Porzellanvasen und vielleicht noch die stattliche Zimmerpalme zu Füßen der beiden elegant geschwungenen Treppenaufgänge waren die einzigen chinesischen Einrichtungsgegenstände. Gleichwohl fand John van Kampens Wohnsitz beeindruckend. Schon die schneeweiße Fassade mit den imposanten Säulen vor dem Hauptportal demonstrierte frisch erworbene und ebenso außergewöhnliche Finanzkraft. Die Abmessungen der Räume und Flure, die John bisher gesehen hatte, übertrafen die der ihm bekannten Hamburger Residenzen deutlich. Und alles schien neu zu sein. Fast glaubte er, die frische Farbe noch riechen zu können.

Klack, klack, klack. Laut hallten seine Ledersohlen auf den in schwarzweißem Schachbrettmuster verlegten Bodenfliesen. Er war froh, als er endlich in den schmaleren Flur des Ostflügels gelangte. Hier klangen seine Schritte nicht mehr ganz so laut. Vor ihm lagen drei Zimmer, deren Türen geschlossen waren. Die hinterste Tür dagegen stand offen. John ging langsam darauf zu. Jetzt war er sogar froh über seine lauten Schritte, die ihn rechtzeitig ankündigten.
Wer weiß, dachte er, vielleicht hat van Kampen dort seine Waffenkammer, und ein schreckhafter Chinese schärft gerade sein bestes Wurfmesser. Wenn der mich plötzlich in der Tür sieht, löst es sich womöglich aus seiner Hand und fliegt direkt auf mich zu.

Die Vorstellung des Waffenmeisters war so konkret, dass John unsicher wurde, ob er überhaupt weitergehen sollte. Als er die offene Tür schließlich erreicht hatte, trat er extra kräftig auf, ganz wie ein braver Soldat beim Rapport, und sah vorsichtig in das Zimmer. Er hatte die Küche entdeckt.

Das Fenster gegenüber der Tür war geöffnet und ließ die schwüle Vormittagsluft hinein. An der rechten Wand prasselte ein kleines, offenes Feuer. Und in der Küchenmitte, an einem schweren Holztisch, saß aufrecht auf einem Hocker eine zierliche Chinesin in einem roten Seidenkleid. John hatte sie gleich erkannt: Mailin! Sie hatte die Augen halb geschlossen und die Hände in den Schoß gelegt. Vor ihr auf dem Tisch waren in einem Halbkreis ein kleiner, dampfender Kessel, eine Teekanne, eine Dose und ein kleines Porzellanschälchen aufgereiht.

Sie muss mich doch längst gehört haben, dachte John. Warum reagiert sie nicht? Bedrückt sie etwas?

Vorsichtig, jedoch so, dass sie ihn bemerken musste, trat er näher. Sie aber reagierte nicht.

Was hat sie?

»Mailin?«, fragte er leise. »Geht es Ihnen nicht gut?«

Langsam schlug sie die Augen auf. »Scht«, sagte sie kurz und legte ihren Zeigefinger an die Lippen. Sie bedeutete John mit einem kurzen Wink, sich auf den Hocker neben ihr zu setzen. Dann senkte sie wieder den Blick.

John setzte sich. Jetzt, da er sie aus der Nähe betrachten konnte, schien sie ihm überhaupt nicht mehr betrübt zu sein, vielmehr wirkte sie sogar ausgesprochen ruhig und gelassen. Er betrachtete ihre halb geöffneten Augen mit den langen, dunklen Wimpern und sah, wie sich ihr schmaler Brustkorb langsam hob und senkte.

Was hat sie denn?
Weil er nicht wusste, wohin mit seinen Händen, griff er sich die Dose und öffnete sie vorsichtig. Neben kleinen, gerollten Teekrümeln entdeckte er darin seltsame, dunkelrote Blätter. Überrascht zog er die Augenbrauen hoch. Was für einen Duft dieser Tee verströmte! Wie von Blumen! John hielt sich die Dose unter die Nase. Mit geschlossenen Augen sog er den Duft tief ein, der ihn augenblicklich davontrug in eine längst vergangene Zeit. Er sah sich wieder als kleinen Jungen in kurzen Hosen irgendwo auf einem Rasen sitzen, umringt von großen, rot blühenden Rosen. Seine Familie musste irgendwo eingeladen gewesen sein, denn seine Eltern hatten damals noch keinen so schönen Garten. John hatte an den Rosenblüten gerochen und war von ihrem intensiven Duft tief beeindruckt gewesen. Die musste er seiner Mutter zeigen. Ohne zu zögern, hatte er die größten und schönsten Blüten abgezupft, sie zu einem kleinen Sträußchen zusammengefasst und war damit zu seiner Mutter gelaufen, die mit einer Freundin beim Tee saß. Noch deutlich konnte er sich an den offenen Mund seiner Mutter erinnern und an das bleiche, entsetzte Gesicht ihrer Freundin.
John lächelte mit geschlossenen Augen. Für einen kurzen Moment waren Vergangenheit und Gegenwart eins gewesen.
Er schlug die Augen wieder auf, als er das Geräusch von plätscherndem Wasser hörte. Mailin hatte inzwischen ein zweites Schälchen geholt und goss das heiße Wasser langsam in die Teekanne. Vorsichtig, aber bestimmt, nahm sie John die Teedose aus der Hand. Mit einem kleinen Löffel gab sie die Teeblätter in das Wasser der Kanne. John beobachtete fasziniert, mit welcher Konzentration und Präzision Mailin jede einzelne Bewegung ausführte, ohne jede Hast und Hektik. Danach

legte sie die Hände wieder in den Schoß und schien sich erneut in sich selbst zu versenken. Es wurde so still, dass John durch das geöffnete Küchenfenster einen fernen Vogel zwitschern hörte.

Nach einer Weile goss Mailin den Tee in die beiden Schälchen und sah John freundlich an.

»Bitte, der Tee ist bereit. Probieren Sie.«

John wartete jedoch, bis Mailin ihr Schälchen mit den Fingerspitzen an den Mund hob, zunächst mit geschlossenen Augen den Duft des aufsteigenden Dampfs in sich aufnahm und dann den Tee in kleinen, kurzen Schlucken schlürfte. John machte es ihr nach, schnupperte erst und nahm dann einen ersten Schluck.

»Hm«, meinte er, »was für ein Aroma!«

Bisher hatte er seine Mutter für die beste Teeköchin gehalten.

»Er ist so viel zarter und … aromatischer als bei uns zu Hause. Was ist das für ein Tee?«

»Rosentee.«

Mailin lächelte belustigt.

John trank einen weiteren Schluck. Er schloss für einen kurzen Moment die Augen, um sich auf den Geschmack konzentrieren zu können.

»Wunderbar«, schwärmte er. »So einen Tee habe ich noch nie getrunken. Wie haben Sie das gemacht?«

Mailin lächelte. »Es ist nicht schwer. Man braucht nur guten Tee und reines Wasser.« Sie hielt kurze inne, dann fuhr sie etwas leiser fort: »Damit der Tee aber sein ganzes Wesen entfalten kann, muss man ihm mit Respekt begegnen, dann dankt er es einem vielfach. Er gibt genau das, was man gerade braucht: einen klaren Geist oder Ruhe und Gelassenheit.«

John hörte ihr zu. Sie sprach von diesem Tee wie von einem guten Freund, von einer leibhaftigen Person, die eine Seele besitzt. Sie war so sicher in dem, was sie sagte, dass er es ihr sofort glaubte.

In diesem Moment und wohl überhaupt zum ersten Mal verstand John seinen Vater Heinrich, diesen strengen Patriarchen, der, von Johns Mutter abgesehen, wohl nichts und niemanden so sehr liebte wie Tee. Ob er damals, als er das erste Mal in China gewesen war, einen ähnlichen Augenblick erlebt hatte?

John empfand ein warmes, fast zärtliches Gefühl für seinen Vater. Wie mag es ihm jetzt wohl gehen, fragte er sich. Kann er sich schon wieder über scheppernde Blecheimer und Kochtöpfe in der Küche aufregen?

John schüttelte den Kopf. Was geht hier vor? Wieso denke ich ausgerechnet hier, in China, an meine Kindheit? Und an meinen Vater?

Er konzentrierte sich wieder darauf, Mailin zu beobachten, wie sie ihren Tee trank. Sie erschien ihm so zart wie die Porzellantassen bei van Kampens Begrüßungsdinner. Und ebenso zerbrechlich. Gleichzeitig wirkte sie auf eine besondere Art sicher und selbstbewusst, als hätte sie in ihrem Leben schon viele Stürme überstanden.

Wie alt mag sie sein, fragte er sich. Zwanzig? Fünfundzwanzig? Oder erst achtzehn?

»Sie scheinen sich sehr gut mit Tee auszukennen«, sagte er, nachdem er sie eine Zeit lang angesehen hatte. »Wer hat Ihnen das beigebracht?«

Mailin blickte von ihrem Schälchen auf. »Großvater«, sagte sie leise. »Er weiß alles über Tee. Wie man ihn anbaut, herstellt und zubereitet. Er ist ein großer Teemeister.«

John nickte und betrachtete den klaren Tee in seiner Schale.

»Bei uns in Hamburg sieht der Tee eher bräunlich aus, obwohl er doch eigentlich grüner Tee heißt.«
»Dann sind die Teeblätter von schlechter Qualität. Wenn die Blätter nicht gut sind, kann auch freundschaftliche Zuwendung keinen guten Tee hervorbringen.«
Mailin füllte erneut die Schälchen. Es entstand eine kleine Pause, in der nur das Knistern des Küchenfeuers zu hören war. Mailin saß ruhig und entspannt da und schien mit ihren Gedanken nur bei den beiden in ihrer Schale kreiselnden Teeblättern zu sein.
John rutschte mit seinem Hocker ein Stück an sie heran. Mailin sah kurz auf und lächelte. Sie rückte nicht weg.
»Ich bin hier, um Tee zu kaufen«, sagte er schließlich und fühlte sich irgendwie unbehaglich, weil er diesen erhabenen Augenblick in die Niederungen kaufmännischer Überlegungen hinabgezogen hatte. »Und es sollte ein ganz besonderer Tee sein. So wie dieser hier.«
»Dieser Tee ist einer für gewöhnliche Tage. Für andere Gelegenheiten gibt es andere Tees, zum Beispiel, wenn man mit Freunden zusammensitzt.«
»Tatsächlich?«
Mailin lächelte nachsichtig. »*Hua Cha Huang Ya.* Übersetzt heißt er *Zunge des Vogels*. Er wird am Hofe des Kaisers getrunken.«
»Sehen Sie«, sagte John und schlug sich mit der Hand auf den Oberschenkel, »ich weiß nichts. Ich kenne keine Sorten und keine Qualitäten. Man könnte mir wahrscheinlich Kuhmist verkaufen, und ich würde es für ganz besonderen Tee halten.«
Mailin kicherte. John wusste sofort, dass er diese Szene nie vergessen würde.
»Entschuldigen Sie.« Mailin hielt sich schnell ihre kleine

Hand vor den Mund. »Tee aus Kuhmist wäre in der Tat ein ganz besonderer Tee.« Sie sah ihn neugierig an. »Ist es wirklich so schlimm?«
John seufzte. »Wenn nicht noch schlimmer.«
Er trank einen weiteren Schluck und ließ das milde Aroma auf sich wirken. »Rosentee«, murmelte er.
Als er ausgetrunken hatte, schwenkte er lange die letzten Tropfen in seinem Schälchen herum und schien über etwas nachzudenken. Dann hob er den Kopf und räusperte sich: »Mailin, können Sie helfen, diesen *Huang Chang* …«
»Sie meinen *Hua Cha Huang Ya.*«
»Genau. Können Sie mir helfen, diesen Tee zu besorgen?«
Mailin sah ihn nicht direkt an. »Tut mir Leid, aber das geht nicht.« In ihrer Stimme klang aufrichtiges Bedauern. »In China ist die Welt der Geschäfte eine Welt der Männer. Ist das bei Ihnen anders?«
John seufzte. »Nein, natürlich nicht.«
Er war enttäuscht. In Gedanken hatte er sich schon mit Mailin an Marktständen vorbeischlendern und die Nase in die verschiedensten Teekisten stecken sehen. Sie hätte ihm alles erklärt, den besten Tee ausgesucht und vielleicht sogar den Preis ausgehandelt.
Ich hätte nur noch zu bezahlen brauchen, hatte er gehofft. Aber das wäre wohl zu einfach gewesen.
Gleichwohl gefiel ihm der Gedanke, mit Mailin durch die Straßen von Kanton zu schlendern. Nur zu gern wollte er ihren gemeinsamen Spaziergang vom Schiff hierher an anderer Stelle fortsetzen.
»Als Sie mich hierher geführt haben, sind wir doch an einer größeren Bambusbrücke vorbeigekommen. Führt diese in die Stadt?«

»Ja, genau.«
»Könnten Sie mir vielleicht zeigen, wie die Welt hinter dieser Brücke aussieht? Oder gehört eine Fremdenführung auch nur in die Welt der Männer?«
»Eigentlich ja.«
»Eigentlich? Das heißt, Sie könnten für mich eine Ausnahme machen? Gleich morgen früh? Nach dem Frühstück?«
Mailin trank einen kleinen Schluck und betrachtete John über den Rand des Schälchens hinweg. Dann setzte sie es ab und lächelte ihn an.

23

Es hatte Reissuppe zum Frühstück gegeben. John hatte seine Portion nur mit großer Überwindung essen können. Reis am Morgen war immer noch etwas, das ihn vor eine extreme Herausforderung stellte.

Nachdem sie ihren Tee ausgetrunken hatten, waren Lüders und van Kampen als Erste aufgestanden und in die Empfangshalle hinausgegangen.

»Sag mal, deine kleine Chinesin ist wirklich ein süßes Früchtchen«, raunte Lüders van Kampen zu. »Sie ist doch die Kleine von vor zwei Jahren, als ich das letzte Mal hier war, stimmt's?«

»Hast du was dagegen?« Van Kampens freundliches Gesicht hatte sich augenblicklich verfinstert.

Lüders zog die Augenbrauen hoch, diese Reaktion hatte er nicht erwartet. »Ich frag ja nur. Sonst hast du deine … Hausdamen … nicht so lange behalten.«

»Bei Mailin ist das etwas anderes.«

»Das dachte ich mir.« Lüders leckte sich demonstrativ die Lippen. Dann vergewisserte er sich, dass John, Henriette und Mailin, die jetzt ebenfalls aus dem Speisezimmer kamen, ihn nicht hören konnten. »Deswegen wollte ich dich ja fragen, ob ich sie mir mal … ausleihen darf?«

Van Kampen packte Lüders am Revers. »Hör zu!«, sagte er durch zusammengebissene Zähne, »du wirst Mailin nicht mit deinen schmutzigen Fingern anfassen, hast du verstanden? Sie gehört mir!«

»Olala.« Lüders grinste anzüglich. »Ist sie also mehr als nur eine Freundin für die Nacht?« Er sah van Kampen prüfend an. »Also, wenn das so ist …«

»Du lässt sie in Ruhe, kapiert?«
»Absolut, Jeroen.« Lüders befreite sich aus van Kampens Griff. »Wir sind alte Freunde und haben unsere kleinen ... Geschäftsgeheimnisse ... immer akzeptiert.«
»Mailin ist kein kleines Geheimnis.«
»Klein oder groß, egal. Wenn du sie für dich willst, ist das kein Problem. Sie ist nicht die einzige Schönheit in Kanton. Aber einen freundschaftlichen Rat will ich dir noch geben.« Lüders drehte sich kurz um, dann flüsterte er: »Auf diesen Blanckendorff würde ich an deiner Stelle aufpassen.«
Van Kampen sah an Lüders vorbei und beobachtete, wie John mit den beiden Damen auf ihn zukam.
»Diese halbe Portion?«
»Unterschätze ihn nicht. Der hat schon die Sternberg ganz verrückt gemacht.«
»Wenn schon. Das war eine lange Reise auf einem kleinen Schiff.«
»Wenn du dich mal nicht täuschst. Ich hab deine kleine Chinesin gestern Abend beobachtet. Ich hab gesehen, wie sie diese ›halbe Portion‹, wie du sagst, mit ihren niedlichen braunen Augen angesehen hat.«
»Du warst wohl zu lang auf hoher See.«
»Ich hab dich gewarnt, Jeroen.« Und laut sagte er: »Ich muss jetzt zum Schiff.«
Lüders ließ sich von Xiaofang seine Kapitänsmütze bringen und marschierte quer durch die Halle zum Haupteingang hinaus.

Henriette hatte sich bei John eingehakt und sich wie eine Katze an ihn geschmiegt. Sofort ging ein Kribbeln durch seinen Körper, fast so wie damals in Hamburg.

Während sie in die Mitte der Eingangshalle schlenderten, streichelte sie für einen kurzen Moment und so geschickt seinen Arm, dass es keinem auffiel. John musste tief durchatmen, als sie van Kampen erreichten, der sie mit einem maskenhaften Lächeln empfing.

»Herr van Kampen sagte mir heute vor dem Frühstück«, begann Henriette mit zuckersüßer Stimme und blickte von ihrem Gastgeber zu John, »dass der neue Tee aus dem Hinterland eingetroffen ist und er uns heute mit unserem Hong-Kaufmann bekannt machen will. Es ist nämlich so, dass jeder ausländische Teehändler einen Hong-Kaufmann zugewiesen bekommt und nur über ihn seinen Tee kaufen darf, nicht wahr, Herr van Kampen?«

»Ganz recht.«

John räusperte sich. Mailin war ihnen in kurzem Abstand gefolgt und stand nun etwas abseits hinter van Kampen.

»Das ist sehr nett von Ihnen, Herr van Kampen, wirklich. Ich würde auch gern mitkommen.« Er löste sich von Henriette und versuchte zu lächeln. »Aber geht das vielleicht auch … morgen?«

»Was haben sie denn so Wichtiges vor?«, knurrte van Kampen.

»Bereits gestern habe ich Fräulein Mailin gebeten, mir die Stadt jenseits der großen Bambusbrücke zu zeigen.«

»Aber John!« Henriette schnappte nach Luft und stellte sich kerzengerade vor ihm auf. »Wir sind hier nicht auf einer Vergnügungsreise.«

Er spürte, wie sie sich beherrschen musste, weil sie nicht allein waren. Andernfalls, vermutete er, hätte sie sich sofort einen Regenschirm geschnappt und mich damit durch die Flure gejagt.

»Ich weiß, Henriette«, versuchte er, sie zu beschwichtigen. »Aber wir sind seit knapp drei Wochen hier. Da wird es auf einen Tag mehr auch nicht ankommen. Und außerdem hat der Teemarkt keine Beine. Er wird gewiss nicht über Nacht davonlaufen.« Dann wandte er sich an van Kampen: »Spricht etwas dagegen, wenn ich das auf morgen verschiebe?«

Van Kampen sah von John zu Mailin. Ohne den Blick von ihr zu wenden, knirschte er: »Natürlich nicht.«

»Fein. Dann entschuldigen Sie uns bitte.«

John nickte van Kampen zu und wandte sich an Mailin: »Wollen wir gehen?«

Mailin ging zunächst einen Schritt auf John zu, blieb dann aber vor van Kampen stehen und blickte fragend zu ihm auf. John sah seine Wangenmuskeln spielen. Am liebsten hätte er sie wohl in den Keller gesperrt, doch dann stimmte er mit einem unwirschen Kopfnicken zu. Ehe er es sich anders überlegen konnte, huschte sie zu John hinüber.

Henriette und van Kampen beobachteten mit verkniffenen Lippen, wie Xiaofang den beiden die Tür nach draußen öffnete.

Zügig, fast fluchtartig, waren sie über die breite Bambusbrücke gegangen und dann in eine der schmalen Geschäftsstraßen eingebogen. Kulis, Sänftenträger, Boten, die Gassen waren voll. Und wenn zwei Ochsenkarren aneinander vorbei wollten, ging lange Zeit gar nichts mehr. In den zahllosen kleinen Geschäften gab es alles zu kaufen, was John sich vorstellen konnte: angefangen von Haarteilen über Brillen bis hin zu Opiumpfeifen. Vor den Läden konnte man den Handwerkern bei ihrer Arbeit zusehen. So hämmerte ein Schuster auf einer Sohle herum, während an der nächsten Kreuzung ein Zahnarzt auf offener Straße praktizierte. Und überall flatterten bunte Papierfähnchen mit chinesischen Schriftzeichen im Wind.

Lange waren sie schweigend nebeneinander hergegangen. John, der die meisten Leute um einen halben Kopf überragte, wirkte mit seinem schwarzen Zylinder wie ein Leuchtturm im Meer. Fast jedem nickte er freundlich zu wie einem alten Bekannten, ohne zu bemerken, dass er meist nur feindselige oder bestenfalls verblüffte Blicke erntete. Zu sehr kreisten seine Gedanken um Mailin.

Darf ich mich in ihre Angelegenheiten einmischen, fragte er sich, oder sollte ich lieber ein gleichgültiger Gast sein?

Letztlich konnte er nicht anders. »Mailin«, sagte er vorsichtig, »ist Herr van Kampen gut zu Ihnen?«

Aus den Augenwinkeln sah er, wie sie kurz zusammenzuckte, und bereute sofort seine Taktlosigkeit. Auf keinen Fall wollte er sie in Verlegenheit bringen.

»Es tut mir Leid«, entschuldigte er sich sofort. »Sie müssen mir nicht antworten. Es geht mich nichts an.«

Sie gingen ein paar Schritte nebeneinanderher, dann sagte Mailin mit trauriger, aber fester Stimme: »Ich habe keine Familie mehr. Nur noch meinen Großvater. Aber ich sehe ihn nicht oft. Herr van Kampen ist jetzt meine Familie.«

Nach einer Pause fuhr sie fort: »Meine Mutter ist bei der Geburt meines jüngsten Bruders Lianxu gestorben. Mein anderer Bruder, Lucheng, war damals sechs und ich selbst acht Jahre alt.«

»Das tut mir Leid«, sagte John mit belegter Stimme. Er stellte sich vor, seine Mutter wäre gestorben, als er acht Jahre alt war, und fühlte tiefes Mitleid.

»Mein Vater war ein kaiserlicher Beamter fünften Grades. Er arbeitete viel und war wenig zu Hause. Zusammen mit meiner

Großmutter habe ich mich um Lianxu und Lucheng gekümmert. Großvater hat mir Lesen und Schreiben beigebracht, obwohl das nicht üblich ist für Mädchen. Es war der letzte Wunsch meiner Mutter. Wenn Vater mal Zeit hatte, nahm er uns auf den Schoß und erzählte uns immer von Mutter, meistens davon, wie sie sich kennen gelernt haben.« Mailins Augen begannen zu glänzen. »Er beschrieb immer ausführlich, wie sie geheiratet und sich auf unsere Geburt gefreut haben. Ich glaube, sie haben sich sehr geliebt.« Sie wischte sich kurz über die Augen. »Abends, wenn wir im Bett lagen und er dann allein war, habe ich gehört, wie er geweint hat.«

John schluckte, während sie weitergingen.

»Mein Vater hat den Tod unserer Mutter nie verwunden«, fuhr sie mit festerer Stimme fort. »Um seinen Schmerz zu betäuben, fing er an, Opium zu rauchen. Zuerst heimlich, dann so, dass ich es merkte. Irgendwann hat er aufgehört, von unserer Mutter zu erzählen, und nur noch an die nächste Pfeife gedacht. Ich habe versucht, ihn davon abzubringen, aber es ist mir nicht gelungen. Er ist vor vier Jahren gestorben.«

Mailin wischte sich mit dem Ärmel ihres Kleides über das Gesicht. John wollte sie unbedingt trösten, etwas Aufheiterndes sagen, doch sein Hals war wie zugeschnürt.

»Und ihre Brüder?«, fragte er leise.

Sie sah ihn mit geröteten Augen an und schwieg.

»Sie sind auch gestorben?«, vermutete er.

»Ja.«

»Haben sie auch Opium geraucht?«

Mailin nickte schwach.

In gedrückter Stimmung gingen sie weiter. Inzwischen war es fast Mittag geworden. Die Sonne stand hoch im Zenit und sorgte mühelos für Temperaturen, wie sie in Hamburg nur äußerst selten erreicht wurden. Angestrengt suchte John nach einem Thema, das Mailin aus ihrem Trübsinn reißen konnte.

»Was bedeuten diese Zeichen dort?« Er deutete auf eine rote Papierfahne mit goldgelben Schriftzeichen, die über einem Hauseingang im Wind flatterte.

Mailin schniefte kurz. »Es heißt übersetzt: *Salon des frühlingshaften Wohlbehagens.*«

»Aha. Und was kann man dort kaufen?«

Mailin lächelte kurz: »Es ist ein Frisörsalon.«

John atmete erleichtert auf. Sie hat gelächelt. Endlich.

Sie erreichten einen größeren Platz, auf dem dicht gedrängt Bauern hinter ihren Kohlköpfen auf dem Boden hockten und ihr Gemüse anboten. Gleich nebenan wurden lebende Hühner, Gänse und Schweine in den bewährten Bambuskörben angeboten. In anderen Käfigen warteten Hunde und Katzen. Auf manchen Tischen entdeckte John sorgsam abgetrennte Fischköpfe und borstige Schweineohren.

Mailin deutete auf einen kugelrunden Chinesen, der seinen Wok direkt an der Straße aufgestellt hatte.

»Möchten Sie was essen?«

John betrachtete den Koch in seinem schmierigen Kittel, wie er mit seinem blutigen Hackbeil Fliegen von nackten Hühnerhälsen und dem schon in Stücke gehauenen Fleisch vertrieb. Als der Koch John sah, starrte er ihn an, als wäre ihm plötzlich eine Idee gekommen, wie er seine Angebotspalette erweitern könnte.

»Eigentlich bin ich noch gar nicht hungrig«, sagte John und wollte weitersehen.

»Ach, kommen Sie. Sie müssen probieren, bitte.«

»Aber nur, wenn es keine Pilzsuppe gibt. Oder Fischköpfe, oder …«

Mailin schob ihn kommentarlos zu den Auslagen.

»Wählen Sie.«

Weil sich John nicht durchringen und dem Mann mit dem Beil nicht zu nahe kommen wollte, bestellte Mailin schließlich zwei Portionen Hühnchenfleisch und dazu geröstete Erdnüsse, Zwiebeln, Bohnen und Reis.

Der Koch warf alles in den Wok. Sofort zischte und knisterte es, und eine kleine Rauchsäule stieg zum Himmel. Mit flinken Bewegungen fuhr er mit seinem Schaber in der Eisenschüssel herum, drehte und wendete die Zutaten in Windeseile und füllte wenige Augenblicke später alles in zwei einfache, kleine Schälchen, stieß jeweils zwei dünne Holzstäbchen hinein und übergab sie Mailin. Sie reichte die Schälchen an John weiter und bezahlte. Dann deutete sie auf zwei größere Steine am Rande des Platzes. »Wollen wir uns dort setzen?«

John ging hinter Mailin her und registrierte erstmals, dass er angestarrt wurde, als hätte er Flügel und Hörner auf dem Kopf.

»Langnasen kommen wohl nicht oft hierher, was?«

»Eigentlich nie.«

»Es ist ja auch kein Vergnügen, so angestarrt zu werden.«

»Für mich ist es auch nicht leicht.«

John sah sie überrascht an.

»Stellen Sie sich vor, Sie sind mit mir in ihrer Stadt unterwegs …«

»Sehr gern.«

»Würden Ihre Bekannten nicht auch über Sie die Nase rümpfen, wenn sie Sie mit mir sehen?«

John stellte sich vor, wie die Herrschaften im Alsterpavillon

reagieren würden, wenn er dort Mailin einen Mokka bestellen würde. »Vermutlich schon«, antwortete er.
»Sehen Sie.«
John setzte sich zu Mailin und nahm wie sie das Schälchen auf den Schoß. Alles darin war durcheinander geworfen und duftete wunderbar frisch.
»Was heißt eigentlich ›Guten Appetit‹ auf Chinesisch?«
»Manman chi.«
»Gut: Manman chi, Mailin«, sagte er. Und wartete.
»Was ist?«, fragte Mailin. »Möchten Sie nicht probieren?«
»Doch.« Er grinste sie hilflos an. »Aber wie?«
»Wegen der Stäbchen?«
John nickte.
»Ich zeige es Ihnen«, sagte sie vergnügt. »Es ist ganz einfach.« Sie legte ihm das eine Stäbchen auf seinen Mittelfinger und zeigte ihm, wie er das andere mit Daumen und Zeigefinger so festzuhalten hatte, das er es frei bewegen konnte. Sie berührte ihn dabei so vertraut, als hätten sie sich schon zu ihren Kindergeburtstagen eingeladen. John konnte sogar ihr Haar riechen, das schwarz in der Sonne schimmerte.
Wie es wohl wäre, sie ihm Arm zu halten?
»So ist es richtig«, sagte sie und riss ihn jäh aus seinen Gedanken. »Benutzen Sie die Stäbchen wie zwei verlängerte Finger.«
John beobachtete Mailin, wie sie ein kleines Stückchen Fleisch aufnahm und es zum Mund führte, als sei dies das Einfachste der Welt. Danach versuchte er sich an seinem größten Fleischstückchen, zwängte es zwischen die runden Stäbchen und hob es hoch. Gerade als er es in den Mund stecken wollte, fiel es in den Dreck.
»Wenn das so weitergeht, werde ich verhungern. Hat der Koch keine Gabel?«

»Sie müssen es probieren«, ermunterte ihn Mailin. »Damit das nicht passiert« – sie deutete auf das Fleisch vor seinen Füßen – »halten wir die Schalen dicht an den Mund, sehen sie? Dann ist der Weg nicht so weit.«
John nickte, nahm zwei grüne Bohnen in die Zange und steckte sie sich schnell in den Mund. Danach strahlte er wie ein Bergsteiger auf dem höchsten Gipfel.
»Bravo«, sagte Mailin vergnügt. »Und? Schmeckt es Ihnen?«
»Wunderbar, wirklich wunderbar«, antwortete John kauend und wollte es schon mit einem neuen Stückchen Fleisch probieren.
»Wenn Sie etwas geübter sind, wird Ihnen auch das hier gelingen.«
John beobachtete verblüfft, wie sie eine einzelne Erdnuss zwischen ihre Stäbchen klemmte und sich dann in aller Ruhe in den Mund legte.
»Das kann ich auch«, sagte er, »warten Sie.«
Er suchte sich in seinem Schälchen eine Erdnuss, griff sie überraschend sicher und hob sie hoch in die Luft. Er betrachtete sie eingehend wie ein Juwelier einen kostbaren Diamanten. Doch plötzlich schoss die Erdnuss zwischen den Stäbchen heraus, Mailin direkt an die Stirn und fiel in ihre Schüssel.
»Au!«, sagte sie und fasste sich an die Stirn. John hielt die Luft an. Mailin begann zu lachen. Schnell hob sie ihre Hand an den Mund, und doch gelang es ihr nicht, ihr Kichern zu verbergen.

Sie hatten gerade aufgegessen, als sich die Passanten umdrehten und, den Rücken ihnen zugewandt, an den Rand des Platzes gedrängt wurden. John und Mailin erhoben sich und sahen einen Trupp chinesischer Soldaten mit in der Sonne blitzenden Schwertern über den Platz marschieren. Angeführt wurden sie von einem kleinen, grimmigen Mann, dessen Kopf bis zum Scheitelpunkt blank rasiert war und dessen Haare am Hinterkopf zu einem langen Zopf geflochten waren.

Er erinnerte John an den Hoppo auf der *Swatte Katt*. Und an einen Mann, vor dem sogar Vogt Respekt hatte: »Wer war eigentlich dieser Lin Zexu«, flüsterte er.

»Wie Herr van Kampen bereits richtig gesagt hat: Er war kaiserlicher Oberkommissar dieser Provinz.«

»In Hamburg hielt man ihn für eine große Gefahr im Teegeschäft.«

»Er war keine Gefahr für das Teegeschäft. Er hat gegen das Opium gekämpft«, sagte sie bestimmt und fügte hinzu: »Es ist ein gerechter Kampf.«

»Auch wenn er zum Krieg mit den Engländern führt? Wenn dann Menschen sterben?«

»Menschen sterben am Opium. Lin Zexu war überzeugt, dass er den Kampf gewinnen wird. Ich habe ihm Erfolg gewünscht. So wie jetzt seinem Nachfolger Qishan.«

John sah dem Trupp nach, bis er hinter einer Wegbiegung verschwunden war. Dann beugte er sich zu Mailin vor: »Warum tragen alle Männer diese seltsame Frisur mit dem Zopf? Waren die alle im *Salon des himmlischen Wohlbehagens?*«

Mailin schüttelte den Kopf. »Es ist Vorschrift, die Haare so zu tragen. Damit wird die Wertschätzung gegenüber dem Mandschu-Herrscher zum Ausdruck gebracht.«

John sah Mailin kurz in die Augen und fragte dann: »Was heißt eigentlich ›Danke‹?«

Sie sah ihn verdutzt an. »Xienxien, warum?«

»Xienxien, Mailin, für diesen schönen Tag.«

Mailin strahlte ihn an und drehte sich dann schnell weg.

Sie erreichten van Kampens Villa am späten Nachmittag. Der Hausherr erwartete sie bereits in der Empfangshalle.
»Mailin, wo bist du so lange gewesen?«, fuhr er sie an, kaum dass sie durch das große Eingangsportal getreten waren.
»Es ist alles meine Schuld, Herr van Kampen …«, begann John.
»Sie habe ich nicht gefragt!«, schnitt ihm van Kampen das Wort ab und wandte sich an Mailin: »Also?«, fragte er und reckte das Kinn vor. »Was ist? Warum bist du erst jetzt zurück?«
Mailin verbeugte sich tief. »Ich bitte vielmals um Entschuldigung. Ich habe nicht auf die Zeit geachtet.«
»Du gehst jetzt sofort auf dein Zimmer und wartest, bis ich dich rufen lasse.«
Mailin verbeugte sich abermals und lief mit kleinen, eiligen Schritten die geschwungene Treppe hinauf in den ersten Stock.
»Herr van Kampen«, sagte John und bemühte sich um einen vermittelnden Ton. »Sie kann wirklich nichts dafür. Ich habe sie gebeten, mir noch mehr von Kanton zu zeigen.«
Van Kampen fixierte John mit zusammengekniffenen, kalten Augen. »Ich warne Sie«, zischte er, »mischen Sie sich nicht in meine Angelegenheiten.«

24

Vergnügtes Geplauder erfüllte die Eingangshalle. Champagnergläser klirrten, man prostete sich lebhaft zu. Jeroen van Kampen hatte zum Empfang geladen, und alle waren gekommen: die Niederlassungsleiter britischer, portugiesischer und holländischer Handelskompanien, einige wenige mit ihren Frauen, sowie die höchsten Offiziere der britischen Marine. Fern der Heimat waren diese Soireen willkommene Anlässe, um sich abzulenken und das mitunter übermächtige Heimweh zu betäuben. Insbesondere van Kampens Empfänge ließ man sich ungern entgehen, da sie regelmäßig gerühmt wurden für die opulente Bewirtung und den Umstand, dass man unter sich war. Chinesische Mandarine und Würdenträger waren bei van Kampen selbstverständlich nicht eingeladen.

Stolz wie ein Pfau und mit seiner roten Schärpe festlich dekoriert schritt van Kampen zwischen seinen Gästen hindurch und nickte jedem freundlich zu. An seiner linken Seite ging Mailin, die einzige Chinesin an diesem Abend, die nicht mit Tellern und Tabletts unterwegs war. Offiziell galt sie als van Kampens Dolmetscherin, doch kaum einer der anwesenden Gäste zweifelte daran, dass ihre Aufgaben weit über diese Funktion hinausgingen.

An seiner rechten Seite schritt mit der aufrechten Haltung einer Aristokratin Henriette. Mit ihren hochgesteckten blonden Haaren, ihren funkelnden Ohrringen und dem eleganten rosafarbenen Kleid, das auch John noch unbekannt war, war sie die unbestrittene Königin des Abends. Wie ein Magnet Kompassnadeln beeinflusst, so drehten sich ihr die Köpfe zu.

John schluckte, als er sah, wie Henriette strahlend lächelte und innerlich jauchzte vor Glück. Wie sehr ihr diese Auftritte und diese Bewunderung gefehlt hatten. Die dicken Planken der *Swatte Katt* sind einfach nicht ihre Bühne, wurde ihm klar. Hier ist sie zu Hause: auf dem Parkett gesellschaftlicher Empfänge.
Er selbst hatte inmitten einer kleinen Gruppe reiferer Damen gestanden, gestenreich geredet und seine Zuhörerinnen wiederholt zu Heiterkeitsausbrüchen hingerissen. Sie hingen an seinen Lippen, wedelten mit ihren Fächern und hielten Ausschau nach dem nächsten Gläschen Pflaumenwein.
Immer wieder stellte er sich kurz auf die Zehenspitzen, um nach Henriette Ausschau zu halten. Wie eine Fee bewegt sie sich zwischen den Gästen und überstrahlt alle, dachte er, als sie für einen Moment in sein Blickfeld rückte. Plötzlich sehnte er sich nach ihrer Nähe, nach ihren Lachfältchen um die Mundwinkel. Ich könnte sie wie zufällig berühren und in einen dunkleren Winkel führen.
Als hätte sie seine Gedanken erraten, wandte ihm Henriette just in diesem Augenblick den Kopf zu und zwinkerte kurz.
Sie will zu mir, freute er sich. Er konnte es kaum erwarten, als er sah, wie sie sich im selben Moment von van Kampens Arm löste und sich einen Weg direkt auf ihn zu bahnte.
Van Kampen sah ihr verdutzt nach und rang sich gerade noch rechtzeitig ein Lächeln ab. Dann zog er Mailin so fest an sich, dass seine Fingerknöchel weiß wurden.
»Störe ich?«, fragte Henriette, als sie sich in den Kreis der Damen geschoben hatte.
»Ganz und gar nicht, Fräulein Sternberg«, flötete Amalie de Boer, eine blasse, vollschlanke Dame mit blonden Haaren. »Herr Blanckendorff schildert uns gerade ihre Reise über den

Atlantik.« Sie blinzelte. »Er muss ja so gelitten haben, der Ärmste.«

John zwinkerte Henriette zu.

»Oh, natürlich, meine Liebe«, nahm sie den Ball sofort auf. »Sie machen sich gar kein Bild, wie sehr dieser Mann gelitten hat.«

»Nicht wahr«, bekräftigte Norma Greenwood und zupfte ihren Ausschnitt zurecht. »Wie gut, dass er nicht als Matrose arbeiten musste. Das wäre bestimmt zu viel für ihn geworden.«

»O ja«, bestätigten die Damen im Chor.

»Wie Recht sie haben, meine Damen«, sagte Henriette und hakte sich bei John ein. »Sie verzeihen mir, wenn ich ihn kurz entführe?«

John lächelte.

»Aber nur kurz. Wir können es gar nicht erwarten, bis Herr Blanckendorff uns von der Reise über den Pazifik erzählt, nicht wahr, Amalie?«

Frau de Boer nickte und bemerkte sehr wohl, dass Henriette viel dichter neben John stand, als es sich eigentlich gehörte.

»Ich muss Ihnen auf jeden Fall noch von den Stürmen am Kap der Guten Hoffnung berichten«, rief John, während Henriette ihn mit sich zog.

Nachdem sie sich ein paar Meter entfernt hatten, fragte Henriette: »Was hast du denn mit denen gemacht?«

John grinste breit. »Ich habe Beziehungen geknüpft.«

Henriette runzelte die Stirn. Sie schien zu überlegen, wie sie das verstehen sollte, und wirkte in ihrer Unsicherheit so entzückend, dass John sie am liebsten auf die Stirn geküsst hätte.

»Das sind nicht die Richtigen, um Beziehungen zu knüpfen.«

»Du meinst, sie sind zu alt? Daran hab ich auch schon gedacht.«

»Ihre Männer sind kleine Krämer, ohne jede Bedeutung für uns.« Ehe John etwas erwidern konnte, fügte sie hinzu: »Ich werde dich jetzt mit den wichtigen Persönlichkeiten bekannt machen.«

Sie nahm seine linke Hand und zog ihn zielstrebig in das Zentrum der Eingangshalle. »Es gibt auch andere Gesprächspartner. Sie werden dir gefallen, bestimmt!«

Vor einem eleganten Herrn mit einer Tasse Tee in der Hand blieb sie stehen und sah John mit stolz funkelnden Augen an.

»Darf ich vorstellen: Das ist Sir Henry Pottinger, der neue Handelsbeauftragte Ihrer Majestät der Königin Victoria von England und zurzeit wohl der höchste Beamte in ganz China.«

Sir Pottinger nickte leicht, eine knappe, gnädige Geste der Begrüßung.

»Und das ist John Blanckendorff. Mein Geschäftspartner.«

»Sehr erfreut, Sie kennen zu lernen«, sagte Pottinger und hielt John seine große, blasse Hand entgegen.

»Ganz meinerseits«, antwortete John, wobei er kaum die Zähne auseinander brachte. Er hatte das Gefühl, das höchste Glück dieses Mannes ist es, sich nach Feierabend an historischen Verwaltungsvorschriften zu ergötzen.

Es herrschte Schweigen zwischen ihnen, während um sie herum die Luft erfüllt war von Gemurmel und Gekicher, von Frohsinn und Heiterkeit. John stand starr wie eine tragende Säule, während Pottinger auf seinen Zehenspitzen wippte und versuchte, eine möglichst präzise Vorstellung von Henriettes Oberweite zu gewinnen.

Henriette ignorierte ihn. Stattdessen warf sie John einen kurzen, fordernden Blick zu. Er verstand, was sie wollte: Eine kleine, witzige Bemerkung wie bei den Damen vorhin. Doch er blieb stumm.

Henriette zwang sich zu einem Lächeln und drehte sich zu Sir Pottinger, der sich irgendwie ertappt fühlte.

»Als wir ankamen, sind doch sofort diese Chinesen auf das Schiff meines Vaters gestürmt. Sie sind in den letzten Winkel gekrochen und haben alles untersucht. Das finde ich empörend.«

Pottinger hielt seine Teetasse mit abgespreiztem kleinem Finger. »In der Tat, verehrtes Fräulein Sternberg, das ist nicht angemessen.«

Er war ganz offensichtlich hingerissen von ihr. »Diese chinesischen Gouverneure, ob Lin Zexu oder Qishan, führen ihre persönlichen Kreuzzüge gegen die Interessen der Händler. Sogar ihre eigenen Kaufleute, die Hongs, sind gegen sie. Ich will Sie nicht beunruhigen, Mylady, aber auch dieser Qishan scheint mir fest entschlossen zu sein, diesen Konflikt bis zum Äußersten zu treiben.«

Pottinger nickte wichtig. »Aber haben Sie keine Angst, Fräulein Sternberg, die Marine Ihrer Majestät und die Kanonenboote der Britisch-Ostindischen Kompanie werden Ihren persönlichen Schutz gewährleisten.«

»Haben Sie vielen Dank, Sir Henry.« Henriette deutete einen leichten Knicks an und schielte erneut zu John hinüber. Er hatte gerade den Hals gereckt, um zum anderen Ende der Eingangshalle sehen zu können. Henriette folgte seinem Blick und entdeckte Mailin. Sie räusperte sich, und als John nicht reagierte, verpasste sie ihm einen Stoß in die Rippen.

»Ist es nicht beruhigend«, flötete sie, »dass Sir Pottinger uns gegen diese Chinesen beschützen wird?«
John drehte sich jetzt um und sah von Henriette zu Pottinger. »Soweit ich es verstehe«, sagte er betont langsam, »wollte Herr Lin Zexu nicht den Teehandel unterbinden, sondern den Handel mit Opium.«
Henriettes Augen weiteten sich. Pottinger jedoch lächelte nachsichtig und schlürfte seinen Tee. Dann stellte er die Tasse ab und sagte: »Mein lieber Herr … «
»Blanckendorff.«
»Ich bitte vielmals um Verzeihung, Herr Blanckendorff. Opium und Tee sind unzertrennlich miteinander verbunden.« Er lächelte breit und erklärte weiter: »Erst der Handel mit Opium ermöglicht den überragenden Erfolg unserer Handelsunternehmen.«
»Und bringt damit Tod und Leid über die chinesische Bevölkerung.«
»Aber John!« Henriette sah ihn entgeistert an, als hätte er während des ersten gemeinsamen Abendessens bei ihrem Vater in der Nase gebohrt. Dann drehte sie sich schnell zu Pottinger: »Verzeihen Sie, Sir Henry. Herr Blanckendorff ist neu im Geschäft und kennt diese Zusammenhänge noch nicht so genau.«
John sah sie kurz an, dann wandte er sich direkt an Pottinger. »Ist es nicht verständlich«, sagte er mit Nachdruck, »dass die Chinesen gegen das Opium vorgehen? Sie wollen das Leben ihrer Landsleute, vielleicht sogar ihrer eigenen Familien und Kinder, retten. Ist das so verwerflich?«
Sir Henry Pottinger blickte irritiert zu Henriette, doch John fügte hinzu: »Würden Sie nicht auch alles tun, um Ihre Familie vor Opium zu bewahren?«
Sir Pottingers Augen zogen sich zu schmalen Schlitzen zusam-

men. »Herr Blanckendorff!«, sagte er gepresst, »meine Familie kommt mit Opium nicht in Berührung.«
»Zufällig«, entgegnete John. »Weil sie eine halbe Weltreise von hier entfernt im sicheren England lebt.«
Pottinger runzelte die Augenbrauen und fixierte John.
Wäre ich ein Untertan Ihrer Majestät, würde er mich sofort in die Verbannung schicken, da war sich John sicher.
So aber sprach Pottinger mit gepresster Stimme weiter: »Das muss ich mir nicht länger anhören. Sie reden von Dingen, die Sie nicht mal im Ansatz verstehen.«
Er drehte sich militärisch knapp zu Henriette und verbeugte sich: »Fräulein Henriette, ich empfehle mich.«
»Aber lieber Sir Henry«, versuchte sie zu beschwichtigen, »Herr Blanckendorff hat es sicher nicht so gemeint. Nicht wahr, John?«
Aber John antwortete nicht. Sir Pottinger deutete einen Handkuss an und sagte betont liebenswürdig: »Liebes Fräulein Sternberg, sicher finden wir heute Abend noch Gelegenheit, um weiter miteinander plaudern zu können.«
Henriette rang sich ein Lächeln ab. Doch kaum hatte Sir Pottinger ihnen den Rücken zugekehrt, zog sie John in einen stillen Winkel und zischte: »Was ist denn bloß in dich gefahren? Wie kannst du diesen Mann nur so beleidigen?«
»Ich habe ihn nicht beleidigt.«
»Oh doch! Das hast du.«
»Ich habe nur das Kind beim Namen genannt, Henriette. Mehr nicht.«
»Und wenn schon. Mitunter ist es klug, die Wahrheit nicht immer so dröhnend vor sich her zu trompeten.«
Sie war wütend.
»Ach ja? Vielleicht bin ich einfach nicht geschaffen für solche

diplomatischen Spielereien«, sagte er so laut, dass sich die ersten Gäste umdrehten.

»Psst!« Henriette schielte beschwörend zur Seite.

»Verdammt noch mal, Henriette. Ich wollte nie Teehändler werden. Und ich hasse es, auf Empfängen immer nur über Geschäfte reden zu müssen. Auf Empfängen will ich mich unterhalten. Zum Beispiel mit dir.«

Dann zögerte er, als wollte er noch einmal nachdenken über das, was er gleich sagen würde. »Vielleicht«, fuhr er schließlich fort und betonte jedes einzelne Wort, »vielleicht passe ich nicht in deine Welt.«

»Aber natürlich passt du in meine Welt«, sagte Henriette schnell und ergriff seine Hände. »Wir beide sind das perfekte Paar!« Sie sah, dass er ihrem Blick auswich. »John, solche Gesellschaften gehören zum Geschäft, ist das so schlimm? Du wirst dich daran gewöhnen! Du wirst sehen, auch dir wird das Spaß machen.«

John riss sich von ihr los. »Und wenn ich nicht will?«

Henriette bemerkte eine Dame neben ihr, die hinter ihrem Fächer zu tuscheln begann. Sie zwang sich zur Ruhe und sagte leise, fast flüsternd: »John, ich verstehe dich nicht. Du hast dich in letzter Zeit so verändert.«

»Ach ja?«, meinte er kühl. »Wie denn? Bin ich vielleicht dicker geworden? Das glaube ich kaum, bei dem Fraß der letzten Monate.«

»Das ist nicht witzig«, zischelte Henriette. Sie sah ihn an und wartete darauf, dass er etwas sagte, sich bei ihr entschuldigte. Aber John schwieg.

»Weißt du was?« Ihre Stimme klang niedergeschlagen. »In den letzten Tagen habe ich mich immer wieder gefragt, wo der John geblieben ist, in den ich mich verliebt habe?«

John hielt ihrem Blick stand. Nach einer Weile antwortete er ebenso leise: »Vielleicht gibt es diesen John gar nicht.«

Sie sah ihm fest in die Augen.

»Vielleicht«, sagte sie schließlich. Damit drehte sie sich um und mischte sich unter die Gäste.

25

In der folgenden Nacht wälzte sich John im Bett hin und her. Er träumte von haarigen Ungeheuern, die ihn verfolgten und immer näher kamen, wenn er stolperte. Oder von aufgebrachten Bankdirektoren mit Schrotflinten, die ihn über nassen Lehmboden trieben, der glitschig war wie Schmierseife. Ein anderes Mal saß er vor einem ausladenden Schreibtisch, der unerhört viel Platz für unerledigte Aufgaben bot. In einem kostbaren, mit braunem Leder bezogenen Lehnstuhl sitzend, blickte er zu Henriette auf. Sie stand neben ihm und studierte mit gerunzelter Stirn sein Redemanuskript. Inständig hoffte er, dass sie es jetzt, nach diesem dritten Versuch, endlich für gut befinden würde, schließlich musste er noch die Abrechnungen mit Kapitän Lüthjohann vorbereiten.

»Das kannst du noch viel besser, John.« Henriette schüttelte den Kopf. »Vergiss nicht, dies ist deine erste Rede im Senat. Du musst deine zukünftigen Kollegen mit Witz und Verstand beeindrucken.«

Sie gab John das Manuskript zurück. »Hier, versuch es noch einmal.«

John wurde heiß. Mit zwei Fingern versuchte er, seinen weißen Stehkragen etwas zu weiten. Die Vorstellung, morgen vor den versammelten Senatoren sprechen zu müssen, bereitete ihm Magenschmerzen.

In diesem Moment betrat Andresen das Zimmer. Er trug einen weiteren Stoß Papier herein und lud ihn auf dem Schreibtisch ab.

»Was ist denn das?«

»Diese Lagerlisten müssen durchgesehen werden. Es sind Differenzen bei Tee und Porzellan aufgetreten. Der Senator wünscht, dass der Fehler bis heute Abend gefunden wird.«

»Bis heute Abend?« John verdrehte die Augen.

»Ganz recht«, sagte Andresen und verließ so schnell den Raum, dass John keine Chance hatte, ihm einige seiner Aufgaben zu übergeben.

Er warf ihm seinen Bleistift nach. »Du Satansbraten!«

Henriette lächelte und strich ihm über das Haar: »Du schaffst das schon.«

Sie gab ihm einen Kuss auf die Stirn und tänzelte aus dem Büro. In der Tür drehte sie sich noch einmal kurz um und sagte: »Schließlich bist du mein Mann. Ach, bevor ich es vergesse, nach deiner Rede musst du unbedingt mit Senator Matthiesen sprechen. Er expandiert stark im Südamerikahandel. Er könnte interessant für uns werden. Denk dir was aus, worüber du mit ihm reden könntest. Ich glaube, er liebt Angeln.«

Kleine Schweißperlen liefen ihm die Schläfen herunter. Er schloss die Augen. Ihm wurde schwindelig. Der Lehnstuhl begann sich zu drehen und kippte nach hinten. John fiel und fiel, tiefer und tiefer, bis es in seinem Magen kribbelte …

John atmete schwer, als er die Augen öffnete. Vor sich sah er nicht den ausladenden Schreibtisch, sondern das Gästezimmer von Jeroen van Kampen. John stand auf und atmete erleichtert aus.

Leichtfüßig ging er die Treppe hinunter in das Speisezimmer. Er hatte verschlafen und musste sich beeilen, wollte er das Frühstück nicht verpassen. Van Kampen, Lüders, Henriette und auch Mailin saßen am Tisch und hatten ihre Reissuppe fast ausgelöffelt. Henriette sah ihn kühl an. Mailin dagegen begrüßte ihn mit einem kaum erkennbaren Lächeln. John nickte ihr zu.

»Haben Sie gut geschlafen?«, erkundigte sich van Kampen, ohne wirklich interessiert zu sein.

»Danke, es hätte besser sein können«, antwortete John und stopfte sich die Ecke einer Serviette in den Hemdkragen.

Van Kampen setzte sein Gespräch mit Lüders fort. »Pottinger hat weiter berichtet, dass die Chinesen wieder ihre Kriegsdschunken zusammenziehen. Und er meint, dass sich immer mehr Widerstandsgruppen im Hinterland formieren und dass sie über kurz oder lang die besetzten Städte angreifen.«

»Und wenn schon«, knurrte Lüders gelassen. »Dann wird das der letzte Angriff der Gelben gewesen sein. Den englischen Kanonenbooten haben die Schlitzaugen doch nichts entgegenzusetzen.«

»Sind wir in ernster Gefahr?«, fragte Henriette besorgt. »Die Soldaten, die ich gesehen habe, wirkten sehr entschlossen.«

»Pottinger hat mir versichert, dass er Shamian als britisches Territorium betrachtet und jeden Angriff zurückschlagen wird«, sagte van Kampen. Und nach einer kurzen Pause fügte er hinzu: »Ich persönlich glaube, dass es schon sehr bald sehr ungemütlich wird. Und ich weiß nicht, ob Pottinger eine Vorstellung davon hat, wie viele Chinesen es hier gibt.«

26

Die nächsten Wochen brachten weniger Regen und gemäßigtere Temperaturen. Regelmäßig hatten van Kampen, Lüders, Henriette und John Herrn Wu Yang, ihrem zuständigen Hong-Kaufmann, ihre Aufwartung gemacht. Mailin begrüßte die einzelnen Hong-Kaufleute alle mit Namen, übersetzte und beantwortete die Fragen von John und Henriette freundlich und geduldig.
Während Mailin ihnen die angebotenen Teesorten vorstellte, betrachtete John sie von der Seite.
Wie sicher sie in ihrer und unserer Sprache ist. Ob sie sich auch in den beiden Welten so sicher bewegen würde? In Hamburg? Was würde Mutter sagen, wenn Mailin eines Tages bei uns auftauchen würde? Würde sie ihr gefallen?
John schüttelte den Kopf und konzentrierte sich wieder auf die Gegenwart.

»Was ich mich schon länger gefragt habe«, meinte Henriette, »wie sind Ihre Vorfahren überhaupt darauf gekommen, Tee herzustellen? Wissen Sie, wie alles angefangen hat?«
»Die Legende besagt«, begann Mailin mit zarter Stimme, »dass sich eines Tages vor ungefähr viertausendfünfhundert Jahren der große Kaiser Shen Nung in einem seiner Gärten am Ufer des Jangtsekiang von der Mühsal des Tages erholen wollte. Er saß an einen Baumstamm gelehnt und hielt eine Tasse mit heißem Wasser in den Händen, um sich zu entspannen. In diesem Moment fielen zufällig einige Blätter von einem über ihm hängenden Zweig in seine Tasse. Kaiser Shen Nung roch an dem Getränk, probierte es und fand es wohl-

schmeckend und erfrischend. So entstand der Legende nach der Tee.«

»Ach«, sagte John leicht enttäuscht, »so einfach war das?«

»Die wichtigen Dinge«, sagte Mailin freundlich, »sind oft einfach.«

Danach führte sie John und Henriette herum und zeigte ihnen die übrigen Teesorten. »Das ist *Chun Mee*, ein einfacher Tee, der viel verkauft wird. Und dieser hier« – sie deutete auf einen anderen Korb – »das ist *Hyson*. Der älteste Tee, den man kennt.«

»Ist er auch der Beste?«, fragte John neugierig.

»Nein, natürlich nicht. Die besten Teesorten sind für Gweilos nicht zu kaufen.«

»Was zeichnet denn die besten Sorten aus?«, hakte er nach.

Mailin holte tief Luft. »Zuerst gibt es natürlich viele verschiedene Teeblätter. So wie es verschiedene Blumen gibt.«

John nickte.

»Aber Tee braucht auch einen günstigen Boden, die richtige Menge Wasser zur richtigen Zeit, genug Wärme, aber keine Hitze, die richtige Menge an Licht und Schatten. Diese Bedingungen müssen alle zusammen erfüllt sein, nicht nur eine oder zwei. Sie können sich denken, dass dies nur auf wenige, meist sehr kleine Orte zutrifft.«

»Die Geheimen Gärten?«, fragte Henriette.

»Genau. Dabei muss man wissen, das zwei gleiche Teepflanzen unterschiedliche Teeblätter hervorbringen werden, je nachdem, wo sie wachsen. Denn wie bei den Menschen wirken sich auch auf die Teepflanzen die Einflüsse ihrer Umgebung auf ihren Charakter aus. Zwei Teepflanzen, die wie Zwillinge sind, werden auf unterschiedlichen Böden einen unterschiedlichen Charakter und Geschmack annehmen. Ganz so, wie

Menschen durch ihre spezielle Umgebung geformt werden.« Mailin machte eine kurze Pause, dann fügte sie hinzu: »Gute Teepflanzen sind aber nur die Vorbedingung für wahren Teegenuss. Wichtig sind auch die Verarbeitung und nicht zuletzt die Zubereitung, das Wasser …«
John hörte nicht mehr richtig zu. Zu sehr war er fasziniert von Mailins sanfter Stimme, mit der sie über Tee und allem, was damit zusammenhing, erzählte. Mailin liebte Tee und ließ eine Leidenschaft erkennen, die ihn schmerzlich an seinen Vater erinnerte.
Vater, dachte er plötzlich. Wie geht es dir? Jetzt, in Hamburg, am anderen Ende der Welt?
Er schluckte kurz. Wieder fühlte er diese ungewohnte Wärme für seinen Vater. Warum habe ich diese Seite in ihm über all die Jahre nie richtig entdeckt? Musste ich erst nach China fahren, um das zu erkennen? Hoffentlich ist es noch nicht zu spät.
Der intensive Duft der einzelnen Teesorten führte John zurück in seine Kindheit. Vater hat Percy und mich immer mit auf den Speicher genommen, wenn neue Teekisten eingetroffen waren. Gemeinsam haben wir an den Teeblättern gerochen. Du hast uns die Namen genannt und unermüdlich versucht, uns für Tee zu begeistern. Und warst enttäuscht, weil ich nicht so aufmerksam war wie Percy. Dabei interessiert sich Percy gar nicht für den Tee, sondern nur für das Geld, das er damit verdienen kann. Für dich aber war immer der Tee wichtig. Das weiß ich jetzt und ich kann es verstehen.

John sah Henriette an einigen Teeblättern riechen und zufrieden nicken.

Ich werde alles tun, damit ich dir den besten Tee nach Hause bringe. Und dann musst du mir erzählen, wie es war, als du das erste Mal in Kanton gewesen bist.

Henriette hatte inzwischen genug gehört und zusammen mit Lüders die ersten Teekisten geordert. Sie schob einen stolzen Haufen Silbermünzen über den Tisch, dem grinsenden Wu Yang direkt in die Hände.
»Silbermünzen«, murmelte John. »Und ich habe fast nur Schmuck.«
Henriette drehte sich zu John und sah richtig glücklich aus. »Du solltest auch zuschlagen, John. Wenn du länger wartest, ist der neue Tee bald ausverkauft.«

27

Die nächsten Tage waren ähnlich verlaufen. Henriette und Lüders waren mit van Kampen losgezogen und hatten Kiste um Kiste gekauft, wobei Henriette irritiert feststellen musste, dass die Verkaufspreise, obwohl vom Kaiser festgelegt, erheblichen Schwankungen unterworfen waren. Die Hong-Kaufleute begründeten das mal mit langen Transportwegen, mal mit höheren Abgaben an den Hoppo, oder auch gar nicht.

»So sind die Umstände, Fräulein Sternberg«, erklärte van Kampen. »Das ist sehr ärgerlich, aber wohl nicht zu ändern.« Er zuckte mit den Schultern. »Sie haben den Tee.«

Mit ihnen ärgerten sich die Engländer, Holländer, Portugiesen und Amerikaner, die alle gleichermaßen unter diesen tückischen Bedingungen zu leiden hatten. Und dennoch kauften auch sie, als wären es die letzten Kisten.

Das waren gewiss nicht die Umstände, die John ermutigten, selbst in den Handel einzusteigen. Zumal sich Wu Yang und seine Kollegen nur über Silberdollars freuten.

Vertrauenswürdige Handelspartner stelle ich mir anders vor, sagte sich John. Und ausgerechnet denen soll ich den Silberschmuck meiner Mutter anbieten? Die werden mir nicht mal einen Bruchteil seines Wertes auszahlen. Ich muss einen anderen Weg finden, aber welchen?

Einige Tage später, nach dem Fünf-Uhr-Tee, Henriette, van Kampen und Lüders waren gerade aufgestanden und hatten den Teesalon in Richtung Empfangshalle verlassen, beobachtete John Mailin. Sie tupfte sich die Lippen ab und war im

Begriff, van Kampen in die Halle zu folgen, als John aufsprang und sie noch vor der Tür des Teesalons abfing. Er stellte sich ihr in den Weg und machte eine tiefe Verbeugung.
»Verehrtes Fräulein Mailin«, sagte er freundlich, »darf ich Sie entführen?«
Mailin sah ihn mit großen Augen an: »Entführen?« Doch als sie bemerkte, dass er ihr zuzwinkerte, konnte sie nicht anderes als schmunzeln. »Sehr gern«, sagte sie und verbeugte sich.
Lüders, der die Szene beobachtet hatte, zupfte van Kampen am Ärmel und nickte mit einen viel sagenden Blick in Richtung John. Van Kampen verstand sofort und ging mit großen Schritten zurück in den Teesalon. Unmittelbar vor John und Mailin blieb er stehen. Auch wenn er sich um eine entspannte Miene bemühte, dröhnte seine Stimme. »Gibt es etwas, das ich wissen sollte?«
»Ich glaube nicht«, entgegnete John höflich. »Ich habe Fräulein Mailin gefragt, ob sie mich zu einem kleinen Spaziergang begleiten möchte.«
Van Kampen erwiderte gereizt: »Spaziergang! Soso. Das wird leider nicht gehen.«
»Und warum nicht, wenn ich fragen darf?«
Van Kampen starrte John aus zu Sehschlitzen verengten Augen an. Er war es allem Anschein nach nicht gewohnt, dass seine Anweisungen hinterfragt werden.
»Mailin soll …«, sagte er zögernd, »sie muss noch einen Brief übersetzen.«
John lächelte van Kampen an. »Das macht nichts. Dann werde ich warten.«
Van Kampen fixierte John wie eine Kobra kurz vor dem Angriff, dann packte er Mailin überraschend und so fest am Handgelenk, dass sie aufschrie.

»Hören sie, Blanckendorff! Ich habe Ihnen schon einmal gesagt, Sie sollen sich nicht in meine Angelegenheiten einmischen. Haben Sie das vergessen?«
»Nein, habe ich nicht.«
»Es ist wohl besser«, sagte Mailin leise und krümmte sich unter van Kampens Griff, »wenn ich hier bleibe.«
»Ich denke, das wird für uns alle das Beste sein«, ergänzte Henriette, die auch hinzugekommen war.
»Herr van Kampen«, sagte John in liebenswürdigem Ton, »Sie sind ein großzügiger Gastgeber und dafür möchte ich mich in aller Form bedanken. Ich bin sehr froh darüber, dass ich Gast in ihrem Hause sein darf, und es liegt mir fern, ihnen irgendwelche Unannehmlichkeiten zu bereiten oder anderweitig Anlass zur Sorge zu geben.« Er sah zufrieden, dass sich van Kampens Griff um Mailins Handgelenk gelöst hatte. »Ich will offen zu Ihnen sein. Ich möchte mich mit Fräulein Mailin über Tee unterhalten, denn ich muss noch viel lernen. Das dürfte auch ihr Eindruck sein. Und wo könnte ich besser lernen, als hier in Kanton bei Ihnen? Dabei möchte ich keinesfalls Fräulein Mailin bei ihrer Arbeit stören oder behindern. Ganz und gar nicht. Deshalb werde ich geduldig warten, bis sie ihre Aufgaben erledigt hat. Ich hoffe«, schloss John mit einer leichten Verbeugung, »dass Sie mir das nicht abschlagen.«
Van Kampen fletschte die Zähne. »Ich warne Sie, Blanckendorff. Ich habe überall meine Leute. Und wenn es nötig sein sollte, lasse ich in Kanton keinen Stein auf dem anderen, um alles herauszufinden, was ich wissen muss.«

Es war ein schöner Spätnachmittag, als John und Mailin vor das Eingangsportal traten. Van Kampen hatte Mailin gehen lassen, ohne dass sie ein Wort übersetzen musste. Sie eilte mit schnellen Schritten die laute und geschäftige Straße entlang. Ein vorbeifahrender Kutscher schimpfte mit einem vielleicht zwölfjährigen Jungen, der über seiner Schulter eine Bambusstange mit zwei schweren Eimern trug, weil er nicht schnell genug zu Seite ging.

Mailin blickte mürrisch wie sonst nur Xiaofang. John war enttäuscht. Nicht dass er lauten Jubel erwartet hätte, aber auf etwas mehr Freude darüber, dass es ihm gelungen war, sie aus den Fängen van Kampens zu befreien, hatte er doch gehofft.

»Machen Sie sich Sorgen, dass bald ein Krieg ausbrechen könnte?«, fragte er.

»Ein Krieg bringt immer nur Leid und Zerstörung«, antwortete sie, ohne ihr Tempo zu verlangsamen. »Und Unterdrückung für die Verlierer«, fügte sie bitter hinzu. »Aber ich werde es überleben. Ich habe schon andere Dinge überstanden.«

John sah sie von der Seite an und wusste, dass sie Recht hatte. Aber das schien nicht alles zu sein.

»Sie bedrückt doch noch etwas, nicht wahr?«

Mailin antwortete nicht, sondern ging weiter stur geradeaus. John versuchte, sie so lange anzusehen, bis sie mit der Sprache herausrückte. Das war ein Trick, der bei Johanna oft funktionierte. Zufrieden registrierte er, dass Mailin seine Blicke spürte und zunehmend gereizter wurde.

»Lassen Sie das, Herr Blanckendorff«, sagte sie schließlich.

»Erst wenn Sie John zu mir sagen. Mailin ist doch ihr Vorname, nicht wahr?«

»Ja.«

»Dann müssen Sie auch John zu mir sagen.«

Mailin blieb stehen und sah ihn traurig an. »Sie nehmen mich nicht ernst, Herr Blanckendorff!«, sagte sie wütend. »Dass Herr van Kampen mich nicht respektiert und Herr Lüders und alle anderen Gweilos, habe ich inzwischen gelernt. Aber Herr Blanckendorff ist anders, habe ich gedacht.«

»John!«, beharrte er und lächelte freundlich.

Mailin ging einen Schritt, dann blieb sie wieder stehen. »Herr Blanckendorff!«, sagte sie zornig. »Warum können Sie mich nicht in Ruhe lassen?«

John sah sie an. »Verzeihen Sie mir«, sagte er betreten, »ich habe den Bogen überspannt. Mailin, bitte glauben Sie mir, ich werde Sie nie zu etwas zwingen.«

Sie gingen weiter die Straße entlang. Nach diesem missglückten Versuch, ihr näher zu kommen, wollte John zügig das Thema wechseln.

»Ist Shamian wirklich der einzige Ort in ganz China, an dem wir Langnasen Tee kaufen können? Und auch nur über die Hong-Kaufleute? Es wäre doch viel einfacher, wenn wir überall dort Tee kaufen könnten, wo er angebaut wird.«

»Das mag richtig sein«, antwortete Mailin in ihrer gewohnt freundlichen Art. John war sich aber nicht sicher, ob sie ihm tatsächlich schon verziehen hatte oder ob es nur ihre übliche Höflichkeit gegenüber Gästen war.

»Auf diese Weise behält der Kaiser die Kontrolle über den Verkauf. Großvater hat gesagt, dass früher die Ausländer nicht einmal Shamian betreten durften, sondern der Teehandel direkt auf den Schiffen abgewickelt wurde, damit keiner in Kontakt mit den Teebauern kommt. Das ist heute nicht mehr so, und trotzdem bestimmt der Kaiser immer noch alles, was mit Tee zusammenhängt.«

»Auch dass mit Silbermünzen gezahlt wird?«

»Ja. Oder Silberbarren.«

»Und was ist, wenn ich nur Silberschmuck habe?«

»Ich fürchte, das wird nicht gehen. Die Hong-Kaufleute haben klare Anweisungen.«
»Aber es muss doch noch andere Wege geben.«
Sie gingen ein paar Meter weiter, ohne dass Mailin darauf antwortete. Doch schließlich sagte sie leise: »Sie meinen Schwarzhändler?«
»Na ja, wenn es hilft.«
Mailin blieb stehen. »Ich muss Sie warnen, Herr Blanckendorff. Das ist sehr gefährlich. Und außerdem mischen sie oft unzulässiges Material in den Tee. Zum Beispiel ...«
»Kuhmist?«
Mailin lächelte.
»Ich will es lieber nicht wissen.«
Sie gingen wieder ein paar Schritte weiter, bis John eine andere Idee kam. »Was ist mit dem Tee aus den Geheimen Gärten? Der ist doch bestimmt sehr wertvoll.«
»Diese Sorten sind so kostbar, dass sie schwer zu bekommen sind. Das habe ich bereits gesagt. Sie sind vor allem dem Kaiser und seinen höchsten Würdenträgern vorbehalten.«
»Dann haben selbst Händler wie van Kampen, Kapitän Lüders oder Fräulein Sternberg, die über viel Geld verfügen, keine Chance, an diese Tees heranzukommen?«
»Nein«, sagte Mailin entschieden.
John seufzte. Dann sah er sie mit großen Augen an: »Und ich?«
Mailin lächelte mitfühlend. »Auch nicht«, sagte sie und fügte hinzu: »Leider.«

Während sie zu van Kampens Villa zurückgingen, grübelte John auf der Suche nach einem Ausweg.
Wenn es gar nicht anders geht, muss ich es über die Schwarz-

händler versuchen. Die haben bestimmt Interesse an Silberschmuck. Aber wie soll ich den Kontakt herstellen?
»Herr Blanckendorff!« Mailin hatte ihn sanft am Arm gezupft. »Sie sehen so bedrückt aus. Was quält Sie?«
»Nichts«, beeilte er sich zu antworten.
Mailin neigte den Kopf leicht zur Seite und musterte ihn. »Wollen Sie es mir nicht sagen? Vielleicht kann ich ihnen helfen.«
John blieb stehen. »Ich weiß nicht, was ich machen soll. Fräulein Sternberg kauft Kiste um Kiste. Lüders und van Kampen auch und überhaupt jeder Händler, der zurzeit auf Shamian ist. Nur ich laufe noch mit meinem Silbersack herum und habe nicht einen Krümel Tee.«
»Und warum kaufen Sie keinen Tee?«
»Weil ich kaum Silbermünzen habe. Nur Schmuck, unseren Familienschmuck.«
Mailin zog ihre Stirn kraus. John schloss daraus, dass das tatsächlich ein Problem war.
»Sehen Sie, das ist der Schmuck meiner Mutter und meiner Schwester. Es ist nicht viel, deshalb ist es umso wichtiger, dass mir jemand einen angemessenen Preis dafür zahlt. Und dass ich einen ganz besonderen Tee finde.«
John zuckte mit den Schultern. »Ich weiß einfach nicht weiter. Die Hong-Kaufleute akzeptieren meinen Schmuck nicht oder nur zu einem Bruchteil seines Wertes. Soll ich es riskieren, zu den Schwarzhändlern zu gehen, auf die Gefahr hin, dass sie mir Kuhmist andrehen oder mir den Schmuck einfach aus der Hand reißen?«
»Oder dass Sie verhaftet werden«, ergänzte Mailin.
Er sah sie stirnrunzelnd an und zuckte hilflos mit den Schultern. »So viele Möglichkeiten. Ich weiß gar nicht, welche mir die liebste wäre.«

Mailin nickte ihm mitfühlend zu und schien gleichzeitig über etwas nachzudenken. Nachdem sie ein paar Schritte gegangen waren, hatte sie ihren Entschluss gefasst.

»Wenn es Ihnen recht ist«, sagte sie zögerlich, »werde ich Großvater fragen, ob er Sie zur *Gongfu cha*, zur Teezeremonie, einladen will.«

John sah sie verdutzt an. »Was bringt mir das? Kann er mir Tee besorgen?«

»Er ist ein großer Meister. Bestimmt werden Sie danach mit größerer Klarheit sehen, was zu tun ist.«

»Sie meinen: Abwarten und Tee trinken?« John blieb skeptisch. »Wird er mich denn überhaupt empfangen? Schließlich habe ich eine … lange Nase.«

»Und was für eine.« Mailin kicherte und hielt sich schnell ihre kleine Hand vor den Mund. Dann machte sie eine Verbeugung, um sich zu entschuldigen.

»Ich kann es nicht versprechen. Normalerweise lässt er Gweilos nicht an der Teezeremonie teilnehmen. Er hält sie für Primitive.«

»Und? Wie denken Sie darüber?«

»Nun«, sagte Mailin und sah John mit einem warmen Blick an. »Ich denke, er ist ein weiser Mann.« Und fügte leise hinzu: »John.«

28

Noch am Abend hatte Mailin bestätigt, dass ihr Großvater John am nächsten Nachmittag zum Tee empfangen würde. Damit van Kampen möglichst keine Schwierigkeiten machen konnte, hatten sie verabredet, getrennt zu gehen und sich dann vor der großen Bambusbrücke zu treffen.

John konnte in dieser Nacht wie schon in den anderen zuvor keine Ruhe finden. Mir läuft die Zeit davon. Henriette und Lüders haben ihren Tee wohl längst im Bauch der *Swatte Katt* verstaut. Kann ich mir überhaupt noch einen ruhigen Nachmittag bei Tee und Plätzchen leisten? Sollte ich nicht lieber gleich Kontakt zu den Schwarzhändlern aufnehmen, auch auf die Gefahr hin, dass ich den Silberschmuck verschenke? Soll ich Mailin fragen, ob sie mitkommt? Oder vielleicht ihren Großvater bitten, mir zu helfen?

Diese und noch andere Fragen hatten John die ganze Nacht wach gehalten. Erst gegen Morgen war er eingeschlafen und hatte das Frühstück verpasst.

Die Sonne stand hoch am Himmel, und John hockte völlig gerädert in der Küche, wo ihm die ewig mürrische Xiaofang eine Schale mit fast kaltem Reis, der seinen Weg nicht in die Suppe gefunden hatte, und eine Tasse Jasmintee hinschob. John stocherte, seinen Kopf auf die linke Hand gestützt, in dem Reis herum, als handelte es sich um Regenwurmkompott.

»Ach, da bist du.«

Er hob den Kopf. In der Tür stand Henriette und sah ihn erfreut an. John runzelte die Stirn. So heiter hatte er sie lange nicht mehr erlebt. Ist irgendwas passiert?

Sie kam an den Tisch und sah in seine Schüssel. »Kalter Reis?«, zwitscherte sie. »Wie kannst du das jetzt essen?«
»Kann ich ja gar nicht.«
Sie sah ihn forschend an, als suchte sie in seinem Gesicht die Antwort auf die kommende Frage.
»Weißt du, was?« Sie setzte sich zu John auf einen Hocker und warf Xiaofang einen kurzen missbilligenden Blick zu, der sie eigentlich wegscheuchen sollte. »Ich möchte«, sagte sie und nahm Johns Hand, »dass wir uns wieder vertragen.«
John sah Henriette aus kleinen, müden Augen an. »Ich möchte auch nicht, dass wir uns streiten.«
»Wunderbar! Du glaubst gar nicht, wie mich das freut.« Sie war voller Energie und strahlte, als hätte sie gerade ein Geschäft von überaus großer Tragweite erfolgreich abgeschlossen. Dann stand sie auf.
»Ich lass dir erst mal ein vernünftiges Mittagessen bringen, und dann kannst du ja gleich mitkommen.«
»Mitkommen?« John runzelte müde die Stirn. »Wohin?« Er konnte sich nicht erinnern, dass sie sich verabredet hatten.
»Ich dachte, dass wir für dich Tee kaufen gehen. Schließlich hab ich jetzt schon Erfahrung«, sagte Henriette stolz. »Es sei denn, du bist mit einem Anteil an meinem Tee zufrieden. Dagegen habe ich natürlich auch nichts«, zwitscherte sie und ergänzte: »Und wenn wir auch mit deinem Teegeschäft fertig sind, legen wir ab.«
»Ablegen?« John war mit einem Mal hellwach. »Heute?«
»In den nächsten Tagen.«
»Ich dachte, wir haben noch Zeit. Der Nordostmonsun weht doch erst in ein paar Wochen.«
»Kapitän Lüders gefällt die Lage nicht. Es gibt immer mehr Unruhen. Am Stadtrand sind schon Schüsse gefallen. Er

möchte so schnell wie möglich ablegen und zumindest bis zu den Portugiesen nach Macao segeln. Und ich will endlich nach Hamburg.« Weil John keine Reaktion zeigte, sagte sie enthusiastisch: »John, wir fahren nach Hause!«

Henriette wartete auf seinen Jubel über diese frohe Botschaft. Doch als der ausblieb, sagte sie: »Du kannst selbstverständlich noch zu Ende frühstücken. Ich werde inzwischen anfangen und meine Sachen packen.«

Sie war fast schon zur Tür hinaus, als John sich räusperte und sagte: »Das geht leider nicht.«

Henriette blieb wie erstarrt stehen. Als hätte sie es die ganze Zeit geahnt, war plötzlich jede Heiterkeit aus ihrem Gesicht gewichen.

»Warum nicht?« Sie bemühte sich um Gelassenheit, und dennoch klang ihre Stimme dünn und unsicher. »Ist es wegen … wegen dieser Chinesin?«

John schlürfte seinen Tee, dann sagte er: »Ich muss das Geschäft meiner Familie retten …«

Henriette seufzte erleichtert und kam zu ihm zurück. Sie legte ihm ihre Hände auf die Schultern und sah ihn an. »Aber das wirst du, John. Wir wollen doch zusammenarbeiten, Partner werden. Mein Tee ist dann auch dein Tee.«

John presste die Lippen zusammen, dann sagte er: »Mailins Großvater hat mich eingeladen. Zu einer Teezeremonie. Er ist ein großer Teemeister. Von ihm kann ich bestimmt viel lernen. Sie sagte, dass er normalerweise keine Gweilos wie uns zu einer Teezeremonie einlädt.«

»Teezeremonie! Wenn ich das schon höre!«, sagte sie scharf. »Meine Familie handelt seit Jahren mit Tee, gutem Tee, wie ich meine und was auch unsere Kunden denken. Und das, ohne dass wir vorher zu einem alten Chinesen mussten.«

»Mag sein«, sagte John leise, »aber die Verabredung steht. Es wäre sicher eine große Beleidigung für ihren Großvater, wenn ich jetzt absagen würde.«
Henriette zog ihre Hände zurück und fragte scharf: »Und wenn du nun mich beleidigst?«
John überlegte kurz. »Bestimmt kannst du auch an der Teezeremonie teilnehmen. Ich werde Mailin fragen.«
»Vergiss es, John!« Henriette stand bereits wieder an der Tür. »Du musst dich entscheiden: Entweder du kommst mit mir und wir kaufen gemeinsam Tee, oder du gehst zu deiner Chinesin.«
»Aber Henriette«, rief John und sprang von seinem Stuhl auf. »Was soll das? Wir können doch auch morgen noch Tee kaufen.«
»Du hast gehört, was ich gesagt habe.«
Sie schlug die Tür hinter sich zu.

Den ganzen Weg über dachte John über seine Entscheidung nach. Es war ihm nicht leicht gefallen, zur Bambusbrücke zu gehen. Schweigend, in seine Gedanken vertieft, ging er neben Mailin in die Stadt.
Ich muss alles versuchen und den besten Tee beschaffen, den ich kriegen kann. Henriette wird mich verstehen.
Vor einem großzügigen Haus mit zahlreichen Fenstern und einem pagodenförmigen Dach blieb Mailin stehen. Die Fassade war offen und freundlich und wurde durch eine schlichte Eleganz geprägt, gegen die van Kampens Villa wie ordinäre Angeberei wirkte. Unter dem Vordach baumelte ein Windspiel, das hell klimperte.
Mailin klopfte an die Tür. Es dauerte einen Moment, bis eine alte Frau öffnete. Ihre Großmutter? Wegen ihrer einfachen

Baumwollkleidung und den Bastschuhen an ihren erstaunlich winzigen Füßen vermutete John eher eine Magd. Während sie Mailin auf das Herzlichste begrüßte, musterte sie John wie einen Boten todbringender Krankheiten.
Die Alte führte sie mit kleinen Tippelschritten durch mehrere spartanisch eingerichtete Räume, in denen der Duft von Räucherstäbchen hing. Die wenigen Tische, Stühle oder Truhen waren aus kostbarem Teakholz, so dass John den Eindruck gewann, dass die Zimmer nicht deshalb spärlich möbliert waren, weil es an Geld mangelte, sondern weil es der Hausherr so wollte. Es stand damit in einem wohltuenden Gegensatz zu vielen Patrizierhäusern in Hamburg, die es trotz hanseatischer Zurückhaltung sehr wohl zu zeigen wussten, was sie besaßen.
Die alte Chinesin führte sie hinaus in den Garten, wobei sie stets sorgsam darauf achtete, gegenüber John einen maximalen Abstand einzuhalten. An der Tür zum Garten verabschiedete Mailin die Frau, woraufhin sie sich vor ihr verneigte und dann im Haus verschwand.
»Ihr Großvater hat einen kleinen See im Garten«, staunte John. »Und darin einen Pavillon.«
»Großvaters Teehaus.« Mailin blickte hinüber und freute sich. »Kommen Sie, Großvater wartet bereits.«
Sie gingen auf ein kleines, sechseckiges Häuschen zu mit großen Fenstern und einem Dach, das von sechs mächtigen Holzpfosten getragen wurde. Im Teich um den Pavillon schwammen weiße und rosafarbene Lotosblüten und Fische. Neben dem Teich befanden sich diverse Feldsteine. Sie waren nicht achtlos abgelegt worden, sondern formten mit Bambushecken und anderen Pflanzen eine harmonisch aufeinander abgestimmte Miniaturlandschaft, deren Ausstrahlung sich auch John nicht entziehen konnte.

Vor der hölzernen Brücke zum Pavillon blieb er stehen. »Warum ist diese Brücke so zickzackförmig gebaut? Der gerade Weg wäre doch viel kürzer.«
»Es hat was mit dem Fließen des *Chi* zu tun.«
»*Chi?* Was ist das?«
»*Chi* ist die Kraft, die allen Dingen, egal, ob Menschen, Tieren oder Pflanzen innewohnt und ihnen Leben verleiht. Sie ist für unser Auge nicht sichtbar, aber wir können sie spüren. Zum Beispiel in diesem Garten.«
»Aha«, sagte John und hatte doch kein einziges Wort verstanden.
Mailin war inzwischen fast am Pavillon angelangt und winkte John zu sich heran. »Kommen Sie.«
Er überquerte die Brücke und sah über den Teich in den Garten, konnte aber, so sehr er sich auch bemühte, keine besondere Kraft oder Energie erkennen. Er zuckte kurz mit den Schultern und dachte sich: Na ja, wenn es unsichtbar ist, ist wohl auch nicht viel zu sehen.
Er folgte Mailin in den Pavillon und erschrak, als er eintrat: Vor ihm stand ein kleiner, alter Mann mit Glatze, der ihm gerade bis zu den Schultern reichte. Seine langen, weißen Barthaare konnte man einzeln zählen. Die Haut im Gesicht und an den faltigen Händen war blass und schien dünn wie Papier. So einen alten Menschen hatte er noch nicht gesehen. Sein dunkelblauer Seidenmantel, den ein schwarzer Gürtel zusammenhielt, war unscheinbar gemustert. Lediglich seine Seidenpantoffeln deuteten darauf hin, dass er nicht täglich um sein Auskommen ringen musste. Beeindruckt war John allerdings von dem Gesichtsausdruck des Alten, der selbstsicher und würdevoll war und eine über viele Jahre gewachsene, stille Autorität ausstrahlte. Und eine starke Zurückhaltung. Gute Erfahrungen

mit Gweilos hatte er in seinem langen Leben wohl nur selten gemacht, wenn überhaupt.
John blickte fragend zu Mailin.
»Sagen Sie Guten Tag«, flüsterte sie kaum hörbar und deutete mit einer minimalen Geste an, dass es Zeit war, sich zu verbeugen.
John nickte. Klar! Aber was heißt Guten Tag noch mal auf Chinesisch? Sie hat es mir doch erst auf dem Marktplatz erklärt. Oder? Ja, genau, ich hab's. Er machte eine tiefe Verbeugung. Weil er annahm, so ein alter Mann musste einfach schwerhörig sein, stellte er sich vor, er stünde als Matrose in einem Mastkorb und könnte nach entbehrungsreichen Wochen auf See Land in Sicht melden, und rief entsprechend: »Manman chi!«
Mailin wurde von einer Hustenattacke geschüttelt, während der Alte die Augenbrauen ein kleines bisschen hochzog. Er drehte den Kopf ein wenig und sah John verständnislos an. John spürte, wie sein Gesicht zu glühen begann.
»Habe ich was Falsches gesagt?«, flüsterte er schnell.
»Guten ...« Mailin hatte sichtbare Mühe, es auszusprechen. »Sie sagten Guten Appetit«
Mailin redete kurz mit ihrem Großvater, woraufhin er mit dem Kopf nickte und John mit einem deutlichen und keineswegs gebrüllten »Nihau« begrüßte.
»Nihau? – Nihau!«, sagte John und verbeugte sich sehr tief.

Der Pavillon bestand aus einem einzigen Raum, in dessen Mitte ein niedriger, runder Tisch stand. Drei Porzellanschälchen, eine Teedose, ein Teekännchen, ein großer hoher Becher, zwei Pinzetten und eine Pergamentrolle waren dort in einem akkuraten Halbkreis angeordnet.

Auf dem Holzfußboden lagen vier einfache Bastmatten. Der Großvater bat Mailin und John, sich zu setzen. John war irritiert. Er kann doch nicht wollen, dass wir uns auf den Boden setzen, oder? Als er dann jedoch sah, wie mühelos der alte Mann den Schneidersitz einnahm und sogar seine Knie locker auf dem Boden lagen, wartete John nicht länger auf Stühle. Es fiel ihm nicht leicht, sich so auf den Boden zu setzen, und schmerzfrei war es auch nicht. Trotzdem lächelte er tapfer. Ein peinlicher Moment war genug.

Rechts vom Großvater befand sich ein kleiner, tragbarer Ofen, ein eiserner Schürhaken, mit dem er die rabiatesten Einbrecher in die Flucht schlagen konnte, sowie ein Palmenblatt, das als Fächer diente. Nachdem er das Feuer entzündet und die Holzkohle Feuer gefangen hatte, stellte er den Wasserkessel auf den Ofen und wartete. Er schloss die Augen und saß unbeweglich da wie eine aus Jade geformte Buddhafigur und atmete ruhig ein und aus. Erst als das Wasser im Kessel zu blubbern begann, öffnete er die Augen.

»Warum lässt er das Wasser so lange kochen?«, flüsterte John. »Bei uns zu Hause nehmen wir es gleich vom Feuer.«

»Wasser ist von großer Bedeutung für den Tee. Je weicher es ist, desto besser wird der Tee. Unser Wasser hat viel Kalk. Deshalb lässt Großvater es länger kochen.«

Herr Wang nahm den Kessel in einer langsamen fließenden Bewegung vom Feuer, goss das heiße Wasser in das erste Schälchen und stellte den Kessel beiseite. Mit einer Pinzette griff er sich nun das erste Schälchen, ließ das Wasser darin kreisen und schüttete es in das zweite Schälchen und dann in das dritte. Abschließend kippte er es in eine Schale auf seiner linken Seite.

»Das ist die rituelle Reinigung«, flüsterte Mailin. John nickte langsam, auf keinen Fall wollte er den alten Mann stören.

Der Großvater flüsterte mit Mailin.
»Was hat er gesagt?«, wollte John wissen.
»Normalerweise unterhalten sich die Teilnehmer während einer Gongfu cha«, sagte sie leise. »Man redet über Freunde und Verwandte, Politik und Philosophie.«
»Ach.«
»Weil er sich mit Ihnen aber nicht unterhalten kann und er Sie nicht ausgrenzen möchte, schlägt er vor, dass wir uns auf das Teetrinken konzentrieren.«
John nickte dem Alten zu und hätte gern Danke gesagt. Aber wie hieß das noch? Er verzichtete auf weitere Experimente und beobachtete den Großvater, der so konzentriert zu Werke ging, als handelte es sich um ein religiöses Ritual, bei dem er sich keinen Fehler erlauben durfte, wollte er nicht Missernten oder unfruchtbare Wasserbüffel heraufbeschwören.
Nachdem er auch das Kännchen ausgespült hatte, breitete er den Bogen Pergament auf dem Tisch aus und kippte den Inhalt der Teedose darauf. Mit der anderen Pinzette wählte er nun die besten Blätter aus und gab sie einzeln in das Kännchen. Als er genug Blätter ausgesucht hatte, goss er heißes Wasser in das Kännchen und kippte es gleich wieder aus.
Verblüfft blickte John zu Mailin.
»Die Teeblätter werden geweckt«, flüsterte sie.
Der Großvater goss nun abermals heißes Wasser in das Kännchen, schloss die Augen und legte die Hände wieder in den Schoß. Auch Mailin wartete jetzt mit geschlossenen Augen.
So wie damals, dachte John, als ich sie das erste Mal in der Küche gesehen habe. Es war eine schöne Erinnerung. Er begann, sich langsam wohl zu fühlen. Und geborgen.
Der Großvater öffnete die Augen fast zeitgleich mit Mailin. Langsam goss er den Tee, oder vielmehr eine dicke, ölige Flüs-

sigkeit bis zum letzten Tropfen in den hohen Becher, den er dann an Mailin weiterreichte. John beobachtete, wie sie den Becher mit geschlossenen Augen an die Nase hob und intensiv daran roch.

»Das ist der Duftbecher«, sagte sie. »Sie müssen daran riechen.«

John nahm den Becher, schloss unwillkürlich die Augen und atmete tief ein. Was für ein intensiver, aromatischer Duft. Am liebsten hätte er den Becher gar nicht mehr aus der Hand gegeben, aber dann reichte er ihn doch an den Großvater zurück, der nun ebenfalls den aufsteigenden Duft inhalierte und zufrieden nickte. Es war wohl alles so, wie es sein sollte. Danach verteilte er diesen dickflüssigen Tee in die kleinen Schälchen, roch erneut daran und schlürfte ihn laut und in sehr kleinen Schlucken.

John musste sich überwinden, denn zu Hause wurde niemals geschlürft. Wenn wir als Kinder mal laut geschlürft haben, erinnerte er sich, hat uns Mutter immer gleich in den Keller geschickt. Aber hier gehört das wohl dazu.

Er schlürfte laut und in kleinen Schlucken, ganz wie der Großvater.

»Das ist der *Tee des Wohlgeruchs*«, flüsterte ihm Mailin zu, und John hatte keinen Zweifel, dass es so war. Allerdings wäre *Tee der lauten Geräusche* auch nicht unpassend.

John entspannte sich Schluck um Schluck. Die Welt des Wu Yang und seiner Kollegen, der Schwarzhändler, Soldaten und Milizen rückte immer weiter weg von diesem Garten und dem Teepavillon.

Später goss der Großvater ein zweites und drittes Mal heißes Wasser über die bereits aufgebrühten Teeblätter. Seine Bewegungen waren konzentriert und präzise, durchdrungen von dem rechten Maß zwischen Entspannung und Aufmerksamkeit gegenüber dem Tee und der unmittelbaren Umgebung. Jedes Mal schloss er die Augen und ließ den Tee eine bestimmte Zeit ziehen, die er offenbar nach der Anzahl seiner Atemzüge bemaß. So tranken sie nacheinander den *Tee des Wohlgeschmacks* und den *Tee der langen Freundschaft*.

John hörte das Eingießen des Tees in die Schälchen, roch die Veränderungen im Duft und sah die mit jedem Aufguss andere Farbe des Tees. Und er beobachtete Mailin. Er bemerkte ihre aufrechte und doch entspannte Haltung, sah ihre schlanken Finger das Teeschälchen umfassen und hatte plötzlich das Gefühl, sie schon lange zu kennen. In ihrem Gesicht zeigte sich ein heiteres Wesen, das er, wenn sie in van Kampens Nähe war, so noch nicht gesehen hatte. Ihn überkam das wohltuende Gefühl, dass diese beiden Menschen, Mailin und ihr Großvater, ihm zugetan waren. Er war froh, in diesem Moment bei ihnen zu sein. Aber es war noch mehr: Er war glücklich.

Später, nachdem sie auch den vierten und fünften Aufguss getrunken hatten und der Großvater John schließlich an der Haustür verabschieden wollte, hätte er ihn am liebsten an sich gedrückt, so überwältigt war er. Der Großvater dagegen schien eher erleichtert zu sein, dass die Teezeremonie beendet war, und verbeugte sich mit höflicher Distanz.

John war plötzlich enttäuscht, als wäre er rüde aus einem schönen Traum gerissen worden. Ist er etwa froh, dass ich jetzt gehe? Während der Teezeremonie hatte ich nicht das Gefühl, lästig zu sein. Sollte ich mich tatsächlich so geirrt haben?

Der Großvater redete eindringlich auf John ein und verbeugte sich mehrmals. War das die nachdrückliche Aufforderung, endlich abzuhauen?

John konnte es nicht glauben. Er sah zu Mailin, die beschämt den Boden um ihre Füße herum betrachtete. John sah noch einmal zum Großvater, der nun lächelte und freundlich mit dem Kopf nickte.
»Mailin«, sagte John, »können Sie mir übersetzen, was Ihr Großvater gerade gesagt hat?«
Mailin lächelte verlegen. »Ich kann es übersetzen, John.« Sie machte eine kleine Pause. »Aber es ist mir sehr unangenehm.«
John nickte. »Ich habe mich also doch danebenbenommen. Es geht dabei um mich, stimmt's?«
»Auch, ja.«
John blickte zum Großvater, der ihm nun freundlicher zunickte. Dann wandte er sich wieder an Mailin. »Und Sie wollen es mir wirklich nicht sagen?«
»Wenn Sie erlauben.«
»Vielleicht später?«
»Vielleicht.«
John verbeugte sich vor dem Großvater und vor Mailin und sah zu, dass er schnell wegkam.

29

In seiner Verwirrung war John einfach drauflosmarschiert, um erst ein paar Straßenkreuzungen später festzustellen, dass er sich hoffnungslos verirrt hatte. Was dann folgte, war ein Spießrutenlaufen vorbei an feindseligen Gesichtern und laut schimpfenden Kulis. Es dauerte bis zum frühen Abend, bis John endlich Shamian, die Insel im Fluss, und dann van Kampens Villa erreicht hatte.

In der Eingangshalle, auf dem Weg die Treppe hinauf, war ihm Lüders begegnet und hatte berichtet, dass van Kampen, für alle überraschend, am heutigen Abend ein Galadiner geben würde. John hatte genickt, war die restlichen Stufen hinaufgeeilt und hatte sich, ohne seine Schuhe auszuziehen, aufs Bett gelegt. Dort lag er jetzt, die Hände hinter dem Kopf verschränkt. Heute war ein guter Tag gewesen, trotz der unfreiwilligen Odyssee durch Kantons Gassen.

Immer wieder dachte er daran, wie er sich von Mailin und ihrem Großvater verabschiedet hatte: Ihr peinlich berührter Blick und das letztlich freundliche Nicken des Alten. John reckte sich unruhig. Was hatte der Großvater gesagt? Vielleicht wird es mir Mailin heute Abend am Rande des Dinners verraten.

Heftiges Klopfen an die Zimmertür ließ ihn hochschrecken. War das Mailin?

»Ja, bitte«, antwortet er laut und bemühte sich, so schnell wie möglich die Schuhe abzustreifen.

Die Tür öffnete sich, und Henriette tauchte auf. John atmete auf.

»Da bist du ja endlich«, sagte sie und warf die Tür energisch ins Schloss. John zog die Stirn kraus.

»Hattest du einen schönen Tag?« Mit zwei, drei Schritten war sie an seinem Bett. Ihre Frage klang mehr wie ein Vorwurf. Und aufrichtiges Interesse konnte John auch nicht heraushören. »Ja, ich denke schon.«
»Na, wunderbar.« Henriette baute sich direkt vor ihm auf. »Einen schönen Tag also! Sag mal, hast du eigentlich vergessen, warum wir hier sind?«
John sah sie ärgerlich an. »Bist du meine Mutter? Habe ich Obst aus Nachbars Garten geklaut?«
»Spar dir deine Witze, ja? Muss ich dir sagen, dass wir hier sind, um Tee zu kaufen? Und muss ich dich daran erinnern, dass es gerade für dich und deine Familie besonders wichtig ist?«
»Nein«, antwortete er zerknirscht. Er fühlte sich, als hätte ihn sein Vater beim Lesen im Garten ertappt.
»Während du dir einen schönen Tag gemacht hast …«
»So schön war der Tag nun auch wieder nicht.«
»Das hast du doch gerade selbst gesagt.«
»Ein bisschen schön, in Ordnung? Dafür hab ich viel über Tee gelernt.«
»Bei dieser Chinesin, stimmt's?« Henriette biss sich auf die Lippen, dann schob sie ihre Ärmel bis zu den Ellenbogen hoch und stemmte ihre Hände in die Hüften. »Weißt du was? Während du dich vergnügt hast, habe ich mich ums Geschäft gekümmert. Ich musste mit diesem Hong-Mann Wu-Sowieso reden, den Tee prüfen und die ganze Zeit aufpassen, dass mich keiner betrügt. Alles musste ich allein machen. Ganz allein«, klagte sie vorwurfsvoll.
»War Lüders nicht dabei?«
»Lüders? Wir sind Partner.«
»Moment mal«, wandte John ein.

»Was soll das heißen: Moment mal?«, fragte Henriette plötzlich misstrauisch. »Wir haben das doch so besprochen.«
»Also, wir haben, dass heißt, eigentlich hast du darüber gesprochen.« John sah ihren ernsten Blick und ergänzte schnell: »Ich meine, einen Vertrag haben wir noch nicht unterzeichnet, oder?«
»Was?«, fauchte Henriette. Sie sah ihn mit großen Augen an. »Ich dachte« – ihre Stimme zitterte vor Zorn –, »ich dachte, wir waren uns einig.«
Dann drehte sie sich um, stampfte aus dem Zimmer und knallte die Tür zu.

John saß konsterniert auf seinem Bett.
Henriette ist davongebraust wie ein Taifun. Aber warum? Sicher hat sie davon gesprochen, dass unsere Handelshäuser zusammenarbeiten könnten. Aber wir haben doch noch keine verbindlichen Abmachungen getroffen. Das kann ich auch gar nicht, das ist Vaters Angelegenheit. Und überhaupt: Was würde er zu so einer Kooperation sagen? Sein ganzes Leben lang hat er in Konkurrenz zu Sternberg gestanden und immer alles dafür getan, ihn zu überflügeln. Da kann ich doch nicht hinterrücks eine solche Kooperation eingehen. Das würde er niemals akzeptieren. Vor allem nicht, wenn ich sie anbahnen würde. Und mit Henriette, einer Frau!
John fuhr sich mit der Hand über die Augen. Seine Lider waren schwer. Das muss sie doch wissen. Sie ist doch nicht dumm. Überhaupt ist sie in letzter Zeit so reizbar und überhäuft mich ständig mit Vorwürfen. Egal, was ich mache und sage, alles ist falsch. John gähnte. Ich habe keine Lust, mich weiterhin mit ihr zu streiten. Das ist mir alles zu anstrengend. Ich muss diese Missverständnisse klären, am besten gleich jetzt.

»Henriette, bist du da?« John hatte bereits ein paar Mal an ihre Tür geklopft, ohne dass sie geantwortet hatte. Er wartete einen Augenblick, dann klopfte er wieder. »Henriette!«
»Ja«, sagte sie endlich.
Langsam öffnete er die Tür. Henriette stand, den Rücken ihm zugewandt, am Fenster und sah hinaus. Sie drehte sich auch nicht um, als er eintrat und die Tür hinter sich schloss.
»Henriette«, sagte er behutsam, »es tut mir Leid, wenn ich dich verärgert habe. Das war nicht meine Absicht. Aber ich kann dir keine Kooperation versprechen, die ich nicht halten kann.« Schritt für Schritt ging er auf sie zu. »Das kann nur mein Vater entscheiden, vielleicht auch noch Percy. Aber ich doch nicht. Das musst du verstehen.«
Jetzt drehte sich Henriette um. Eine Träne lief ihr über die Wange. Sie wischte sie nicht weg.
»Du warst den ganzen Tag mit dieser Chinesin zusammen, stimmt's?«, fragte sie erschöpft.
»Sie heißt Mailin.«
»Es ist mir so was von egal, wie sie heißt«, sagte sie scharf. »Warst du nun den ganzen Tag mit ihr zusammen?«
»Warum?«
»Weil ich es wissen will!«, rief sie. Ihre Hände ballten sich zu Fäusten.
»Na ja«, sagte John, »fast. Ich war am frühen Nachmittag bei ihrem Großvater zum Tee.«
»Und dann?«
»Nichts ›und dann‹.«
»Wo warst du den Rest des Tages?«
»Ich ...« John zögerte, weil es ihm peinlich war. »Ich habe mich verlaufen.«
Sie lächelte bitter. »Verlaufen, ja? Das soll ich dir glauben?«

Ohne eine Antwort abzuwarten, drehte sich Henriette wieder zum Fenster und sah hinaus. Nach einer Weile fragte sie: »John, was ist mit dir?«

John antwortete nicht.

Sie drehte sich wieder zu ihm um. Ihrer Stimme nach schien sie sich beruhigt zu haben. »Ich erkenne dich nicht wieder«, sagte sie. »Erst bringst du diesen chinesischen Verbrecher auf Lintin gegen uns auf, du beleidigst den englischen Handelsbeauftragten, provozierst unseren Gastgeber, interessierst dich mehr für Opium als für Tee, und heute treibst du dich den ganzen Tag mit dieser Chinesin herum!«

»Ich habe mich nicht herumgetrieben«, verteidigte er sich. »Jedenfalls nicht mit Mailin.«

»John«, seufzte sie, »ich habe das Gefühl, du entgleitest mir immer mehr.«

Henriette sah ihn kurz an, dann drehte sie sich wieder zum Fenster. Eine Weile wurde es ganz still. John hoffte, dass sie sich beruhigte, doch dann hörte er ihr leises Schluchzen.

»Henriette«, sagte er leise. Was habe ich nur angestellt, dachte er verwirrt. Das habe ich nicht gewollt. Es tut mir so Leid.

Er machte einen Schritt auf sie zu, doch dann blieb er stehen, er konnte nicht weiter.

Henriette schnäuzte in ihr Taschentuch. »John«, sagte sie zur Fensterscheibe, »ich halte das nicht länger aus.« Und dann lauter: »Ich ertrage es nicht länger, dich mit ihr zusammen zu sehen.«

John blieb reglos mitten im Zimmer stehen.

Henriette drehte sich um und sah ihn scharf an: »Sag mir«, forderte sie entschlossen, »was findest du an ihr? Kannst du mir das verraten?«

John schluckte schwer. Was soll ich antworten? Dass Mailin

eine liebenswürdige Frau ist? Wird sie das beruhigen? Wohl kaum.
Sein Schweigen machte Henriette noch wütender. Sie ging einen Schritt auf ihn zu, ihre Augen funkelten vor Angriffslust wie die einer verletzten Bärenmutter. »Ich will es jetzt wissen.«
John trat einen Schritt zurück. Und Henriette folgte ihm, ihr Gesicht eine vor Wut und Schmerz verzerrte Fratze. »Ant-wor-te!«, schrie sie. Jede Silbe war wie ein Fausthieb für John. Es tat ihm weh, Henriette so verzweifelt zu erleben. Auf keinen Fall wollte er es noch schlimmer machen, noch mehr Salz in ihre Wunden streuen.
»Ich, ich kann es dir nicht sagen.« Und niedergeschlagen fügte er hinzu: »Es tut mir Leid.«
Henriette ließ sich auf einen Stuhl sinken, und dicke Tränen liefen ihr über das Gesicht. Ihre Lippen zitterten. Dann sah sie zu ihm auf. Ihr sonst so tatkräftiges und frisches Gesicht wirkte nun kraft- und hilflos.
»Versprich mir« – ihre Stimme war kaum mehr als ein leises Säuseln –, »dass du dich nie wieder mit ihr triffst.«
John sah sie an und wollte antworten, doch dann schüttelte er nur den Kopf.
»John! Bitte, versprich es mir!«
Er aber drehte sich um und ging aus dem Zimmer.

30

Eine knappe Stunde später saß John an der großen Tafel im Speisesaal des Erdgeschosses und blickte in eine klare Suppe mit Shiitake-Pilzen. Jeroen van Kampen hatte erneut eine größere Abendgesellschaft zusammengerufen, mit der Folge, dass ein zweiter Tisch hereingetragen und die zehn Kirschbaumstühle um zehn weitere Exemplare ergänzt werden mussten. Im Speisezimmer war es jetzt so eng, dass Xiaofang sichtlich Mühe hatte, ihren massigen Körper und die großen Tabletts hereinzubringen, ohne einen der Gäste anzurempeln.

Van Kampen saß in seinem Smoking und mit einem funkelnden Orden, von dem keiner so recht wusste, was er zu bedeuten und woher er ihn hatte, in der Mitte an der Tafel, direkt John gegenüber. Wenn er lachte, schien es John, als lachte er eine Spur zu laut. Er grinste, wie ein hungriger Hai im Angesicht wehrloser Fische. Links und rechts von ihm waren Henriette und Mailin platziert. Seine Opfer?

Soweit John erkennen konnte, war es Henriette gelungen, die gröbsten Spuren ihrer Tränen zu verwischen. Sie starrte dennoch fahl wie eine Mumie in die Suppe vor ihr und hörte ihrem Tischnachbarn Sir Henry Pottinger nicht zu, der kurz vor seiner Abreise stand und sich noch einmal alle Mühe gab, sie mit seinen allerbesten Beamtenabenteuern zu unterhalten.

Gerade ließ sich van Kampen von der heute außergewöhnlich mürrisch blickenden Xiaofang sein zweites Glas mit Pflaumenwein nachschenken, das er ebenso schnell hinunterstürzte wie das erste. Im Gegensatz zu den anderen Gästen, die sich mit kleinen Sherrygläsern zufrieden gaben, hatten Lüders und van Kampen die deutlich größeren Weingläser vorgezogen.

Mailin trug ein beigefarbenes Seidenkleid und eine rote Schleife im Haar. Sie saß still auf ihrem Platz und blickte in ihre Suppe. Nur für einen kurzen Moment hatte sie den Kopf gehoben und John angesehen.
Johns Tischnachbarin war Loes van Kerkhoven, eine schlanke Frau mit spitzer Nase. Sie war die Gattin eines Geschäftspartners von van Kampen und sprach nur holländisch. Links von John war Kapitän Lüders platziert, der regelmäßig dann in Erscheinung trat, wenn er van Kampen quer über den Tisch trinkfreudig zuprosten konnte.

John löffelte in seiner Suppe um die schwarzen Pilze herum, bis sie auf dem Grund seines Tellers lagen. Während dieser Zeit hatte er kein Wort gesagt, wie überhaupt im Mittelteil an der Tafel angestrengtes Schweigen herrschte. Nur rechts und links davon war die Stimmung ausgelassen, wurde unbeschwert geplaudert und laut gelacht.
Weil Henriette und auch Mailin auf seine Fragen bestenfalls mit Kopfnicken oder Kopfschütteln antworteten, hatte van Kampen zu Beginn des dritten Ganges keine Geduld mehr und wandte sich an Pottinger, wobei er absichtlich etwas lauter sprach: »Sagen Sie, Henry, wird es tatsächlich zu einem Angriff durch die Schlitzaugen kommen?«
Augenblicklich verstummten die Gespräche an den Tischenden, und alle Köpfe drehten sich dem Herrn Superintendenten zu.
Sir Henry Pottinger tupfte sich den Mund ab.
»Nun ja«, sagte er und genoss sichtlich den Umstand, dass ihm endlich einmal jemand zuhörte. »Das ist schwer vorauszusagen, Jeroen. Auf jeden Fall wissen wir seit einiger Zeit, dass es zunehmende Unruhen gibt, gerade in den fünf Vertragshäfen,

die die Chinesen für uns und unsere Händler öffnen mussten. Auch deshalb werde ich in den nächsten Tagen nach Amoy und Ningpo aufbrechen.«

»Wie gut, dass wir startklar sind«, dröhnte Kapitän Lüders. »Wenn die Gelben kommen, sind wir längst weg. Fräulein Sternberg ist heute sehr fleißig gewesen. Respekt, Respekt!«, sagte er laut und hob sein großes Glas in Richtung Henriette. »Auf Ihr spezielles Wohl«, sagte er, leerte des Glas und ergänzte: »Fräulein Sternberg, Ihr Vater wird stolz auf Sie sein, jawohl.«

»Ach«, sagte van Kampen, an Henriette gewandt, und tat so, als wäre ihm dies wirklich neu, »dann haben Sie Ihre Teegeschäfte bereits alle abgeschlossen?«

Henriette hob den Kopf, sah kurz zu John hinüber und antwortete betont langsam: »Fast alle.«

»Das heißt, Sie könnten morgen schon nach Hause segeln?«, wandte sich Pottinger an Lüders.

»Das kommt darauf an. Morgen oder übermorgen. Wobei wir erst mal wohl nur bis nach Macao fahren. Sie wissen schon, die Taifune.«

»Es ist gut, wenn sie bald abreisen«, bestätigte Pottinger, »auch wenn ich persönlich das sehr bedauern würde.«

Henriette nickte freundlich.

»Ansonsten, meine Damen und Herren« – Sir Pottinger wandte sich jetzt an alle Gäste, als verkündete er eine amtliche Verfügung Ihrer Majestät –, »brauchen Sie sich keine Sorgen zu machen. Die britischen Seestreitkräfte werden Ihre Sicherheit gewährleisten. Die englische Krone betrachtet Shamian als ihren Besitz und wird ihn zu verteidigen wissen.«

Spontaner Applaus brandete auf. Davon ermutigt ergänzte Pottinger: »Sie sehen vielleicht die blitzenden Schwerter der

Chinesen.« Er blickte zufrieden in einige verängstigte Gesichter, um dann zu erklären: »Aber wir haben Gewehre und Kanonen.«

Noch lauterer Applaus war die Folge. Bis auf Mailin und John klatschten alle begeistert.

Dann stand van Kampen auf, wankte leicht und bat mit einem Handzeichen um Ruhe. Alle Gäste sahen ihn an.

»Meine lieben Gäste«, begann er, »es sind wahrlich stürmische Zeiten, in denen wir uns hier und heute in Kanton befinden. Die Chinesen machen uns das Leben wirklich nicht leicht.«

Zustimmendes Gemurmel erklang von den Tischenden.

»Ich bin immer ein Mann des Friedens gewesen und habe stets den Ausgleich gesucht«, sagte er und ergänzte breit lächelnd: »Und natürlich meinen Profit.«

Gelöste Heiterkeit und zustimmendes Gelächter machten sich breit. John sah, dass nur Mailin schweigend zuhörte.

»In aller Bescheidenheit darf ich von mir behaupten, zu jenen wenigen zu gehören, die schon früh den Mut aufgebracht haben, sich in diesem fernen Teil der Welt niederzulassen, um hier ihr Glück zu suchen. Und was soll ich sagen?« Er breitete die Arme so weit aus, wie er konnte. »Ich habe es gefunden. Hier in Kanton.«

Stürmischer Jubel und anerkennender Applaus waren die Antwort, jemand rief laut »Hurra«, und auch Henriette klatschte höflich.

»Und Mut gehört auch zu dem Schritt, den ich als Nächstes beabsichtige zu gehen. Mut und wohl auch eine gehörige Portion Verrücktheit.«

»Was hast du denn vor, alter Junge?«, dröhnte Lüders. »Spann uns nicht länger auf die Folter.«

»Ganz recht«, riefen mehrere Gäste.

Van Kampen trank einen großen Schluck Pflaumenwein und blickte in die Runde. »Also gut. Ich will es kurz machen: In diesen unruhigen Zeiten, die nicht gerade geprägt sind durch das friedliche Zusammenleben von Chinesen und uns, möchte ich ein Zeichen setzen.«

»Hört, hört«, rief jemand, »Ruhe!«, ein anderer.

Van Kampen machte eine Pause. Und als er sah, dass auch der letzte Gast seine Gabel aus der Hand gelegt hatte, grinste er zufrieden und verkündete feierlich: »Ich habe beschlossen zu heiraten. Und zwar ... Fräulein Wang Mailin!«

Man hätte hören können, wie eine Feder zu Boden sinkt. John blickte sofort zu Mailin hinüber. Sie sitzt da wie erstarrt, dachte er. Ganz langsam, als sei sie fast gelähmt, hob sie ihre Hand vor den Mund. Er sah Lüders van Kampen zuzwinkern und wie sich die übrigen Gäste entlang der Tafel mit bestürzten Gesichtern anblickten. Sie tuscheln, bemerkte er.

»Das ist eine Überraschung, was?«, rief van Kampen triumphierend.

Henriette war die Erste, die applaudierte, erst zaghaft, dann immer lauter. Ganz allmählich, einer nach dem anderen, klatschten auch die übrigen Gäste. Der Applaus wurde immer lauter.

Henriette sieht glücklich aus, dachte John. Sie klatscht wie am Schluss einer grandiosen Theateraufführung.

Mailin dagegen senkte den Kopf bis auf die Brust. Kurz darauf sah er, wie sie van Kampen etwas ins Ohr flüsterte, sich erhob und verbeugte und mit eiligen Schritten den Raum verließ.

»So richtig glücklich scheint deine Braut nicht zu sein«, rief Lüders quer über den Tisch. Dann grinste er breit: »Oder kann sie es gar nicht erwarten, bis sich ihr Gatte ihr nähert?«

»Das arme Kind«, befand Sir Pottinger, »das war wohl ein

Schreck für sie. Welche Chinesin hat aber schon das große Glück und kann einen so erfolgreichen Geschäftsmann für sich gewinnen!«

»Genau«, meinte Henriette und hob ihr Gläschen: »Auf das Brautpaar!«

31

Van Kampen hatte ausdauernde Gäste eingeladen, die sich mit solcher Energie und Hingabe auf die angebotenen Hühnchen und Schweinehäppchen und den beständig fließenden Pflaumenwein stürzten, als würde dies alles bis Mitternacht verdorben sein.

John hatte als einer der Ersten die Tafel verlassen und war hinauf in sein Zimmer gegangen. Er öffnete seinen Kragen, streifte die Schuhe ab und ließ sich aufs Bett fallen. Dieser Tag hatte für zwei gereicht, mindestens. Erst die Teezeremonie bei Mailins Großvater, dann die Auseinandersetzung mit Henriette und schließlich die Verlobung von Mailin.

Die Gäste lachten und brüllten, als wären sie allein auf der Welt. Erst weit nach Mitternacht wurden die Stimmen weniger und leiser. Allein van Kampen und Lüders redeten mit jedem Glas lauter und lachten dröhnender. Der Gedanke, dass dieser Grobian Mailin heiraten sollte, ließ John keine Ruhe. Wie sollte es diese zarte Frau mit diesem Monster aushalten?

Dann wurde es plötzlich ruhig. John konnte sich vorstellen, wie van Kampen und Lüders volltrunken mit ihren Köpfen auf dem Tisch aufschlugen und ihnen der Speichel aus dem Mund lief. Er schüttelte sich.

Vom Essen und dem langen Wachliegen hatte John einen trockenen Hals bekommen. Doch erst als er sich ganz sicher war, dass van Kampen und Lüders schliefen, erhob er sich aus seinem Bett und verließ das Zimmer. Leise tappte er barfuß die Treppe hinunter und erreichte das Speisezimmer. Im Türrahmen blieb er stehen. Es stank nach Schweiß, Rauch und Alkohol. Während Lüders, die Arme weit von sich gestreckt, mit dem Kopf auf dem Tisch in einer Schnapslache lag, war van Kampen auf den Boden gerutscht und lag dort wie tot. Ihr Schnarchen war widerlich. John entschied sich, lieber in der Küche nach etwas Trinkbarem zu suchen.

Der volle Mond schien durch das geöffnete Fenster, tauchte die Küche in ein fahles Licht und ließ Tisch und Stühle deutliche Schatten werfen. Ein kleines Teelicht brannte auf dem Küchentisch. Und davor saß … Mailin. John wusste sofort, dass sie es war, obwohl unter dem langen Nachtmantel nicht viel mehr als die Silhouette einer Frau zu erkennen war. Sie hatte den Kopf gesenkt und hielt ein kleines Schälchen in den Händen.

John näherte sich leise, er wollte sie nicht erschrecken. Und doch musste sie ihn wahrgenommen haben, denn sie hob den Kopf und sah ihn an. Sie bemühte sich um ein Lächeln.

»Können Sie auch nicht schlafen?«, fragte sie.

John nickte. »Ich habe Durst. Haben Sie vielleicht ein Glas Wasser?«

»Da vorn.« Sie zeigte auf den Küchenschrank an der linken Wand. »Ich werde Ihnen etwas holen.«

»Bleiben Sie sitzen. Ich finde mich schon zurecht.«

John hockte sich vor den Schrank, öffnete die rechte Tür und suchte nach den Gläsern.

»Hinter den Tellern«, sagte Mailin müde.

Der Mond schien zwar hell, doch bis in den Schrank reichte sein Licht nicht hinein. John streckte den Arm aus und tastete sich langsam vor. Gleich vorn schien eine kleine Glasschüssel zu stehen und daneben mehrere Gläser. Vorsichtig schob er seine Hand in den Schrank, bis er ein Glas ertastete. Er zog die Hand mit dem Glas zurück, als er kurz das Gleichgewicht verlor und die Glasschüssel so unglücklich anstieß, dass sie aus dem Schrank rutschte und mit einem lauten Klirren auf dem Fußboden zersplitterte. Die Scherben spritzten in alle Richtungen.

»Scheiße!«, fluchte John.

Mailin, die eben noch über ihren Tee gebeugt war, richtete sich kerzengerade auf. Gleich danach war wieder alles still, mucksmäuschenstill. War jemand wach geworden? Würde van Kampen gleich erscheinen?

Doch es blieb ruhig. John setzte sich zu Mailin.

»Scherben bringen Glück, sagt man bei uns zu Hause.« Und als Mailin nicht reagierte: »Haben Sie einen Besen? Ich werde gleich alles zusammenfegen.«

»Lassen Sie«, meinte Mailin. »Ich mache das morgen früh. Sonst machen Sie den Besen auch noch kaputt.«

John seufzte erleichtert, dass sie das nicht so tragisch nahm. »Die Küche ist wohl kein Ort für mich.«

»Was ist denn ein Ort für Sie?«, fragte sie interessiert. »Ein Schiff?«

»Auf keinen Fall. Zu viel Wasser drum herum.«

»Ein Kontor?«

»Noch schlimmer. Zu viele Zahlen.«

Mailin hob den Kopf, doch im Schatten des Mondlichts konnte er ihr Gesicht nicht erkennen.

»Was wäre denn ein Ort, wo sie sich wohl fühlen?«, fragte sie.

»Oh, da gibt es mehrere. Zum Beispiel der Pavillon im Garten Ihres Großvaters. Oder eine Hängematte unter Bäumen.«

Es entstand eine kleine Pause. Dann sagte Mailin leise und fast ein bisschen wehmütig: »Das klingt schön.«

»Noch schöner wäre es, wenn Sie mir aus einem Buch vorlesen würden.«

John sah, dass sie den Kopf wieder hängen ließ. Sie sagte nichts. Mist, dachte John. Ich wollte nicht, dass sie noch trauriger wird. Einem flüchtigen Impuls gehorchend, rückte er an sie heran und nahm ihre Hände in seine. Sie hob kurz den Kopf und blickte ihn an. In ihren Augen sah John weder Überraschung noch Scheu, als hätten sie schon viele Nächte im Schein einer Kerze Händchen gehalten.

»Sie haben Angst, nicht wahr?«, sagte er leise.

»Ja«, hauchte sie.

»Vor van Kampen?«

Sie antwortete zunächst nicht, dann sagte sie: »Er ist ein brutaler Mensch.« Und nach einer Pause fügte sie hinzu: »Er verachtet alle Chinesen.«

»Aber er will Sie heiraten.«

Mailin zog ihre Hände zurück und wandte sich um.

John beobachtete sie. Wenn sie jetzt weint, drücke ich sie fest an mich.

Aber sie weinte nicht. Nach einer Weile holte sie einen Krug und schenkte ihm Wasser ein.

»Sie wollten doch Wasser.« Sie setzte sich und beobachtete, wie er sein Glas austrank. »Was ist mit Ihnen?«, fragte sie zögernd, »warum können Sie nicht schlafen? Was ist der wahre Grund?«

John seufzte kurz. Was soll ich ihr sagen? Dass ich mir Sorgen um sie mache? Dass ich mich seit Tagen frage, wie es ihr in Hamburg gefallen würde? Oder dass ich nicht weiß, wie es meinem Vater geht? Er räusperte sich: »Ich sagte ja, ich hatte Durst.«

John erkannte, dass ihr diese Antwort nicht genügte, und ergänzte: »Ich sorge mich, weil ich nicht weiß, wie ich meiner Familie helfen soll.«

Mailin beobachtete ihn einen Moment, als wollte sie in seinem Gesicht die Antwort lesen, die sie nicht gehört hatte. Dann rückte sie ein Stückchen von ihm weg. Und mit einem Mal war der Zauber ihrer Nähe verschwunden, als sei ein Band zwischen ihnen zerrissen worden.
»Fräulein Sternberg scheint schon alles für die Abreise vorbereitet zu haben«, stellte sie fest. Ihre Stimme hatte einen nüchternen, fast geschäftsmäßigen Ton angenommen.
John seufzte erneut. »Es sieht so aus.«
»Sie haben also nicht mehr viel Zeit«, stellte Mailin fest.
Er beugte sich vor und stützte sich auf die Oberschenkel. »Ich weiß.« Er klang niedergeschlagen. »Nur noch wenige Tage, höchstens.«
Mailin sah ihn prüfend an, als wollte sie eine Entscheidung von seiner Reaktion abhängig machen. John fühlte sich unbehaglich. Ist sie mir böse, weil ich nicht so offen und ehrlich war wie sie? Oder ist es etwas anderes?
Mailin stand vom Tisch auf. Sie sah ihn eindringlich an, als wollte sie sich ein letztes Mal vergewissern, dann sagte sie entschlossen: »Ich werde Ihnen helfen, Tee für ihr Geschäft zu kaufen.«
John blickte erstaunt zu ihr auf, dann schüttelte er langsam den Kopf. »Vor dem heutigen Abend hätte ich mich noch sehr darüber gefreut. Aber jetzt kann ich es nicht mehr annehmen. Van Kampen wird Ihnen großen Ärger machen.«
Mailin schien diesen Aspekt sehr wohl bedacht zu haben, denn sie ließ sich von diesem Einwand nicht verunsichern. »Sie müssen ihre Familie retten! Und ich werde Ihnen dabei helfen.«
»Das kann ich nicht zulassen. Sie bringen sich in Gefahr!«
Er wollte ihre Hände nehmen und sie nachdrücklich auffor-

dern, es zu lassen, doch Mailin wich einen Schritt zurück, so dass er sie nicht erreichen konnte.

»Ich habe es damals nicht geschafft, meine Familie zu retten«, sagte sie wie zu sich selbst und wischte sich kurz über die Augen. »Deshalb werde ich jetzt versuchen, Ihnen zu helfen.«

32

In dieser Nacht konnte John nicht mehr einschlafen. Einerseits freute er sich darüber, dass Mailin ihm helfen wollte, andererseits sah er dann van Kampen nicht ihr Handgelenk umklammern, sondern ihren Hals. Erst am Morgen, als die ersten Sonnenstrahlen die Fensterbank berührten, war sein Entschluss gefasst: Er musste ihre Hilfe ablehnen. Endgültig. Nie würde er es sich verzeihen können, wenn van Kampen ihr seinetwegen das Leben zur Hölle macht.

Ich muss es allein versuchen, sagte er sich und zog sich die Bettdecke bis an die Ohren. Und wenn es gar nicht anders geht, werde ich Henriette um Hilfe bitten. Mailin aber darf ich in diese Sache nicht hineinziehen. Sie darf nicht noch mehr leiden.

Völlig übermüdet, aber doch erleichtert darüber, endlich eine klare Linie gefunden zu haben, ging John hinunter in den Speisesaal, wo die Reissuppe schon bereitstand. Der Raum war aufgeräumt und frisch gelüftet, die beiden Schnapsleichen der letzten Nacht verschwunden. Nichts erinnerte mehr an das Gelage vor weinigen Stunden. Als wäre alles nur ein flüchtiger Spuk gewesen.

»Guten Morgen, John«, zwitscherte Henriette und tauchte ihren Löffel in die Suppe, als wäre das etwas Leckeres, auf das man sich freuen könnte. Nichts schien ihre Laune trüben zu können, als wäre ihr gestriger Streit pure Einbildung gewesen.

»Morgen«, brummelte John und setzte sich ihr gegenüber.

»Wie hast du geschlafen?«, erkundigte sie sich und neigte interessiert den Kopf. John bemerkte, dass sie Ohrringe trug, als ob heute ein Feiertag wäre.

»Gar nicht«, antwortete John. Er gähnte und rieb sich die Augen. Sie waren die Einzigen am Tisch. Die übrigen drei Plätze waren noch frei, obwohl es schon nach zehn Uhr war. Dass van Kampen und Lüders fehlten, wunderte John allerdings nicht.
»Wo ist Mailin?«, fragte er. Nach ihrem sauberen Teller zu urteilen, hatte sie noch nicht gefrühstückt. Er runzelte die Stirn. Dass Mailin zu spät zum Frühstück kam, passte irgendwie nicht zu ihr.
Henriettes Blick verfinsterte sich nur kurz. »Vielleicht schläft sie noch.« Sie trank einen Schluck Tee, wobei sie John nicht aus den Augen ließ, und ergänzte: »Weil sie vor lauter Glück die ganze Nacht kein Auge zugetan hat.«
»Vielleicht.«
Schweigend goss sich John eine Tasse Jasmintee ein und begann, etwas Reis in seinen tiefen Teller zu füllen. Er wollte gerade den Löffel in die Schüssel zurücklegen, als ihn ein Gedanke beunruhigte: Sie wird doch nicht schon auf dem Weg sein, um Tee für mich zu besorgen?
Am liebsten wäre er sofort aufgesprungen und hätte an ihre Zimmertür geklopft, um sich zu vergewissern, dass sie tatsächlich noch schlief. Nur mühsam unterdrückte er diesen Impuls. Ich werde gleich nach dem Frühstück zu ihr gehen und ihr sagen, dass sie sich nicht länger um meinen Tee kümmern soll, beschloss er.
Im selben Augenblick wurde eine Tür im oberen Stockwerk aufgerissen und gleich darauf wütend wieder zugeschlagen. Dann folgte der Ruf, laut und tief wie ein Urschrei: »Wo … ist … sie?«
Henriette lief ein Schauer über den Rücken. Schwere Schritte stampften die Treppe herunter, und gleich darauf stand er im Eingang zum Speisezimmer, die Haare zerzaust, die Augen ge-

rötet, und klammerte sich am Türrahmen fest, als wäre er ein Schiffsmast in tosender See: Jeroen van Kampen.

»Hier ist sie auch nicht«, brüllte er. »Habe ich ihr nicht heute Nacht verboten, ihr Zimmer zu verlassen?« Er röchelte, ein Speichelfaden tropfte ihm aus dem Mund.

Henriette rückte auf ihrem Stuhl ein Stückchen nach hinten. Sie hatte Angst, dieser Mann wäre kurz davor, seine Beherrschung zu verlieren.

»Wenn ich sie erwische, dann kann sie was erleben!« Van Kampen wankte ins Speisezimmer wie ein angeschossener Grizzly. Langsam, mit starrem Blick, bewegte er sich auf John zu, als wäre er der Jäger, der gerade seine Flinte weit von sich geworfen hatte.

Mailin ist weg! John hielt vor Schreck den Atem an. Weil sie für mich Tee besorgt! Ist sie schon bei Wu Yang und seinen Kollegen? Oder gar bei den Schwarzhändlern? O Gott! Was wird van Kampen mit ihr anstellen, wenn sie wieder zurückkommt?

Weiter konnte er nicht denken, denn im nächsten Augenblick stand van Kampen vor ihm, hatte ihn mit seinen haarigen Pranken am Kragen gepackt und von seinem Stuhl hochgerissen. Henriette stieß einen spitzen Schrei aus.

»Du bist an allem schuld«, brüllte van Kampen. Ein nach Alkohol und Erbrochenem stinkender Atem wehte John ins Gesicht.

»Ich weiß nicht, was Sie meinen«, japste John, drehte seinen Kopf zur Seite und holte tief Luft.

»Red keinen Unsinn, Jungchen!« Van Kampen zog John so dicht an sich heran, dass sich ihre Nasenspitzen fast berührten. Er verströmte ungezügelte, archaische Brutalität, und John wurde es schlecht.

»Du weißt doch genau, wo sie ist«, zischte er.
»Nein!«, sagte John knapp. Mittlerweile stand er auf Zehenspitzen, Schweiß trat ihm auf die Stirn.
»O doch! Und du wirst es mir sagen. Ich werde es schon aus dir herausprügeln.«
»Unterstehen Sie sich«, rief Henriette. »Sie werden Herrn Blanckendorff nichts antun.«
Van Kampen drehte sich verdutzt um. Und grinste dreckig.
»Sieh an, Jungchen, du bekommst Hilfe. Noch dazu von einer Frau! Jetzt hab ich aber Angst.«
Diesen Moment der Unachtsamkeit nutzte John, schlug van Kampens Hände von seinem Kragen und trat ein, zwei Schritte zurück.
»Lassen Sie mich in Ruhe«, brüllte er und sah van Kampen panisch an. Sein Herz pochte ihm bis zum Hals. »Und lassen Sie …«
»John!«, rief Henriette dazwischen. »Provoziere ihn nicht noch mehr!«
»Halten Sie die Klappe«, fauchte van Kampen, ohne seinen Blick von John abzuwenden. »Was wolltest du sagen, Jungchen? Nur heraus mit der Sprache.« Er folgte John, Kopf und Oberkörper nach vorn gebeugt.
John zitterte, sein Atem ging stoßweise. Henriette hatte Recht, dachte er rasend vor Angst. Es ist klüger, van Kampen nicht weiter zu reizen. Ein offener Schlagabtausch wäre sowieso schnell entschieden gewesen.
»Nichts«, stieß er schließlich hervor.
Van Kampen beugte sich zu John vor und starrte ihm in die Augen. Einen Moment lang war nicht klar, ob er John in den Bauch boxen oder an der Gurgel packen würde. Doch dann hatte er es sich anders überlegt.

»Gut«, sagte er leicht nach vorn gebeugt. »Ich werde mich jetzt hinlegen. Und wenn ich wieder aufgewacht bin, will ich Mailin hier sehen. Ist das klar?« Seine Stimme klang fast freundlich. Ohne eine Antwort abzuwarten, drehte er sich um, wankte aus dem Speisezimmer und schleppte sich die Treppe hinauf.

Erst als van Kampen die Tür seines Zimmers zugeschlagen hatte, wagte Henriette, wieder zu atmen. John war bereits auf dem Weg in die Eingangshalle.

»John«, rief sie ihm nach, »ich muss mit dir reden.«

»Tut mir Leid, Henriette«, sagte er eilig, »ich habe jetzt keine Zeit.«

»Aber es ist wichtig!«

John hatte sich bereits von Xiaofang am Haupteingang Zylinder und Spazierstock geben lassen. »Später«, rief er ihr zu, grüßte kurz und verließ das Haus.

Ich kann nicht länger zulassen, dass Mailin mir hilft, sagte er, als er auf der Straße war. Ich muss verhindern, dass van Kampen ihr etwas antut. Ich muss sie finden und zurückbringen. Aber wo kann sie sein?

Er ging hastig, aber es war ihm nicht schnell genug. Er verfiel in einen leichten Laufschritt, so dass er mit einer Hand seinen Zylinder festhalten musste. Die meisten Chinesen auf der Straße, gebeugt von schweren Lasten, beachteten ihn nicht. Die anderen aber staunten: Eine laufende Langnase! Normalerweise ließen sie immer andere laufen.

Schon reichlich außer Atem, erreichte John ihren Hong-Kaufmann, Herrn Wu, der gelassen vor seinen Teekörben hockte und sich müßig frische Luft zufächelte. Mailin war nicht zu sehen.

John wurde unruhig. Was ist, wenn van Kampen jetzt schon aufwacht? Ich kann doch nicht tatenlos so lange warten, bis Mailin hier zufällig erscheint. Vielleicht ist sie auch ganz woanders. Es hilft nichts, ich muss es herausfinden. Sofort.

John ging auf Herrn Wu zu und sah ihn fragend an. Der Mann hatte dicke, schwarze Barthaare, die in die Luft ragten wie Draht. Er hob gelangweilt den Kopf und schien durch John hindurchzusehen, ganz wie bei einem Störenfried, den man nicht beachtet.

Weil sein Vokabular eng begrenzt war, fagte John einfach: »Mailin?« Dabei betonte er die letzte Silbe und bemühte sich um einen sowohl fragenden wie dringlichen Gesichtsausdruck.

Wu verfolgte konzentriert den Flug einer Fliege. John trat näher an den Mann heran und rief ihm »Mailin?« mitten ins Gesicht.

Statt zu antworten, hob der Teekaufmann das Gesicht zum Himmel, als tanzten dort Wolken in spektakulärer Formation. Reagieren Menschen so, wenn sie Opium geraucht haben? John atmete tief durch. So komme ich nicht weiter. Soll ich sie in einem dieser Häuser suchen? Muss ich da rein?

»Tut mir Leid«, sagte er zu Wu Yang, »ich habe leider keine andere Wahl«, und versuchte beherzt an ihm vorbeizugehen.

Sofort sprang Herr Wu auf, breitete die Arme aus und schrie so laut um Hilfe, dass seine Halsadern hervortraten. Aus dem Nichts waren alle seine Nachbarn zur Stelle, und keiner von ihnen lächelte. Dafür waren sie alle, selbst der Kleinste von ihnen, mit mindestens einem Messer bewaffnet.

Sofort hob John seine Hände und zog sich unter zahlreichen, ganz besonders tiefen Verbeugungen zurück.

Ohne länger nachzudenken, lief er los, hinaus auf die Straße und in die sengende Mittagshitze.
Irgendwo muss sie ja sein. Vielleicht bei ihrem Großvater? Aber wie finde ich dorthin? Oder vielleicht auf dem Markt, wo wir mal gewesen waren? Und wie finde ich dahin? Egal, ich muss es wenigstens versuchen.
John rannte quer über die Insel Shamian. An der großen Bambusbrücke machte er Halt. Er atmete schwer. Und dann das: Am anderen Ende der Brücke waren chinesische Milizionäre aufmarschiert und lungerten herum. Es waren nicht viele, aber sie trugen Schwerter bei sich und wirkten nicht zimperlich.
Wo sind die Engländer, fragte sich John. Immer wenn man sie braucht, hocken sie in ihren Unterkünften und trinken Tee. Wie soll ich nun da rüberkommen? Aber vielleicht, sagte er sich, sind diese Milizionäre gar nicht so feindselig. Ich habe ihnen schließlich nichts getan.
Er atmete tief durch, straffte sich und trat betont locker die Brücke. Er lächelte die Männer bereits von weitem an und tat so, also würde er sich seit Wochen freuen, sie endlich wiederzusehen. Aber ihre Gesichter blieben ausgesprochen finster. Einer hackte gerade eine Ananas mit seinem Schwert in zwei Teile.
John versuchte, sich nicht beirren zu lassen. Er trat auf den vordersten Mann zu. »Nihau«, sagte er freundlich und hob seinen Zylinder, »darf ich bitte durch?«
Der Kommandant der Truppe zog seine Augenbrauen zusammen und rückte seinen Helm in die Stirn. John registrierte aus den Augenwinkeln, dass er sein Schwert fester anpackte.
»Bitte. Ich komme in friedlicher Absicht.«
Wie aus heiterem Himmel brüllte ihn der Anführer in einer Lautstärke an, dass John erschrocken einen Schritt zurück-

wich. Der Mann brüllte einen weiteren Befehl, und schon im nächsten Augenblick machten seine Leute einen Schritt auf John zu. Er verzichtete auf jede Verbeugung und sah zu, dass er schnell von der Brücke kam.

Vor van Kampens Villa wischte John sich den Schweiß von der Stirn. Vielleicht hatte Mailin gar nicht Tee eingekauft, sondern hatte sich einfach die ganze Zeit über im Haus aufgehalten, und van Kampen war nur zu betrunken gewesen, um sie zu finden.

Klar, so wird es gewesen sein. Warum habe ich nicht selbst nachgesehen? Ich hätte mir das Ganze sparen können.

Zuversichtlich betrat John die Eingangshalle. Hier drinnen war es angenehm kühl, und es herrschte eine eigentümliche Stille. Sonst gab es immer irgendwelche Geräusche, und wenn es nur Xiaofang war, die in der Küche schimpfte. Und doch war diese sonderbare Stille besser als ein tobender van Kampen.

John atmete tief durch. Er ging die Treppe hinauf und ohne Umweg direkt zu Mailins Zimmer.

Vielleicht, dachte er, habe ich einfach nur überreagiert, weil ich übermüdet bin von der durchwachten Nacht. Bestimmt findet sich eine Erklärung, und Mailin war die ganze Zeit im Haus. Das wäre doch wunderbar.

Er wollte gerade an die Tür klopfen, als er gerufen wurde. Und dann noch einmal: »John!«

Es war Henriette. Sie steckte den Kopf aus ihrer Zimmertür. »John, ich muss mit dir sprechen.«

»Geht das nicht später, ich bin sehr müde.«

»Es ist wichtig, John.« Henriette schloss die Tür und trat zögernd in den Flur. Sie wirkte irgendwie verstört. John lehnte

sich an die Wand und antwortete nicht. Er fühlte sich schwer wie Blei.
»Es ist wegen gestern«, sagte sie leise und kam näher. Als sie John erreicht hatte und seine ratlose Miene sah, präzisierte sie: »Wegen der Szene in meinem Zimmer.«
»Henriette, bitte!« John drehte sich wieder Mailins Tür zu. »Wir vergessen die Sache einfach. In Ordnung?«
»Das kann ich nicht.« Sie putzte sich mit einem Taschentuch die Nase. »Ich habe die ganze Nacht nachgedacht, John!« Sie schluckte. »Es war töricht von mir, dich von der Teezeremonie abhalten zu wollen. Natürlich kann ich verstehen, dass du viel über Tee erfahren möchtest. Im Gegenteil, ich finde es sogar sehr schön. Der einzige Grund, warum ich dagegen war ...«
»Mailin«, ergänzte John.
Henriette nickte mit gesenktem Kopf. Doch dann hob sie den Kopf, vergewisserte sich, dass niemand zuhörte, und sah John fest an. »Ich liebe dich, John, so wie du bist.« Sie wischte sich schnell über die Augen. »Und ich habe Angst, dich zu verlieren.«
John wollte etwas erwidern, doch Henriette kam ihm zuvor: »Ich habe versucht, dich zu ändern. Das war ein schrecklicher Fehler. Das habe ich jetzt erkannt.« Sie machte eine kurze Pause und sah ihn an.
»Du sagst nichts?« Sie sah ihm in die Augen. »Sag doch was«, flüsterte sie.
John räusperte sich. »Ich«, begann er, doch dann wusste er nicht weiter.
Henriette sah ihn an, eine ganze Zeit, mit großen, traurigen Augen.
»Du liebst mich nicht, ist es das?« Sie biss sich leicht auf die

Unterlippe, voller Furcht vor dem, was John gleich antworten würde. Denn sie war sicher, er würde sie nicht anlügen.

»Ich weiß es nicht«, sagte er schließlich.

Henriette seufzte, nahm seine Hände in ihre und hielt sie ganz fest. »John, wir werden *das* Paar in Hamburg sein.«

Sie beobachtete sein Gesicht, doch er sah an ihr vorbei zur Tür. Henriette atmete tief durch, als müsste sie Luft holen, um das Folgende aussprechen zu können: »Du weißt« – ihre Stimme klang drohender –, »ich könnte viele Männer haben. In Hamburg brauche ich nur mit dem Finger zu schnippen. Aber die interessieren mich nicht. Ich will nur dich!«

John sah ihr in die Augen. »Henriette …«

»Henriette, Henriette«, äffte sie ihn nach und ballte die Hände zu Fäusten. »Es liegt an dieser verdammten Chinesin, stimmt's?« Ihre Stimme zitterte. »John«, sagte sie scharf, »wenn du dich für dieses Flittchen entscheidest, werde ich dir das nie verzeihen. Niemals!«

John starrte sie entgeistert an. »Du willst mir drohen?«

Henriette reagierte nicht auf seine Frage, sondern schritt betont langsam zu Mailins Tür. Dort angekommen, drehte sie sich wieder um. »Übrigens«, sagte sie überraschend heiter, »dein Vögelchen ist wieder ausgeflogen.«

»Was? Mailin war hier?«

»Kurz. Jetzt ist sie wieder weg. Und ich weiß nicht, ob sie je wieder zurückkommt.«

John drängte sich an ihr vorbei zu Mailins Tür. »Was ist passiert?«

Jetzt war es Henriette, die schwieg.

»Rede!«, forderte er. »Bitte!«

»Nun«, sagte sie genüsslich, als könnte sie eine Damenrunde mit einem sensationellen Kuchenrezept überraschen, »sie war unterwegs gewesen. Gott weiß, wo die sich rumgetrieben hat. Egal, als sie zurückkam, war ich hier oben auf der Treppe und sah, dass van Kampen bereits in ihrem Zimmer auf sie wartete. Du kannst dir vorstellen, dass er nicht gut gelaunt war.« Während sie das sagte, forschte sie in Johns Gesicht nach einer Reaktion.

»Was ist weiter passiert?«

»Es hat eine Messerstecherei gegeben.« Sie sagte das so beiläufig, als hätte sie van Kampen und Mailin beim Wäscheaufhängen zugesehen.

»Wie bitte?«

»Van Kampen war wütend. Und er war immer noch betrunken. Als er diese Chinesin sah, ist er auf sie losgegangen und hat sie geschlagen.« Henriette schauderte angewidert und sagte voller Abscheu: »Er war so brutal.«

John starrte sie an. »Erzähl weiter.«

»Van Kampen schlug sie! Immer wieder. Auch als sie schon auf dem Boden lag. Sie schrie. Flehte ihn an, endlich aufzuhören.« Henriette hielt sich die Hände an die Schläfen. »Es war so entsetzlich. Und keiner kam ihr zu Hilfe. Noch nie habe ich einen Menschen gesehen, der so brutal auf eine Frau eingeschlagen hat. Noch nie. Ich dachte, er prügelt sie tot.« Henriette atmete schnell. »Ich habe ihr dann das Messer gegeben.«

»Das Messer? Was für ein Messer?«

»Davon weißt du nichts. Mein Vater hat mir seinen Talisman, sein altes Stilett, mitgegeben. Zu meiner Verteidigung. Ich habe es immer in einem Strumpf am Körper getragen.«

John schaute sie verwundert an.

»Ich habe ihr das Messer zugeschoben, als sie wehrlos auf dem Boden lag. Sie hat ihn damit in den Arm und ins Bein gesto-

chen. Mehrmals, weil er einfach nicht aufhören wollte, sie zu schlagen. O Gott, es war so furchtbar.«
»Und dann?«, fragte John.
»Sie ist fortgerannt.«
»Wohin?«
»Woher soll ich das wissen? Es ist mir auch egal.«
John betrachtete Henriette mit zusammengekniffenen Augen. Sagte sie die Wahrheit? »Ich glaube dir nicht«, sagte er leise, dann stieß er die Tür auf und trat in Mailins Zimmer. Sie war nicht da.

»Mailin, du elendes Luder!«, dröhnte es von unten. »Wo bist du?« Van Kampen polterte die Treppe herauf. Henriette flüchtete sich zu John ins Zimmer und warf die Tür zu.
Mit angehaltenem Atem lauschten sie, wie van Kampen nach und nach alle Türen aufriss, Mailins Namen brüllte und die Türen wieder zuschlug. Dann stieß er ihre Tür auf und blieb breitbeinig im Türrahmen stehen.
John wusste sofort, dass alles stimmte, was Henriette berichtet hatte.
Van Kampens rechtes Hosenbein war zerrissen und mit getrocknetem Blut getränkt. Ebenso sein rechter Arm. Sein Blick war der eines mordlustigen Berserkers.
»Du bist an allem schuld«, brüllte er und kam auf John zugehinkt. Seine Verletzung und seine Trunkenheit machten es ihm unmöglich, aufrecht zu gehen. Henriette rannte nach rechts und drückte sich dort gegen die Wand.
»Herr van Kampen!«, rief sie laut, »lassen Sie uns in Ruhe.«
»Zu dir komme ich später, Mädchen«, sagte van Kampen, ohne seinen Blick von John zu wenden. Dieses Mal würde er ihm keine Gelegenheit geben, zu entkommen. John machte zwei

Schritte zurück, bis er gegen das Fenster stieß. Sein Atem ging stoßweise. Er hatte Angst, große Angst.

»Du bist schuld, dass Mailin weg ist. Du hast ihr diese Flausen in den Kopf gesetzt«, zischte er. Schritt für Schritt, sein rechtes Bein nachziehend, torkelte er auf John zu.

»Sie behandeln Mailin wie eine Sklavin«, stieß John hervor. Sein Herz hämmerte so stark, dass er kaum Luft bekam.

»So? Tue ich das?« Van Kampen beugte sich vor, machte einen Buckel und fletschte die Zähne, die er wohl seit zwei Tagen nicht mehr geputzt hatte. »Du halbe Portion willst mir erzählen, was ich zu tun habe? Du willst wohl den Helden spielen, was?«

Er breitete die Arme aus und ballte seine großen Hände zu Fäusten. John konnte ihm nicht mehr entkommen. Er roch bereits den fauligen, nach Alkohol stinkenden Atem. Ihm wurde schlecht.

»Lassen Sie ihn in Ruhe«, kreischte Henriette.

Van Kampen drehte sich kurz zu ihr um und machte eine wegwerfende Bewegung, als wollte er eine kleine Spinne vom Handgelenk schütteln. Dabei geriet er leicht ins Wanken. John reagierte blitzschnell. Er machte einen großen Schritt nach vorn und trat mit voller Kraft gegen den blutigen Oberschenkel. Van Kampen jaulte auf vor Schmerzen. Entsetzt starrte er auf die Wunde, aus der hellrotes Blut zu sickern begann. Sein Gesicht verwandelte sich in eine wutverzerrte Fratze, sein Blick wurde wild, er verlor jede Beherrschung. John hechelte vor Anspannung, dennoch beobachtete er genau, wie sich van Kampen auf ihn zubewegte. Als der Moment günstig war, trat er wieder zu, wieder auf die offene Wunde und wieder mit aller Kraft. Und dann noch mal und noch mal und noch mal, in den Bauch, gegen die Brust und in die Rippen. Van

Kampen sackte zusammen, sein Kopf schlug auf die Holzdielen. Er röchelte nicht mal mehr.
»John!« Henriette kam auf ihn zugestürzt und presste sich erleichtert an ihn. »Ist er tot?«
»Ich weiß es nicht«, keuchte John und hielt sie fest. »Ich will es auch gar nicht wissen.«
Als er wieder ruhiger atmen konnte, machte er sich von ihr los. Ohne ein Wort zu sagen, ging er in sein Zimmer und direkt zum Kleiderschrank, holte seinen Seesack heraus und warf ihn auf das Bett.
»Was machst du da«, fragte Henriette, die ihm mit wehendem Kleid gefolgt war.
»Ich kann hier nicht länger bleiben«, sagte er, ohne sie anzusehen. »Was ist, wenn er wieder aufwacht? Soll ich warten, bis er mich erschießt?«
Henriette sagte nichts.
»Und wenn er nicht mehr aufwacht, macht das meine Lage besser? Dann bin ich ein Mörder.« Er öffnete seinen Seesack und stopfte hastig eine Hose und zwei Hemden hinein.
»Wohin willst du?«
»Ich weiß es nicht.« Er ging zum Schrank und holte den kleinen Lederbeutel mit dem Familiensilber heraus. Mit dem Beutel in der Hand blieb er am Bett stehen und sah Henriette an. »Vielleicht hat er Recht und es ist alles meine Schuld. Mailin ist wegen mir weggegangen. Sie wollte mir Tee besorgen.«
John packte die letzten Sachen ein, bis der Sack voll war, schnürte ihn zu und warf ihn sich über den Rücken. Er ging zur Tür und drehte sich dort noch einmal um.
»Danke, dass du Mailin geholfen hast.«
»Bleib hier, John«, rief Henriette und versperrte die Tür. »Du bist dieser Chinesin gar nichts schuldig.«

»Doch!« John sah ihr fest in die Augen. »Ich kann Kanton nicht verlassen, ohne sie noch einmal gesehen zu haben. Und ich muss sie warnen und wissen, wie es ihr geht. Verstehst du das nicht?«
»Wenn du jetzt gehst, John«, schrie sie fast, obwohl sie sich Nase an Nase gegenüberstanden, »werde ich dir das niemals verzeihen. Hörst du?«
John sah sie traurig an. »Du solltest aufs Schiff gehen, Henriette. Van Kampen wird dich nicht verschonen. Nicht nach der Sache mit dem Messer.«
»Dann lass uns gemeinsam fahren«, sagte Henriette schnell. »Ich habe genug Tee für uns beide. Und Lüders ist bereit, abzulegen.«
»Es geht nicht. Nicht jetzt.«
»Dann fahre ich allein!«
John zuckte mit den Schultern. Er wollte an Henriette vorbeigehen, doch sie stellte sich ihm in den Weg.
»John, ohne mich bist du nichts. Du hast kein Schiff, das dich zurückbringt, und keinen Tee, der deine Familie rettet.«
Er sah sie ernst an. »Ich weiß. Aber ich muss herausfinden, wie es Mailin geht.«
Damit schob er sich an Henriette vorbei, eilte aus dem Zimmer und die Treppe hinunter. Er hatte gerade die Eingangstür erreicht, als Henriette auf dem oberen Treppenabsatz auftauchte und sich über das Geländer beugte.
»John!«, schrie sie, als würden Flammen sie bedrohen. Sie stellte sich auf Zehenspitzen und brüllte ihre ganze Wut und Verzweiflung über die Brüstung. »Ich werde dich vernichten, John Blanckendorff! Dich und deine ganze Familie.«
John blieb in der Tür stehen und sah zu ihr hinauf. Traurig und still.

»Leb wohl«, sagte er so leise, dass sie es nicht hören konnte. Dann drehte er sich um und ging hinaus.

Henriette hielt das Geländer noch umklammert, als er schon längst weg war. Ungläubig starrte sie auf die offene Eingangstür, und ging wie in Trance zwei, drei Schritte rückwärts, bis sie an die Wand stieß. Sie ließ sich langsam daran herabgleiten. Tränen liefen ihr über das Gesicht.

33

John war gelaufen, so schnell und so weit er konnte, ans andere Ende von Shamian, bis er völlig außer Atem war. Erschöpft lehnte er sich gegen einen Baum am Wegrand. Doch dann stellte er sich vor, wie van Kampen sich kurz schüttelte, als seien die Messerstiche nicht mehr gewesen als die Kratzer einer Katze, aufstand und sich wütend aufmachte, um ihn zu suchen. John bekam eine Gänsehaut und ging hinter einem größeren Busch in Deckung.

So wie damals, erinnerte er sich, als ich ein kleiner Junge war und mich einen halben Tag lang hinter einem Himbeerbusch versteckt hatte. Theodor Stahmer hatte behauptet, ich würde niemals Vaters Bürofenster treffen. Ich habe einen kleinen Stein genommen und ihn gleich mit dem ersten Versuch genau in die Mitte des Fensters geworfen. Ich hörte noch Vaters Schrei. Er hat mich den ganzen Nachmittag gesucht und herzlich gelacht, als er mich gefunden hatte. Van Kampen würde nicht lachen. Er darf mich auf keinen Fall finden und auch nicht Mailin.

Ungeduldig wartete John, bis es endlich dämmerte, dann nahm er seinen Seesack und schlich sich zu van Kampens Haus zurück. Vor der Villa wartete er. Alles schien ruhig und friedlich zu sein. Ob Henriette und Lüders schon fort waren? Lautlos wie ein geübter Einbrecher huschte er am Haupteingang vorbei in den hinteren Garten und zum Küchenfester. Wie üblich war es geöffnet. John schaute vorsichtig hinein. Keiner war da.

»Mist«, sagte er leise.

Im Haus war es eigentümlich still. Lag van Kampen in seinem Bett und ließ sich pflegen? Oder war er schon in einer Kiste aus dem Haus getragen worden? Vater hätte das jedenfalls nicht überlebt. Oder führte er bereits einen Suchtrupp an? Bei van Kampen ist alles möglich.

John wartete. Immer wieder blickte er vorsichtig über das Fenstersims und wurde mit jeder Minute ungeduldiger. Dann hörte er plötzlich lautes Tellerklappern.

Langsam stand er auf. Durch das geöffnete Fenster rief er leise: »Xiaofang!«

Die massige Frau schrie auf und warf einen Teller hoch in die Luft, der im nächsten Moment in spitze Scherben zersprang.

»Xiaofang, hier!«, flüsterte John und zeigte sich in voller Größe.

Erleichtert atmete sie aus.

»Kommen Sie.« John winkte sie zu sich heran.

Sofort wieder mürrisch, watschelte Xiaofang zu ihm ans Fenster.

»Fräulein Sternberg? Ist sie noch hier?«

Xiaofang sah ihn skeptisch an. Doch als sie sein ratloses Gesicht sah, antwortete sie: »Ist fort.«

John nickte. »Und Kapitän Lüders?«

»Ist fort.«

»Wo ist Mailin?«

Xiaofang verschränkte die Arme vor der Brust und schwieg.

»Bitte«, drängte John. »Ich muss wissen, wie es ihr geht. Und Sie können mir doch bestimmt sagen, wo sie sich aufhält.«

Xiaofang blieb stumm wie ein Stein auf dem Meeresgrund.

»Ich will sie nur ganz kurz sehen.« Und dann fügte er hinzu: »Ich bin doch ein Freund.«

Xiaofang musterte ihn aus ihren schmalen Augen. Endlich bewegte sie sich und zeigte mit ihrem ausgestreckten Finger auf Johns Brust: »Warten!«

Gleich darauf verschwand sie aus der Küche. Es schien Ewigkeiten zu dauern, bis sie um die Hausecke bog. Sie winkte ihm zu, damit er ihr zur Straße folgte, und führte ihn zu einem dürren Mann, der, nur mit einer kurzen Hose bekleidet, im Schein ihrer Laterne vor einem einachsigen Holzkarren wartete.

Xiaofang zeigte wortlos auf die Pritsche, auf der eine alte Decke lag. Sie machte John klar, wie er sich mit seinem Seesack auf die Ladefläche kauern sollte: auf den Boden knien, die Stirn auf die Pritsche und die Hände über den Kopf. Noch während John sich auf dem Karren so zusammenfaltete, wie Xiaofang es ihm gezeigt hatte, und sie die alte Decke über ihn breitete, war er sich nicht mehr sicher, ob sie sein Anliegen überhaupt richtig begriffen hatte.

Doch noch ehe er die Antwort darauf finden konnte, kippte die Karre bedenklich nach hinten. Und dann wurde alle Luft aus seinem Körper gepresst: Xiaofang hatte sich auf seinen Rücken gesetzt.

»Ah!«, schrie John, was unter der Decke jedoch nicht nach mehr als einem erstickenden Stöhnen klang.

Als dann der Karren losrumpelte und Xiaofang im Rhythmus der Schlaglöcher hin und her schwankte, hatte John das Gefühl, unter einem gewaltigen Mühlstein zu liegen, der sämtliche Knochen zu Staub zermahlt.

Nach einer qualvoll langen Strecke holperte es plötzlich anders, als würden sie auf Holz fahren. Wir haben eine Brücke erreicht, vermutete John. Vielleicht die große Bambusbrücke mit der Miliz?

Gleich darauf hielt die Karre, und Xiaofang begann für ihre Verhältnisse ausgesprochen freundlich zu debattieren. Eine tiefe Männerstimme, vielleicht die des kommandierenden Milizenchefs, klang dagegen reichlich verärgert. John hielt den Atem an. Was passiert, wenn sie mich jetzt entdecken? Lieber bleibe ich die ganze Nacht unter Xiaofang, als dass ich in die Hände der Milizen gerate. Wenn die mich unter diesen Umständen nicht für einen Spion halten, wann dann?

John hörte, wie jemand langsam um die Karre herumging. Dann spürte er, wie dieser Jemand an der Decke zupfte. Augenblicklich war Xiaofangs Freundlichkeit verpufft. Sie schimpfte wie sonst nur in der Küche. Sofort war Ruhe. John hörte noch ein Flüstern, dann ging die Fahrt weiter. Offenbar konnte sich der Wachhabende nicht vorstellen, dass unter der Decke tatsächlich etwas Wichtiges oder gar noch Lebendiges verborgen sein könnte.

Ein paar Straßenzüge später kletterte Xiaofang von der Karre und zog John die Decke vom Kopf. Wie ein Ertrinkender, der aus den Tiefen des Meeres an die Wasseroberfläche schießt, japste er nach frischer Luft. Xiaofang grinste mit ihrem runden Gesicht.

»Xienxien«, sagte John noch atemlos und streckte vorsichtig seinen Rücken durch. Dann sah er sich um. »Wo ist Mailin?«

Xiaofang nickte kurz, schickte den Mann mit der Karre nach Hause und drückte sich mit dem Rücken an eine Hauswand. Nachdem sie einen Moment gewartet hatte, lief sie los in die dunklen Straßen. John, dem schon tagsüber wenige Kreuzungen und Biegungen genügten, um sich zu verlaufen, bemühte sich, Xiaofang nicht aus den Augen zu verlieren.

Kanton war um diese Zeit menschenleer. Nur ganz vereinzelt patrouillierten Wachen mit Laternen durch die Straßen. Xiaofang lief erstaunlich leichtfüßig von Haus zu Haus, bis sie kurz vor Mitternacht ihr Ziel erreicht hatte. Sie klopfte an eine

Haustür, die sich kurz darauf einen Spalt breit öffnete. Ein altes, aber furchtloses Gesicht blickte heraus: Herr Wang Xu.
»Ich hab's doch gewusst«, sagte John zufrieden.
Mailins Großvater begrüßte Xiaofang freundlich und bat sie mit einem kurzen Wink herein. Dass John hinter ihrem Rücken auftauchte, schien ihn nicht sehr zu überraschen. Jedenfalls zeigte er es nicht und ließ ihn ebenfalls eintreten.
Xiaofang redete aufgeregt und fuchtelte mit den Armen, während Herr Wang sie durch das Haus in ein kleines, abgeschiedenes Zimmer führte. Der Vorhang an der linken Wand war zugezogen. Auf einem kleinen, runden Tisch in der Mitte stand eine einzelne brennende Kerze. Dazu verbreitete ein glimmendes Räucherstäbchen den Duft von Sandelholz. Als Sitzgelegenheiten lagen, wie im Teepavillon, Bastmatten bereit.
Der Großvater bat sie mit einem Handzeichen, sich zu setzen. John stöhnte innerlich. Selbst der gewichtigen Xiaofang schien es weniger auszumachen, die Beine zum Schneidersitz zusammenzufalten, als ihm.
»Mailin?« John deutete mit dem Zeigefinger auf seine Bastmatte. »Ist sie hier?«
Herr Wang saß aufrecht da und musterte ihn aufmerksam. Und schwieg.
John atmete tief durch. Was ist? Weiß er es nicht, oder will er es mir nur nicht sagen? Wenigstens ihren Namen muss er doch verstanden haben.
John sah sich im Zimmer um, konnte aber keinen Hinweis auf sie entdecken. Was ist, wenn sie überhaupt nicht hier ist? So, wie sie heute Mittag auch nicht bei diesem Hong-Kaufmann, Herrn Wu Yang, war? Wo soll ich sie dann noch suchen?
»Wo ist Mailin?« Seine Stimme musste auch für chinesische

Ohren gereizt klingen. Ungeduldig presste er seine Lippen aufeinander. »Geht es ihr gut?«
Wang Xu sah scheinbar gleichgültig in die Kerzenflamme. Auch Xiaofang regte sich nicht. John hob hilflos die Arme. »Was soll ich denn tun, damit mich hier einer versteht? Soll ich vielleicht ein Bild malen?«
In diesem Moment wurde der Vorhang beiseite geschoben. John drehte sich nach links. Langsam, in der Dunkelheit zunächst kaum zu erkennen, kam Mailin herein. Ihre Arme hatte sie vor der Brust verschränkt.
»Gott sei Dank!«, seufzte John erleichtert. »Ich habe ja so gehofft, dass Sie hier sind.«
Zögerlich, als könnte der Boden unter ihren Füßen nachgeben, kam sie noch einen Schritt näher. Als ihr Gesicht vom Schein der Kerze erhellt wurde, hielt John den Atem an. Unter ihrem rechten Auge zeigte sich ein großer, dunkler Bluterguss. Und auch sonst sah ihr Gesicht nicht gut aus, nicht nur wegen der dicken Lippe.
Mailin huschte wie ein verschrecktes Reh zu ihrem Großvater, der sie schweigend in den Arm nahm. Sanft streichelte er ihr Haar. Gleichzeitig beobachtete er John höchst wachsam.
»Ich habe Ihre Stimme erkannt«, sagte Mailin nach einiger Zeit. »Warum sind Sie gekommen?«
»Ich musste wissen, wie es Ihnen geht.«
Mailin lächelte kurz, doch schien ihr das Schmerzen zu bereiten. Sie zog aus ihrem Ärmel ein kleines Messer hervor und legte es langsam auf den Tisch. Die kleine, schmale Klinge glänzte im Schein der Kerze.
»Was ist das?«, fragte John.
»Das Messer von Fräulein Sternberg.« Mailin sah es einen Moment lang an. »Es hat mir wohl das Leben gerettet.«

Mailin schob das Stilett zu John hinüber. »Geben Sie es ihr zurück.«
John nahm das Messer an sich und betrachtete es eindringlich. Die Klinge war blitzblank. Dann schüttelte er den Kopf und schob es wieder zurück. »Ich kann es ihr nicht zurückgeben. Sie ist schon fort. Und ich weiß nicht, ob ich sie jemals wiedersehen werde.« John sah Mailin an. »Behalten Sie es, bitte.«
Mailin überlegte einen Augenblick, dann nickte sie und steckte das Messer wieder ein.
»Aber Sie müssen zurück!«, sagte sie schließlich. »Es wird zu gefährlich für Sie. Großvater sagt, dass es bald wieder Krieg geben wird. Langnasen werden dann hier nicht mehr sicher sein.«
»Vielleicht. Ich habe die Milizen gesehen.«
»Sie müssen fort, bevor es zu spät ist.«
»Das Schiff hat schon abgelegt«, antwortete John müde, »es ist bereits zu spät.« Jetzt, da er wusste, dass Mailin lebte und fürs Erste gut aufgehoben war, war alle Anspannung von ihm abgefallen und einer abgrundtiefen Müdigkeit und bleiernen Schwere gewichen. Am liebsten hätte er sich gleich hier an Ort und Stelle auf der Bastmatte ausgestreckt und geschlafen. Dennoch schilderte er Mailin in knappen Sätzen seine Auseinandersetzung mit van Kampen und die mit Henriette. Mailin hörte aufmerksam zu und übersetzte dann alles ihrem Großvater und Xiaofang.
»Und wie soll es jetzt weitergehen? Was haben Sie vor?«
»Ich weiß es nicht. Aber ich werde schon einen Weg finden.«
John beugte sich vor und sagte mit Nachdruck: »Es geht aber auch um Sie, Mailin. Van Kampen sucht sie!«
Mailin nickte langsam. »Deshalb bin ich ja hier.« Sie kuschelte sich an ihren Großvater.

»Aber sind Sie hier sicher? Ich meine, weiß van Kampen, wo Ihr Großvater wohnt?«
Mailin begann zu schluchzen.
»Selbst wenn er es nicht weiß: Er wird alles daransetzen, Sie zu finden. Und wenn die Milizen alle Brücken nach Shamian besetzen, dann schwimmt er eben rüber. Und wenn die Engländer mit ihren Kanonen gewinnen, hält ihn erst recht nichts mehr auf. Er wird alles versuchen, Sie zu finden. Verstehen Sie? Und er wird Sie finden.« So, wie Vater mich hinter dem Himbeerstrauch gefunden hat.
Mailin vergrub ihr Gesicht an der knochigen Schulter ihres Großvaters. Der alte Mann drückte sie mit seinen von braunen Flecken bedeckten Händen fest an sich. Es kehrte Stille ein, die nur durch Mailins Schluchzen unterbrochen wurde. Bald darauf fielen Xiaofang die Augen zu.
Herr Wang begann zu sprechen, leise, langsam und sehr bestimmt. John hatte zunächst den Eindruck, er wollte Mailin beruhigen und trösten. Doch das konnte es nicht sein, denn John sah ihren Gesichtsausdruck. Entsetzen und Wut spiegelten sich darin. Schließlich sprang sie auf und antwortete so laut, dass Xiaofang erschrocken die Augen aufriss. Mailin marschierte durch den Raum und um den Großvater herum, trommelte verzweifelt mit den Fäusten auf den Tisch und fluchte in einer Lautstärke, die alle Nachbarn mobilisieren musste.
Ihr Großvater aber blieb still sitzen und betrachtete das Flackern des Kerzenlichts.
John fühlte sich unbehaglich. Was geht hier vor? Mailin, die sich sonst so gut beherrschen konnte, die nicht einmal bei der Ankündigung ihrer Verlobung mit van Kampen eine nennenswerte Reaktion gezeigt hatte, verlor völlig die Fassung. Ihr Großvater muss etwas Schreckliches gesagt haben, etwas, das

offenbar weitaus schlimmer sein musste als ein Leben an der Seite von van Kampen.
Allmählich erlahmten Mailins Kräfte. Als sie nicht mehr schimpfen und schreien konnte, fiel sie vor ihrem Großvater auf die Knie, flehte und bettelte. Herr Wang jedoch saß immer noch still da und tat so, als wartete er darauf, dass im Tempel das Schlussgebet gesprochen wurde.
Wie kann dieser Mann nur so ruhig dasitzen, fragte sich John. Wie kann er mit ansehen, dass seine Enkelin so sehr leidet? Doch dann bemerkte er, wie dem alten Mann eine einzelne Träne über das Gesicht lief. Wang Xu machte sich nicht die Mühe, sie wegzuwischen.
Mailin blickte zu ihrem Großvater und flüsterte eine letzte Frage. Er sah sie an, lange, dann nickte er knapp, doch es reichte offenbar, um ihre letzte Hoffnung zu zerstören. Denn nun brach Mailin, von Weinkrämpfen geschüttelt, im Schoß ihres Großvaters zusammen. Er schlang seine dünnen Arme um sie und barg sie wie ein kleines Kind.
John fühlte sich elend. Nichts für Mailin tun zu können, das war schlimmer, als einem van Kampen mit Schaum vor dem Mund gegenüberzustehen.

Irgendwann tief in der Nacht, Xiaofang schnarchte bereits wie ein Mann, konnte Mailin nicht mehr weinen. Sie lag im Schoß ihres Großvaters und schluchzte nur noch. Herr Wang Xu erhob sich und verließ leise das Zimmer. Bald darauf kam er mit einer Tasse Tee zurück und reichte sie Mailin.
John wartete geduldig, bis sie ausgetrunken und sich einigermaßen beruhigt hatte, dann fragte er mit einem Blick auf Wang Xu: »Was hat er gesagt?«
Sie blickte mit verweinten Augen in die leere Tasse, in der

noch ein einzelnes Teeblättchen schwamm, und schniefte. Dann sagte sie zögernd, als kostete sie jedes Wort größte Anstrengung: »Großvater möchte … dass … ich … Kanton … verlasse.«
John wollte schon aufspringen, dem alten Mann alle Knochen im Leib durchschütteln und ihn fragen, was ihm einfiele, Mailin so zu quälen, als er sah, mit wie viel Wärme und Liebe er seine Enkelin betrachtete. John erkannte: Dieser Mann würde Mailin niemals absichtlich Schaden zufügen. Wang Xu betrachtete sie voller Mitgefühl und Zärtlichkeit. Er schien alles von ihr in sich aufzunehmen, nicht einzelne Details, sondern ihr ganzes Wesen, ihre Gegenwart, Vergangenheit und Zukunft. Herr Wang Xu, Mailins Großvater, nahm Abschied. Still und leise und offenbar in der Gewissheit, dass es richtig war, was er von ihr verlangte.

34

In aller Frühe hatte Xiaofang das Haus verlassen und war gerade noch rechtzeitig zu den Frühstücksvorbereitungen in van Kampens Küche zurückgekehrt. Sie hatte versprochen, Mailin am Abend zu besuchen und sie über die Entwicklungen in van Kampens Haus auf dem Laufenden zu halten.

John dagegen hatte ausgeschlafen und war erst aufgestanden, als das Mittagessen bereits kalt war. Er war hinaus in den Garten gegangen. Wie er vermutet hatte, saß Mailin im Pavillon. In den Händen eine Schale Tee, hockte sie im Schneidersitz da und sah auf den Teich hinaus. John setzte sich zu ihr. Gemeinsam lauschten sie den kleinen Singvögeln, die gelegentlich von einzelnen Gewehrschüssen unterbrochen wurden.

»Wie geht es Ihnen«, wollte John das Gespräch beginnen, aber ein Blick in Mailins Gesicht beantwortete alle Fragen. Ihre Augen waren gerötet, und auf ihren Wangen lagen dunkle Schatten. Vermutlich hatte sie die vergangene Nacht nicht geschlafen oder nur von bösartigen Untieren geträumt.

John ließ den Blick über diesen Garten schweifen, dieses kleine Paradies, das sowohl Ruhe als auch belebende Kraft ausstrahlte. Eines Tages, sagte er sich, werde ich auch einen solchen Garten haben mit einem Teich und einem Teepavillon in seiner Mitte.

»Ihr Großvater scheint kein armer Mann zu sein«, sagte er behutsam. »Wie kommt es, dass Sie für van Kampen arbeiten?«

Mailin erwiderte, ohne John anzusehen: »Großvater glaubt, dass wir von anderen Ländern und Menschen lernen können.«

»Auch von van Kampen?«

Sie trank einen Schluck Tee. »Soweit ich weiß, bin ich die einzige Frau in Kanton, die außer Mandarin auch Englisch spricht. Und die mit Ausländern verkehrt.« Sie hielt einen Augenblick inne, dann fuhr sie fort: »Das ist sehr interessant. Aber auch …«

»Gefährlich?«

»Es ist verboten. Vor allem für Frauen.«

John nickte nachdenklich. »Und Ihr Großvater beschützt sie?«

Mailin lächelte schmerzlich. »Früher war er sehr einflussreich.«

»Und heute ist er ein alter Mann. Was passiert mit Ihnen, wenn er mal nicht mehr lebt?«

Mailin zuckte mit den Schultern.

»Sollen Sie deshalb fort?«

»Das ist wohl auch ein Grund. Aus Respekt meinem Großvater gegenüber wird toleriert, dass ich mit Langnasen verkehre. Aber ich weiß nicht, ob wir von jemandem Hilfe erwarten dürfen.«

»Wenn zum Beispiel van Kampen hier an Ihre Tür klopft.«

Mailin senkte den Blick.

»Wo sollen Sie denn hin?«

»Großvater möchte, dass ich nach Hainan fahre. Wir haben Verwandte dort.«

John machte große Augen. »Hainan? Wo ist denn das?«

»Eine Insel vor der südchinesischen Küste.« Mailin zögerte einen Moment, dann sah sie ihn an und fügte hinzu: »Von dort gehen bestimmt Schiffe nach Europa. Oder sogar nach Hamburg.«

»Hamburg«, murmelte John. Der Name klang wie die Erinnerung an eine frische Brise.

Er biss sich auf die Lippe und betrachtete zwei Goldfische im Teich, die völlig angstfrei unter einem Seerosenblatt auftauchten.

»Wann werden Sie fahren? Schon bald?«

Sie schüttelte langsam den Kopf. »Oktober ist die Zeit der Taifune. Nur die verwegensten Kapitäne wagen sich jetzt schon hinaus. Oder die, die nichts mehr zu verlieren haben.«

»So wie wir?«

»Wir haben unser Leben.«

»Was ist mit den Europäern? Soweit ich weiß, ist die *Swatte Katt* schon abgesegelt.«

»Wohl nur bis Macao. Die meisten warten dort bis zum Neujahrsmonsun. Manche fahren aber auch jetzt schon weiter.«

»Dann haben Sie also noch etwas Zeit?«

»Ich hoffe.«

Als die Sonne längst versunken war, klopfte es heftig an der Tür. Alle hielten erschrocken den Atem an. Van Kampen konnte so klopfen. Als Wang Xu die Tür öffnete, stand jedoch Xiaofang vor der Tür. Sie war völlig außer Atem.

An diesem Abend erfuhren John und Mailin, dass van Kampen noch am Leben war und die Engländer bereits ihre Bajonette spitzten, um in den nächsten Tagen gegen die Milizen vorzugehen.

Am Abend darauf klopfte Xiaofang noch früher und noch aufgeregter an die Tür. Ihr Brustkorb pumpte angestrengt nach Luft, während sie berichtete. Herr Wang Xu und Mailin hörten mit versteinerter Miene zu. Als Xiaofang ihren Bericht beendet hatte, übersetzte Mailin: »Van Kampen verbreitet die Nachricht, dass ich ihn bestohlen habe und dass Sie und ich mit der Beute geflohen sind. Er hat bereits einen Suchtrupp

zusammengestellt. Mit mehreren Bewaffneten will er morgen die Suche nach uns anführen.«
Es folgte eine längere Diskussion mit dem Großvater, in die auch Xiaofang einbezogen wurde und in deren Verlauf Mailin immer trauriger und stiller wurde. Zum Schluss erklärte sie John: »Ich soll schon morgen früh abreisen. Xiaofang hat gehört, dass morgen eine Dschunke abfahren soll.«
»Und Sie sollen mit dieser Dschunke fort? Jetzt, wo nur die verwegensten Kapitäne fahren? Oder die, die nichts mehr zu verlieren haben? Ist das richtig?«
Mailin zuckte mit den Schultern. »Großvater glaubt nicht, dass unsere Soldaten den Gewehren und Kanonen der Engländer gewachsen sein werden.«
John blickte zu Herrn Wang Xu, der Mailin so liebevoll ansah, dass es selbst ihm schwer fiel, diesen Menschen zu verlassen. Wie musste es erst Mailin gehen?
»Fährt die Dschunke überhaupt nach Hainan?«
»Das kann Xiaofang nicht sagen. Aber Großvater will, dass ich Kanton verlasse. So schnell wie möglich.«
Mailin schniefte. »Und was werden Sie machen? Kommen Sie mit?«
»Ich weiß nicht.«
»Wollen Sie nicht zu ihrer Familie zurück?«
»Wollen? Ich habe keinen Tee, verdammt! Die wollen mich doch gar nicht wiedersehen.« Er seufzte. »Ich habe alles kaputtgemacht. Endgültig. Da hat man nicht so viel Lust, seine Familie wiederzusehen.«
Mailin nickte traurig.
»Vor allem kann ich meinem Vater nicht mehr unter die Augen treten.« John schluckte und fuhr niedergeschlagen fort: »Ich habe sein Lebenswerk wohl endgültig zerstört.«

Es entstand eine längere Pause, in der Mailin John lange betrachtete. Dann hob er den Kopf und sagte zu ihr: »Vielleicht haben Sie Recht. Das Allerschlimmste ist nicht, dass ich als Teehändler gescheitert bin, alles andere wäre ja auch die große Überraschung gewesen. Das Allerschlimmste ist das Abgeschnittensein von den eigenen Wurzeln. Ich möchte meine Eltern wiedersehen. Und Johanna.«
Er stellte sich vor, wie es wäre, in der Bibliothek zu sitzen, in seinem Lieblingssessel, mit den vielen Büchern im Rücken, die eine so behagliche Atmosphäre verbreiteten, und seinen Vater über die ersten Teegeschäfte in Kanton auszufragen. Oder Johannas Lieblingskleider zu verstecken. Es gab nichts, was er mehr wollte.
Verstohlen wischte er sich über die Augen und versuchte zu lächeln. »Dies scheint ein seltsames Haus zu sein, wenn hier die Männer immerzu weinen. Es tut mir Leid.«
Mailin legte schweigend eine Hand auf seine. Als sich der Großvater erhob und hinter dem Vorhang verschwand, versuchte sie zu lächeln und sagte: »Auf Hainan gibt es auch Tee.«
John hob den Kopf. »Vielleicht eine Sorte, die in Hamburg noch keiner kennt?«

Herr Wang Xu kam mit einem Paket zurück, das er behutsam vor Mailin abstellte. Sie sah ihn überrascht an und fragte etwas, worauf er ihre Vermutung mit einem knappen Nicken bestätigte. Mailin sprang auf und stampfte mit den Füßen auf den Boden.
»Was ist passiert?«, fragte John.
»Dieser alte Narr«, schimpfte Mailin. »Dieses Paket da! Wissen Sie, was da drin ist?«

»Woher sollte ich?« Ihrer Stimme nach konnte es sich nur um Pest oder Cholera handeln.
»*Lung Ching* oder *Drachenbrunnentee*. Sogar der, der vor dem Licht gepflückt wurde.«
»Aha.« John war vollkommen ahnungslos. »Ist das schlecht?«
»*Lung Ching* ist der kostbarste Tee, den es gibt. Und die *Vor dem Licht*, also vor dem Lichterfest im April gepflückten Blattknospen sind am zartesten. Großvater gibt ihn mir, damit mich meine Verwandten aufnehmen.«
John sah sie verwundert an. »Dann freuen Sie sich doch.«
»Freuen?«, rief sie verständnislos. »Wie soll ich mich darüber freuen? Diesen Tee verkauft er normalerweise in kleinsten Portionen und sichert sich damit sein Auskommen.«
John blickte zu Herrn Wang hinüber, der mit kaum zu überbietender Ruhe und einem nachsichtigen Lächeln jede von Mailins Regungen beobachtete, als wollte er sich alles einprägen. »Meinen Sie nicht, er weiß, was er tut?«
»Doch«, sagte sie und setzte sich schmollend an den Tisch.

Johns Gedanken schweiften ab, ihm war eine Idee gekommen. Unruhig rutschte er auf seiner Bastmatte herum. »Ihr Großvater hat doch bestimmt noch mehr von diesem Lung-Tee, oder?«
Mailin antwortete nicht.
»Ich brauche guten Tee. Und wenn dieser so besonders ist … Ich kann ihn auch bezahlen«, sagte John hastig. »Sehen Sie!« Er zog den Lederbeutel mit dem Familiensilber aus seinem Seesack.
Mailin betrachtete die Ketten und Ringe, die John im Schein der Kerze auf den Tisch legte. Sie entdeckte ein aufklappbares Herz an einer langen Kette.

»Gehört das Ihrer Mutter?«
John nickte und schluckte. »Sie hat es von ihrer Mutter und wollte es eigentlich meiner Schwester zur Hochzeit schenken. Es sind noch Kinderbilder von Johanna, Percy und mir darin.«
Mailin klappte den Deckel auf und betrachtete die Bilder: John und Percy im Matrosenanzug und Johanna in einem Kleid mit Rüschchen. »Und das wollen Sie hergeben?«
John schluckte. Und antwortete nicht.
Mailin wandte sich an ihren Großvater und redete mit ihm. Wang Xu hörte aufmerksam zu, dann stand er auf und kehrte kurze Zeit später mit einem weiteren Paket zurück, das er vor John auf den Tisch legte.
John atmete tief ein. War das die Rettung? Er konnte es kaum glauben. Aufgeregt nahm er seinen Lederbeutel und schob ihn zu Herrn Wang hinüber.
»Sagen Sie, er soll sich nehmen, was er braucht. Und wenn es nicht reicht, soll er mir ein kleineres Päckchen geben. Genau so viel, wie ich bezahlen kann.«
Nachdem Mailin alles übersetzt hatte, nickte ihr Großvater und öffnete das Ledersäckchen. Er griff sich einzelne Ringe und Ketten heraus und prüfte die größten und auffälligsten lange und gründlich. Behutsam legte er sie in den Beutel zurück und verschnürte ihn wieder. Er sprach kurz mit Mailin, ohne dass John am Tonfall erkennen konnte, ob es nun zum Handel kommen würde oder nicht. Zum Abschluss des Gesprächs nickten sich Mailin und ihr Großvater zu, als hätten sie eine konspirative Abmachung getroffen. Und dann schob Herr Wang den Beutel über den Tisch zurück.
John bekam einen Schreck.
»Was ist? Will er mir den Tee nicht verkaufen?«

»Nein.«
»O Gott! Es ist nicht genug Silber, stimmt's?«
Mailin sah ihn mitfühlend an und sagte: »Ja, leider.«
Resigniert senkte John den Kopf. Die Rettung war so nah gewesen. »Und was mache ich jetzt?«
»Am besten«, schlug Mailin vor, »nehmen sie den Schmuck wieder an sich.«
John nickte. So langsam, als wäre er mit Eisen gefüllt, zog er den Lederbeutel zu sich heran und verstaute ihn in seinem Seesack. Niedergeschlagen blickte er zu Mailin, die ihn seltsam anlächelte.
»Und den Tee auch.«

35

Xiaofang ließ es sich nicht nehmen, Mailins Sachen persönlich zu packen. Zu Johns großer Verblüffung verzichtete sie darauf, Kleider, Blusen und Umhänge in größerer Zahl einzupacken, dafür nahm sie eine erstaunliche Menge an Proviant mit. Vor allem natürlich Reis, den sie zusammen mit dem Teepaket zu einem immer noch relativ handlichen Bündel verschnürte.

In der Zwischenzeit hatte Herr Wang Xu noch zwei Kisten mit *Drachenbrunnentee* hereingeschleppt. So wie Mailin reagierte, mussten sie zu seinen letzten Reserven gehören, über die ihr Großvater überhaupt noch verfügte.

John hatte sich entschieden, Mailin zu begleiten. Vielleicht kann sie mir auf Hainan helfen, noch mehr Tee zu besorgen, sagte er sich. Er hatte gerade seinen Seesack geschultert, als Herr Wang mit seinem dürren Zeigefinger auf Gehrock und Schuhe deutete und energisch auf ihn einredete.

»Großvater sagt«, übersetzte Mailin, »dass sie wenigstens auf den ersten Blick nicht als Gweilo erkannt werden sollten. Er meint, sie würden bestimmt als englischer Spion verhaftet werden, und rät ihnen dringend, chinesische Kleidung anzuziehen.«

Kurz darauf hatte John einen jener kegelförmigen Strohhüte auf dem Kopf, wie er ihn schon bei den Reisbauern entlang des Perl-Flusses gesehen hatte, und einen alten, längst aussortierten Mantel des Großvaters übergeworfen, der ihm bis zu den Knien reichte und immerhin die Ellenbogen bedeckte. Johns graue, eng anliegende Hose, die durchaus dem aktuellen Chic Hamburger Kaufmannssöhne entsprechen mochte, war in Kantons Straßen zur Tarnung so gut geeignet wie ein schwarzer Mantel im Schnee. Nach kurzer Diskussion nahm Xiaofang eine Schere und schnitt Johns Hosenbeine oberhalb der Knie ab. Und weil weder die feinen Seidenschuhe noch die ausgetretenen Bastlatschen seine schwarzen Lederschuhe ersetzen konnten, stand John plötzlich barfuß auf dem Boden. In dieser Verkleidung kam er sich vor wie der viel zu groß geratene Sohn verarmter Gemüsebauern. Erstmals in dieser Nacht lächelte Mailin, wenn auch nur ganz kurz.

Als das erste Licht den Morgendunst durchbrach, öffnete Wang Xu die Haustür und steckte seinen Kopf hinaus. Noch schlief Kanton, niemand war auf der Straße zu sehen. Mailin fiel ihrem Großvater ein letztes Mal um den Hals. Sie ließ ihn erst los, als der alte Mann sie mit aufmunternden Worten sachte, aber bestimmt von sich wegschob. Auch wenn er sich bemühte, seine Gefühle nicht zu zeigen, sah John, dass der alte Mann kurz davor war, zusammenzubrechen. Er musste sich auf einen Stock stützen. Mailin fortzuschicken war das größte Opfer, das er zu bringen vermochte. Er, der Mailin schon als Baby auf dem Arm gehalten hatte, wenn Koliken sie so sehr quälten, dass sie die ganze Nachbarschaft in Aufruhr versetzt hatte, der ihre Brüder ebenso hatte sterben sehen wie seine eigene Tochter, stand nun vor seiner letzten Prüfung. Er musste Mailin wegschicken. Mailin, die seiner Frau auf so erschütternde Weise ähnlich sah. Seine Hände zitterten, als er ihr das letzte Mal über die schwarzen Haare strich. Auch Xiaofang, die gerade die zweite Kiste auf eine Holzkarre geladen hatte, wischte sich verstohlen mit einem Ärmel über die Augen.
Zum Schluss nahm Herr Wang Xu Johns rechte Hand, umfasste sie erstaunlich fest mit seinen alten Fingern und redete

nachdrücklich auf ihn ein. John vermutete, dass er ihm eine gute Reise wünschte, antwortete »Xienxien, xienxien« und verneigte sich tief.

Während Mailin mit ihrem Bündel und Xiaofang mit der Karre sich zügig und nahezu lautlos die Häuserwände entlangbewegten, sprang John, den Seesack links über die Schulter und das Teepaket rechts unter den Arm geklemmt, wie ein tanzender Derwisch von einem nackten Fuß auf den anderen und fluchte jedes Mal, wenn er auf einen spitzen Stein trat.

An einer Kreuzung hielten sie an. In dem kleinen Park gegenüber entdeckte John eine Gruppe von sechs Personen, die alle die gleichen seltsamen Bewegungen vollführten, den Körper langsam hin und her wiegten und mit den Händen merkwürdige Figuren formten. John, der unsicher war, inwiefern diese Leute gefährlich waren, wollte schnell weiter. Doch Mailin hielt ihn am Arm fest.

»Es wird besser sein, wenn Sie sich jetzt geduckt halten. Und falls Sie jemand anspricht, behalten Sie den Kopf unten. Ich werde reden, dass ist sicherer.«

John nickte. »Viel kann ich sowieso nicht erzählen.«

»Sie müssen den Kopf immer unten halten. Wenn man Sie als Langnase erkennt … Am besten, Sie stellen sich vor, Sie sind ein …«

»Idiot?« John blickte zu den Menschen im Park hinüber.

Mailin lächelte kurz. »Verzeihen Sie, aber es ist besser so.«

Auf diese Weise erreichten sie unbehelligt von Wachen und Milizen den Hafen, wo ihnen sofort eine grell bemalte Hochseedschunke auffiel.

»Da ist sie.« Mailin deutete auf das Schiff, das schon mit den

letzten Kisten und Körben beladen wurde. John hob kurz den Kopf. Schon von weitem hörte er Passagiere rufen und Matrosen schimpfen, Hühner gackern, Schweine quieken und Babys schreien. Und hoch oben auf dem aufragenden Deck stand der Kapitän, breitbeinig, die Arme vor der Brust verschränkt, und beobachtete, ob jeder, der an Bord wollte, ob mit Kiste, Körbchen oder Bündel, seinen Obolus entrichtete. Um die Zahlungsmoral seiner Passagiere zu stimulieren, hielt er in der rechten Hand eine Peitsche.
Sogar außen am Schiff wurden Bambus und Rattanhölzer festgezurrt, kein Zentimeter Ladefläche blieb ungenutzt. Darüber hinaus drängelten Menschen an Bord, die nichts weiter bei sich trugen als kleinere und größere Bündel.
Verzweifelte und Flüchtlinge wie wir, dachte John und seufzte dankbar, als seine Füße die kühlen und vor allem glatten Planken, die zur Dschunke hinaufführten, berührten.
Xiaofang zuckte zusammen, als der Kapitän wieder seine Peitsche in der Luft knallen ließ. Dann verabschiedete sie sich herzlich von Mailin und verneigte sich auch vor John. Das erste Mal überhaupt. Damit drehte sie sich um, lud die Kisten von der Karre und verschwand mit ihr hinter der nächsten Kreuzung.

Wie ein buckliger Diener schob John die Kisten Stück für Stück die Rampe zur Dschunke hinauf. Sie hatten fast die Bordwand erreicht, als etwas die Neugier des Kapitäns geweckt haben musste, denn er verließ seinen Posten und stellte sich Mailin in den Weg. John wurde unruhig, als der Kapitän sie zu verhören begann. Er deutete mit seiner Peitsche auf die beiden Kisten und schien alles Mögliche wissen zu wollen.
Als dann Mailin eine Frage stellte, schüttelte er energisch den

Kopf. John sah kurz auf und bemerkte Mailins ratloses Gesicht. Was ist?, fragte er sich. Ist etwas nicht in Ordnung? In diesem Moment spürte er, dass der Kapitän ihn beobachtet hatte. Vermutlich die ganze Zeit schon. Schnell drückte John sein Kinn noch stärker auf die Brust. Zwei Atemzüge später tauchten die Schuhspitzen des Kapitäns in seinem Blickfeld auf.
Bleib ruhig! Denk dran, du bist ein Idiot, ermahnte sich John und krümmte sich gerade so weit, dass ihm sein Strohhut nicht vom Kopf fiel. Der Kapitän fragte etwas, woraufhin Mailin sich schnell vor John stellte und antwortete.
Ohne ihr zuzuhören, schob sie der Kapitän beiseite, drückte das Ende seiner Peitsche unter Johns Kinn und hob seinen Kopf hoch. Ein ätzendes Grinsen, als hätte er es die ganze Zeit gewusst, zog über sein Gesicht. »Gweilo!«, zischte er genüsslich und spukte John voller Verachtung vor die Füße.
Gleich im nächsten Augenblick verschwand das Grinsen, und der Kapitän brüllte John an, als hätte dieser gerade seinen Lieblingsmast umgeknickt. Ohne lange zu zaudern, stieß ihn der Kapitän mit einem so heftigen Stoß von der Planke, dass John stürzte und im Dreck landete.
Noch bevor der Kapitän nachtreten konnte, war Mailin dazwischengegangen.
»Kommen Sie, John. Er fährt …« Weiter kam sie nicht, denn im gleichen Augenblick sah sie ihm über die Schulter und erschrak. Sie besann sich kurz, drehte sich zum Kapitän und redete schnell, aufgeregt und ohne Pause. Erstaunlicherweise war der Kapitän aufmerksam.
»Was ist?« John hatte sich inzwischen aufgerappelt.
»Er hält Sie für einen Spion der Engländer. Er überlegt, ob er Sie an die Milizen ausliefern soll.«
»O Gott!«, stieß John aus. »Und was haben Sie gesagt?«

»Dass Sie Silber haben.«
Der Kapitän, unverändert grimmig, streckte John seine rechte Hand entgegen. Zur Versöhnung? John runzelte die Stirn.
»Den Sack mit dem Silber«, flüsterte Mailin. »John« – Mailin zupfte an seinem Ärmel und deutete mit einem kurzen Nicken hinter seinen Rücken –, »wir müssen auf das Schiff. Schnell.«
John drehte sich kurz um. Er war sich nicht sicher, glaubte aber, die Sänfte von van Kampen zu sehen, und dahinter vier Männer mit Gewehren. So wie sich die Träger abmühten, schien die Sänfte nicht leer zu sein.
In aller Eile zog er das Silbersäckchen aus seinem Seesack hervor und holte mit dem ersten Griff einen schmalen Armreif heraus. Die Gesichtszüge des Kapitäns entspannten sich. Er nahm John den Reif aus der Hand, beäugte ihn zufrieden von allen Seiten und ließ ihn beiläufig wie ein Taschenspieler in die Jackentasche gleiten.
»He«, sagte John, »das geht …«
Bevor er zu Ende reden konnte, hatte der Kapitän das Säckchen an sich gerissen und suchte auch schon darin herum. Als Nächstes zog er die Kette seiner Mutter heraus.
»Nicht diese Kette!«
Der Kapitän wog die Kette seelenruhig in der Hand.
»John«, mahnte Mailin eindringlich, »es ist seine Sänfte. Ohne Zweifel. Selbst wenn uns der Kapitän nicht ausliefert, ist da noch van Kampen. John! Es ist nur eine Kette.«
John schluckte. Er konnte sich noch gut daran erinnern, wie er als kleiner Junge auf dem Schoß seiner Mutter saß und mit seinen kleinen Fingern versucht hatte, den Deckel des Herzens zu öffnen. Und wie verblüfft er war, als er darin ihre Miniaturbilder entdeckt hatte.
Eine raue, durchdringende Stimme riss ihn aus seinen Gedan-

ken. John kannte diese Stimme, und sie war nicht mehr weit weg. Er hielt den Atem an. Nur nicht umdrehen. Der Kapitän rief eine Antwort hinunter und ließ gleichzeitig die Kette in seine Jackentasche gleiten. Noch während er mit van Kampen sprach, gab er John den Beutel zurück und winkte ihn mit Mailin an Bord.

Als die Dschunke ablegte und sich mit der Flussströmung dem Südchinesischen Meer entgegentreiben ließ, war ihr Bauch voll gestopft mit Porzellan, Tee und Seide. Darüber lagerten Bambusmöbel, Spazierstöcke, Schreibpapier, Tusche und Glasperlen und wahrscheinlich noch viel mehr. Zudem hatte der Kapitän so viele Passagiere an Bord gelassen, dass John sich kaum ausstrecken konnte, ohne jemandem seine nackten Füße ins Gesicht zu drücken.

Während Mailin vom Heck aus verfolgte, wie die Pagodendächer Kantons langsam am Horizont verschwanden, stand John neben ihr und blickte über die Dschunke nach vorn zum Bug.

»Kapitän Habgier hat das Schiff wirklich bis zur Halskrause beladen. Ich habe mindestens zweihundert Passagiere gezählt.« Er drehte sich zu Mailin. »Das wird ganz bestimmt keine Lustreise.«

Mailin antwortete, ohne den Horizont aus dem Blick zu lassen: »Keiner verlässt gern seine Heimat. Sie sind hier, weil ihre Heimat ihnen keine Lebensgrundlage mehr bieten kann. Opium hat so viel kaputtgemacht.« Sie schluckte. »Alle an Bord mussten viel bezahlen, um wegzukommen. So wie Sie.«

»Ja«, sagte John niedergeschlagen, denn der Verlust der Kette schmerzte ihn sehr. »Aber als Sohn eines Kaufmanns will ich versuchen, das nüchtern zu sehen. Ich betrachte das mehr als

Kaufpreis für den Tee. Ihr Großvater war ja so großzügig und hat mir den Tee geschenkt.«
Mailin sah ihn traurig an, dann hielt sie sich die kleinen Hände vors Gesicht und drehte sich weg.
»Es tut mir Leid«, sagte John schnell. Er legte ihr eine Hand auf die Schulter. »Bitte verzeihen Sie mir.«

Es dauerte eine Zeit, bis Mailin sich entspannt hatte. Doch plötzlich hob sie den Kopf, als wäre sie aus einem tiefen Schlaf geweckt worden. Mit weit aufgerissenen Augen hielt sie sich den Zeigefinger an den Mund. »Hören Sie?«
John lauschte angestrengt. Zuerst wusste er nicht, was sie meinte. Außer dem Schlagen der Mattensegel und gelegentlichen Schimpftiraden des Kapitäns konnte er nichts hören. Doch bald nahm auch er ein fernes Grummeln und Donnern wahr. Nach einer kurzen Pause war es wieder da. John sah zum Himmel hinauf, der wolkenlos und klar war. Spätestens jetzt hatte er keinen Zweifel mehr: »Kanonen.«
»Ja«, hauchte Mailin. Dann hielt sie sich die Ohren zu und schloss die Augen.

John war froh über jeden Befehl, den der Kapitän über Deck schrie, über kreischende Möwen oder irgendein anderes Geräusch, dass den Kanonendonner übertönte.
Endlich waren sie so weit flussabwärts gesegelt, dass selbst ein Volltreffer ins Munitionsdepot nicht mehr zu ihnen gedrungen wäre.
John wollte Mailin ablenken und auf die vor ihnen liegende Zeit richten, auf etwas, das sie froh stimmte, auf das sie sich freuen konnte.
»Wissen Sie, wann wir in Hainan anlegen werden?«

Ohne ihren Blick vom Perl-Fluss abzuwenden, sagte sie: »Wir werden nicht in Hainan anlegen.«

»Nicht?« John sah sie verunsichert an. »Glauben Sie auch, dass die Dschunke überladen ist?«

Mailin schüttelte den Kopf. »Ich wollte es Ihnen vorhin sagen bevor, ich die Sänfte entdeckte: Der Kapitän fährt nach Batavia.« Und als sie bemerkte, dass John diesen Ort offenbar für einen Hafen auf Hainan hielt, präzisierte sie: »Das ist eine Kolonie der Holländer. Sie liegt auf Java.«

36

Schon wenige Tage können eine Ewigkeit sein. Vor allem, wenn man sich an Bord einer Dschunke befindet, die Passagiere ihre tägliche Reissuppe so laut schmatzend und grunzend in sich hineinsaugen, dass es selbst dem Hungrigsten den Appetit raubt, und die Mitreisenden ständig lautstark ihren Speichel sammeln und sich dabei gebärden, als müssten sie ihn aus den Zehenspitzen heraufsaugen, um ihn dann mit aller Kraft auszuspucken. Oft gelang es ihnen, die wenigen freien Flächen an Deck der Dschunke zu treffen, aber eben nicht immer, und dann ging das Geschrei erst richtig los. Und wenn die Argumente ausgingen, gab es immer noch Kung-Fu.

John fand das alles schrecklich. Dagegen war die Reise auf der *Swatte Katt* ein langweiliger Segeltörn gewesen. Wohl auch, weil Henriette immer in seiner Nähe gewesen war. Wehmütig erinnerte er sich an die zahllosen Gespräche mit ihr. Er sah ihre Lachfältchen um die Mundwinkel vor sich und ihre Sommersprossen auf dem Nasenrücken.

Und wie sie ihre Stirn kraus gezogen hat, wenn ich ihr von meinen Plänen erzählt habe, erinnerte er sich und seufzte. War es ein Fehler gewesen, dass ich mich so sehr mit ihr zerstritten habe, fragte er sich immer wieder.

Die Stimmung an Bord änderte sich, als die Dschunke die offene See erreichte und erste Wellen das Schiff mühelos in die Höhe hoben oder zur Seite kippten. Die vorher herrschende Aggressivität machte einer immer mehr um sich greifenden Demut Platz. John genoss diese Veränderung, zumal er am Kap der Guten Hoffnung schon ganz andere Situationen überstanden hatte. Er konnte feststellen, wie die immer stärker stampfende und rollende Dschunke die Passagiere in zwei Gruppen teilte, jene, die mit dem ständigen Auf und Ab zurechtkamen, und die anderen, die über der Reling hingen.

John war froh, dass Mailin nicht unter der Seekrankheit zu leiden hatte. Auch nicht, als in den nächsten drei Wochen die See deutlich rauer wurde und John zu verstehen begann, warum sich zu dieser Jahreszeit nur die Verwegensten und Verzweifeltsten hinauswagten. Sie hockte still, die Knie an die Brust gezogen, auf ihren beiden Teekisten in einer geschützten Ecke an Deck, die sie nur verließ, um für sich und John einmal am Tag eine Reissuppe zu kochen.
Wie alle anderen Passagiere hatten sie nur das zu essen, was sie selbst an Proviant mit aufs Schiff genommen hatten.
Xiaofang muss das gewusst haben, dachte John. Was wäre ich ohne sie? Sie hat mich zu Mailin geführt, und sie hat für uns den Reis eingepackt, von dem wir jetzt leben. Und ich habe mich nicht einmal richtig bedankt. Beschämt verzog er die Mundwinkel. Ich hätte ihr etwas von meinem Silber geben müssen. Aber dafür ist es jetzt zu spät.
Johns Blick fiel auf Mailin. Sie hielt ihre Knie umklammert und starrte auf ihre Fußspitzen.
Auch wenn sie sich nicht beklagt und immer tapfer zu lächeln versucht, sagte er sich, leidet sie unter der Trennung. Und sie hat Angst vor dem Meer. Und vielleicht vor dem, was noch kommen wird.
John setzte sich zu ihr auf die Kisten und legte einen Arm um sie.

In den nächsten Tagen war der Wind noch heftiger geworden. Er zerrte an den Segeln und schob Wellenberge zusammen, was auch John immer mehr beunruhigte. Nicht zuletzt auch deshalb, weil der Kapitän immer blasser und gereizter wurde.
John stand an der Bordwand und sah zum Horizont, weil er hoffte, so seinen hungrigen und in Aufruhr geratenen Magen milder stimmen zu können, als Mailin zu ihm kam und sich fest an seinen Arm klammerte.
»Haben Sie schon mal so viel Wasser gesehen?«, rief sie gegen den Wind.
»Ja«, sagte John und war dankbar, dass sie in diesem Moment bei ihm war, »nur noch nicht so hohes.«
Mailin umklammerte seinen Arm noch etwas fester und starrte auf die gewaltigen Wellen. Nach einer langen Pause sagte sie so leise, dass es John kaum verstehen konnte: »Manchmal habe ich das Gefühl, das Meer ist ein großes Ungeheuer und seine Wellen sind seine Pranken. Ein gewaltiges Ungeheuer, das mit uns spielt, weil es ihm Spaß macht. Und das uns im nächsten Augenblick verschlingt.«
John sah sie zerknirscht an. »Sie können einem aber wirklich Mut machen.«
Mailin lächelte gequält. »Vielleicht haben wir Glück, und das Ungeheuer ist nicht hungrig.«
»Weil es in letzter Zeit schon so viele Schiffe verschlungen hat?«
Sie antwortete nicht, sondern drehte sich zum Schiffsdeck um. Mit Blick auf zwei kleine Kinder, die mit kleinen Schüsselchen in den Händen ihre Mutter um einen Nachschlag Reis anbettelten, sagte sie: »Viele an Bord sind angespannt, weil die Reise so lange dauert und ihre Vorräte zu Ende gehen.«

John nickte und fühlte sich unbehaglich. Ohne Xiaofang würde ich jetzt auch hungern.

»Ich habe gehört, dass der Kapitän überlegt, eine kürzere Route nach Java zu nehmen.«

»Kürzer heißt in diesem Fall … gefährlicher?«

Mailin zuckte mit den Schultern. »Auf der sicheren Route soll es Piraten geben.«

»Aha. Wie sieht es dann auf der weniger sicheren Route aus?«

Als Mailin nicht antwortete, fuhr er fort: »Mein Bruder ist auf dem Weg nach Hause von Piraten überfallen worden. Vielleicht war es sogar hier in dieser Gegend.«

»Das tut mir Leid, John. Standen Sie sich sehr nahe?«

Er überlegte kurz. »Wir sind zwei sehr verschiedene Menschen.« Und nach einer Pause fügte er hinzu: »Obwohl er mich immer hat spüren lassen, dass er der große Bruder ist, hoffe ich, dass er noch lebt.«

Dann drehte er sich um und sah wieder auf das Meer hinaus. »Hoffentlich trifft der Kapitän die richtige Entscheidung.«

Mailin presste sich an seinen Arm. »Ich mag das Meer nicht«, sagte sie. »Und ich spüre, dass es mich auch nicht mag.«

In der folgenden Nacht wurde das Ungeheuer richtig hungrig. Ein wütender Sturm peitschte die Wellen und zerrte an den Segeln. Mailin saß die ganze Nacht auf ihren Kisten und presste ihr Reisebündel fest an die Brust, ebenso wie John, der den Seesack und sein Teepäckchen umklammert hielt. Mit vor Angst großen Augen beobachtete Mailin den Kapitän, der hektisch Befehle brüllte und seine Mannschaft kreuz und quer über das Deck scheuchte.

Immer häufiger schoss das Wasser über Deck und sickerte in den Bauch der Dschunke. Die Kaufleute versuchten, ihre Wa-

ren zu sichern, während Frauen und Kinder vor lauter Angst an Deck strömten und das Chaos noch vergrößerten.
Gegen Morgen, als der Sturm endlich an Kraft verlor, die Wellen nicht mehr so bedrohlich hoch waren und die unmittelbare Gefahr überstanden schien, gab es einen kräftigen Ruck, der die ganze Dschunke erschütterte.
»Joooohn!«, schrie Mailin und presste beide Fäuste auf den weit aufgerissenen Mund. Vor ihren Augen war gerade ein Mann von den Füßen gerissen und über Bord geschleudert worden.
John war wie gelähmt. Im ersten Moment fühlte er sich an eine Kutsche erinnert, die in wildem Tempo über einen umgestürzten Baum gerast war. Aber wir sind nicht in einer Kutsche, sagte er sich. Und hier gibt es keine Bäume, nur Wasser. Vor Entsetzen sträubten sich ihm die Nackenhaare.
»O Gott!«, sagte er, »das muss ein Riff gewesen sein.«

An Bord kam Panik auf. Die Passagiere rannten wild gestikulierend umher und schrien vor Angst.
John löste sich von Mailin und beugte sich über die Bordwand. Kann es sein, dachte er, dass die Dschunke ein Stückchen tiefer im Wasser liegt?
»Wohl nicht«, seufzte er erleichtert, drehte sich um und erstarrte vor Schreck: Vier Männer hatten begonnen, in aller Eile tropfnasse Kisten und Pakete aus den Laderäumen nach oben an Deck zu bringen.
»Also doch«, flüsterte John und sah zu Mailin. Ihre Augen blickten starr über das Deck der Dschunke. Ahnt sie es, fragte er sich. Schnell ging er zu ihr und nahm sie in den Arm. »Es wird alles gut«, flüsterte er ihr ins Ohr und drückte sie fest an sich.

Den ganzen Tag und die folgende Nacht trieb die Dschunke nur deshalb noch auf dem Meer, weil Besatzung und Passagiere unablässig mit Eimern und Töpfen, mit Kannen und Kübeln eindringendes Wasser über Bord kippten. Mailin beobachtete die Männer und Frauen, die zuerst in heller Aufregung, am Ende des Tages aber erschöpft, die Eimer von Hand zu Hand weiterreichten.

John sah sie fassungslos an. »Mailin«, fragte er immer wieder, »begreifst du denn gar nicht, was hier geschieht?« Aber sie antwortete nie.

Irgendwann drehte er sich weg und flüsterte: »Vielleicht ist es auch besser so.«

Früh am nächsten Morgen wurde John brutal aus dem Schlaf gerissen. Der Kapitän hatte alle Flinten zusammensuchen und damit in die Luft schießen lassen. Sofort sah John, dass das Wasserschöpfen nicht verhindert hatte, dass die Dschunke noch tiefer im Wasser lag als am Tag zuvor.

Aber ist das ein Grund, so herumzuschießen, fragte er sich. Er sah zum Kapitän hinauf, der auf dem Deck über ihm stand, aufgeregt durch das Fernrohr sah und dann das Zeichen für die nächste Salve gab.

»Was ist denn da los?«, fragte er.

Mailin neben ihm schien sich diese Frage nicht zu stellen. Sie hatte die Augen offen, zuckte aber selbst dann nicht mit der Wimper, als die Gewehre erneut in den Himmel feuerten.

Plötzlich standen drei Männer der Besatzung hinter ihm und forderten John auf, mitzukommen.

»Was wollen die von mir?« Er sah zu Mailin, aber sie reagierte immer noch nicht. »Mailin!«, rief er, als er schon weggezogen wurde, »was ist mir dir?«

Oben auf dem Achterdeck erwartete ihn der Kapitän. Er redete aufgeregt und versuchte, John mit Händen und Füßen begreiflich zu machen, worum es ihm ging. Schließlich gab er es auf und drückte John einfach das Fernrohr in die Hand.
Was soll das?, wunderte sich John. Haben sie etwa Land entdeckt? Das wäre ja wunderbar!
Er nahm das Fernrohr und hielt es in die Richtung, in die der Kapitän zeigte. Zuerst sah er nichts außer Himmel und Wasser. Endlos viel Wasser. Er suchte den Horizont ab, der so leer war, dass es schon eine Zumutung war. Doch dann endlich entdeckte er sie: die Mastspitze eines Schiffes. Und dann noch zwei.
»Drei Schiffe«, murmelte John und sah genauer hin. »Englische Schiffe!«, rief er. »Ja!«
Die Chinesen fuhren erschrocken zusammen, doch dann klatschten sie in die Hände und lachten. John packte den Kapitän an den Armen, schüttelte ihn und rief immer wieder: »Englische Schiffe! Englische Schiffe!«
Er lief hinunter zu Mailin und hockte sich vor sie hin. »Mailin«, rief er aufgeregt, »englische Schiffe! Da draußen sind englische Schiffe! Hörst du?«
Er sah sie an und wartete auf ihre Erleichterung, ihre unbändige Freude. Aber sie sah durch ihn hindurch wie durch Nebel. Ihr Mund stand leicht offen, als wollte sie etwas sagen. Doch sie blieb stumm.
John fasste sie an den Schultern. »Mailin«, sagte er leise, »was ist mit dir? Ich brauche deine Hilfe. Gerade jetzt.«
Aber sie reagierte nicht.

Am späten Nachmittag kam der Kapitän von seinem Ausguck herab. Er deutete mit Nachdruck zuerst auf Johns Brust und dann über die Bordwand hinaus aufs Meer. Bis dahin hatte

John wie betäubt neben Mailin gesessen. Nur von fern hatte er die weiteren Gewehrsalven mitbekommen und dass der Kapitän irgendwann Fähnchen schwenken ließ. Jetzt folgte ihm John auf das Oberdeck und sah, dass das Flaggschiff bis auf Rufweite herangekommen war und gerade ein Beiboot zu Wasser gelassen wurde. John war sofort hellwach. Er stellte sich an die Bordkante und schrie: »Hilfe! Hilfe!«

Das Beiboot wurde bis auf wenige Meter an die Dschunke herangerudert.

»Sie sprechen Englisch?«, rief der Offizier.

»Ja!«, erwiderte John.

»Sind sie in Not?«

»Wir sind auf ein Riff aufgelaufen und haben ein Leck. Wir sinken!«, brüllte er.

»Wie viele Menschen sind an Bord?«

»Zweihundert. Vielleicht ein paar mehr.«

Der Offizier nickte, drehte sich um und signalisierte etwas zum Flaggschiff hinüber. Darauf erfolgte die Kommunikation per Lichtsignal zwischen den drei Schiffen und schließlich die Antwort an John: »Wir können die Passagiere auf unsere drei Schiffe verteilen. Aber nur mit Proviant, ohne Waren.«

»Danke!«, rief er zurück.

Weil Mailin immer noch apathisch auf den Kisten hockte, übernahm es John, dem Kapitän die Botschaft zu übersetzen. Er zeigte zuerst auf sich und auf alle Chinesen an Deck, dann deutete er auf die drei Schiffe und nickte theatralisch. Danach zeigte er auf Rattanholz, Kisten und Körbe und schüttelte ebenso energisch den Kopf. Der Kapitän nickte ernst und gab anschließend seine Befehle. Einigen wenigen gefiel das nicht. Sie begannen zu schimpfen und wollten offenbar lieber Wasser schöpfen, als sich von ihren Handelswaren zu trennen.

Wenige Minuten später kletterten die ersten Männer, Frauen und Kinder von der Dschunke in die Rettungsboote. Zu den Letzten gehörten John und Mailin. Sie saß immer noch völlig unbeteiligt auf ihren Kisten wie in einem Wartezimmer und starrte vor sich hin. Einer der beiden Matrosen, die an Bord gekommen waren, um nach letzten Passagieren zu sehen, zeigte auf Mailin und fragte in einem Ton, als handelte es sich um eine schmucklose, überflüssige Blumenvase: »Soll die auch mit?«

»Das ist nicht ihr Ernst, oder?«, herrschte John ihn an.

»Entschuldigung, Sir.«

Gemeinsam führten sie Mailin über die Dschunke und halfen ihr ins Beiboot. Als sie zurückkamen, deutete John auf die Teekisten: »Die beiden Kisten auch.«

»Sorry, wir haben Order, kein Gepäck der Chinesen. Es reicht schon, wenn wir diese Leute retten.«

»Das … das sind meine Kisten«, sagte John schnell. »Und ich bestehe darauf, dass sie mitgenommen werden.«

»Ihre?« Die beiden Matrosen sahen sich an. »Na gut«, sagte der Größere, »aber nur, weil sie kein Chinese sind.«

John schnappte sich seinen Seesack und das Teepaket, stieg als Letzter hinab ins Boot und wurde gemeinsam mit Mailin zum Flaggschiff gerudert.

Dort oben an Deck empfing sie ein stattlicher Herr mit Bauch und einem gepflegten grauen Backenbart.

»Willkommen an Bord der *Bristol*«, sagte der Mann mit einer angenehmen, warmen Stimme. »Mein Name ist Captain Carl Cameron. Sie befinden sich auf einem Schiff der Britisch-Ostindischen Company.«

»Guten Tag, Sir. Ich heiße John Blanckendorff, Kaufmann aus Hamburg. Haben Sie vielen Dank. Sie haben uns aus größter Not gerettet.«

Der Captain nickte großmütig, ganz so, als würde er das hin und wieder mal machen, nahm die Hände auf den Rücken und wippte kurz auf die Zehenspitzen. »Sie reisen sehr ungewöhnlich für einen Deutschen.«

»In der Tat, Sir, meine Reise ist ungewöhnlich. Und ich werde Ihnen gern berichten. Aber darf ich Sie zuerst um einen letzten Gefallen bitten?«

»Gern, wenn es in meiner Macht steht.«

»Haben Sie einen Arzt an Bord?«

»Sind Sie verletzt?«

»Ich nicht.« John nahm Mailins Hand und zog sie sanft zu sich heran. »Aber vielleicht kann er diese Dame untersuchen.«

»Was ist mit der?« Dem Captain war offenbar ihr abwesender Blick aufgefallen. »Ist Sie ihr … Souvenir?«

John überhörte die Bemerkung. »Das ist Fräulein Wang Mailin. Eine Chinesin aus einem ehrenwerten Haus.«

»Selbstverständlich.« Dann wandte er sich an seinen Ersten Offizier: »Brannigan, holen Sie Morris. Er soll sich mal diese junge … Dame … hier ansehen.« Dann drehte er sich wieder zu John. »Ich muss mich verabschieden. Wir müssen noch den Kurs zum nächsten Hafen bestimmen. Guten Tag, Herr Blanckendorff.«

John machte eine Verbeugung und sah sich kurz darauf dem Schiffsarzt gegenüber.

»Ich soll Sie untersuchen?«

»Mich nicht, sondern diese Dame hier.« John deutete auf Mailin.

»Eine Chinesin?« Morris verzog die Mundwinkel, als sollte er einen schmierigen Aal aus dem Schlamm ziehen. »Was ist mit der?«

»Seit wir auf das Riff aufgelaufen sind, hat sie nicht mehr gesprochen. Und überhaupt: Sie ist so … anders.«
Morris beugte sich aus sicherer Entfernung ein Stückchen vor. Mit ausgestrecktem Arm fühlte er ihren Puls, und damit war seine Untersuchung auch so gut wie abgeschlossen. Ein kurzes Winken unmittelbar vor ihren Augen, auf das sie zu Johns großem Schmerz wieder nicht reagierte, schloss seine Untersuchung ab.
»Und?«, fragte John.
»Schwer zu sagen bei diesen Chinesen. Wenn Sie mich fragen, die hat ordentlich was auf den Kopf gekriegt. Da ist nichts mehr zu machen.«

37

Captain Cameron hatte John und Mailin eine kleine Kajüte zugewiesen, in der auch die beiden Teekisten Platz fanden. Hier saß Mailin den ganzen Tag über auf einem aus mehreren Decken arrangierten Lager und hielt die Hände im Schoß gefaltet.

An diesem und den folgenden Tagen hatte John ihr das Wasserglas an den Mund gehalten und mit dem, was der Smutje so zuwege brachte, gefüttert. Er hatte ihr morgens das Gesicht gewaschen und sie abends hingelegt und zugedeckt. Und er hatte ihr von ihren gemeinsamen Erlebnissen erzählt, wie sie ihm gezeigt hatte, mit Stäbchen zu essen, oder wie sie im Pavillon ihres Großvaters Tee getrunken hatten. John hatte sich alle Mühe gegeben, sie zu unterhalten, witzig zu sein, er hatte sein ganzes Talent eingesetzt, mit dem er bei Damen gemeinhin so erfolgreich war, nur um ihr den Hauch einer Reaktion zu entlocken, ein Augenzwinkern vielleicht, ein Zucken der Mundwinkel. Vergebens.

Am vierten Tag an Bord der *Bristol* schien eine strahlend schöne Sonne. John hatte Mailin trotz respektabler Wellen auf das Oberdeck hinaufgeführt und dort versucht, sie mit Reis zu füttern. Doch wie an den Tagen zuvor war ihr ein Großteil der Körner wieder über die halb geöffneten Lippen aus dem Mund gerieselt. John musste sich zur Seite drehen, weil er nicht wollte, dass sie seine Verzweiflung sah.

»Mailin, bitte!«, flehte er. Nichts wünschte er sich mehr, als dass diese zarte Frau wieder reagierte, diese Frau, in der doch so viel Kraft und Energie steckte, die ein so hartes Schicksal gemeistert und sich dennoch für ihn eingesetzt hatte. »Komm zurück.«

»Herr Blanckendorff.«
John wandte sich um. Hinter ihm stand Captain Cameron, die Hände auf dem Rücken verschränkt, und machte ein ernstes Gesicht. John stellte den Reisteller auf den Boden und erhob sich. »Ja, Sir?«
»Wir erreichen heute Abend Singapur. Ich werde dort alle Schiffbrüchigen an Land schicken.« Er wartete einen Augenblick, dann fuhr er fort: »Das heißt: Auch Sie und« – er wippte auf seinen Zehenspitzen – »Ihre … Begleiterin.«
John starrte ihn mit großen Augen an. »Das können Sie nicht machen.«
»Sie sind jung und gesund. Sie werden bestimmt Arbeit finden. Und mit etwas Glück finden sie auch ein Schiff, das Sie nach Hause bringt. Ich jedenfalls kann Sie nicht mit nach London nehmen.«
Captain Cameron tippte an seine Mütze und wollte gerade gehen, als John ihn am Unterarm festhielt. »Können wir nicht auf ihrem Schiff bleiben, Sir? Bitte!«
»Bedaure. Auch ich habe meine Vorschriften. Es ist mir nicht gestattet, Passagiere ohne Bezahlung mitzunehmen.«
»Ich werde bezahlen«, sagte John schnell.
Der Captain musterte John demonstrativ vom Kopf bis zu seinen nackten Füßen. »Womit denn? Wir haben Sie mit nichts als ihren Kleidern am Leib, einem alten Seesack und einem Paket an Bord gebracht. Und ihre chinesische … Begleiterin hat auch nicht mehr.«
»Ich habe Silberschmuck.«
»Herr Blanckendorff, wir betreiben keinen Tauschhandel wie

die Primitiven. Unsere Währung heißt Pfund. Pfund Sterling.«

»Dann zahle ich, wenn wir in London sind. Geben Sie mir Kredit.«

»Das geht nicht. Sie sind ja nicht mal Engländer.« Cameron zupfte seine Uniformärmel zurecht und wollte gehen. Er hatte offenbar keine Lust, weiter zu diskutieren, und machte sich auf den Weg zu seiner Kajüte.

»Kennen Sie Mister Walter Trenton? Von Trenton Tea and Spices?«, rief ihm John nach.

Der Captain drehte sich um und sah ihn überrascht an. »Jeder Kapitän der Britisch-Ostindischen Company kennt Walter Trenton«, sagte Cameron und ergänzte respektvoll: »Einen der größten Händler in London.«

John atmete tief durch. »Das ist mein Onkel. Meine Mutter Victoria Blanckendorff, geborene Trenton, ist seine Schwester. Ich bin also ein halber Engländer. Mindestens.«

Cameron kam einen Schritt auf John zu und betrachtete ihn genau, während er sich mit der rechten Hand über seinen Backenbart strich. »Ich kenne die Familie recht gut«, sagte er langsam. »Zuweilen bin ich dort zu Gast. Aber ich kann mich nicht erinnern, Sie jemals dort gesehen zu haben.«

»Ich komme aus Hamburg«, sagte John schnell. »Und ich war nicht sehr oft dort.«

»Soso.«

Cameron betrachtete John streng wie ein Gymnasiallehrer seinen unsichersten Abschlusskandidaten. »Keiner in London wird mir glauben, wenn ich berichte, ich hätte einen Angehörigen der Familie Trenton in ihrem Zustand angetroffen.«

»Ich kann es Ihnen beweisen. Fragen Sie mich.«

Cameron sah ihm fest in die Augen, dann nickte er.

»Na gut. Angenommen wir kommen in London im Hafen an, auf welchem Weg bringen Sie mich zu Trentons Hauptkontor?«

John blickte zur Mastspitze: eine Wegbeschreibung! »Verzeihung, Sir«, stammelte er, »ich habe einen schlechten Orientierungssinn, dass ich mich sogar in Hamburg verlaufe. Ich ... ich muss passen.«

»Gut« – Cameron wippte zufrieden auf die Zehenspitzen – »dann hat sich die Sache ja erledigt.«

»Nein! Halt! Geben sie mir noch eine Chance. Bitte!«

Cameron blickte ihn streng an. »Es ist nicht meine Aufgabe, Schiffbrüchigen Fragen zu stellen.«

»Bitte!«

»Also gut«, sagte er unwirsch und stellte eine letzte Frage: »Wie heißt der älteste Sohn von Trenton?«

»Der älteste Sohn?« John biss sich irritiert auf die Unterlippe. »Mein Onkel hat drei Töchter: Rebecca, Emily und Agatha, die Jüngste.« Sie war die Einzige, an deren Aussehen John sich genauer erinnern konnte. Während seines damaligen Besuchs war sie ständig hinter ihm her gewesen und wollte ihn küssen. Laut sagte er: »Sie hat braune, glatte Haare und müsste jetzt ungefähr achtzehn sein.«

Der Captain sah ihn ohne Regung an. John wurde nervös. »Was haben Sie? Es stimmt doch, was ich sage, oder?«

Cameron lächelte. »Gut, junger Freund. Von mir aus dürfen Sie bleiben.«

»Danke.« John seufzte. »Und Mailin?«

»Tut mir Leid. Aber sie ist mit Sicherheit keine Engländerin. Nicht mal eine halbe.«

John sah Cameron entsetzt an. »Aber ich kann sie doch nicht allein zurücklassen!«, empörte er sich und sah zu Mailin hinüber, die unverändert auf ihrem Platz saß. Ein Reiskorn klebte ihr noch im Mundwinkel. »Sehen Sie sie doch an. Sie ist hilflos ohne mich!«

Cameron trat einen Schritt auf John zu und legte ihm eine Hand auf die Schulter. »Ihr Verantwortungsgefühl ehrt Sie, Herr Blanckendorff. Sie scheinen mir ein wahrer Gentleman zu sein. Aber was auch immer zwischen Ihnen gewesen sein mag, jetzt ist sie nur noch eine Last für Sie. Wollen Sie meinen Rat hören?«

Und ohne dass John antworten konnte, fuhr er fort: »Befreien Sie sich von dieser Last.«

»Was?«, rief John. »Mailin ist keine Last! Sie ist …« Er holte tief Luft. »Sie ist meine Braut!«

»Wie bitte?«

»Ja!« John holte tief Luft. »Sie haben es gehört: Sie ist meine Braut.«

»Hören Sie: Ob sie das nun ist oder nicht, ich kann nicht zwei Menschen ohne Gegenleistung über Monate durchfüttern. Das geht beim besten Willen nicht.«

»Ich werde für uns beide bezahlen, sobald wir in London sind. Wir können gemeinsam zu meinem Onkel fahren und …«

»Walter Trenton wird für eine Chinesin bezahlen?« Captain Cameron schüttelte den Kopf. »So gut sollten Sie ihren Onkel aber kennen.« Damit drehte er sich um und ging nach vorn zum Bug der *Bristol*.

John stand einen Augenblick wie erstarrt da. Dann rannte er Cameron nach, überholte ihn und stellte sich ihm in den Weg. »Dann werde ich arbeiten, Sir. Für zwei, wenn es sein muss«, sagte er hastig. »Und ich werde mich um Mailin kümmern. Sie werden gar nicht merken, dass sie an Bord ist.«

»Mann Gottes«, seufzte der Captain und verdrehte die Augen, »Sie sind verdammt hartnäckig. Das liegt wohl in der Familie.«

38

Als die *Bristol* auf Indien zusteuerte und in die ersten größeren Wellen der Andamanensee geriet, klammerte sich John am Tauwerk fest. Das Ungeheuer wird wieder hungrig, dachte er und reckte den Hals, um den Horizont nach Mastspitzen und Berggipfeln abzusuchen. Dabei war ihm klar, dass Land am Horizont für einen Nichtschwimmer nicht unbedingt Rettung bedeuten musste. Als die Wellen noch größer wurden und er sich die ersten Spritzer Salzwasser von den Lippen leckte, dachte er daran, wie die Dschunke auf das Riff gelaufen war. Seitdem hatte Mailin kein Wort mehr gesagt, überhaupt mit keiner Geste gezeigt, dass sie mitbekam, was um sie herum passierte.

Weiß sie eigentlich, dass wir auf einem englischen Schiff sind?, fragte sich John. Sie scheint ja mehr tot als lebendig zu sein.

Er sah sie an den Mast gelehnt auf dem Deck sitzen. Jetzt, als der Wind in den Segeln heulte und die Wellen die *Bristol* von einer Seite auf die andere rollen ließen, begann sie zu hecheln und zu wimmern. Unverständliche Laute, aber John wusste, das sie namenlose Angst ausdrückten. Angst vor dem hungrigen Ungeheuer.

Über den stark schwankenden und vom Wasser rutschigen Schiffsboden ging er zu ihr hinüber und versuchte, sie zu beruhigen. »Mailin, Mailin«, sagte er immer wieder. »Es wird alles gut.«

Als sich die See so weit beruhigt hatte, dass die Suppe des Smutje nicht mehr aus dem Teller schwappte, saß John bei ihr in der kleinen Kammer und führte ihr geduldig den Löffel an die Lippen. Er war schon froh, dass sie den Mund freiwillig öffnete, und nahm dies als Zeichen, dass noch nicht alle Verbindungen zum Leben gekappt waren.

Captain Cameron hatte John und Mailin mitgenommen, unter der Bedingung, dass John als vollwertiger Matrose eingesetzt wurde. Insbesondere Starbuck, der zweite Steuermann, kümmerte sich intensiv um John. Aufmerksam wie ein scharfer Wachhund ließ er ihn nicht aus den Augen und hetzte ihn pausenlos über das Schiff. Ohne Rücksicht auf seine ungeübten Arme und Beine und die für alle erkennbare Höhenangst, schickte er John auf den höchsten Mast, ließ ihn Segel hissen, Segel reffen, die Ankerwinde bedienen und das Deck schrubben. Erst wenn John sich die aufgeplatzten Hände mit Stoffresten umwickelte, schien sich Starbuck zu entspannen. Wenn John dann vor Müdigkeit und Erschöpfung stolperte und auf die Deckplanken fiel, war Starbuck richtig zufrieden. Mitunter blickte John Hilfe suchend zu Captain Cameron, der alles genau beobachtete, jedoch niemals eingriff.
In den seltenen und vor allem kurzen Pausen zog sich John in die Kammer zurück. Meistens lag Mailin auf der Seite, den Rücken der Tür zugewandt, und schien zu schlafen. Er ließ sich dann vorsichtig neben ihr nieder und rückte so dich an sie heran, dass sein Bauch ihren Rücken berührte. Normalerweise schlief John sofort ein und war auch zu erschöpft, um noch zu träumen. Doch manchmal sah er Mailin vor sich, wie sie lachte und ihn neckte. Wer ihn dann schlafen sah, konnte ein feines Lächeln auf seinen Lippen erkennen.

Starbuck ließ es sich nicht nehmen, persönlich jeden Morgen die Tür aufzureißen und John rüde zu wecken. Es blieb auch

den übrigen Besatzungsmitgliedern nicht verborgen, mit welcher Inbrunst er John auf Trab hielt.
»Der Zweite mag keine Chinesen«, raunte ihm einmal ein Matrose mit weißen Bartstoppeln zu. »Schmeiß sie raus, und er lässt dich in Ruhe.«
John rieb sich seine schmerzenden Arme und antwortete: »Der kriegt mich nicht klein.«
»Warum tust du das?«
Ehe John etwas sagen konnte, brüllte Starbuck quer über das Deck: »Blanckendorff! Das hier ist kein Vergnügungsboot. Komm sofort her.«

Nach zwei Wochen fühlte sich John wie tot. Er lag auf den Decken, die Arme und Beine so unbeweglich, als seien sie festgebunden. Mit geschlossenen Augen hörte er das Getrampel der Matrosen.
Gleich wird Starbuck kommen und mich wecken, dachte er. Er wollte aufstehen, aber es ging einfach nicht.
Wenn ich nicht hochkomme, wird er mich treten.
Dann spürte er eine Hand über seine Stirn streichen. Zart und fürsorglich. Das konnte nicht Starbuck sein.
»John«, hörte er eine leise Stimme, die sofort eine sonderbare Wärme und Entspannung durch seinen Körper schickte. Wie gut tat diese Stimme!
Langsam öffnete er die Augen und sah Mailin über sich gebeugt. Ihre schwarzen Haare fielen auf sein Gesicht herab und kitzelten seine Wangen. Auch sie wirkte erschöpft, und doch lächelte sie.
»John«, sagte sie und strich ihm über die Stirn. »Es ist alles in Ordnung.«
John fielen die Augen wieder zu. »Das ist ein Traum.« Er schüttelte langsam den Kopf. »Ein schöner Traum.«

Mailin sah ihn skeptisch an. Dann beugte sie sich vor, zögerte noch einen Moment, gab ihm einen schnellen Kuss auf die Stirn und wartete mit angehaltenem Atem auf seine Reaktion. John hielt die Augen geschlossen und begann zu grinsen.
»Ein wunderschöner Traum«, murmelte er.
Mailin beugte sich nah an sein Ohr. »Ich habe alles mitbekommen, John«, flüsterte sie. »Alles.«
Mit einem gewaltigen Krachen sprang die Tür auf.
»Blanckendorff!« Starbuck stand breitbeinig im Türrahmen. John schreckte augenblicklich hoch. Verwirrt stellte er fest, dass Mailin ganz dicht neben ihm hockte und ihn ansah.
Starbuck verschränkte die Arme vor der Brust und brüllte: »An die Arbeit, Blanckendorff!«

Die nächsten Wochen vergingen im ewigen Auf und Ab der *Bristol.* Auf dem endlosen Indischen Ozean erlahmte schließlich auch Starbucks Bestreben, John körperlich zu zermürben. Widerwillig musste er einsehen, dass ihm das nicht gelingen würde, zumal Mailin ihn jetzt pflegte und umsorgte. In den Pausen, die nun länger und zahlreicher wurden, saß John mit Mailin auf dem Oberdeck. Und während sie ihm die Verspannungen aus den Muskeln massierte oder einfach nur seine schwieligen Hände hielt, erzählte er ihr von zu Hause: von Hamburg, von der Elbe und der Alster, von seinen Eltern, von Johanna und von Percy, von dem er nicht einmal wusste, ob er überhaupt noch am Leben war.

Mitte November lief die *Bristol* in den Hafen von Kapstadt ein. Kaum hatte Captain Cameron den Befehl zum Ankerwerfen gegeben, waren die Matrosen mit lautem Hurra und gierigen Blicken in zweifelhafte Etablissements gestürmt.

John war mit Mailin an Bord zurückgeblieben. Nach den Turbulenzen der letzten Wochen genossen sie das friedliche Wasser im Hafenbecken. Sie saßen am Heck und ließen die Beine baumeln. Es war ein warmer Frühsommerabend, die untergehende Sonne tauchte die Stadt mit dem Tafelberg im Hintergrund in ein warmes, rötliches Licht, und seichte Wellen plätscherten gegen das mit Muscheln besetzte Ruderblatt.
John rückte eng an Mailin heran. Sie ließ es bereitwillig geschehen, obwohl er in seiner abgeschnittenen Hose und dem an einigen Stellen eingerissenen Hemd aussah wie ein Landstreicher. Und nach Wochen ohne Bad auch so roch. Sie nahm seine Hand und lehnte den Kopf an seine Schulter. Mit Blick auf den flachen Berg flüsterte sie: »Von dort oben muss die Aussicht herrlich sein.«
»Das ist sie.«
»Du warst schon mal dort?«
»Mit Henriette.« Er legte einen Arm um ihre Hüfte und sagte nach einer Pause: »Das war in einem anderen Leben.«
Mailin nickte. »Gehst du mit mir da hin?«
John schüttelte langsam den Kopf. »Nein, das möchte ich nicht.«
Mailin drehte sich zu ihm, nahm seine Hände in die ihren und drückte sie ganz fest. »John, ich bin so froh, dass du bei mir bist.«
Er lächelte, nahm ihren Kopf vorsichtig in beide Hände und zog ihn zu sich heran, bis sich ihre Nasenspitzen berührten. »Ich bin so froh, dass es dir wieder gut geht. Dass du wieder du bist.« Er blickte sich kurz um, aber in der Dunkelheit war niemand an Deck zu sehen. Er strich mit einer Hand über ihre Wange und küsste sie auf die Nasenspitze.
Mailin presste sich so fest an ihn, dass John spüren konnte, wie

ihr Atem schneller ging. Plötzlich fragte er: »Was ist eigentlich mit deinem Tee?«
Mailin sah ihn konsterniert an: »Du denkst jetzt an Tee?«
John zuckte mit den Schultern und fragte unbeteiligt wie ein Zollinspektor: »Wollen wir nicht nachsehen, ob er noch gut ist?«
Mailin zog die Stirn in Falten. »Das geht nicht«, sagte sie, unsicher, ob er die Frage wirklich ernst gemeint hatte. »Dann verfliegt sein Aroma. Er muss verschlossen bleiben, bis er gebraucht wird.«
»Und wenn er feucht geworden ist?«
»Das werden wir sehen, wenn wir ihn öffnen.«
John grinste breit. Sie hatte nicht bemerkt, dass er inzwischen mit seinen Fingerspitzen die beiden Enden jenes Schleifchens in der Hand hielt, mit dem ihr Kleid im Rücken zusammengeknotet war. »Und was werden wir sehen, wenn ich das hier öffne?«
»Ich bin kein Tee.«
»Das will ich doch hoffen. Aber was gibt es dann zu entdecken?«
Mailin lächelte und flüsterte: »Ein Geheimnis.«

In den nächsten Tagen war die Welt wie verwandelt. John lächelte dem missmutigsten Matrosen ins Gesicht, und Mailin strahlte, als hätte sie eine neue Welt betreten. Abwechselnd schlugen sie verschiedene Winkel an Bord vor, um sich dort zu küssen, und warteten ungeduldig, bis endlich die Sonne am Horizont versank.

Im Grunde hätte es John nichts ausgemacht, wenn man ein schweres Schloss vor ihre Kammer gehängt und den Schlüssel in hohem Bogen ins Meer geworfen hätte. Und doch war er erleichtert, als Captain Cameron ihm und dem Rest der Mannschaft den Befehl gab, den Anker zu lichten und die Segel zu setzen. John wollte nach Hause. Endlich. Er wollte seine Familie wiedersehen. Er wollte in die Bibliothek gehen, Tee trinken und seinen Reisebericht schreiben. Und er wollte Mailin seine Stadt zeigen, sie über den Jungfernstieg und in den Alsterpavillon führen.

Die *Bristol* segelte hinaus auf den Atlantik. John bewegte sich mittlerweile sicher über das sich hebende und senkende Deck und kletterte als einer der Schnellsten in die Wanten.
»Wir fahren nach Norden«, rief er Mailin glücklich zu, während er bei starkem Wind den Hauptmast hinaufkletterte. »Mir ist, als würde ich auftauchen, aus tiefsten, dunkelsten Tiefen hinauf zum Licht«, rief er. »Kannst du das verstehen?«
Mailin bog den Kopf in den Nacken, sah, wie seine Haare im Wind wehten und nickte. Sie versuchte zu lächeln und sagte leise: »Du fährst ja auch nach Hause.«

Kapverdische Inseln, Kanarische Inseln, Madeira, London. Die *Bristol* nahm mit vollen Segeln Kurs in Richtung Heimat. Doch je weiter sie die Themse hinaufsegelten, desto schweigsamer wurde John.
»Es geht dir nicht gut«, bemerkte Mailin. »Was hast du?«
John stand an der Reling, sah abwesend auf das vorbeiziehende Ufer und antwortete zunächst nicht.
»John, was ist mit dir?«
Er drehte sich zu ihr um. »Wird es meiner Familie gut gehen?«

Als die *Bristol* im Hafen von London vertäut wurde, wollte John schnell von Bord. Mailin wartete bereits unten auf der Pier zwischen den beiden Teekisten, als Captain Cameron an Deck erschien.

»Herr Blanckendorff! Einen Moment bitte.«

John blieb stehen.

»Herr Blanckendorff«, wiederholte Cameron, als er John erreicht hatte. Er war außer Atem. »Wollten wir nicht Ihren Onkel besuchen?«

John fühlte sich ertappt. »Sie wollen Ihr Geld.« Er biss sich auf die Lippen. »Es tut mir Leid, Sir. Ich hab's vergessen.«

»Soso.« Cameron lächelte freundlich und wippte auf den Fußballen.

»Ich will ehrlich sein, Captain Cameron. Ich habe es nicht vergessen.«

»Das hätte mich auch sehr überrascht.«

»Walter Trenton ist mein Onkel, das ist richtig. Aber ich habe ihn erst ein Mal besucht. Vor etlichen Jahren.« Er machte eine kurze Pause, dann fuhr er fort: »Wenn Sie darauf bestehen, können wir zu ihm gehen. Ich stehe natürlich zu meinem Wort. Aber ...«

»Ja?«

»Mein Vater, er hatte kurz vor meiner Abreise einen Zusammenbruch erlitten. Ich muss wissen« – John schluckte kurz –, »ich muss wissen, ob er noch lebt und wie es meiner Familie geht. Meiner Mutter und meiner Schwester. Ich habe einfach keine Ruhe, um gerade jetzt meinen Onkel zu besuchen.«

»Verstehe.« Cameron nickte ernst.

»Ich will nach Hause, Sir! So schnell wie möglich.«

Cameron legte eine Hand auf seine Schulter und sagte: »Ich kann Sie gut verstehen, mein junger Freund, sehr gut sogar.«

»Captain Cameron!«, rief ein eilig herbeigelaufener Bote von der Pier herauf, »die Direktoren der Company erwarten Sie.«
Cameron nickte zum Boten hinunter, dann wandte er sich wieder an John: »Wie Sie sehen, hat die Britisch-Ostindische Company ihre Finger überall, sogar im heimischen Hafen.«
John versuchte zu lächeln.
»Und jetzt suchen Sie ein Schiff, das möglichst bald nach Hamburg fährt?«
»Ja, Sir.«
Der Captain kratzte sich am Kinn. »Und Geld haben Sie auch keines …«
»Captain Cameron!«, rief der Bote von unten hinauf. »Die Direktoren erwarten Ihren Bericht.«
»Jaja«, rief er mürrisch zurück, »sag den Herren, ich komme, sobald ich kann. Vorher habe ich noch Wichtigeres zu tun.«

39

Die *Mary*, eine betagte Brigg mit geflickten Segeln, fuhr, mit Baumwolle beladen, die Elbe hinauf. Es war ein sonniger Morgen im April, Kühe trotteten gemächlich über die Marschwiesen und fraßen das saftige Gras, während Möwen über den Mast hinwegzogen.
John stand mit Mailin am Bug und schaute nach vorn. Captain Cameron hatte ihnen den Platz an Bord verschafft und auch die Überfahrt bezahlt, oder vielmehr finanziert. Denn John hatte darauf bestanden, ihm alle Kosten zu erstatten, sobald sie ihren ersten Tee in Hamburg verkauft hatten. Jetzt waren sie gewöhnliche Passagiere, und dennoch dachte John anfangs, er müsste jedes Mal mit anpacken, wenn der Kapitän seiner Mannschaft Befehle gab.
John fühlte sich großartig. Endlich sind wir auf der Elbe, dachte er und gewann das Gefühl, nach Hause zu kommen.
Doch dann musste er tief durchatmen. Wie mag es meinen Eltern gehen? Ist Vater wieder der alte Kämpfer, der mit Energie nach neuen Wegen für das Unternehmen sucht? Hat er den drohenden Bankrott vielleicht längst abgewendet? Und wie geht es Johanna? Ist sie mittlerweile mit Friedrich verheiratet? Hat sie schon ein Kind? Ich habe so lange nichts mehr von ihnen gehört. Und in eineinhalb Jahren kann viel passieren.
Dann wurden seine Augen schmaler, während er nach vorn über den Bugspriet sah. Was ist mit Percy? Ob es von ihm Nachrichten gibt? Lebt er noch?
Er fuhr sich mit der Hand durch die Haare und drehte das Gesicht in den Wind.
All das werde ich bald erfahren. Sehr bald.

Obwohl sie mit der Flut segelten, ging es ihm nicht schnell genug die Elbe hinauf. Am liebsten hätte er sich ein Ruder gegriffen und kräftig ins Wasser gestochen, um die Fahrt zu beschleunigen. Hinter jeder Flussbiegung stellte er sich auf die Zehenspitzen und reckte den Hals, um nach dem markanten weißen Landhaus am nördlichen Elbufer Ausschau zu halten.
Und dann war es so weit. Plötzlich stand er stramm wie ein Wachsoldat und deutete mit dem ausgestreckten Arm auf einen grünen Hügel: »Dort ist es, Mailin!«, rief er freudig, »das Haus meiner Eltern.«
Mailin sah zu dem weißen Landhaus hinüber, das hell in der Sonne strahlte und umgeben war von hohen Kastanien, genau so, wie John es ihr schon sooft beschrieben hatte.
»Ist es nicht bewohnt?«, fragte sie.
John biss sich auf die Lippen. »Ab Ostern oder wenn meine Eltern dort sind, hissen sie immer die Fahne mit unserem Familienwappen: ein Füllhorn über zwei Wellen.« Aber der Fahnenmast war leer.
»Vielleicht«, sagte er leise, »sind sie ja alle in der Stadt.«

Die *Mary* erreichte den Hamburger Hafen, segelte langsam an den Hochseeschiffen vorbei, die in der Elbe an eigens dafür in den Fluss gerammten Holzpfählen festgemacht waren, am Niederbaum vorbei und hinein in den Binnenschiffshafen.
John sah wie gebannt auf die windschiefen Holzhäuser, die so dicht gedrängt hinter der Kehrwiederstraße auf der südlichen Seite des Hafenbeckens standen, dass man den Eindruck haben konnte, sie würden sich gegenseitig Halt geben, um nicht einzustürzen. Oft waren die Gassen zwischen den Häusern so schmal, dass es sich nicht lohnte, ihnen Namen zu geben. Sie hießen dann *Hof* und wurden einfach durchnummeriert. John

wusste, dass hier die Hafenarbeiter lebten. Nicht selten hausten ganze Familien mit ihren Kindern in einem Zimmer, kochten dort ihr Essen, und mehrere Personen schliefen in einem Bett.

John schüttelte sich. Aber auch das ist Hamburg, sagte er sich. Mein Hamburg.

Mailin dagegen staunte über die vielen Segler und den Wald von Masten. Dann tippte sie John auf die Schulter und zeigte auf ein größeres Schiff, von dem gerade Kisten in einen kleinen Ewer abgeseilt wurden: »Ist das nicht das Schiff, mit dem du gekommen bist?«

»Du meinst die *Swatte Katt?* Du meinst, Henriette ist auch hier?« John schaute in die Richtung von Mailins ausgestrecktem Arm.

»Tatsächlich«, flüsterte er.

Er ging zur Steuerbordseite und stützte sich mit beiden Armen auf die Bordwand. Kein Zweifel: Das war die *Swatte Katt.* Und unten auf dem Ewer stand Henriette mit ihren blonden Locken und mahnte die Männer, die Kisten vorsichtig herabzulassen.

Die *Mary* segelte an der *Swatte Katt* vorbei zur Kaistraße Neuer Krahn hinüber, als sich Henriette umdrehte. Als hätte sie ihn gespürt, sah sie zum Schiffsdeck hinauf und entdeckte John. Für den Bruchteil eines Augenblicks hatte er das Gefühl, ein kurzes Lächeln, ein Ausdruck der Erleichterung sei über ihr Gesicht gehuscht. Doch gleich darauf war er verschwunden.

Mailin war an seine Seite getreten. Henriette schüttelte kurz ihre Mähne, drehte sich dann wieder um und wies ihre Mannschaft noch lauter an, auch die übrigen Kisten auf den Ewer zu verladen.

Nachdem Mailins Teekisten von Bord getragen worden waren, verabschiedete sich John vom Kapitän. Während er mit einem kräftigen Händedruck und den besten Wünschen für die Zukunft bedacht wurde, kehrte der Kapitän Mailin bewusst den Rücken zu und ging, ohne ein weiteres Wort zu sagen, unter Deck.

»Mach dir nichts draus«, sagte John, schulterte seinen Seesack und klemmte sein Teepaket unter den Arm. »Wir sind nicht länger auf ihn angewiesen.«

Als er seinen Seesack neben die Teekisten auf die Straße fallen ließ, wirbelte ein kleines Staubwölkchen auf. »Es hat lange nicht geregnet«, sagte er und reckte sich, als wäre er aus einem langen Schlaf erwacht. »Wenn es in Hamburg regnet, verwandeln sich die Straßen gerade hier in tiefen Morast. Dann könnten wir deine Kisten hier nicht so abstellen.«

Er hob die Nase in die Luft und schnupperte. Die würzige, klare Luft der See war dem Geruch einer Stadt voller Menschen und Tiere gewichen.

»Hm«, sagte John und breitete die Arme aus wie ein romantischer Dichter in einem Feld aus Rosen: »Das ist Hamburg.«

Mailin schwieg, ihre Lippen waren schmal.

»Was ist?«, fragte er. »Bist du nicht froh, endlich wieder festen Boden unter den Füßen zu haben?«

»Doch.« Sie versuchte ihn anzulächeln, doch es gelang ihr nicht wirklich.

»Aber? Es gefällt dir nicht«, stellte er fest. »Warte, bis ich dir die schönen Ecken von Hamburg gezeigt habe: die Kaufmannshäuser und Hotels, den Jungfernstieg und die beiden Pavillons in der Alster. Du wirst staunen.«

Mailin schniefte. »Es ist alles so fremd: die Häuser, die Menschen. Und ich sehe fremd aus.«

John nahm ihre Hand. »Ich weiß, was du meinst. Als ich in Kanton ankam, war für mich auch alles fremd.«
»Du warst nicht allein.«
»Aber ich bin doch für dich da.«
Mailin sah zu ihm auf. »Ich weiß.«
Er nahm ihre Hände, zog sie zu sich heran und sah ihr fest in die Augen: »Warte hier. Ich versuche, eine Schubkarre aufzutreiben, dann können wir deine Kisten und unser Gepäck nach Hause zu meinen Eltern bringen. Ich bin gleich wieder da.«
Mailin zögerte zunächst, dann nickte sie.
John war knapp zehn Schritte gegangen, als ein Botenjunge um die Ecke kam und genau in Mailin hineinrannte, stolperte und sie umwarf. John kam sofort zurückgelaufen.
»He, Alte«, sagte der Junge noch auf dem Boden hockend, »musst du mir im Weg stehen? Sieh zu, dass du …«
Erst jetzt nahm er Mailin richtig wahr und glotzte sie an. Ganz langsam stand er auf und klopfte sich den Staub aus der Jacke, was im Grunde nutzlos war, denn sie strotzte nur so vor Dreck und Flecken. John schätzte ihn auf knapp sechzehn Jahre.
»Was bist du denn für eine?«, rief er abfällig.
Mailin drehte den Kopf schnell weg.
Der Junge trat einen Schritt auf John zu und hob das Kinn: »Gehört sie dir?« Dann grinste er breit und nickte in Richtung Mailin: »Was soll sie denn kosten?«
Mailin vergrub ihr Gesicht in den Händen.
»Verschwinde«, knurrte John, »oder ich mach dir Beine.«
Der Junge trat wieder einen Schritt zurück. Schnell und geübt, mit der Erfahrung zahlloser Schlägereien, ließ er seinen Blick von Johns Brust über seine Arme hin zu den Händen wandern. Ohne länger zu grübeln, sagte er freundlich und wie unter Freunden: »He, das war nur ein Scherz.«

Und als John einen großen Schritt auf ihn zumachte, ergänzte er: »War nicht so gemeint, in Ordnung?« Damit drehte er sich um und rannte eilig davon.

Es dauerte deutlich länger als angenommen, bis John eine Schubkarre aufgetrieben hatte. Er war verwirrt, weil sogar alte Freunde ihn zunächst nicht erkannten, oder, was noch schmerzhafter war, ihn offenbar nicht erkennen wollten.
Einzig Jan Voss, ein kleiner Höker, der erbeutetes Strandgut von Matrosen in Zahlung nahm und an Leute mit kleinem Geldbeutel weiterverkaufte, lieh ihm seine Karre.
John lud alles darauf, dann fuhren sie los, über die Mühren und am Zippelhaus vorbei, bogen links in die Brandstwiete ein und erreichten schließlich rechter Hand die Kleine Reichenstraße. Die ganze Zeit über fühlte sich John fremd und isoliert. Keiner grüßte ihn. Selbst Charlotte von Bönningheim mit den roten Apfelbäckchen, die ihnen bei Sankt Catharinen entgegenkam und noch ein kleines bisschen moppeliger geworden war, starrte ihnen einen Moment lang ungläubig an und drehte sich dann schnell zur Seite.
Erst in der Kleinen Reichenstraße war alles so, wie John es in Erinnerung hatte. Vielleicht auch deshalb, weil hier keine Menschen zu sehen waren. Erst hier traute sich Mailin wieder den Kopf zu heben. Um nicht ständig angegafft zu werden wie eine Zirkusattraktion, war sie John mit gesenktem Kopf gefolgt, wie eine bucklige Alte ohne festes Zuhause.
Schließlich standen sie vor der schweren Holztür. Die Farbe war an einigen Stellen abgesplittert. John schluckte. Hoffentlich ist alles in Ordnung.
Er atmete plötzlich so heftig, als hätte er die Karre den ganzen Weg vom Hafen hierher im Laufschritt geschoben.

»Wie sehe ich aus?«, fragte Mailin unsicher.

John betrachtete sie kurz. Ihr ehemals makellos blaues Seidenkleid hatte reichlich an Farbe eingebüßt, zeigte Risse und Flecken, und ihre schwarzen Haare waren von Wind und Wetter zerzaust. »Viel schöner als ich!«, sagte er und strich ihr über die Wange.

Dann drehte er sich wieder zur Tür, atmete noch einmal tief durch und klopfte an. Die Brust durchgedrückt, wartete er darauf, dass sich die Tür öffnete.

Er wollte schon erneut anklopfen, als sie einen Spalt breit aufging, gerade so viel, dass der alte Hansen seine Nasenspitze herausstecken konnte. Weil er Besucher inzwischen nur noch bis zur Brusthöhe mustern konnte, fiel sein Urteil schnell aus: »Wir geben nichts«, krächzte er und war gleich wieder verschwunden.

John klopfte erneut.

»Gehen Sie«, hörte er die schwache Stimme von drinnen.

»Ich bin es doch, Hansen! John!«

Victoria kam eilig die Treppe herunter und in ihrem Gefolge Johanna. Die Haare seiner Mutter waren grau geworden und ihr Gesicht schmal. Sie hungert, war Johns erster Gedanke.

»John!«, riefen Victoria und Johanna. Sie liefen die letzten Stufen hinab und fielen ihm um den Hals.

»John! Mein Junge! Du lebst!« Victoria umarmte ihn, so fest sie konnte. Er spürte ihre warmen Tränen an seiner Wange, aber auch, dass nicht mehr viel Kraft in ihren Armen war.

»Mutter«, sagte er überwältigt. »Johanna.« Abwechselnd küsste er seine Mutter und seine Schwester auf die Stirn.

»Schnell, Hansen«, sagte Victoria, »so geben Sie doch meinem Mann Bescheid.«

»Vater lebt«, flüsterte John erleichtert. »Ich bin also nicht zu spät gekommen.« Er sah Hansen nach, der sich wie ein Mann in Ketten zur Treppe schleppte.
»Natürlich nicht«, schniefte Victoria. »Und Percy ist auch wieder da. Ach John, ich bin ja so glücklich. Endlich eine gute Nachricht.«

Heinrich Blanckendorff erschien auf dem oberen Treppenabsatz. Langsam und mit schlurfenden Schritten.
»Vater«, sagte John mit erstickter Stimme.
Vor der ersten Stufe blieb Blanckendorff stehen und hielt sich am Geländer fest.
Er ist unrasiert, bemerkte John, und er trägt seinen alten Morgenmantel. Dabei ist es längst Mittag. John schluckte schwer. Früher hat er immer so viel Wert darauf gelegt, ordentlich gekleidet zu sein. Und nun …
Dann erschien Percy. Er zog sein linkes Bein nach, als er sich oben neben seinen Vater stellte. Mit glasigen Augen und schmalen Lippen blickte er von oben herab. Während Percy seinen Vater stützte, als sie beide Stufe für Stufe die Treppe herabstiegen, blieb er unten stehen und beobachtete genau, wie sein Vater allein auf John zuging.
Heinrich Blanckendorff betrachtete John lange und hatte sichtlich Mühe, in dem Mann mit dem zerrissenen Hemd und den kräftigen Armen und Schultern seinen jüngsten Sohn wiederzuerkennen. Er nahm Johns Hand und betrachtete die Schwielen.
»John.«
»Ja, Vater?«
Er nickte still. »Du hast dich verändert, Junge«, flüsterte er.
»Ja, Vater.« Es schnürte ihm fast den Hals zu.

»Du hast den Tee?«
»Ja.« Es versetzte John einen Stich, wie schnörkellos sein Vater zur Sache kam.
»Wie viele Kisten?«
John wich zurück. »Es ist nicht viel.«
»Wie viel?«, rief sein Vater und fing an zu husten.
»Einige Päckchen.«
Blanckendorff starrte ihn an, dann schnappte er nach Luft wie ein Fisch auf dem Trocknen.
»Ich habe zwei Kisten«, sagte Mailin fest und trat einen Schritt hervor.
Plötzlich drehten sich alle ihr zu.
»Wer ist das?«, fragte Victoria, als hätte sie Mailin erst jetzt entdeckt.
»Fräulein Wang Mailin«, erklärte John. »Sie ist die Tochter eines chinesischen Teemeisters.«
»Guten Tag«, sagte Mailin sanft und verbeugte sich. »Ich freue mich, Sie kennen zu lernen.«
»O Gott! John!« Victoria sah Mailin entsetzt an.
»Wollt ihr sie nicht begrüßen?« John sah von seinen Eltern zu Johanna und zu Hansen, der sich neben Percy an der Treppe festhielt. »Bitte«, flüsterte er mit zusammengepressten Lippen.
»Eine gelbe Hure?«, brüllte Percy und verzog angewidert das Gesicht, als wäre er barfuß auf eine Qualle getreten. »Du glaubst doch nicht im Ernst, dass ich eine Hure in unserem Haus willkommen heiße. Nach allem, was mir ihre gelben Brüder angetan haben!«
»Sie ist keine Hure!« John stürmte auf Percy los, packte ihn am Kragen und drückte ihn gegen die Wand. Er war selbst überrascht, wie leicht das ging.

»John! Percy! Hört sofort auf damit!«, rief Victoria. »Egal, was oder wer diese Person ist, ihr betragt euch anständig.«
John ließ nicht los. Percy hatte Mühe, sich auf den Zehenspitzen zu halten. Dennoch grinste er: »Ein schönes Spielzeug hast du da, Brüderchen?«
»Nimm dich in Acht«, grollte John und drehte den Kopf zur Seite, um Percys alkoholgeschwängerten Atem nicht riechen zu müssen. »Ich kann noch fester zupacken.«
»Ruhe!«, befahl Victoria. »John, du lässt Percy sofort los.«
Aber John ließ nicht locker. Percy hechelte. »Hast du nicht gehört, was Mutter gesagt hat, Brüderchen?«
John stieß Percy weg wie einen übel stinkenden Sack Müll und wandte sich den anderen zu: »Mutter, Vater«, stieß er hervor. »Ist das alles? Begrüßt ihr so meinen Gast?«
Keiner sagte einen Ton. John blickte sie zornig an. Er wollte schon seinen Seesack nehmen und das Haus wieder verlassen, als Johanna einen Schritt vortrat und Mailin die Hand reichte: »Guten Tag, Fräulein Wang. Ich bin Johanna, Johns Schwester. Wenn Sie möchten, werde ich Ihnen Ihr Zimmer zeigen.«

40

Wie oft hatte sich John in den letzten Tagen und Wochen danach gesehnt, gemeinsam mit seinen Eltern, Johanna und Mailin zum Fünf-Uhr-Tee in der Bibliothek zu sitzen. Wie oft hatte er sich bis ins Detail ausgemalt, wie sie ihn in der behaglichen Atmosphäre der vielen Bücher nach seinen Reiseerlebnissen befragen würden, so dass er Mutters leckere Scones unangetastet auf seinem Teller liegen lassen musste.

Jetzt war es so weit. Sie alle, auch der alte Hansen, der früher nie mit der Familie zusammen Tee trinken durfte, saßen in dem Raum, der einmal die Bibliothek gewesen war. John, wie Mailin frisch gewaschen, hielt in seinem Sessel die Tasse in der Hand und konnte es immer noch nicht fassen: Die Brokatvorhänge an den Fenstern waren verschwunden, ebenso der dicke Teppich und, das schmerzte ihn ganz besonders, seine Verbündeten und Vertrauten in schönen wie in schweren Stunden: die Bücher. Ob verkauft oder verfeuert, wollte er gar nicht wissen. Zurückgeblieben waren gähnend leere Regale, von denen sogar eines bereits zerlegt worden war. An seiner Stelle war ein großer, heller Fleck an der gestreiften Tapete zurückgeblieben.

Heinrich Blanckendorff war auch zum Tee im Morgenmantel erschienen. Früher schon zum Frühstück immer peinlich korrekt gekleidet, hatte er es jetzt nicht einmal bis zum Nachmittag geschafft, seinen Schlafanzug gegen Rock und Hemd einzutauschen. Sein Blick war leer und entrückt und erinnerte John schmerzlich an Mailin während der ersten Zeit auf der *Bristol*.

Percy hatte sich direkt gegenüber John in den Sessel gelüm-

melt wie ein wirbelloses Reptil. Gleich zu Beginn hatte er eine kleine Flasche aus der Jackentasche gezogen und mehrere Spritzer daraus in seinen Tee gegeben.
Mutter runzelt die Stirn, stellte John fest, aber sie sagte nichts. Hat sie nicht mehr die Kraft oder den Willen, dieses Verhalten zu unterbinden? Auch das war früher anders.
John schlürfte den frischen *Drachenbrunnentee*, den Mailin zubereitet hatte. Er war wunderbar gelungen, und doch konnte auch er die Apathie, diese bleierne Lähmung, die sich über seine Familie und dieses Haus gelegt hatte und die sie zu ersticken drohte, nicht vertreiben.
Wo sind die scheppernden Teller und Tassen aus der Küche geblieben, fragte sich John wehmütig. Früher haben wir immer geschimpft, wenn es in der Küche so laut war. Wo ist Johannas Lachen geblieben? Wo Mutters Kommandos? Vaters Schimpftiraden? Wo ist das Leben in diesem Haus geblieben? Der Kampfgeist?
Es war alles weg und verschwunden. Wie die Bücher aus den Regalen und die Vorhänge vor den Fenstern.

»Ihr Tee schmeckt wirklich ganz vorzüglich, Fräulein Wang«, sagte Victoria in ihre Tasse hinein. »In der Tat, ganz vorzüglich.«
Percy grunzte etwas, schraubte so umständlich, dass es jeder mitkriegen musste, sein Schnapsfläschchen auf und gab noch ein paar Extraspritzer in die Tasse.
Victoria blickte von den nackten Eichendielen unter ihren Füßen auf und zum Fenster hinaus: »Das Landhaus mussten wir verkaufen, John. Schon bald nach deiner Abreise. Aber das hat nicht gereicht, wie du siehst. Wir mussten auch das Personal entlassen. Die Dienstmädchen, die Gärtner, die Lagerar-

beiter. Alle, bis auf unseren treuen Hansen. Aber den nimmt ja sowieso keiner mehr in seine Dienste.«

Hansen sah müde zu John und nickte kurz.

Victoria nippte an ihrem Tee. »Ich weiß«, sagte sie schließlich und schniefte, »wie sehr du die Bibliothek geliebt hast, John. Aber wir wollten nicht erfrieren.«

»Ist schon gut, Mutter.« John nickte und wandte sich an Johanna. Ihr schien es von allen noch am besten zu gehen. »Bist du immer noch verlobt?«

Sie schüttelte langsam den Kopf. »Friedrich musste die Verlobung auflösen.«

John ballte die Fäuste und zog seine Augenbrauen zusammen. »Dieses Schwein! Wenn ich den erwische.«

»Lass, John. Er musste es auf Druck seines Vaters tun.« Sie trank einen Schluck und ergänzte: »Es ist schon in Ordnung so.«

»Wie kommt ihr über die Runden?«

»Ich arbeite als Hauslehrerin für Musik und Englisch«, sagte Johanna und lächelte tapfer. »Das bringt schon etwas ein. Aber es reicht nicht für uns alle.«

»Wir haben so auf dich gehofft, John«, schloss Victoria.

»Und dann kommt unser Retter, und was bringt er? Ein klitzekleines Päckchen Tee«, höhnte Percy. »Überrascht uns das, Brüderchen? Im Übrigen ist deine Henriette wohl gerade auf dem Weg zu diesem Preußen-König, um ein richtig großes Geschäft abzuschließen.«

»Was soll das heißen?«

Percy winkte schwerfällig ab und griff sich erneut in die Jackentasche. »Vergiss es. Die Sache ist längst gelaufen.«

»Er meint, dass Senator Sternberg seit kurzem König Friedrich Wilhelm IV. beliefert«, erklärte Johanna. »Henriette ist vor

wenigen Tagen zurückgekommen und soll nun einen Teil der frischen Ladung direkt nach Berlin bringen.«
»Ich hab mich schon gewundert, warum sie den Ewer beladen ließ. Normalerweise bringen sie ihren Tee doch sofort ins Kontor. So wie es aussieht, will sie also die Elbe rauf«, überlegte John laut.
»Applaus, Brüderchen.«
»Percy! Reiß dich zusammen«, rief Victoria. »Du hast bisher auch nichts zu unserer Rettung beigetragen.« Dann wandte sie sich an John: »Du siehst, wir stehen vor einem Scherbenhaufen.« Sie zupfte ein Taschentuch aus ihrem Ärmel und wischte sich kurz über die Augen. »Ich weiß nicht, wie es weitergehen soll.«
Percy beugte sich vor und starrte John mit einem widerlichen Grinsen an. Dann reckte er das Kinn vor und sagte: »Aber wir haben ja noch dich.«
John ignorierte seinen Bruder und wandte sich an Victoria. »Wir müssen etwas tun, Mutter. Wenn wir weiter hier nur so herumsitzen, wird sich nichts ändern.«
Victoria lächelte matt. »Aber was sollen wir tun, mein Junge? Wir haben doch schon alles versucht.«
John blickte zu Mailin. »Ich habe viel nachgedacht in den vergangenen Wochen und Monaten auf See. Und dabei bin ich auf ein Idee gekommen.«
Percy zog die Augenbrauen hoch. »Du? Das wird ja immer besser! Willst du Gedichte schreiben und sie versteigern lassen wie frischen Tee an der Londoner Börse?«
»Ich habe mit Mailin gesprochen.« Er warf ihr einen kurzen Blick zu. »Sie ist bereit, uns ihren Tee zur Verfügung zu stellen. Ihre gesamten zwei Kisten.«
»Donnerwetter! Zwei Kisten!«, rief Percy aus. »Das ist ja eine

unglaubliche Menge. Damit steht unserer Rettung ja nichts mehr im Wege.«

»Hör sofort auf damit, Percy«, schrie John so laut, dass seine Halsadern hervortraten. »Zwei Kisten sind verdammt viel. Vor allem, wenn sie alles sind, was man hat. Und Mailin hat nicht mehr. Sie hat viel durchgemacht in ihrem Leben. Mit Sicherheit nicht weniger als du, aber sie hat dabei einen klaren Kopf behalten. Wir sind ihr zu Dank verpflichtet, wenn sie mit uns zusammenarbeitet.«

»Dank?« Percy fletschte die Zähne und beugte sich angriffslustig vor. »Hör mal gut zu, Brüderchen. Ihre gelben Brüder, diese Schweine, haben mich so zugerichtet. Sie haben mich fast umgebracht, zum Krüppel geschlagen. Sie und ihre Brüder sind eine Pest, Abschaum, Ekel …«

John sprang auf, stürzte sich auf Percy und packte ihn am Hals. »Mailins Brüder sind tot. Ihre ganze Familie ist ausgelöscht«, zischte er durch zusammengebissene Zähne. »Und wenn du noch ein weiteres Wort gegen sie sagst, bist du es auch. Ist das klar?«

Alle hielten entsetzt den Atem an. Percys Augen traten in panischer Angst hervor.

»John«, rief Mailin, »lass ihn los. Bitte.«

John drehte sich kurz zu ihr um, dann lockerte er seinen Griff und ließ schließlich ganz von Percy ab. Als hätte er soeben Dreck angefasst, wischte er sich seine Hände an der eigenen Hose ab.

Percy erhob sich aus seinem Sessel und humpelte wütend zur Tür. Im Türrahmen blieb er stehen und drehte sich noch einmal um. »Lieber verzichte ich auf Hilfe, als mich von dieser gelben Hure retten zu lassen.«

John wollte schon hinter ihm her, als Victoria ihn gerade noch

festhalten konnte. An Percy gewandt, rief sie: »Wo willst du hin?«
»An unserer Rettung arbeiten. Wie jeden Tag.«
»Du bleibst hier. Wir müssen jetzt zusammenhalten.«
»Ach was.« Er spuckte auf den Dielenboden und stampfte hinaus in den Flur, wo er sich seinen Zylinder vom Haken nahm und die Haustür zuschlug.

41

Weil manche Truhe fehlte und auch der eine oder andere Schrank dem letzten Winter zum Opfer gefallen war, war John froh, dass wenigstens Johannas Möbel unversehrt an Ort und Stelle standen.

Gemeinsam mit Mailin setzte er sich auf Johannas kleines Kanapee, nahm ihre Hand und sah sich im Zimmer um.

Es ist alles noch so wie damals, als sie mir die Gästeliste ihrer Verlobungsfeier vorgelesen hat, dachte er.

Johanna hatte vor ihrem Frisiertisch Platz genommen. Sie sah kurz auf Johns und Mailins Hände und hob dann den Kopf.

»Ich muss mich bei Ihnen entschuldigen, Mailin.« Leicht verlegen wippte sie auf ihrem Stuhl hin und her. »Ich war unhöflich heute Vormittag, und dafür schäme ich mich.«

»Danke«, sagte Mailin leise und nickte freundlich. »Sie brauchen sich nicht zu entschuldigen.«

»Es ist bestimmt nicht leicht für Sie, so weit fort von zu Hause zu sein, nicht wahr?«

»Nein.« Mailin sah auf ihre Hände und ergänzte kurz darauf: »Es ist nicht leicht.«

»Sie scheinen so tapfer und mutig zu sein. Haben Sie denn gar keine Angst?«

Mailin hob den Kopf und sagte ruhig: »John ist bei mir. Zusammen sind wir sehr stark.«

John straffte sich. »Da staunst du, was, Schwesterchen?«

»Nein«, sagte sie. »Ich kenne dich.«

John verbeugte sich wie ein gefeierter Bühnenheld, doch dann wurde er wieder ernst.

»Ob es mir gelingen wird, Vater von meiner Idee zu überzeugen?«
Johanna seufzte. »Das ist zwecklos, John. Er ist nicht mehr der Alte.« Leise ergänzte sie: »Schon lange nicht mehr.« Nach einer kurzen Pause sagte sie lauter: »Keiner seiner so genannten Geschäftsfreunde nimmt ihn noch ernst. Weil er einfach keinen klaren Gedanken mehr hat. Oder nur noch ganz selten.«
»Und Percy?«
»Du hast ihn ja selbst erlebt. Er ist letzten Herbst zurückgekommen, als alle längst dachten, er sei tot. Und irgendwie ist er es auch. Aber sein Körper funktioniert noch so weit, dass er es regelmäßig bis zum nächsten Tresen schafft.«
Johanna sah John an, ihre Stimme klang härter. »Percy ist verbitterter als je zuvor. Das Leben unter einem Dach mit ihm ist schrecklich. Er tyrannisiert uns alle.« Sie drehte sich kurz zur Seite, als scheute sie davor zurück, fortzufahren. Sie faltete die Hände und sagte gepresst: »Wie oft schon habe ich mir gewünscht, er wäre …«
John nickte. »Haben wir sonst noch Freunde?«
Johanna schüttelte langsam den Kopf und schniefte.
»Auch wegen Percy?«
»Er hat die Letzten vergrault.«
»Was ist mit Friedrich?«
»Ach John«, seufzte sie.
»Hat er inzwischen eine andere geheiratet?« Seine Stimme war laut geworden, doch Johannas Blick beschwichtigte ihn.
»Nein.« Sie versuchte zu lächeln. »Siehst du dieses Kleid? Es ist von ihm. Er meint, ich soll nicht in alten Kleidern in die Häuser wohlhabender Familien gehen, um zu unterrichten.«
»Er meint es also gut mir dir.«
»Ja.« Sie senkte den Blick. »Sehr.«

John sah kurz zu Mailin. »Wir brauchen Hilfe, und vor allem Geld. Kann Friedrich uns vielleicht helfen? Kann er mir Zugang zu seinem Vater verschaffen?«

»Nein.« Johanna schüttelte den Kopf. »Sein Vater will nichts mehr mit uns zu tun haben. Er grüßt uns nur noch, wenn es sich nicht vermeiden lässt.«

»Er ist immer noch ein angesehener und einflussreicher Bankier?«

»Noch viel angesehener und einflussreicher als früher. Seit Sternberg König Friedrich Wilhelm IV. beliefert, haben sie sich zusammengetan. Friedrichs Vater finanziert jetzt die Chinageschäfte des Senators. Sie sitzen fast jeden Tag zusammen und besprechen ihre Unternehmungen. Man könnte meinen, sie seien ein frisch verheiratetes Ehepaar.«

John nickte langsam.

Johanna zog die Augenbrauen zusammen. »Friedrich sagte letztens, er glaubt, dass Sternberg möchte, dass er Henriette heiraten soll. Glaubst du, da ist was dran?«

»Dem trau ich alles zu.«

»Und Henriette?«

Johns Mundwinkel zogen sich nach oben. »Die lässt sich von niemandem verheiraten. Henriette macht, was sie will.«

Johanna seufzte erleichtert.

John sah seine Schwester liebevoll an, dann stand er auf und ging zum Fenster. Er schob die Vorhänge beiseite und blickte auf das Fleet hinab. »Ich muss mit Goldmann sprechen«, sagte er entschlossen. »Gleich morgen früh. Er ist immerhin ein alter Freund von Vater. Und unsere einzige Chance.«

»Man wird dich nicht empfangen.«

42

John wanderte im Flur auf und ab.
Wie lange muss ich denn noch auf Mailin warten, fragte er sich und bewegte seine Schultern. Sein bester Anzug, den er das letzte Mal auf dem Gartenfest getragen hatte, wollte nicht mehr so richtig passen und zwickte unter den Achseln.
Mailin sieht doch gut aus. Warum musste Johanna beim Frühstück einfallen, dass sie ihr vielleicht eines ihrer Kleider ausleihen könnte? Jetzt sind sie schon eine Dreiviertelstunde da drin und debattieren wahrscheinlich, welches Handtäschchen zu welchem Kleid passt.
John atmete tief durch.
Ich muss Goldmann unbedingt noch am Vormittag sprechen. Dann ist er bestimmt empfänglicher für meine Idee und noch nicht so müde und abgespannt wie am Ende eines langen Tages.
Gerade wollte er anklopfen, als Mailin und Johanna nacheinander aus dem Zimmer kamen. Johanna hatte Mailin ihr neues rotes Kleid gegeben und ihr geholfen, die schwarzen Haare zu einem kunstvollen Zopf zu flechten und mit zwei von Mailins Stäbchen festzustecken.
»Na, was sagst du?« Johanna präsentierte Mailin wie eine von ihr kunstvoll ausgestattete, feine Dame.
John strahlte, während Mailin mit großer Geste ihren chinesischen Fächer aufklappte.
»Wunderbar«, sagte er. »Ganz wunderbar.«
Mailin lächelte, doch ihre Stimme klang unsicher. »Wird das helfen?«
»Ich weiß es nicht«, meinte John. »Aber wir müssen alles versuchen.«

Damit bot er ihr seinen Arm und führte sie die knarrende Treppe hinunter.

Unten im Flur lauerte Percy und stellte sich ihnen in den Weg. Obwohl auch er das Frühstück gerade erst hinter sich hatte, bereitete es ihm erhebliche Schwierigkeiten, aufrecht zu stehen. Mailin ergriff Johns Hand und blieb hinter ihm.

»Oh, wir haben uns heute schick gemacht«, krähte er. »Wo willst du denn hin, mit deiner … Königin?«

»Lass uns in Ruhe.« John wollte an ihm vorbeigehen, doch Percy stellte sich direkt vor ihn.

»Du willst zu Goldmann gehen, stimmt's?«

»Das kann dir doch egal sein.«

»Du wirst nicht zu Goldmann gehen«, rief er und reckte John sein Gesicht entgegen. »Hörst du?«

»Du bist betrunken, Percy. Lass uns vorbei. Wir haben es eilig.«

»Wenn einer für die Familie spricht«, rief Percy laut und stieß John an, »dann bin ich das, hast du verstanden?«

»Percy«, zischte John, »ich warne dich: Geh mir aus dem Weg.«

»Das werde ich nicht tun.«

John versuchte, mit Mailin einen Bogen um seinen Bruder zu machen, doch er versperrte ihnen erneut den Weg.

»Lass das, Percy!«

»Niemals«, fauchte er und fletschte die Zähne.

»Gut, du hast es nicht anders gewollt.« John ließ Mailins Hand los und stieß Percy zur Seite, so dass er stürzte und gegen die Flurwand schlug.

»Das wirst du mir büßen, Johnnylein«, brüllte Percy.

Er grölte ihnen noch hinterher, als John und Mailin längst auf die Kleine Reichenstraße hinausgegangen waren.

John wandte sich nach links in Richtung Große Reichenstraße, bog dann rechts ab und marschierte mit Mailin über den Fischmarkt, wo sich die Elbfischer lautstark dafür einsetzten, dass ihre toten Fische noch heute in den Körben der Dienstmägde landeten.

»Bei euch in Kanton gibt es auf einem Markt viele verschiedene Dinge zu kaufen«, sagte John, ohne sein Tempo zu verlangsamen, »unsere Märkte dagegen sind spezialisiert. Vor der Kirche Sankt Nicolai, zum Beispiel, gibt es den Hopfenmarkt, den Pferdemarkt bei Sankt Jacobi und den Schweinemarkt bei Sankt Hiob, oben am Nordende der Stadt.«

Mailin nickte. Sie hätte sich gern umgesehen, aber John marschierte schon weiter, an der Petri-Kirche vorbei in Richtung Alster. Sie konnten bereits die Baumreihen des Alten Jungfernstiegs sehen, als John nach rechts deutete: »In dieser Straße liegt das Zuchthaus. Eigentlich keine schlechte Adresse, was? Direkt an der Alster. Und doch kein Ort, an dem ich mich aufhalte möchte.«

Mailin sah ihn verwirrt an. »Warum solltest du ins Gefängnis?«

»Wenn wir unsere Verbindlichkeiten nicht begleichen können … Hamburger Kaufleute kennen gerade in solchen Angelegenheiten keinen Spaß.«

Als sie den Jungfernstieg erreichten, blieb Mailin fasziniert stehen. »Warte einen Moment«, sagte sie. »Wenigstens das will ich mir ansehen.«

John stellte sich neben sie und atmete tief durch. Dann deutete er auf das gegenüberliegende Ufer: »Dort drüben siehst du die Wallanlagen, die Grenze der Stadt. Das in der Mitte dort ist die Lombards-Brücke, benannt nach einem Leihhaus, das sich einmal dort befand. Dahinter liegt die

Große Alster. Hier rechts direkt am Wasser siehst du das Zuchthaus und am linken Ufer dort drüben« – er deutete auf eine Allee, an deren Bäumen erste Blätter zu sprießen begannen –, »das ist der Neue Jungfernstieg. Hier vorn« – er zeigte auf die beiden Häuser direkt vor ihnen –, »das ist der Schweizer Pavillon. Ein Restaurant und Kaffeehaus. Früher war es einmal ein Spritzenhaus. Und dort hinten« – er streckte den Arm nach links –, »dort ist der Alsterpavillon. Einer meiner Lieblingsplätze.«

»Es ist schön«, sagte Mailin. »Sehr schön.«

»Ja«, erwiderte John, »aber jetzt müssen wir wirklich weiter.«

Er bog mit Mailin in den Neuen Wall ein, eine breite Straße mit vornehmen Stadthäusern, in der die Honoratioren mit flinken Schritten zu ihren Terminen eilten. Vor einem dreistöckigen Haus mit einem massiven Eichenholzportal und großen Türgriffen aus Messing blieben sie stehen.

»Hier ist es«, sagte er und blickte die Fassade hinauf. Er atmete tief durch, dann erst traten sie ein. Unten im Parterre befanden sich drei Bankschalter, an denen Goldmanns Angestellte fleißig Schillinge und Mark Banco ein- und auszahlten. John sah sich kurz um. Hier waren sie noch nicht richtig. Gegenüber den Schaltern entdeckte er eine Marmortreppe, die in zwei Vierteldrehungen nach oben führte.

Ohne sich länger aufzuhalten, stiegen sie die Treppe hinauf und entdeckten schließlich das Vorzimmer zu Goldmanns Büro. Hier wachte Bürovorsteher Gerlach darüber, dass an vier Pulten Briefe geschrieben und Abrechnungen kalkuliert wurden und keiner müßig herumsaß.

Als John und Mailin in das Vorzimmer traten, brachten sie augenblicklich alle Aktivitäten zum Stillstand.

»Herr ... Herr Blanckendorff!«, stotterte Gerlach und weitete

umständlich seinen Kragen. »Was ... was kann ich für sie tun? Bankkunden bedienen wir ...«
»Ich möchte zu Herrn Goldmann.«
»Bedaure, das wird nicht gehen.«
»Es ist aber wichtig.«
»Herr Direktor Goldmann befindet sich in einer Besprechung.«
»Gut, dann werden wir warten.« John sah sich um. »Wo können wir uns setzen?«
»Wie gesagt, Bankkunden ...«
In diesem Moment flog die Bürotür auf, und Friedrich kam heraus. »Gerlach, bitte holen sie ... John?!« Einen Augenblick lang starrte er John und Mailin an. Dann fasste er sich, sah kurz über seine Schulter in das Büro seines Vaters und flüsterte: »Was machst du denn hier?« Bevor John etwas erwidern konnte, fiel Friedrichs Blick auf Mailin. Verwirrt runzelte er die Stirn. »Dieses Kleid«, murmelte er. »Woher haben Sie ...«
»Ich muss mit deinem Vater sprechen«, unterbrach ihn John. Er stellte sich auf die Zehenspitzen und sah über Friedrichs Schultern hinweg in Goldmanns Büro. Ein großer Schreibtisch war zu erkennen, auf dem sich Berge von Schriftstücken stapelten.
»Jetzt geht es nicht. Sternberg und Henriette sind da.«
»Na bestens«, sagte John und drängte sich an Friedrich vorbei in Goldmanns Büro. Er war noch nie hier gewesen und war deshalb überrascht, dass das Büro eingerichtet war wie ein Salon. Vor einem kleinen niedrigen Tisch, auf dem ein Teeservice und Gebäck standen, befand sich ein breites, senffarbenes Sofa und links und rechts davon zwei dazu passende Sessel. Auf dem Sofa saßen Senator Sternberg und Henriette, in dem rechten Sofa Simon Goldmann. Allen stand der Mund offen.

»John!« Goldmann fand als Erster die Sprache wieder. »Was willst du« – er blickte kurz zu Sternberg –, »was wollen Sie denn hier? Sie können jetzt nicht hier rein. Wir sind in einer wichtigen geschäftlichen Unterredung.«
»Ich komme auch wegen eines wichtigen Geschäfts. Eines lebenswichtigen sogar.«
»Für Sie vielleicht.«
»Es geht um Tee«, sagte John und blickte von Goldmann zu Sternberg. »Und Sie können daran verdienen, meine Herren. Beide.«
Inzwischen war auch Mailin hereingekommen und hatte sich zu John gestellt.
»Wie ich sehe, hast du bereits eine hervorragende Geschäftspartnerin«, sagte Henriette kühl.
»Ganz recht«, bestätigte Sternberg. »Und jetzt verlassen Sie bitte das Büro.«
»Vater«, sagte Friedrich, der hinter Gerlach als Letzter eingetreten war und die Tür geschlossen hatte. »Wir können ihn doch anhören. Wenn wir Geld verdienen können. Du selbst hast mir immer gesagt ...«
Goldmann brachte Friedrich mit einer Handbewegung zum Schweigen und sah schnell zum Senator hinüber, der nur kurz den Kopf schüttelte. Daraufhin wandte sich der Bankier an John: »Tut mir Leid, mein Herr.«
»Herr Goldmann, Herr Senator«, sagte John, »es mag sein, dass es in der Vergangenheit zu Rivalitäten gekommen ist. Aber das war gestern. Was zählt, ist heute. Und heute bin ich hier, weil ich Ihnen einen Tee anbieten möchte, wie Sie ihn noch nie getrunken haben. Sie beide sind ausgewiesene Teekenner und werden gewiss feststellen können, ob ich übertreibe oder nicht.« John sah kurz von Goldmann zu Henriette

und ihrem Vater hinüber, ehe er fortfuhr: »Bei allem Respekt für den Tee, den Henriette aus Kanton mitgebracht hat, Herr Senator, wird der Tee, den ich Ihnen anzubieten habe, alles in den Schatten stellen. Und an diesem Tee und meiner Geschäftsidee, meine Herren, biete ich Ihnen eine Beteiligung an.«

»Sie wollen mir eine Beteiligung anbieten?«, dröhnte Sternberg mit tiefer Stimme. »Dass ich nicht lache!«

Henriette zog die Stirn kraus.

John blickte zum Bankier. »Herr Goldmann, ich komme zu Ihnen, weil ich das Kontor meines Vaters retten will, der Ihr Freund war und immer noch ist. Aber auch, weil ich von einer Idee überzeugt bin. Sie haben mir einmal vorgeworfen, ich wüsste nichts über Tee. Damals hat das wohl gestimmt. Aber heute weiß ich den Tee zu schätzen als wunderbares Genussmittel, zur Entspannung oder zur Belebung. Und dieser Tee hier« – er nahm Mailin die Dose aus der Hand – »ist einzigartig. Ein Tee, wie sie ihn noch nicht getrunken haben. Oder Sie, Herr Senator, und auch du, Henriette. Alles, was ich möchte, ist, dass Sie diesen Tee kosten. Wenn Sie dann feststellen sollten, dass ich übertrieben habe, werde ich Sie nie wieder belästigen.«

John beobachtete, wie der Bankier erneut zum Senator blickte. Der schien sichtlich verärgert zu sein.

»Vater«, sagte Friedrich leise, »es ist nur eine Tasse Tee.«

»Also gut«, antwortete Goldmann durch zusammengepresste Lippen, »Ihrem unglücklichen Vater zuliebe, der über viele Jahre mein Freund war.« Und an den Senator gewandt, sagte er: »Entschuldige, Wilhelm. Wir machen danach sofort weiter.«

»Vielen Dank. Darf ich Ihnen nun meine Begleiterin vorstel-

len?« John reichte Mailin eine Hand und geleitete sie nach vorn: »Fräulein Wang.«
Mailin faltete ihren Fächer zusammen und verbeugte sich. »Sehr erfreut«, sagte sie leise und lächelte.
Goldmann und Senator Sternberg nickten knapp, wohl mehr aus Reflex, denn aus wirklichem Interesse. Henriette saß steif auf ihrem Platz und zuckte nicht mit den Wimpern.
»Bitte«, sagte Goldmann gereizt, seine Wangen waren inzwischen rot geworden, »geben Sie Gerlach ihren Tee. Er wird ihn in der Küche zubereiten lassen. Sie und Herr Blanckendorff können solange draußen im Vorzimmer warten.«
Mailin trat noch einen Schritt vor und verbeugte sich erneut. »Vielen Dank, ehrenwerter Herr. Aber ich würde den Tee gern selbst zubereiten.«
Goldmann warf einen Blick auf Sternberg, der sich keine Mühe gab, seinen Ärger zu verbergen. »Wie Sie wollen, Fräulein Wang. Die Küche ist ungefähr dort.« Er deutete mit seinem Arm quer durch den Raum. »Gerlach wird Ihnen alles zeigen.«
»Wenn Sie erlauben«, sagte Mailin, »würde ich ihn gern hier, in Ihrer Gegenwart zubereiten.«
Goldmann stöhnte. »Hier in meinem Arbeitszimmer? Muss das sein?« Er wandte sich an den Senator: »Hast du was dagegen, Wilhelm?«
»Allerdings.«
»Bitte, ehrenwerter Herr.« Mailin breitete ihren Fächer aus und wandte sich nun auch an den Senator. »Es ist von ganz besonderer Bedeutung. Sie werden es verstehen.«
»Vater«, mischte sich Friedrich ein, »wie viel Zeit kostet uns das? Fünf Minuten? Zehn? Lass sie den Tee hier zubereiten, dann haben wir unsere Ruhe.«

»Also gut«, knurrte Goldmann und verzichtete darauf, zum Senator hinüberzublicken. »Aber schnell.«
Mailin wandte sich an Gerlach, der an der Tür stand. Er schien die ganze Zeit über das Strafmaß zu spekulieren, das sein Chef verhängen würde, weil es ihm nicht gelungen war, diese Querulanten fern zu halten.
»Haben sie einen kleinen tragbaren Ofen, auf dem ich Wasser kochen kann?«
Gerlach antwortete nicht, sondern sah fragend zu Goldmann hinüber, ob er die Sachen wirklich herbeischaffen sollte. John beobachtete, wie Goldmann schluckte.

43

Nachdem sich Friedrich in den linken Sessel gesetzt hatte und für John und Mailin zwei Stühle herbeigeschafft worden waren, brachten Gerlach und ein Helfer die gewünschten Gegenstände herein: einen Wasserkessel, Holzkohle, einen eisernen Schürhaken, eine Teekanne und sechs Tassen, stellten sie vor Mailin ab und zogen sich diskret zurück.

Mailin kniete sich vor den runden Tisch. Sichtlich irritiert sagte Goldmann: »Bitte, behalten Sie doch Platz.«

»Vielen Dank, mir ist es lieber so.«

Mailin legte zur Verblüffung aller die Hände in den Schoß und tat nichts, außer tief ein- und auszuatmen. Sofort wurde es still im Büro. Dann lächelte sie den Herren Goldmann und Sternberg zu und stellte die Teetassen sorgsam in die Mitte des Tisches und so eng nebeneinander, dass sich ihre Ränder berührten. Rechts davon postierte sie den kleinen Ofen.

»Das ist Kirschbaumholz«, knurrte Goldmann leise.

Mailin überhörte ihn, stattdessen nahm sie den Wasserkessel und klopfte kurz dagegen. »Hören Sie? Metall.«

»Wollen Sie uns verulken?«, schimpfte der Senator.

»Keineswegs. Metall ist ein Symbol für die fünf Kategorien natürlicher Aktivität.«

Während Goldmann und Senator Sternberg sich schräge Blicke zuwarfen, zog Friedrich die Augenbrauen hoch und Henriette presste die Lippen aufeinander.

Mailin entzündete das Feuer, fächelte ihm Luft zu und stellte schließlich den Wasserkessel auf den Ofen.

»Hören Sie das Knistern des Feuers?«, fragte sie leise.

»Selbstverständlich, ich bin doch nicht taub«, polterte Goldmann. »Wenn das nicht gleich …«
»Pst!«, sagte Mailin und legte den Zeigefinger an die Lippen. »Gut«, hauchte sie, »sehen Sie die rote Flamme?«
»Ja doch.«
»Beobachten Sie, wie sich die Flamme bewegt«, flüsterte sie. »Alle. Bitte.« Zufrieden sah sie, dass sich auch der Senator auf das Feuer zu konzentrieren begann. »Das Feuer bezeichnen wir als den *Lehrer des Tees*, weil es während der Verarbeitung der Teeblätter und der Zubereitung des Wassers den Charakter des Tees formt. Je nachdem, wie heiß das Wasser ist.«
Goldmann, Sternberg, Friedrich und Henriette verfolgten, wie das Feuer über die Kohlen und an dem Wasserkessel leckte.
»Achten Sie auch auf das folgende Geräusch«, sagte Mailin leise und goss langsam das Wasser in den Kessel. »Wasser«, sagte sie und fuhr ruhig fort: »ist der *Freund des Tees*. Es weckt ihn und hilft ihm, sein Aroma zu entfalten. Feuer und Wasser wirken zusammen, um die für unser Auge verborgene Kraft der Teeblätter freizusetzen.«
Friedrich nickte schweigend.
»Achten Sie auch auf den aufsteigenden Dampf.«
Keiner sagte ein Wort. Alle beobachteten die Flamme und lauschten auf die sich verändernden Geräusche im Wasserkessel, bis es schließlich kräftig blubberte. Mailin nahm den Kessel vom Feuer. Gleich darauf hörte das Blubbern auf, und das Wasser kam zur Ruhe. Es wurde wieder still. John hörte, wie Goldmann tief durchatmete.
»Das Wasser muss jetzt abkühlen«, sagte Mailin leise, während sie nach der Teedose griff, »damit die empfindlichen Blätter nicht verbrüht werden.« Mailin hielt die Dose vor ihren Bauch. »Dieser wunderbare Tee vereinigt die fünf Kategorien

natürlicher Aktivität, symbolisiert durch die Elemente Erde, Metall, Wasser, Holz und Feuer, und bringt sie in Einklang und Harmonie miteinander.«

Mailin sah von den Herren zu Henriette und fuhr fort: »Erde, Wasser und Feuer, symbolisiert durch die Sonne, vereinigen sich zum Wachstum dieser Teepflanze. Das Holz ist dabei der Stoff, aus dem der Tee geboren wird.«

Langsam nahm sie den Deckel ab und gab die Dose Friedrich, der links von ihr saß. »Dieser Tee heißt *Lung-Ching*, was übersetzt so viel bedeutet wie *Drachenbrunnentee*. Er wurde vor dem Licht gepflückt, also vor unserem chinesischen Lichtfest, und erfüllt die höchsten Ansprüche. Bitte schließen Sie die Augen.«

Friedrich sah verlegen in die Runde.

»Bitte«, forderte ihn Mailin sanft auf. »So werden Sie das Aroma noch intensiver wahrnehmen können.«

Friedrich schloss die Augen.

»So ist es gut. Nun atmen Sie den Duft tief in sich ein.«

Friedrich hielt sich die Dose unter die Nase und holte tief Luft.

»Wunderbar«, staunte er und roch gleich noch einmal.

»Ehrenwerter Herr«, sagte Mailin bestimmt und lächelte, »ein Mal reicht.«

»Gewiss, gewiss.« Friedrich reichte die Dose an Sternberg weiter.

Nachdem auch der Senator intensiv geschnuppert hatte, wurde die Dose von Henriette zu Simon Goldmann und dann zu John weitergegeben und wieder an Mailin zurückgereicht. Sie gab die Blätter mit einem kleinen, silbernen Löffel in jede der sechs Tassen, wartete wieder einen Augenblick wie im stillen Gebet, nahm dann die Kanne und goss mit einer kreisenden Bewegung, die gleichermaßen Gelassenheit und konzentrierte

Aufmerksamkeit ausdrückte, das Wasser in jede Tasse, so dass die Blätter gleichzeitig mit der gleichen Menge Wasser übergossen wurden. Danach füllte Mailin die Tassen ganz mit Wasser auf.
»Beobachten Sie, wie sich die Blätter bewegen, wie sie sich entfalten und schließlich auf den Boden der Tasse sinken.«
Jeder nahm seine Tasse und blickte konzentriert hinein, wie in einen Spiegel, der die persönliche Zukunft verheißt. Als Erster meldete sich Friedrich: »Meine Blätter sind auf dem Boden angekommen. Was passiert jetzt?«
»Jetzt dürfen Sie den Tee trinken.«
»Mit den Blättern darin?«
»Selbstverständlich.« Mailin nickte ihm aufmunternd zu.
Goldmann wandte sich an Sternberg: »Ich weiß nicht, Wilhelm. So haben wir den Tee noch nie getrunken, was?«
»Probieren Sie«, ermutigte ihn Mailin und trank den ersten Schluck. Alle anderen warteten und beobachteten ihre Reaktion, fast so, als befürchteten sie, sie könnte jeden Moment ohnmächtig zur Seite kippen. Mailin stellte die Tasse ab und zwinkerte John zu.
Jetzt trank auch Friedrich. Er schlürfte einen kleinen Schluck, blinzelte, stellte die Tasse ab und sagte leise: »Famos! Ganz famos, dieser Tee. Wie haben Sie das gemacht?«
»Ich habe nichts gemacht. Es lag alles bei Ihnen. Sie haben gesehen und gehört, gerochen und geschmeckt. Ohne diese Eindrücke kann der Tee Ihnen nicht das geben, was er zu geben vermag. Auch Sie müssen bereit sein für den Tee.«
»In der Tat«, bestätigte Goldmann und fragte leise: »Ist das sein Geheimnis?«
Mailin lächelte.
Goldmann nickte ihr zu. Mit der Tasse in der Hand, lehnte er

sich entspannt in seinem Sessel zurück und trank einen weiteren Schluck.

Henriette und ihr Vater saßen noch immer kerzengerade auf dem Sofa.

»Bitte«, sagte Mailin, »trinken Sie.«

Beide nippten an dem Tee und stellten die Tassen auf den Tisch.

John wandte sich an Goldmann, der gerade mit geschlossenen Augen den nächsten Schluck trank.

»Herr Goldmann«, sagte er vorsichtig, »bitte halten Sie die Augen noch einen Moment geschlossen.« Er sah, dass sich der Bankier bereitwillig darauf einließ und fuhr fort: »Stellen Sie sich vor, Sie sitzen in der Sonne … in einem bequemen Sessel … an einem Teich mit klarem Wasser … Fische tummeln sich darin … Sie hören Vogelgezwitscher … ein kleiner Brunnen plätschert in der Nähe … und Sie trinken diesen Tee …«

»Wunderbar«, brummelte Goldmann und rekelte sich behaglich.

»Und nun stellen Sie sich vor, so einen Ort gibt es in Hamburg. Sie können bei schönem Wetter im offenen Wagen dorthin fahren. Oder zu Fuß gehen. Sie können sich dort mit Freunden treffen, mit Geschäftspartnern einen gelungenen Abschluss feiern oder ihn vorbereiten …«

»Ja …«

»Sehen Sie«, sagte John, »das ist meine Idee. So ein Teehaus möchte ich in Hamburg eröffnen. Mit einem Garten, der gestaltet ist wie eine Miniaturlandschaft, mit Bäumen und Büschen und einem Teich, in dessen Mitte sich ein Pavillon befindet, zu dem man nur über einen kleinen Steg gelangt. Im Sommer kann man draußen sitzen und …«

Goldmann schüttelte den Kopf und öffnete die Augen, als erwachte er aus einem Traum. Nachdem er kurz zu Sternberg gesehen hatte, fragte er, wieder ganz der grimmige Bankunternehmer, der vor allem seine Zinsen im Blick hat: »Und im Winter?«

»Im Winter sitzt man im Teehaus. Es wird eingerichtet sein mit chinesischen Möbeln und Kaligraphien, mit getuschten Bildern und Fächern an der Wand. Und Singvögeln in Volieren.«

»Singvögel«, rief Sternberg und stellte seine Tasse auf den Tisch. »Darf es sonst noch was sein? Vielleicht Elefanten?«

John überhörte diesen Einwurf und sah Goldmann an. »Ihnen schmeckt doch dieser Tee, nicht wahr?«

Goldmann nickte.

»Sehen Sie. Anderen wird er ebenso schmecken und in einem exotischen Ambiente, das alle Sinne anspricht, umso mehr. Viele werden allein deshalb kommen. China in Hamburg, Herr Goldmann!«, rief John mit leuchtenden Augen. »Das wird die Attraktion werden. Und Sie können daran mitverdienen!«

Goldmann stieß einen deutlich hörbaren Seufzer aus.

Das war das Schlüsselwort gewesen, dachte John zufrieden.

»Und woher wollen Sie den Tee nehmen?«, fragte Senator Sternberg im Ton eines Chefanklägers. »Diese Dose wird nicht lange reichen. Und soweit ich hörte, haben Sie nicht viel mehr Tee mitgebracht.«

Jetzt wandte sich John Sternberg und Henriette zu: »Das ist genau der Punkt. Natürlich wird unser Tee, eigentlich ist es Fräulein Wangs Tee, nicht lange reichen. Deshalb möchte ich Ihnen anbieten, …«

»Sie wollen mir etwas anbieten?«, polterte der Senator los. »Ich glaube nicht, dass Sie in der Position sind, mir …«

»Ich biete Ihnen an«, sagte John ruhig, »sich ebenfalls an diesem Geschäft zu beteiligen. Stellen Sie sich vor, meine Herren« – er wandte sich vom Senator ab und Goldmann zu –, »wir haben dieses chinesische Teehaus mit einem Pavillon inmitten eines herrlichen Teiches. Dort würden wir Mailins Drachenbrunnentee anbieten und« – er breitete die Arme aus und verkündete wie ein offizieller Herold – »den *Tee, den der König von Preußen trinkt!* Die Menschen werden uns überrennen. Wir werden gar nicht so viel Plätze haben.«
John sah begeistert von einem zum anderen, und Friedrich nickte ihm freundlich zu. Senator Sternberg dagegen saß mit vor der Brust verschränkten Armen in der Ecke des Sofas, und Henriette guckte so gelangweilt, als hätte sie gerade eine ausführliche Zusammenfassung der letzten Sonntagspredigten über sich ergehen lassen müssen.
In diesem Moment war ein lautes Poltern aus dem Vorzimmer zu hören, als hätte jemand einen schweren Gegenstand umgeworfen. Danach aufgeregtes Rufen. Irritiert blickten sich alle an. John meinte, es hätte jemand »Ich will da rein« gerufen. Schnell sagte er zu Goldmann: »Werden Sie über mein Angebot nachdenken?«
Der Bankier schien sichtlich irritiert über den Tumult in seinem Vorzimmer zu sein. Er antwortete abwesend: »Natürlich werde ich darüber nachdenken.«
John entging nicht, dass Sternberg Goldmann einen finsteren Blick zuwarf, woraufhin der Bankier sofort ergänzte: »Natürlich unter Abwägung aller, ich betone, aller relevanten Aspekte.«
Wieder drang lautes Gepolter herein. John nickte Goldmann zu. »Wann kann ich mit ihrer Entscheidung rechnen?«
Der Bankier brummelte etwas, dann zog er seine goldene Uhr

aus der Westentasche und klappte den Deckel auf. »Es ist jetzt Mittag. Ich werde mich natürlich mit Herrn Senator Sternberg beraten.«

»Ich verstehe«, sagte John.

»Ich denke, heute Nachmittag kann ich Sie von dem Ergebnis unterrichten.«

John und Mailin erhoben sich.

»Henriette, schön, dich wiedergesehen zu haben«, sagte John und verbeugte sich. »Meine Herren, ich bedanke mich für ihre Aufmerksamkeit und hoffe auf eine günstige Antwort.«

44

»Wie ist es gelaufen?« Victoria war so aufgeregt, dass sie John und Mailin bereits an der Haustür erwartete.
»Eigentlich ganz gut. Bis zum Schluss.« John nahm seinen Zylinder ab und hängte ihn an die Garderobe.
»Eigentlich? Was heißt das?«
»Mailin hat einen ganz hervorragenden Tee zubereitet, wirklich, es geht nicht besser. Alle waren sehr beeindruckt.«
Victoria lächelte Mailin dankbar an.
»Und mir, glaube ich, ist es gelungen, zumindest Goldmann für das Teehaus zu interessieren.«
Victoria faltete die Hände vor der Brust. »Ich wusste, dass Simon in seinem Herzen immer noch ein Freund der Familie ist.«
»Aber Sternberg nicht.«
»Was? Wilhelm? Der war auch da?«
»Ja. Und Percy.«
»O nein!« Victoria ließ sich gegen die Wand sinken. »Und?«
»Was schon?« John blickte zu Johanna hinauf, die gerade mit Vater und Hansen auf der obersten Treppestufe erschienen war. »Während Mailin und ich die Vision unseres Teehauses entworfen haben, hat er im Vorzimmer randaliert, gepöbelt und sich einfach unmöglich benommen.« Zornig ballte John die Fäuste. »Es lief alles so gut. Bis dieser verdammte Idiot dazwischengeplatzt ist. Ich hoffe nur, Goldmann kann unterscheiden zwischen Mailin und mir auf der einen Seite und Percy auf der anderen.«
»Bestimmt wird er das«, sagte Victoria leise und warf einen sorgenvollen Blick zu ihrem Mann. »Bestimmt wird er das.«

Den ganzen Nachmittag wanderte John in seinem Zimmer auf und ab wie ein hungriger Tiger. Als dann endlich jemand am frühen Abend an der Haustür klopfte, war er als Erster unten und riss die Tür auf.

»Ja?«, sagte er atemlos. Hinter ihm erschienen Mailin, Victoria und Hansen.

Der Kutscher nahm, verblüfft über die schnelle Reaktion, seinen Hut ab. »Herr John Blanckendorff?«, fragte er.

»Ja.«

»Herr Direktor Goldmann bittet Sie und Fräulein Wang in sein Büro.«

John drehte sich um. »Mailin, hast du gehört? Es geht los!«

»Ist Fräulein Sternberg noch da?«, fragte Mailin.

Der Kutscher zuckte mit den Schultern. »Als ich eben losfuhr, war sie noch da.«

»Sehr gut«, sagte Mailin. »Ich muss noch kurz etwas holen.« Damit drehte sie sich um und verschwand in ihrem Zimmer.

Bevor John und Mailin in die Kutsche stiegen, drückte Victoria zuerst Mailin und dann John fest die Hände. »Ich weiß, dass ihr beide alles getan habt. Und dafür danke ich euch. Ich drücke euch die Daumen!«

»Danke, Mutter«, sagte John knapp. »Wir können es gebrauchen.«

Am Eingangsportal wartete Bürovorsteher Gerlach auf sie. Der normale Bankbetrieb war inzwischen beendet, und die Angestellten waren auf dem Weg nach Hause. Gerlach führte John und Mailin hinauf in das Vorzimmer im ersten Stock. Vor der Tür zu Goldmanns Büro standen wie zwei Wachen Friedrich und Henriette, die John mit ernster Miene ansahen.

Bestimmt wissen sie, was uns erwartet, dachte er. Henriette wirkt alles andere als fröhlich. Ist das nun gut für uns oder nicht? Auch in Friedrichs Gesicht ist nichts abzulesen. Weder Aufmunterung noch Bedauern.
Friedrich und Henriette traten einen Schritt beiseite, als Gerlach auf sie zukam, um die Tür zum Büro zu öffnen. Mailin, die unmittelbar hinter Gerlach ging, blieb vor Henriette stehen. Sie suchte kurz in ihrer kleinen Handtasche, zog schließlich ein Seidentuch hervor, in das etwas Längliches eingewickelt war, und überreichte es Henriette.
»Ich muss Ihnen danken, Fräulein Sternberg«, sagte sie leise. »Sie haben mir damals das Leben gerettet. Das werde ich Ihnen nie vergessen.«
Henriette sah Mailin verblüfft an. Zögernd nahm sie den Gegenstand an sich, wickelte ihn aus und brachte schließlich ein kleines Messer zum Vorschein. »Das Stilett«, flüsterte sie. Sichtlich bewegt hielt sie das kleine Messer in den Händen wie einen kostbaren Schatz. »Vater hat mich schon danach gefragt.«
»Ich freue mich, dass ich es Ihnen zurückgeben kann.«

Gerlach räusperte sich und öffnete im nächsten Moment die Tür. »Wenn Sie bitte eintreten wollen.«
John bot Mailin seinen Arm und schritt mit ihr in Goldmanns Büro. Der Bankier und der Senator erwarteten sie bereits. Goldmann saß auf dem gleichen Platz wie am Morgen, während Sternberg inzwischen Friedrichs Sessel auf der linken Seite eingenommen hatte. Nachdem sie eingetreten waren, schloss Gerlach die Tür nahezu lautlos. Jetzt waren sie unter sich.
»Fräulein Wang, John, bitte setzen Sie sich.« Goldmann wies

auf das Sofa, auf dem noch vor wenigen Stunden Henriette und ihr Vater Mailins Tee probiert hatten.
John zog kurz die Augenbrauen hoch. Er redet mich wieder mit dem Vornamen an. Was hat das zu bedeuten? Laut sagte er: »Vielen Dank, Herr Goldmann, ich möchte lieber stehen.«
Goldmann zuckte überrascht mit den Schultern. »Und Sie, Fräulein Wang?«
»Danke, sehr freundlich«, sagte sie, strich ihr Kleid glatt und setzte sich.
Goldmann nahm umständlich in seinem Sessel Platz, rutschte herum, bis er endlich die richtige Position gefunden hatte, und wandte sich an John. »Also, wir, das heißt, der Herr Senator Sternberg und ich, wollen dich nicht länger auf die Folter spannen, mein Junge.«
John nickte Goldmann zu und sah dann zu Sternberg, der ihn, die Arme unbeweglich auf den Sessellehnen, mit schmalen Augen beobachtete.
»Um es gleich zu sagen: Wir haben noch nie einen so wunderbaren Tee getrunken. Da waren wir uns alle einig. Selbst Henriette und Wilhelm mussten zugeben, dass der Tee und die Art und Weise, wie das verehrte Fräulein Wang ihn zubereitet hat« – hier machte er eine theatralische Verbeugung zu Mailin –, »unübertroffen war. Wahrhaftig! Du hast nicht übertrieben.«
»Das freut mich. Danke.« John warf einen kurzen Blick zu Mailin, dann fragte er Goldmann: »Und was heißt das für uns?«
»Nun, das bedeutet Folgendes.« Goldmann blickte noch einmal zum Senator hinüber, der leicht nickte. »Wir beide, der Herr Senator und ich, sind zu dem Entschluss gelangt, dass …«
»Ja?«

»… dass wir euch die beiden Kisten abkaufen wollen.«
»Wie bitte?«, sagte John tonlos. Mailin sah ihn erschrocken an.
»Du hast ganz recht gehört, mein Junge.« Goldmanns Stimme klang herzlich wie bei einem wohlmeinenden Gratulanten. »Wir sind bereit, euren Tee zu kaufen. Angesichts der Situation in deiner Familie, John, natürlich zu einem sehr respektablen Preis.«
»Aber … aber was wird aus meiner Idee? Was wird aus dem Teehaus und dem Pavillon?« Der Boden schien unter Johns Füßen zu schwanken, er musste sich auf die Lehne stützen. »Das ist doch das eigentliche Geschäft. Das ist unsere Zukunft!«
Goldmann hatte wie der Senator seine Ellenbogen auf die Armlehnen gestützt und legte seine Fingerspitzen bedächtig aneinander. »Mein lieber John«, sagte er mit einer Ruhe, als würde er sich eine Pfeife anzünden, »das Teehaus ist ein Hirngespinst.«
John wollte antworten, doch der Bankier schnitt ihm das Wort ab. »Deine, wie du es nennst, Idee, wird niemals ein einträgliches Geschäft, glaub mir. Der Senator und ich, wir sind erfahrene Geschäftsleute. Wir können das richtig einschätzen.«
»Aber es wird funktionieren«, protestierte John. »Geben Sie uns eine Chance. Nur eine einzige.«
John wandte sich an Sternberg. »Herr Senator, welche Bedenken haben Sie gegen das Teehaus? Reden Sie mit mir, ich werde alle Ihre Einwände zerstreuen.«
»Herr Blanckendorff«, begann Sternberg und verschränkte seine Arme vor der Brust, »Ihnen gegenüber muss ich meine Entscheidungen nicht begründen und schon gar nicht rechtfertigen.«

»Und Sie, Herr Goldmann? Wenn Sie nur den Ausbau der Geschäftsräume unterstützen, können wir es auch schaffen. Geben sie uns Kredit. Nur für ein Jahr.«
Der Bankier verschränkte nun ebenfalls die Arme vor der Brust. »Es tut mir Leid, John.«

45

Am gleichen Abend hatte John Percy auf die Straße gestoßen, als er sturzbesoffen ins Haus wollte. »Verschwinde!«, hatte er gebrüllt. »Und lass dich hier nie wieder blicken.«

»Das ist auch mein Zuhause«, hatte Percy am Tag darauf gegrölt, als John vor die Tür trat. »Ich will hier rein. Ich habe ein Recht dazu.«
»Hau ab!«, hatte John so laut gerufen, dass die Nachbarn nicht mal die Ohren spitzen mussten, um alles weitererzählen zu können. »Du hast alles kaputtgemacht. Alles und endgültig. Wegen dir ist alles verloren. Ich will dich hier nie wieder sehen.« Dann hatte John ihm die Tür vor der Nase zugeknallt.
Schwer atmend hatte er sich an die Wand gelehnt. Der Streit mit seinem Bruder hatte ihn mehr aufgeregt als der Kampf gegen van Kampen.
Mailin, die alles mit angehört hatte, war inzwischen die Treppe heruntergekommen. Langsam ging sie auf John zu, sah ihn an und nahm seine Hände.
»Sei nicht so streng mit ihm. Er ist ein armer, getretener Hund. Und er hat erkannt, dass du nicht mehr sein kleiner Bruder bist. Dass du stärker bist.«
John schluckte und sah zornig zur Flurdecke.
»Ihn trifft keine Schuld«, sagte sie leise.
»Nicht? Wen denn? Uns etwa?«
»Ich weiß es. Und du weißt es auch.« Als John nicht antwortete, fügte sie hinzu: »Komm, lass uns nach oben gehen.« Sie nahm John an der Hand und führte ihn hinauf in ihr Zimmer.

John lehnte sich gegen die Fensterbank, zog Mailin zu sich heran und betrachtete lange ihre Finger. »Was ist an meiner Idee denn so schlecht?«, fragte er schließlich.
»Nichts.« Mailin strich über seine Hand.
»Eben«, sagte er trotzig. »Ich bin überzeugt, dass ein Teehaus in Hamburg ein Erfolg wird. Vor allem mit deinem Tee. Ich kann mir nichts Schöneres und Entspannenderes vorstellen. Gerade die immer eiligen Hamburger Kaufleute werden es zu schätzen lernen, mit einer Tasse Tee in unserem Pavillon den Feierabend zu beginnen. Oder am Sonntag einen Spaziergang zu krönen.«
Mailin drückte seine Hand.
»Und nun?«, fragt er. »Wir können deinen Tee verkaufen. Das gibt für den Anfang einen ganzen Batzen Geld. Aber was passiert dann mit diesem fantastischen Tee? Die Leute hier haben doch keine Ahnung vom Teetrinken und davon, wie man ihn zubereitet. Und welcher Zauber in ihm steckt. Die kriegen es doch glatt fertig«, empörte er sich, »und verbrühen die Blätter mit kochend heißem Wasser.«
Mailin musste lächeln und streichelte ihm sanft über die Wange.

Plötzlich zuckte John zusammen. »Hat da nicht jemand an die Haustür geklopft?«
»Ich hab nichts gehört«, sagte Mailin.
»Und wenn es Percy ist?« John ballte schon wieder die Faust und wollte nachsehen.
Mailin griff ihn am Arm. »Lass ihn in Frieden, John. Du und ich, wir haben alles dafür getan, dass deine Idee, dass unsere Idee in Erfüllung geht und kein Traum bleibt. Die Entscheidung ist gefallen.«

Sie versuchte, ihn aufzumuntern. »Wir haben uns nichts vorzuwerfen, John. Das ist wichtig.«
John nickte, aber er hatte nur halb zugehört. Mit dem anderen Ohr hatte er gelauscht, wer an der Tür war. Er hörte, wie die Tür geschlossen wurde. Aber keine Schimpftiraden oder schweren, polternden Schritte.
»Percy ist das nicht«, sagte er angespannt. »Aber wer kann es sonst sein? Wer besucht uns jetzt noch?«
»John, entspann dich«, sagte Mailin. »Ärger und Wut sind keine guten Ratgeber. Wir werden ein paar Tage abwarten und dann in aller Ruhe überlegen, was zu tun ist.«
Plötzlich drang ein schriller Ruf durch alle Flure: »SIE WAGEN ES?! Verschwinden Sie augenblicklich aus unserem Haus!«
»Das war Mutter!«, rief John. »Was ist da los?« Ohne dass Mailin ihn halten konnte, war er in den Flur hinausgerannt und weiter in die Bibliothek. Dort sah er seine Mutter vor ihrem Sessel stehen, die Augen weit aufgerissen vor Wut und Schmerz.
»Fort mit Ihnen!«, fauchte sie wie zu einem Todesengel. »Gehen Sie mir aus den Augen! Sofort!«
Sie meinte Henriette.
»Mutter.« John sah verwirrt von einer Frau zur anderen. »Henriette.« Unschlüssig, zu wem er gehen sollte, blieb er in der Mitte zwischen beiden stehen.
Henriette fummelte verlegen an ihrem Handtäschchen herum. Sie schien froh zu sein, dass er gekommen war. Sie drehte sich um und fragte leise: »Kann ich dich sprechen?«
»Ja, natürlich.«
»Allein?«
John nickte Henriette zu. »Komm mit.«

Er ging mit ihr in das angrenzende Billardzimmer, in dem nicht mal mehr ein Bild an der Wand hing.
»Wenn du dich setzen willst« – John deutete auf die blanken Holzdielen –, »bitte.«
Henriette versuchte zu lächeln. »Danke, ich bleibe lieber stehen.«
»Nun?« Er lehnte sich gegen die Wand, an der sich vor langer Zeit die Vitrine mit den Queues befunden hatte, und steckte die Hände in die Hosentaschen. »Was gibt's?«
»John«, sagte sie und atmete tief durch.
Er spürte, dass es sie große Mühe kostete, weiterzusprechen.
»Ich bin gekommen, um dir zu sagen, dass es mir Leid tut.«
»Dir braucht nichts Leid zu tun.«
»Doch. Wie du dir vielleicht denken kannst, war mein Vater die treibende Kraft hinter der Entscheidung.«
»Ist das jetzt noch wichtig?«
»Ja. Mir ist es wichtig.« Sie straffte sich und sah ihn aufmunternd an. »Ich möchte, dass du weißt, dass ich von deiner Geschäftsidee überzeugt bin.«
»Danke.«
»Und Friedrich auch.«
John lächelte müde. »Es ist nett von dir, dass du mich trösten willst. Aber was bringt das? Ein guter zweiter Platz reicht nicht. Du siehst ja, wie es hier aussieht.« Er machte eine weit ausholende Bewegung in Richtung Zimmermitte. »Wir leben nicht so, weil uns das gefällt.«
»Deswegen bin ich ja gekommen, John. Friedrich und ich, wir sind der Meinung, dass dein Teehaus ein wunderbares Vorhaben ist, und wir wollen nicht zulassen, dass eine so gute Geschäftsidee scheitert, nur weil ein oder zwei alte, bornierte Männer das nicht erkennen können oder wollen.«

John hob den Kopf und sah sie an. Sie hat die Stirn gerunzelt, bemerkte er. Weiß sie eigentlich, wie umwerfend sie aussieht?
»Wir haben uns deshalb entschlossen, dir zu helfen.«
John sah sie verständnislos an. »Wie denn?«
»Durch eine Drittelbeteiligung am Teehaus. Du ein Drittel, Friedrich ein Drittel und ich ein Drittel.«
»Du meinst …«, sagte John langsam.
»Ja!«, erwiderte sie. »Wir verwirklichen deine Idee!« Sie ging einen Schritt zurück und breitete die Arme aus, als würde sie mit der einen Hand ein großes, buntes Plakat hochhalten und mit der anderen darauf zeigen: »Pavillon Wang. Inhaber: John Blanckendorff und Co. Und das Co.«, sagte sie mit einem Augenzwinkern, »sind Friedrich und ich. Was sagst du dazu?«
»Fantastisch!« John strahlte. Dann lief er auf Henriette zu und drückte sie ganz fest an sich. So standen sie einen langen Moment, bis er sie langsam wieder losließ.
»Und das ist kein Scherz, oder?«
»Kein Scherz.« Henriette freute sich wie lange nicht mehr. »Friedrich und ich haben es die beiden letzten Tage gründlich durchdacht und besprochen: Er gibt das Geld, ich den Tee und du die Idee.« Henriette schmiegte ihren Kopf an seine Brust: »John, wir werden es allen zeigen.«
Er strich ihr über das Haar, wie er es vor unglaublich langer Zeit schon einmal gemacht hatte. Es war schön, aber auch irgendwie schmerzlich. Er schluckte. Dann sagte er vorsichtig und ganz leise, weil er dieses kostbare Porzellan ihrer Freundschaft auf keinen Fall zerschlagen wollte: »Du weißt, dass Mailin für mich sehr wichtig ist?«
Henriette löste den Kopf von seiner Brust und sah ihn prüfend an. »Glaubst du, ich will mir deine Liebe erkaufen?«
Er sah sie an. »Warum tust du das für mich?«

»Ich tue es auch für mich. Ich will, dass auch mein Tee richtig zur Geltung kommt, dass sich seine Blätter frei entfalten können, dass er in der richtigen Stimmung getrunken wird. So wie es uns Mailin gezeigt hat. Und außerdem« – Henriette stellte sich kerzengerade hin und reckte ihr Kinn in die Höhe – »bin ich eine Geschäftsfrau.«

John blieb skeptisch.

Henriette beobachtete ihn und lächelte. Sie nahm seine Hände, hielt sie mit ausgestreckten Armen fest und sagte voller Wärme und Herzlichkeit: »Du bist mein Schmetterling, John, und wirst es immer bleiben. Egal, was passiert.«

John schaute sie verblüfft an. »Schmetterling?«

»Genau.« Henriette ließ ihn los und ging zum mittleren Fenster. Sie sah kurz hinaus und drehte sich dann wieder zu ihm um. »Ich gebe zu, ich habe darüber nachgedacht, dich aufzuspießen, damals in Kanton und auch danach. Um dich so für immer in meinem Herzen zu konservieren.« Sie ging wieder ein paar Schritte auf ihn zu und kam so nah heran, dass er ihre Sommersprossen zählen konnte. Sie lächelte ihn an wie damals auf dem Tafelberg und sagte: »Aber ich sehe dich lieber leben, John, und fliegen.«

Die erwähnten Familien Hellwege, Abendroth, Godeffroy, Amsinck, Jenisch, Campe und Harzen lebten zwar um 1840 in Hamburg, sie sind jedoch nie auf einem Gartenfest von Heinrich und Victoria Blanckendorff zu Gast gewesen. Denn John Blanckendorff und Henriette Sternberg mit ihren Angehörigen und Freunden lebten ebenso wie Mailin, der alte Hansen und alle ihre Gegenspieler nur in diesem Roman. Ebenso wenig haben am anderen Ende der Welt die Herren Sir James Elliot und Sir Henry Pottinger mit Jeroen van Kampen Tee getrunken. Alle im Text genannten historischen Personen, zu denen auch die chinesischen Gouverneure Lin Xezu und Qishan zählen, sollten durch ihr kurzes Auftreten lediglich mithelfen, eine Zeit und eine Geschichte entstehen zu lassen, die das Gefühl vermittelt, dass es so gewesen sein könnte ...

Michael Terrey

Danksagung

Bedanken möchte ich mich zuallererst bei Herrn Dirk R. Meynecke, der den Tee für mich entdeckt und den Weg zu diesem Buch geebnet hat. Bedanken möchte ich mich ferner bei Monika Löffler und Frank Ihlenburg für einen Abend am Kamin, an dem das Finale die richtige Wendung bekam. Und last, but not least bedanke ich mich bei Frau Ilse Wagner für ihre kritische und sorgfältige Durchsicht meines Manuskripts.